君子长诀

下

许酒 著

中国友谊出版公司

C O N T E N T S

目录

C O N T E N T S

目录

第十七章

君子情意，梦落为泽

但是，岁月荏苒，不可回首。这个道理，我懂得日益深刻。

比如我那不知去向的左心丢了就是丢了，比如孟泽甩了我便是甩了。

这些都不可改变，更不可回头。

腊月夜风，仿佛攒下一年的凉意，呼呼吹过来。孟泽抱着我，将我紧紧裹在毛氅里，我的额头就抵在他脖颈上，温意从额心融入，这是冰冷天地里唯一的温暖，不晓得远处一片什么叶子吹过来落到我的头发上，他便细致地替我拿掉。

出玄魄宫宫门的时候，他步履沉稳，声音极轻，笑道："我也曾无数次幻想过，有朝一日，你穿着大红嫁衣，而我抱着你，迎宾的红毯我要铺十里，我便抱着你一步一步走进这宫门，我要让这天下的生灵都知道，我孟泽娶了良玉为妻。"

我从毛氅里探出头，寒风凛凛，扑面而来。我伸出胳膊环上他的脖颈，下巴抵在他肩窝。他身子一僵，毛氅即刻往上一拉，盖住我的胳膊，温言道："阿玉，怎么了？"

我望着玄魄宫高大的宫门，在冥冥黑夜里，其上的朱红色漆彩依稀可辨。

"阿玉？"他语气有些担忧。

"我没事，只是想瞧一眼你这宫门。"

孟泽，你方才说无数次想过，有一天抱着我一步一步走进玄魄宫的宫门。你怕是不晓得，我曾有三万年满满当当的时光，眼里都是你，做梦也想穿上凤凰刺绣的嫁衣，而着了喜袍的你亲自走过来，握着我的手，步履坚定，一步一步走进玄魄宫。

我想了无数次同你执手到白首，今日夜色苍茫，你看，我们到头来什么也不曾有。

我又缩进他怀里，他拉过毛氅将我严严实实裹住，动作温柔得不大像他。

“难受的话要同我讲，嗯？”他说。

我点点头，“好。”

夜晚，丹穴山。本神君没料到，猎猎寒风之中，竟然有两个神仙蹲在丹穴大殿门口。

他们见着我，震惊得瑟瑟发抖。我见着他俩，也是惊得要从孟泽怀里掉下来。

简容算是略略沉稳一些的，反应过来，颤巍巍起身，双腿不自意抖了一抖，俨然一副蹲麻了的样子，伸出一只缺了一大块绸布的袖子，指了指我道：“你这、这是活的？”

婧宸就不大淡定了，扑上来扯住我身上的毛氅，眼泪夺眶而出，悲号道：“你可算是回来了！良玉！你要吓死我们啊！”

我望着婧宸灰蒙蒙不大干净的裙子，又望了望简容残破的袖口，还有那胡子拉碴宛若乞丐的模样，呆了呆，木然道：“你们俩怎么这副形容？”

后来我才晓得，原来那一日我重伤在床，简容扯了衣袖给我拭血，后来发现本神君口中若喷泉一样涌出的血越来越多，他不晓得如何办，便当机立断打算去天上找婧宸，因为他将将成了神仙，总共不过认识婧宸和我两个神仙。婧宸那时还躺在床上养额头上那撞出来的疙瘩，大抵是跷了二郎腿剥着金橘的悠闲形容，见着简容到来，着实愣了愣，方嬉皮笑脸讨好道：“美人儿，你这厢终于打算理我啦？”

简容见了这幅景象，肝火突突烧得猛烈，甩开缺了半边袖筒的衣袖，捏着扇子指着婧宸怒骂道：“你当真是个无情无义的小人，你的朋友生死未卜，你却在这里悠闲快活！”

彼时婧宸以为简容口中“生死未卜”的是长宁，还颇好奇：“你如何见到长宁的？我哥哥他放你见她了？”

“在下是说良玉神君！”简容怒吼道。

婧宸登时从床上蹦起来，“今日上午见她不还好好的吗！怎的就生死未卜了？”但却没容简公子开口，便拽了他直奔丹穴。两人也是惶恐焦灼，落下云头时互相一牵绊，直直从山顶滚了下来，是以二人的衣裳当即不像样了。

可令他们更惶恐焦灼的是，原本在床上生死未卜、不时吐血的本神君不见了，枕上、床上徒留一片狰狞血渍。婧宸当即一胳膊抡上简容，眼眶逼得通红："你把良玉弄哪里去了！"

简容生生挨了婧宸一顿揍，从床上到床下，从厢房到厨房，连老鼠洞麻雀窝之类都寻了一遍，愣是没寻到本神君一片衣角。他也慌了。

婧宸并不大晓得我同孟泽的过往，她自然不会想到去玄魄宫找我。她去司命府找六师兄，可六师兄已经被沉钰拐了出去，不晓得到哪儿了，她去大梵音殿找我师父，却被告知师父去了某座山上吊唁故人了。

她踉跄回了丹穴山，简容还痴痴望着我厢房的床底，指望着本神君能从床底下蹦出来。

婧宸同我讲这些话的时候，面容十分悲苦，目光也总似有若无扫过孟泽。

我领会了她的意思，对孟泽道："要不，你先回去吧。"

孟泽不过微微一愣，替我盖好被子，略略嘱咐了几句，便听了我的话，告辞了。

直到茫茫夜色之中看不到孟泽的身影，婧宸才拉住我的手，哽了声音道："良玉，如果这次你真的死了，那便太委屈了。"

"……怎么了？"

"你不见了，我第一个就去三十五天找叔爷爷，可那时候，拂灵将我拦在清微宫门口，说叔爷爷有事要忙，谁也不见。"婧宸说。

我点点头，这情况同崆峒幻域里有那么几分相似，我笑着问她："是不是你叔爷爷谁也不见之后，偏偏又单独见了她？"

婧宸愣了愣，咬唇点头："不止这样……我跟她说良玉神君危在旦夕了，她不但不帮忙，反而笑了笑，说她长诀哥哥总不能什么小神仙的事情都要管。所以，良玉，你若是死了，她那个样子八成是要乐疯的，你若称了她的心意，岂不是太亏、太委屈了吗！"

我这厢还没有答话，简容抬了抬扇子，惶惶道："婧宸公主……竟然能容忍那个拂灵这样说？不大像你的作风啊……"

婧宸回头凛凛道："你以为姑奶奶这些年白混了吗！当然是一巴掌抡上

去了！”

简容那掉了半只袖筒的袖子凄惨惨晃荡了晃荡，肉疼道：“你连女人都敢打……”

我也是慌了几分，拉住婧宸道：“这样不大好吧，你不怕她找天帝大人去告状吗？若我没记错，你偷了老君的丹药，强拎了简容上天这一桩，天帝大人还没跟你算账呢……”

婧宸道：“反正都错了这么多了，总不缺这一件，你这样一说，我倒觉得吃亏了。反正都要蹲天牢，我当时怎么就没多扇她几巴掌。”

简容同我皆是一抖。

大抵是因为离开了玄魄宫，我终于放心睡了一晚。婧宸公主并不像天上其他神界贵族一般挑剔，怕同我睡一张床扰到我，自己趴在床边凑合了一宿，其间我咳嗽连带吐了几口血，都是她帮我收拾。她像是有点儿怕血，手指颤抖得厉害，但是好在我吐得不多，有些就忍了忍咽下去了。

但她还是吓到了，我隐隐约约入梦时听到她喑哑道：“良玉……不要长宁还没有好起来，你就要死了啊……”

我好像也模模糊糊回应了她一句：“本神君还要同你去上当居吃一场，喝萝卜须茶，点豆腐熊掌……”

可后来我才想到，凡间已无上当居。

大致晚上曾经历了这么一场，是以次日清晨，我同婧宸讲想去天上看一看长宁的时候，她瞪大了眼珠子，惊诧道：“你是不是疯了！”

在书房中待了一晚的简容也跑过来，拦住我道：“神君也要当心自己的身子才是。”

我拉住婧宸，认真道：“你觉得，长宁还能撑多久？你哥哥那修为还能撑多久？”

婧宸当即湿了眼眶，“可是你……你明明自己都撑不住了……”

简容端着扇子朝我郑重一拜：“神君舍己为人，简容佩服，但也要为自己考虑一番。”

我抬手搭在眉骨，今日这天气瞧着十分好，连带心情也好。其实我并非多么仁慈、多么善良，也并不是舍己为人。我对长宁这样上心，不过是本神君觉得自己真真切切亏欠她的。若是还不了这一桩，我死也不甘心。

婧宸说：“如果简容肯配合我，就不用你去看长宁了，我带他去见哥哥……”

我转头问她：“你确定予祁殿下不会分分钟把简容给杀了？”

简容打了个激灵，手中扇子几乎没有拿稳：“我同那予祁殿下无冤无仇，他为何要杀我？！”

婧宸望了一眼简容，回答得十分精确：“不为旁的，单单一条你同千颜长得像，他怕是也不想留你活口。”

简容面色登时不大好看了。

“婧宸，你若是信得过我，或许长宁就不会一心向死了。”我望着她，笑道，“我自然也是怕死的，在下撑不住的事是不敢做的。”

后来婧宸终于答应下来，一路将我送到太子府上。

“就到这儿吧，太子殿下见不得他，婧宸，你先带简容去你那里躲一躲。”我说。

她颇不放心地嘱咐了我几句，才同简容离开。

但是她嘱咐的这几句颇有用，比如，“当心婉茗”“哥哥他有许多苦衷”。

我是第一次来太子府，入门处便是一面三丈长的影壁，掌管四方的瑞兽分立影壁四角，而中间玄铁浮图做山，晶润白玉拟河，簇簇祥云拥绕之下，“乘河山万古，载帝业千秋”，确实大笔如椽。当年天帝大人赐了太子府给予祁，这面影壁，确实承载着太多期望，也承载着太多责任。河山不好乘，帝业不易担。但这六界总要有神仙来撑起四方天地，万万年仙期滚滚而流，砥柱却要一直都在。

除却这面影壁，太子府其实并非都是华屋高厦，反而有些凝然朴素，只是东方袅袅紫云，映得整个太子府壮阔而恢宏。

经了仙娥的引领，我到了主殿，我抬头打量了一眼，蔚蔚祥云之中，朱红匾额上写的是“璟衡殿”。

可我万万没有料到，长诀天尊也在这里。

他见着我，面上镇静地打量了我一眼，握着茶盏的手指却蓦然收紧。我不禁慌了一慌。实话说，本神君现在最不想见到的神仙便是他了，倒不是他同我之间这些矛盾，而是他一直不希望长宁活着，若他在场，那我今日这些事怕要难办了。

予祁太子今日倒是和善了许多，只是那虚白略显憔悴的面容，确确实实是失了许多修为仙力的样子。但他仍然客气道："不知神君今日到访所为何事？"

我这厢还没来得及搭话，便见长诀"啪"的一声落了茶盏，广袖一扬，起身道："今日碰到良玉神君果然十分巧，本尊恰有一件要事想同神君商议，不知神君可否行个方便，同本尊去清微宫一趟？"

倘若我没有记错，这是他第一次唤我良玉神君。

我动用仙术提了提精神，尽量不让自己看上去身子有多虚弱，才朝他行了个礼，道："本不敢怠慢天尊大人，可小神担了姻缘神君一职，对予祁殿下同婉茗仙子的亲事自然要尽心尽力，是以今日得空来太子府，同殿下商量个中细节。"

这番话连我自己都不信，他天尊大人便更不信了。

可我却没料到他拆我的台能拆到如此地步。

"哦，难不成画个扇面也要亲自到太子府商量？倒不见这四海八荒其他神仙受过今日这待遇。神君这样做，怕有些趋炎附势之嫌了。"他说。

好一个趋炎附势之嫌……就算我再傻，也晓得他长诀是在故意刁难我。本在心里毫不留情把他揍了千万遍，然后抬头摆出温和的微笑，又行了个礼道："天尊大人好眼力，小神确确实实是来巴结予祁殿下的。你看得真是十分准确。"

入眼处，长诀天尊唇角轻轻一抽，我以为这样就能堵了他的话，不料他理了理袖子，沉着且无赖地威胁道："若是本尊没有记错，那棵小凤凰木寄养在我宫里已经一月有余了，我也是昨晚才发现它长得高壮许多，本尊恰恰需要一尊方桌，那凤凰木瞧着十分合适。你若今日不领回去，本尊怕是要动手了。"

我暗暗理会了他这个意思：你若是现在不跟本天尊走，那你不但见不到已经长高了的小凤凰木，而且本天尊会让你永远也见不到它。

予祁太子面上十分平静甚至有些冷漠。也是了，他并不晓得本神君现在公然违背他天尊大人的意愿是为了长宁，是以不会帮我圆一下谎。可我当着天尊大人的面，偏偏说不得来此处的真正目的，现下真正是要靠自己了。

我暗暗喘了一口气，抬头冲他笑道："看样子，天尊大人那里小神是非去不可了。既然您起身了，想必也有要紧的事要着急赶回清微宫，不如您先回宫，小神……一个时辰、一个时辰后便去拜访您。"

这一个时辰，不晓得能打探出几分……但总比没有的好。引他先回宫这一诈，我也是用得提心吊胆，若长诀他再无赖一些，本神君便招架不住了，思及此处，脊背不由得渗出一阵虚汗。

他目光如炬，盯了我一会儿，终于开口道："半个时辰。"

……他爷爷的，这是料准了本神君半个时辰做不得任何事。

但有胜于无。我勉强扯出一个笑，双手合十，俯身致意："那恭送天尊大人了。"

他衣袖拂过腰间莹润的紫玉笛，终于迈开步子走了。

本神君几乎是飞过去拉起予祁太子的衣袖便往大殿后室奔去，连礼数也顾不得了。

未待脚步落定，我便压低声音肃然问他："你可愿意信我？"

他眉心一蹙，不过瞬间便恢复了淡然神情，道："神君位列仙班，予祁自然是要……"

我当即打断他的话："殿下少来这些废话了，良玉此来，是为长宁，你打算如何救活她？"

他即刻眸光凛冽，拂袖挣开我拉住他衣袖的手，振振道："本太子并不傻，你以为方才大殿之上你同长诀那一场本太子瞧不出名堂吗？你怕同他是一丘之貉吧！"

我心中当下一凉，怔怔望着他，几乎百口莫辩。

他又道："良玉神君，若予祁没有猜错，方才长诀天尊是故意刁难你给我看，摆出你同他为敌的幌子，然后让本太子放下戒心，待天尊走后，你便来向我讨要手上救长宁的宝物吧？你对予祁本有画扇的情谊在，我不愿与你为敌，但也希望你放长宁一马，当初她的扇面可是你亲笔画出来的，你不该如此狠心，同天尊一样，打算亲手夺去这宝物。”

我竟哑然失笑：“予祁太子，在下只有半个时辰，你且先听我说完。”

他仍是凛凛望着我，其中杀气若冷刃无数。

我撤了方才提精神的那一道仙术，血水顿时忍不住从口中溢出来，他身子不出所料地一僵，正是应了我心中所想，也正是中了本神君下怀。

我微微一笑，突然想起来当初死皮赖脸跟着大师兄去东海打仗那一场，我同他说，小九我可以流鼻血啊，说不定吓得敌人分分钟抱头鼠窜啊，结果真的一语成谶，把孟泽吓得从半空中掉下来。是以，只要是能达到制敌的目的，自残也是一个不可多得的好法子。纵然我并未把予祁当作敌人，但我此刻却是他眼里欲抢走救活长宁的宝物的贼寇。

我掏出绢帕将血抹了去，尽量笑得纯良道：“太子殿下尽管用仙术来探一探，看本神君还能活个几年，有没有必要和能力来抢你手中的宝物。”

他目光深不可测，却还是在指尖捏了诀术使过来，透亮白光刺进眉心，虽然是个探元神的小诀术，但我已然有些受不大住了，恍惚之中血水又从口中渗出来，所幸他当即撤了那术，立刻搀住我惊道：“神君！”

我扶额无奈，含着一口血吐字不清道：“你方才可是看清楚了啊？如果没看清楚……要不要再来一次啊……”

“……你如何变成这样子？”他剑眉倒竖，神色十分担忧。哦，他只要一替我担忧，便是动了恻隐之心了，只要一动恻隐之心，那便好办了。

我勉强咽下那口血，竟有些喜不自胜，摆明了立场道：“在下这样子，是因为被长诀气得郁结于心了，所以你看，本神君同他长诀并非是一伙的，我站在你同长宁这边呢！”

他搀我到椅子上坐下，我顾不上其他，赶忙道：“太子殿下，你且听我说。其一，我只是听婧宸说过，你手中有一块玉石，能补全长宁失掉的六根玉骨，你可要万万当心，并非所有玉石都可同长安玉相比拟，殿下必须有十全把握才好。其二，便是听说长宁已无半分存活的意愿，而现在婧宸同我找到了可让她活下去的办法，你可愿意摒弃恩仇，欣然采纳？”

他沉思片刻，郑重说道：“在下手中这玉石怕是比长安玉更要厉害几分，神君可放心；但还是请告知予祁你和婧宸想到的办法，我……我也不愿让长宁受一丁点儿闪失……”

既然他这样说了，本神君便坦坦荡荡道：“这法子，便是前些时日婧宸从凡间拎上来的公子。你可知他同千颜长得一模一样？”

予祁当即拂袖而起，面上是抑不住的怒火，道：“他已经死了。”

“殿下且听我说完，这公子确确实实是个凡人，同千颜并没有干系。”我顿了顿，虽然极力想避开下面的话，却还是狠下心来，正视他道，“太子殿下难道看不出来，长宁现在唯千颜不可活吗？你在她心中的分量还有多少，你难道不清楚吗？”

他身形狠狠一晃，因修为散失带来的憔悴面容尽数显现出来。婧宸曾说过，当年长宁幻化成仙之后，予祁殿下便不再喜欢这把“扇子”了。当时我虽然疑惑，但却晓得之后长宁所受的苦，也信了他不喜欢长宁这一茬儿。

可自昆仑那场剧变之后，我才终于明白，他对长宁的喜欢非但没有减少半分，反而愈发深刻，近乎痴狂。否则他不会对千颜怀有这般敌意。

他凄凉一笑，同我往日见到过的那个天庭太子有许多不同。我隐隐记起天尊大人曾说过一句话：这孩子也挺苦。

“神君，你说得对……所以，你让那个凡人来见长宁吧。但是，只要长宁能活着，我总会让她心里有我的。”这种不容半分质疑的笃定和威仪，俨然是他天庭贵胄独有的。

可他终于还是松口让简容来帮忙了，不是吗？

“现在那凡间的公子还不能假扮千颜，他对长宁也并不了解，长宁若是瞧出破绽，怕也不肯活。是以在下想从殿下口中得一些长宁同千颜的过往之事，才好嘱咐这假扮之人。”我说。

他却摇头：“我并不知详情。”

我当即一个心悸袭来，颤抖道：“你若是不知情……那……”那可如何是好？难不成我要再跟对沉钰那般，往长宁的神识中走一遭？可现下这境况，就算本神君还能勉强撑得住，长宁可是失了六根仙骨，哪里还能受得住旁人强行进入她的神识呢！

我几乎是求他道：“殿下……你当真不知情？”

他双目渐渐泛红，双拳握紧，指骨咔咔作响。他也是明白我心中的担忧和失望。

我颤颤一算，还有不过一刻钟，就到半个时辰了。

就在此时，他双唇微动，念过几句诀语，从他心口处缓缓溢出一阵柔融紫光，照得整个大殿后室莹润透亮，紧接着那光流攒聚在一起，凝成一块精巧玉石，落入他的掌心。

遗落许久的记忆仿佛一霎倾泻，隔了高山沧海，若洪流奔突，滚滚而来。

“这把扇子当真是他要交给我的？”那声音清淡，微微有些苦涩。

妃色绡纱随风扯出一个曼妙身段，却如何也辨不清对面姑娘的面容，只是那个裹着愉悦的声音一遍又一遍在耳旁响起：“这章印你认不得也就算了，可这上面的字迹，你该晓得是谁吧。他的信物，怎么会错。”

层层雾水漫上眼眶，不为别的，因为扇面上“无缘”两字，确确实实是他的笔迹。

心里扬起一波又一波抽痛，是啊，无缘就是无缘了。可偏偏有那么多不甘心，那么多舍不得。

“神君！”

幸好予祁唤了我一声，才将我从方才的记忆中带出来。

他手掌之上，那枚紫玉依然流淌着安静温润的光泽，甚至有几丝光顺着我的手指流进左心，心中那原本的空洞之感被这光的暖意填满，我不自觉地颤抖了几分，愣愣地伸出手掌，那紫玉宛若能通晓旁人的心意一般，从予祁手中升起，安安稳稳落在我的掌心。

我竟真真切切能感觉得到，它在我掌心之中，若奏着舒缓曲子的瑶琴音弦，带了顽强的生意，缓缓跃动。

予祁皱眉道：“这……这块玉像是认识你。它在我掌心时宛若死物，从没有动过。”

我看着它，心中那升起的暖流渗入四肢百骸，这温暖舒适的感觉比在崆峒幻域里见到沉钰时更强烈几分。

这便是本神君那丢失在外的心脏之一吧。

“神君，自长宁受伤以来，我便是用修为和这枚紫玉护着她，勉强攒起她半口仙气。这紫玉的光泽俨然同长宁的仙泽有许多纠缠关联了。因为……因为这枚玉里常常能浮现她同……同那千颜的过往。每每浮现之时，我便施术压制着，”他扶额叹了口气，一副疲惫模样，语气十分无奈却仍旧掺了固执，“他们俩的过往，本太子一点儿也不想知道，所以你带回去自己看吧，只要长宁活过来。神君，予祁信你才将这宝物托付给你。你要晓得，几个月以来，长诀天尊他无时无刻不想从我手中将这紫玉夺走，我也是费力才逃过他那扰人心智的刁钻笛音。”

听到此处，我忍不住苦苦一笑。

这苦笑不为旁的，偏偏是我晓得了天尊大人为何不愿让长宁活着，也晓得了他当初用他那笛音在对付谁，更晓得他这样做是为了谁。

我点头：“好。”

从太子府出来，去找长诀天尊，我其实并不知道自己应该把这紫玉藏在哪里。我紧紧攥着它，它还在我掌心之中缓缓跃动。我默道：你若是能通我心意，藏到一个天尊大人找不到也感觉不到的地方该多好……

我这个想法着实不切实际，只是姑且想一想罢了。却万万没有料到，这紫玉果真通晓了我的心意，从攥得紧紧的掌心之中一霎消失。

我恍然打开手掌，目瞪口呆之际，左心里突然跃出一个跳动！

这……这、这、这，莫非这紫玉藏在了我空荡的左心里？！

不可思议之中，那里又真切地传来淡淡一声跳动，像是在安抚我，告诉我这是真的。

紧接着，五气轰然朝元，全身都是说不出的舒坦，心缓缓地跳动，虽不够有力，却带了万物复苏一样的生机，仿佛百里丹穴，一夜东风乍起，百花破土而出，一瞬妖娆而蓬勃。是了，这些日子虚弱伤痛，因着这枚紫玉落进我左心里，统统不见了。我只觉得自己生龙活虎，俨然可以去北海捞个十麻袋海虾海蟹，扛个千斤大鼎，煮火锅了。

本神君忍不住抬手抹了一把老泪。

若本神君没有记错，自我从忘川海里被捞起来之后，左心便再没有感觉到实实在在的跳动。这样的感觉，若五万年不见的故人又重逢，熟悉而又陌生，带着浑身颤抖的激动。

迈进清微宫那一刻，我便晓得自己已经迟到了。我慌了一慌，对着心中那枚紫玉默道：如今我得瞒着天尊大人，你还是不要再跳了，也要把光泽隐藏着，拜托了。

不愧是本神君的心脏，它果然十分听话，安安静静待在我左心，我除了能感觉到那里传来的少许重感，确实没有跳动了。

大殿之上的长诀天尊眉目肃穆寒冷，右手捏着那紫玉笛，无名指按在一个笛孔上，就像是要用笛音杀我于无形一样。

可我晓得，他不会舍得杀我。

“良玉神君可知，你迟到了多久？”

我情不自禁笑了一笑，牵过几丝清风，照着大殿之上飞身过去，稳稳落在他面前，他甚至将将直起身子的空当儿，我已经抬起胳膊，环上他的脖颈，身子也因着这个动作贴在他怀里。

我甚至能感觉得到，他蓦然僵住了。

可我不愿意放手，脸颊在他肩窝蹭了蹭，他身上清宁又邈远的香气一丝一丝泛起来，我呼吸之中，便能嗅得到。我忍不住咯咯一笑，眼眶却有几分潮湿，好在这个角度他看不到。

“所以呢，我迟到了你打算怎么办？”说罢我又故意在他肩窝里蹭了蹭。

他终于缓过神来，身子也柔缓了几分，声音却是沉得不能再沉：“给本尊下来！”

我也不知此时哪里来的勇气，非但没有听他的话，反而更紧地搂住他的脖颈，身子也死死贴近他，耍赖道：“我不下来，你若狠得下心，就自己动手把我甩下来吧。”

“你当真以为本尊不敢动手？”他像是真的恼火了。

“嗯，我押一大鼎海鲜火锅，赌你不敢动手。”说完自己竟忍不住笑出声。

他被我这话堵得气结，突然不作声了。

就在我以为他认输了，准备松开胳膊，从他怀里出来的时候，他却突然伸手，带了不容挣脱的力道，将我重新按回怀里，我惶惶一怔，还没明白怎么回事，便觉腿弯处一紧，整个身子都因着他起身的动作而腾起，他就这样打横抱着本神君飞出大殿，扯过疾风腾上云头，照着殿后飞去。

冷风灌进衣袖，翻飞不止，我的脸颊便紧紧贴在他胸膛上。

本神君大惊失色，可已是来不及后悔。我隐隐约约记得，他飞的这个方向，就是他那厢房的方向。

好巧不巧，多日不见的小凤凰木和苏苒姑姑偏偏这时候在他的厢房门口。苏苒姑姑脸上隐约一惊，旋即隐了去，许是顾及本神君颜面，并未上前同我打招呼，反而拉起小凤的枝条，轻声道：“我们去看看睡莲……”

可小凤已然望见了我，碧绿莹亮的枝叶哗啦啦奓开，小树身呼哧呼哧蹦跶过来，一副欣喜若狂的模样。纵然我十分想念小凤，恨不得也浑身兴奋得奓开，迎着奔上去将它搂在怀里亲一番。可如今，羞愧的本神君只能扯过长诀天尊霜白的衣襟，死死埋住自己的脑袋。

头顶上飘过轻轻的笑声，不晓得是不是长诀天尊。

他最终还是将我抱进了厢房，“砰”的一声将小凤凰木狠心地关在了门外，并施术锁上了。纵然这样，我抬起头来的时候，仍然看到门外小凤凰木的几根枝条隔着雕花的房门，痴痴且坚定地摇着。好在外面苏苒姑姑低低笑道：“你若是再不去看睡莲，她可要生气了。”

小凤才缓缓放下树枝，吭哧吭哧的蹦跶声渐渐远去。

而此时，我已经以一个十分被动的姿势，被长诀天尊压在了床上。

我胳膊撑住他的胸膛，阻止他进一步靠近，脸颊已经完全不受控制，似业火烧过，滚烫一片，吞了好几次口水才惶恐道：“天尊大人，方才、方才是小神不对……您可是天尊，所谓大人有大量……”

他轻飘飘一笑，右手已经绕到我颈后，一下扯开我束发的绫带，发丝随即散开，一半被我压在身后，一半撒过床沿，落在地下貂毯之上。

“你在太子府里说那番话的时候，就应该晓得，我长诀从不是个大人有大量的神仙。”他拉下我的胳膊，眸光点点，璀璨若银河星辰，身子前倾，唇角便贴在我的耳郭，他的呼吸尽数落在我耳中，酥麻之感一路撩过脖颈，我忍不住打了个战，他笑意未止，“你方才大殿之上既然这样欺负了本尊，那本尊自然是要加倍奉还回来的。”

“你、你不可这样……”本神君这慌乱的话只说了一半，剩下的便被他吞进口中，他近在咫尺的眉眼，尽数落入我的眼中，我只觉得眼眶瞪得生疼，却是一瞬愣住，忘了所有抵抗的动作，他清宁的香气便从唇齿间探进口中。

他没有闭眼，反而粲然地望着我，眼角弯起的弧度，带了直接的欢意和潇洒。

我被他眼角的笑意带回几丝理智，正欲往后靠离开他，却不料他手掌按上我后颈，使我进一步靠近，他终于闭眼，贴着我的唇角渐渐温柔，一下一下，吻得我心头颤抖。那里的紫玉几乎要跳出来，我暗暗闭眼，缓了半刻才将它压下。

他似乎觉出我的停顿，轻轻咬了咬我的嘴唇，我牙齿一颤，几乎咬到他。身上大片大片的全是缱绻的颤抖。

这是我喜欢的人啊，他为了我同予祁对峙了这样长的时间，他甚至忍着我的误解不告诉我分毫，只为了给我带回那紫玉，让我可以长安。思及此处，竟泪眼模糊。

我终于下定决心也学着他的样子，轻柔地触了触他的唇，以示回应。他蓦然僵了片刻，旋即将我压住，我忍不住睁开眼睛，便看到他唇角带起笑意，俯身而下。

这是本神君十二万年以来，第一次同一个男神仙这样亲密接触，说不紧张是不可能的。我慌乱握住他欲解开我裙带的手：“可是这种事情不应该是夜深人静时做吗，你看这光天化日……”

他低低一笑重新咬住我的嘴唇，复又辗转到耳边，他微热的吐吸在我耳中倏忽放大，酥痒之感激得我又是一抖。

他的声音略有些低哑，可也十分温柔："你从哪里晓得，这种事该在晚上做？"

我顿了一顿，撒谎道："书上……有些书上写了吧……"其实哪里还用得着看书，纵然本神君没有干过这档子事，但毕竟证了这无数场姻亲，观摩了这无数场婚宴，哪一回不是新郎官从早到晚直至喝得酩酊大醉，夜晚送了宾客出来，然后趁着花好月圆，一头扎进婚房找他那新娘子。

说话间裙带已经被他解开了，他的唇贴在我肩窝，沙哑着嗓子低声道了一句："书上都是骗人的。"

我怕是被他这声音蛊惑，竟顺了他的意思晕乎乎点了点头："可能吧……"

他的手从内衫里探进来，微凉的触感从腰际摩挲而上，我忍不住一颤，他另一只手便将我搂紧了一些。

"别怕。"他说。

我牙齿打战道："谁怕了……这种事有什么好怕的……"

他唇角一勾，眉梢微抬，身上陡然袭过大片清凉，云被便从他身上盖下来，顺带遮住了我。我低头一瞧自己衣衫尽散的模样，面上热浪便豁然翻腾，滚滚不息。

我虚软着抬起胳膊抵在他肩膀上："这样怕是不公平吧……小神的衣服已经都被你解了，可你还是衣襟端正……"

他握住我的手，一路向下放在他白玉腰带上，笑道："确实不大公平，所以你也给我解了吧。"

本神君的手指蓦然一抖，即刻缩了回来，硬着头皮道："你……你自己来……"

他果真听了我的话，翻身起来，自己动手宽衣解带起来，还顺带低声嘲笑了我一句："你脸皮这样薄，今后可怎么办。"

我若缩头乌龟一样埋进被子里，嘟囔道："你若是喜欢那种主动的，尽管去找好了，作何要来笑我……”

他拉开被子俯身上来，目光落在我眼帘，那包含万古风华的眼眸里是我嫣红的脸庞。他的发丝垂在我耳后，似有若无地撩起我一阵轻颤，他笑意未减：“去找旁人太麻烦了，你自己学着主动一些不是更好吗？”

“可我们还没有成亲……”本神君怕是傻了，低头望着他光洁若玉的肌肤，不受控制地蹦出来这么一句话，这句话于我来说不过是推托之词，于他天尊大人听起来便是本神君在嗔怪他：为何你还不娶我？

他环住我从那宽大的床上滚了一遭，不过转眼，我就趴在了他身上，彼此肌肤相贴，是亲密无间的形容。他望着我，满目光彩溢出，怕我不相信他接下来的话，双手温柔地捧住我的脸，唇角触了触我的额头，柔软略带清凉的吻沁入灵台，蜿蜒而下直抵心窝，点亮我枯等万年的爱慕。

“小玉，对不起，”他温润一笑，眼底略有愧色，“方才是我莽撞，差点儿让你受了委屈。你若是愿意，我择日便使百花铺路，彩鹤架桥，亲自去丹穴山提亲可好？”

左心安藏的紫玉突然一跳。

细雨漫上，干涸了几万年的心被一点儿一点儿重新润湿，水雾沁到双眼，不由得蒙眬一片。

他又抱着我滚了半遭，将我紧紧搂在怀里：“我不做什么，你陪我睡一觉就好。”他笑声温存。

是以那日，我同天尊大人，坦诚相见，肌肤相贴，然后……安安稳稳睡了一觉，再没有干巫山云雨这种事。本神君确确实实是这种美男在旁，仍坐怀不乱的女神仙，三观十分正直，作风十分正派。

直到很久以后，沉钰不晓得从哪里知道了我同他师父同床共枕却没有行周公之礼这件事，举起芋头敲了敲本神君的脑袋，恨铁不成钢地点化道：“你活该打了十二万年光棍儿！这就是你为什么能打十二万年光棍儿的原因！遇到这样大好的机会不主动把爷爷我师父他老人家给办了，你还指望什么时候！”

且说我同长诀天尊同床共枕那日，梦中，日光明媚舒暖，隐隐看到八月的丹穴，山顶三丈高的九里香花树，花瓣飞雪，是洋洋洒洒的轻盈妙曼。梦中的本神君执笔立在书桌前，桌上平铺的一把扇子，十二根长安玉扇骨泛着冰凉柔宁的光泽，只见本神君当即执笔在那扇面上画了一幅九里香，这花儿同这长安玉骨十分般配。

“听说长安玉只要好生养着，便可以生出仙骨，化成仙形。到时候你一定能化成一个冰清玉洁、美貌无双的仙子，或者一个温润如玉、翩翩风流的公子也好。”梦中的我端着那扇子，笑道。

几束日光探窗而进，穿过些许通透的扇面，那飒飒闪光的九里香花瓣，仿若活起来一般，花枝亭亭，沿着扇柄，仿佛要伸过来，握住我的手一般。

本神君面上大喜，乘着这个兴致，立马找出来一把扇子，思量片刻，便画了一幅扇面，扇面之中，紫菀花聚成海，红衣少女和霜衣公子立在花丛之中，靠得不近不远，背影端庄，墨发流静，俨然是一副郎才女貌的般配模样。这红衣姑娘应该是本神君，但是这霜衣的公子是……看到这一幅扇面的我有些混沌，偏偏看着这高杳绝世的背影，想不起他的面庞，但是心里却不自意泛起甜头。

只见本神君停了笔，泡了一壶花茶，饮了几口，待那扇面上的画被风吹干，又乐颠颠儿跑过来，在扇子背面着了淡墨落下浅浅一行行书——

之子于归，十里铺妆。君子常诀，只为我待。

做完这些，本神君瞧着有些喜不自胜了。

不过隔日，天上的予祁太子便来我这里取扇子了。我看见自己递上两把扇子，一把是那长安玉折扇，另一把便是十分普通的一把。

本神君指着那画着紫菀花的一把扇子，又递上一片红笺，道：“这把扇子是为天庭一个朋友所画，名讳我已写在这红笺上，还劳烦予祁殿下帮我转交。”

予祁客气地道了一声谢，便执了两把扇子，踏上云头，回了天上。

予祁走了之后，本神君提了裙子欢快地跑进书房，心花怒放地拿起蘸了堇色水彩的笔，在皇历上圈了“八月十六”这个日子，略一停顿后，又在这个日子下随手画上了一朵紫菀花。

接下来是甜蜜的期盼，本神君常常端着一杯花茶，兴致勃勃地望着皇历上圈出的日子，一看便是一下午，掌中的花茶凉透了。

终于到了这一天，本神君穿了同当初那把扇面里一样的红色裙子，飞上云头往西面的大梵音殿奔去，我以为那时候的我是要去看望师父，却没料到竟然在大梵音殿以南的紫菀花海之中落了脚。说来也巧，那里已早早等了一位姑娘，穿着妃色的裙子，同本神君这个裙子的颜色有一些像。

我恍惚一阵，不知所措。却见那妃色裙子的姑娘捏着一把折扇朝我款款走来，步履生姿，仪态妙曼，可是开口说的话却让我不大欢喜。

“你当真以为他喜欢你不成？我今日便是受了他的托付来给你回个信儿，他也确实决绝得很，本郡主都有些不忍心了，”她将手中的扇子递给我，语音里是浓浓的笑，“喏，你自己打开看吧。”

可不知为何，我偏偏看不清她的容貌，只是接过扇子，霍然展开，“无缘”两个大字端居扇中，模糊的一记印章，着了印泥的血红色。那“无缘”二字，却是清清楚楚，一撇一捺，若利刀锋刃，一片一片刮在我心里，疼得呼吸不得。

但本神君仍是不大死心的样子，忍不住问道：“这把扇子当真是他要交给我的？”

妃色裙纱随风扬起，那曼妙的身段熟悉至斯，却如何也辨不清她的面容，只是那欢愉畅快的声音在我耳边响起：“这章印你认不得也就算了，可这上面的字迹，你当该晓得是谁吧。他的信物，怎么会错。”

我并不晓得那时候的本神君在为谁难过，却隐隐觉得可能是失恋了吧。

但我确实不记得自己除了孟泽、除了之后的天尊大人，还曾经这样上心地喜欢过谁。

那姑娘抬起衣袖，拂过清风，转身之际，又凑近几分，笑道：“听我一句劝，还是早早放手的好。你怕是不晓得，他拿你画给他的扇面给我看的时候，指着那一句‘之子于归，十里铺妆。君子常诀，只为我待’笑得前仰后合，说，这丫头也是大胆得很，竟然还盼着我有一天去娶她。所以，良玉，你看上的那个神仙，他对你没有半分情谊，他对旁人疏冷，对你也一样的。”

那姑娘终于远去，本神君手中依然握着那把“无缘”折扇，平静地立在十里紫菀花中，直到黄昏至，直到满月上，直到黎明拂晓，雾水沾湿了头发，也没挪动半分地方。

醒来时，窗外已经夜色沉沉，清微宫的宫灯也尽数点起。

我觉得眼中有些冰凉，抬手一抹，抹下来一把水雾，不禁想起来梦中本神君追了个人却被拒绝的那一场，不由得黯然心伤，正欲想一想那个神仙是谁，忽觉腰间一紧，身子顺势往身后贴去，光滑却微烫的触感从脊背传来，我望着自己未着衣衫的身子一愣神，便突然想起身后那微烫的触感是谁传来的，脸皮反应得十分及时，唰的一下烧起来。

他的胳膊从背后紧紧箍住我的腰，下巴凑上来抵在我的肩窝，声音略有些沙哑低沉，呼吸尽数落在我的耳中，我便颇不争气地浑身又是一麻一抖。

“醒了，嗯？”

音尾上扬的那个“嗯”字，带了说不出的细致温柔，宛若一个温柔蛊，本神君不自意便沉浸其中，隔了许久都没有回过神。

他的唇轻轻在我耳垂上触了触，“梦到了什么，怎么落泪了？”他问。

他这一问，我便慌了神。本神君难不成要告诉他我梦见自己死心塌地追了一个公子，结果那公子决绝地将我拒绝了吗？

身后，他下巴微微离了我的肩窝，翻过我的身子同我对视，我便看到他微微皱的眉头和担忧的神色。

“小玉，你抖什么？”他问。

我：“……”

“梦到什么你且跟我说……”

我摇摇头，红着脸道：“没什么……”如果，如果我告诉你方才我梦见自己追了旁人，你会不会分分钟捏起玉笛，几个音符结果了我？

他微微一笑，将我拉进怀里。我的脸颊便贴在他胸膛上，那细腻微热中略带着坚硬的踏实触感，像极了暖玉。

“你若不愿讲便不讲，我只想你好好在我身边，由我护着你，将伤心的事都交给我来扛。”他手掌落在我的颈上，温柔道。

他说，他护着我，将伤心的事都交给他来扛。

而我前些日子还这样误会他。甚至当他说长宁本就不该活着的时候，我抬起手掌，差点儿落在他脸上。我想起他在丹穴大殿之外，手按笛孔的肃然样子，也是为了我同他的亲侄孙对抗。个中苦涩，我从没有了解过。但是长宁是要救的，她落入这样可怜的境地，有本神君的一份过失在。

但还好，同天尊大人紧紧相拥的这一刻，没有来得太迟。

所以，不要再有什么误解了。就算我曾经真的追过一个神仙，那也是过去了。与其以后他从旁人口中得知，还不如我现在告诉他。

于是，我往他的怀里缩了一缩，开口道："我以前，可能五万多年前吧，好像用心追过一个神仙，我曾经给他画过一幅告白的扇面，背景是大片大片的紫菀花。扇子背面，我自作多情地写了一行行书——之子于归，十里铺妆。君子常诀，只为我待。"

他搂着我身子的手略微一僵，沉沉问道："后来呢？"

后来。

"他也托人给我回送了一把扇子，上面是一个模糊的朱红印章，扇中央是'无缘'两个大字……他瞧不上我。"我说。

"你有没有想过……那两个字可能不是他写的？"

我叹了一口气，认真道："怎么会，那个笔迹，我是认得的，就是他写的。"

"他……你晓得他是谁？"

我摇摇头："梦里我清清楚楚认得这个笔迹就是我追求的那个神仙的，可是我偏偏记不起来这个神仙是哪一位。"

耳边传来他不紧不慢的一声叹息，他揉了揉我的头发："记不起来就不要记了。"

我讶然抬头看他，琉璃宫灯温暖的颜色透过窗纱落在他脸上："你不生气？"

他唇角一勾，华颜如玉："生气什么？"

"我是说我曾经追过旁人，还是这样死心塌地追过旁人，你竟然不生气？"

“哦，”他点点头，装出一本正经的模样，“生气，我在替那个神仙生气，他怎么这样混账，让你误会了他……”

“不是误会！”我皱眉纠正他道，“他还同一个姑娘说，说我大胆得很，竟然盼着他娶我为妻，这全是我的痴心妄想。我在大梵音殿以南的紫菀花地里站了一夜，没有挪动分毫，我曾经也为别人这样伤心过。”

他的下巴抵住我的额头，安慰道：“不要再想了。小玉，从此以后没人能再使我离开你了。”

这句话令我十分感动。天尊大人其实也是挺有度量的，我之前不该那样说他。

我抱着他，道：“所幸他当初没有答应我，不然我就不会遇到你了。”

他“嗯”了一声，“饿不饿，我让苏苒去准备晚膳？”

我的肚皮极其应景地传出一声响，他笑了笑起身穿衣，我望着他光洁却坚硬的胸膛，颇不好意思地缩进被子里，他便笑出声：“小玉，你什么时候脸皮能厚一些，行为能主动一些？”

我闷闷地不搭话，他便过来隔着被子又抱了抱我道：“想吃什么？”

我扒拉出脑袋，兴高采烈道：“海鲜火锅，我要十斤海虾，给我调姜末蘸料。”

“……”

第十八章

千颜千面，玉扇玉缘

她其实这样在意，自己是把扇子。

就像本神君曾经，这样在意自己只有半颗心一样。

其实，世间万物，因果轮回，兜兜转转，都绕不过自己心里那道伤疤。

予祁太子果然没有骗我，这枚紫玉确确实实已经同长宁的仙泽相缠，里面也确确实实能浮现长宁同千颜的过往，可他每每强制封住长宁脑海中同千颜的过往场景，不愿意去看，是他不晓得，在漫天飞雪、她同千颜在一起的场景过后，便是长宁同他予祁太子的过往之事。

而这，偏偏让后来的本神君捡了便宜，每每夜深人静、神识入定之际，便将这往日的事情，看得清清楚楚。

这还要打予祁从玉神手中接过长安玉那一天说起。玉神捋了捋花白的胡须，慈眉善目道："情有缘，玉相引，生仙骨，长安玉。太子殿下如若打算把它做成扇子，有一日它幻化成仙也说不准啊！哈哈。"

那时候，佩着一柄宝剑的予祁太子，只是指尖微微一动，又不可察觉地隐在衣袖里。莫说是玉神，连我这旁观之人，也没能从他脸上看出半分欣喜的情绪。

后来，他揣着这块玉石进了太子府。

入门之处，三丈长的影壁，端端立在那里，瞧着同今日没有什么区别。瑞兽分立，铁山玉河，祥云簇拥，那"乘河山万古，载帝业千秋"十个大字，仍然承载着天家不可推卸的责任和担当。予祁太子肃立在影壁前，不动声色地望了一眼，揣着那块长安玉石进了府里。

他兴致盎然，用了三天三夜，这块玉石终于被雕成十二段扇骨，每一根都是他自己细心打磨出来，非常精致。他随意握住一支紫毫，在金线刺绣的锦衣上落下一个"长"字，然后提笔顿了一顿，凝眉思量许久，才重新落笔，在锦衣上"长"字之后，书下"安向宁"三个字。

长安向宁。

长宁。

这便成了这把长安玉骨折扇的名字。他又连夜做了一幅扇面，次日清晨便奔去丹穴山，请了擅长画扇的本神君补全了一幅画。

之后，便果然如婧宸所说，予祁殿下握惯宝剑的手，喜欢上握折扇了，这举动让九重天人人都新奇。且这一握便是几千年，未有一日放手。

场景变换，是他与天帝对弈的时候。年轻的太子几经周折又微不可察地将天帝手中的黑子引过来，斩杀了自己半数白子，然后面露难色，掂起折扇，身体半躬道："父君棋术超绝，孩儿毕生莫及。"

天帝笑着眯起眼，打量着他手中的玉骨折扇，忽然抬起右手轻轻搭在扇端，他大惊，迅速将扇子收起。

莫说天帝，连他都惊讶于自己的反应。可天帝脸色不过一滞便满面春风地收回右手，和蔼道："这扇骨瞧着不错，如果打磨成一副白子……"

莫说予祁是这天上的太子，是天帝的儿子，就算是个宫娥、侍仆，也该晓得面前这位六界共主的话里头是个什么意思。他扬起袍裾跪在天帝面前，语气里却是顶了三分固执，偏偏是这三分固执，让听者一震。

"父君若想要一副棋子，儿臣即刻便去打磨一副，材质绝不亚于这扇骨。但儿臣手中这把扇子，是儿臣心之所爱，着实不能送给父君。"

天帝面上依旧温和，可本神君却发现天帝的目光在他藏着玉骨折扇的袖子上停顿了半刻，才抬眸打量着这个喜怒不形于色、做事果断严谨的儿子，笑容也渐渐隐了去。但不过一会儿，便让他平身，宽慰道："这把扇子既是你所爱，旁人定不会夺去半分。只是你欠我一副棋子，等我想好了便问你要。"

本神君以为，天帝大人"棋子"一话，说得十分含糊。如果他果真要一副棋子，为何还要说"想好了"再要，这一副棋子黑白相称不过三百六十一颗，有什么可斟酌细想的？

那日予祁回了殿里，取了最好的黑白玲珑玉，彻夜不眠，磨了一副棋子，找来水晶宝盒收纳起来，等天帝问他要的那一日。可他一等便是数千年，天帝大人每每见到他手中的折扇，总是和蔼一笑，却再未向他讨要过什么棋子。

蔷薇溶月，清风醉晚，那是一个极难得的夏夜，只是稍稍有些闷热。

太子府里的仙仆跪了一地，谁也没有胆量看此时站在殿中央的太子。我透过紫玉，看了这几万年的事情，也从没有见过他像今日这般责罚宫仆。

掺着怒气的声音不大却慑人："若是一枚绣花针，你们找不到也合情理，但这一把扇子你们竟然不知所向，本殿下竟养了一群废物。"

于是，一地的仙仆只能更加俯身跪着，不敢抬起脑袋半分，再没有胆量同他对视一眼。

于是，殿里所有的人都没有看到那个在窗外一闪而过的身影，除了他。

殿外是一株开得极盛的九里香花树，这是前几年予祁亲手植在这里的。岚岚晚风中花瓣袅袅娜娜落下来，细碎的香气便悠悠转转地升起，他将仙体留在殿中，提着元神走出来，饶有趣味地打量葳蕤花树下那个身着月蓝色纱裙的姑娘，她捏着裙摆挺着身子往窗里面探头瞧去，看到"予祁"还是站在殿中央，一副怒不可遏的模样，她低下头原地踱几步，甚是惆怅地叹了几口气。几片九里香落在她的额发上，他嗅到了几丝清爽后才发现她濡湿的长发，看上去是刚沐浴过的模样。将要靠近她背后，孰知她蓦然转身瞪大了眼珠子，有一瞬间，他觉得自己被发现了，但又转念一想，此刻他是元神出窍，她怎么能看得到。

那双眼珠生得极是灵动，她的眉毛突然跳了两下，对着予祁的元神，咬着下唇露出几丝得意的笑，只见她裙裾轻转，扬起的水蓝色裙摆十分优雅，瞬间变作一把玉骨折扇，稳稳当当地躺在九里香的枝丫上。

予祁的元神在花树下站了好久，几万年来从没有过的情绪漫上他的脸庞，是真真实实不用掩藏的欣喜。那一晚，予祁太子的元神便是这样动情地望着九里香花树上的玉骨折扇，未舍得移动半步。只是连累了殿中央的侍仆，俯身惊惶地跪了一夜。

夏日，其实是十分闷热的。

那一天，他握着扇子找到婧宸，怕是因为这天上唯有婧宸这个妹妹心性单纯，他信得过。婧宸瞪大了眼珠子，愣了许久才托着下巴问："你是说每日傍晚将扇子托付给我，清晨再还给你？”

他拂了拂杯中的茶芽，点点头。

“哟哟，予祁太子这番是怎么了，怎舍得把你的宝贝扇子托给旁人啦？”婧宸笑得明艳动人，语气也是大胆地揶揄。

“近来天气越发热了，长安玉可生清凉。这扇子单单置于你的殿里便能消去半分暑意，我只是借与你用用罢了。”说完他灌了一口茶，天界太子这个位置坐久了，见风使舵的伎俩他不屑于用，偶尔撒个谎却令他觉得心情十分舒畅。

其实，他不过是想让早已幻化成仙的长宁，夜晚可随意沐浴消暑而不必慌张罢了，他是男儿身，在他的殿里长宁总有诸多不便，跟着婧宸，她便不会有太多顾忌。所幸，心性单纯的婧宸信了这个谎，还乐滋滋儿地给他添了茶水道：“还是哥哥疼我。”

他笑了笑，没再说话。

犹记得婧宸曾说，她是第一个见到长宁幻化成仙子的神仙，如今看来，她是被骗了。看到这一幕的本神君无奈扶额，不晓得婧宸若是知道了她这个哥哥的真实用意，会不会抡了鞋底，招呼上去。

但好在，长宁夜夜同婧宸处在一起的时日里，彼此的情意真真切切，赤若足金。

酷暑终于过去。长宁在婧宸殿中待的最后一晚，予祁殿下被天帝召见了。

他不自意做了一个平日里为了藏起长宁而攥住袖口的动作，这个动作没有逃出天帝大人的眼睛。

而接下来天帝大人的话，也恰恰应了当初本神君关于那副“棋子”的猜想，高高在上的天帝，怎么会仅仅想要一副棋子呢？他有更远的想法。

入眼处，天帝大人拉过予祁攥住袖口的手，若一个和蔼亲切的长辈那样，轻轻地抚平予祁衣袖上被攥出的褶皱，语气里饱含了许多期望道：“如今，商钺手里的兵权已达百万之多，父君我着实不大放心。”

尽管在天帝大人看不到的、予祁殿下的后背上，汗雾已经从华服上渗出来，可他面上却依旧镇定自若，看不出分毫紧张地对天帝说：“儿臣会全力以赴，还请父君安心。”

不过第二日，婧宸去太子府还扇子的时候，恰好遇到数百枚致命银箭簌簌朝予祁太子身后射去。婧宸大惊，却不料手中的扇子一跃而出，霍然一个扇展扬起，“啪”的一声响，百枚致命银箭被这扇子一挡，完全失去威力。长宁扇颓然落地，不过一瞬的工夫，密密麻麻的窟窿穿过九里香扇面，是狼狈得不能再狼狈的样子。

而恰恰漏过的一枚银箭，是同样“挺身而出”，贴了商钺之女——婉茗仙子的脚踝擦过去。

我不信，当即抱起婉茗奔向厢房中的予祁太子，没有看到地上那满是窟窿的玉骨折扇。

我也不信，他对这把长宁扇，没有一点儿悲痛没有一点儿怜惜。

可他却是抱着婉茗，大步流星，奔进厢房，“速传药仙！”他吩咐殿中的仙娥，面上紧张在乎的形容不像是装出来的。

公主府，长宁并未死心，顶着身上残破的窟窿，央求婧宸带她去见予祁。婧宸泪雨滂沱，颤抖的双手几乎不能捧起这把扇子。

“婧宸，这怕是我见他的最后一面了……他至少……应该知道是我救了他，而非是那婉茗。”那把扇子，就这样，躺在婧宸手心，凄凄出声。

于是婧宸带了长宁去见予祁。可推开厢房的门，却见那双握过宝剑，握过扇柄的手，轻轻捧起婉茗梨花带雨的脸。

他对婉茗说：“谢谢你救了我，婉茗，你受苦了。”

玉骨折扇应声抽搐了一下，从婧宸怀里掉落，带起“啪嗒”一响。婧宸迅速捡起它，护在手心，哭道：“哥哥，救你的是长宁。”

长宁怕是永远也忘不了那双半眯的眸子，那句她此生永远改变不了的话。

予祁太子说：“它不过是把扇子。”

这纠缠万年的仙缘，一半是错乱，一半是遗憾。

那时候的长宁，最伤心的怕是自己从不能有资格以女仙的身份在他身边。她以为，自己确确实实如他所说，不过是把扇子。纵然予祁曾经这样喜欢它，将扇子时时刻刻带在身上，可他喜欢的也仅仅是一把扇子。

我不是没有疑惑过，为何长宁现在这样扇面残破，可是那日在昆仑大雪之上，她归于扇子原形、抽仙骨做玉棺的时候，那幅扇面，是精致的复织绸缎，飞雪之中，其上的九里香花瓣仍是我曾经画的那一种。

直到九重天上最好的绣娘被招进婧宸的府邸，我亲眼看到三寸长的绣花银针绵绵密密扎进长宁崭新的扇面上，才恍然大悟。

原来本神君画的那一幅扇面被硬生生扯下来了。

婧宸守在旁边，心疼不已，快要掉下泪，又忍了忍安慰她道："予祁哥哥他，他……他不晓得你能幻化成仙了，所以也不知道是你救了他。你坚强一些，挺过去。长宁，你要让哥哥看到你最好的样子。"

长宁最好的样子。

扇面轻微一颤，绣花针穿斜了，绣娘冷漠又利落地剪断，抽出丝线，重新穿针，娴熟地刺进去。于是扇面再也不敢动。

婧宸憋了一肚子气，待那绣娘绣完这一朵花瓣，将将取出银针的时候，一个巴掌扇在绣娘的脸上，怒骂道："今晚你就收拾收拾，滚去地府给厉鬼做衣裳吧！"这绣娘惊慌落泪，其他的也是惶恐跪地，连呼饶命，婧宸气得眼泪都飞出来，"你们若是再不轻手轻脚一些，再敢一根线穿两次的话，本公主便敢不留活口！"

于是七天七夜，其余的绣娘胆战心惊，无数根金丝银线顺着绣花针穿进去，虽再无冷漠粗心、针线刺斜的情况，可毕竟是一把有生命的扇子，这疼痛怕也如针脚，绵绵密密，直至麻木。

终于，月牙色的九里香花盏在扇面上徐徐绽放，每一枚花瓣都是长宁受的伤。

而本神君，在这局外，也一直看着长宁，早已忘了去留意这往事之中予祁太子的动向。

长宁她终于如愿以偿，在予祁眼前从一把扇子变成一个女仙，穿着九里香纹饰的长裙，是比以前还要好看的模样。只是这代价，怕是只有她自己能深切体会到。

予祁微微惊讶，却也不过一瞬，便沉着遮了过去。可是，长宁那句“是我救了你”的话哑在喉头还未说出，便听予祁那平凉的嗓音道：“明日去注一下仙籍。婉茗身体受伤，你便去她那儿服侍几日吧。”

我眼中的长宁，身子僵了不知多久，才微微颔首，手掌攥紧又松开，终究道了一个字：“是。”

彼时，长宁奉命去照顾婉茗，可当她打量着那“受伤”的姑娘，竟忍不住笑了：“仙子只有脚踝处这点儿擦伤？”

婉茗莞尔一笑，虽生在战神之门，脸上却是小鸟依人的形容：“予祁殿下怜惜我，其实本就不是多大的伤，只是恰好救了殿下罢了。”

那时的长宁终究年轻气盛，行事不知迂回变通，三言两语竟与这婉茗仙子吵了起来，且让婉茗知道了她才是舍命救了予祁太子的人，当然，也让婉茗看出她对予祁的钟情。

于是，婉茗盯着她，伶俐一笑便从榻上滚落，对下一刻推门而进的予祁换上一副委屈的皮相：“不要怪长宁，她可能是无心的。”

这句话，换回长宁在婉茗的殿前，十天长跪。

可十天之后，长宁冲进凌霄金殿，当着天帝大人和诸位神官的面，对予祁说：“我喜欢你。”

天帝大怒，当即下旨要将长宁关进天牢受罚。她被司律神君带走的时候，一点儿也没有害怕，反而冲着予祁开心一笑，眸光灵动，跃跃神采：“所以你呢，予祁殿下，你喜不喜欢我？”

予祁攥紧拳头，骨节泛白，他身后的天帝大人，高高在上。于是，他终于义正词严回了她一句：“痴心妄想。”

长宁转身，随着司律神君一步一步走出大殿，再未回头。她的长裙之上，翩跹似雪的九里香花瓣，随着她行走带起的风，仿佛真的要飞出来。

我一心盯着长宁，亲眼看到她受过的苦。天雷地火从她身上滚滚而过，焚心灼身，最后，她连眉头都没有力气皱了。

万箭穿身，绣针刺绣，十日长跪，天牢受刑。

一桩一桩，快得让人躲闪不及。

不晓得老天同这位姑娘有何冤仇，非要这样折磨她。

那一晚，予祁和婉茗来看她。隔了青铁牢门，予祁问她："你可知错？"

她趴在地上，俨然动不得了，却还是强撑起身子，望着予祁那蕴金盘领襕衫，轻飘飘摇了摇头。旁边的婉茗用锦帕擦了一把泪："可怜的丫头，本应看到自己的本分。你不过一把扇子，不该说那些胡话，以下犯上。"

长宁苦笑，本分，她确然不晓得"本分"该是什么样子。于是，这"不知本分"的话从婉茗口中传出来，经过商钺极具权重的一个奏折，天庭众神便开始联名参奏，请求将仍不知错的长宁重罚。

天牢最后的几日，她被折磨得发丝散乱，神志模糊，几乎要灰飞烟灭。

如果，如果本神君此时不是一个观看往事的局外人，我一定拼了自己的修为，也要把这可怜的姑娘救出来。

所幸，最后，予祁来了。本神君终究没有瞧错他。他重新握起宝剑，闯进天牢。将长宁死死护在怀里。那时候的长宁双目紧闭，依稀喊了句——

"婧宸，疼……"

予祁太子身形一僵。但并未停留，一路将她送到天门，身后火把熊熊，他抱着长宁，温柔起来的模样，让我想到了长诀天尊。

他下定决心对长宁道了两个字——

"等我。"

可是长宁没有等到他。她神识模糊，脚下虚浮，从天门掉下来，落到了大雪肆虐的昆仑山。

漠漠的天庭从没有哪个神仙会像长宁这般狼狈，蜷缩在昆仑的冰天雪地里，伤痕累累。

空气将要冰封住最后一丝呼吸，那时候冰雪如刀刮在她脸上，恍然一瞬，无数雪花骤然降落。修为散尽之际，她变回扇子原形，长安玉骨曾经精致，如今却是凄凉。

恰在此时，十二骨的檀香木折扇路过，于孤绝的风中霍然一收，漫天素色里只剩风流俨然的大红鹤氅，那注定是让人忘不了的场景。

于是，当长宁第一次睁眼看着千颜的时候，他手中那端着的六棱青花茶盏仅仅洒了两滴茶水而已，他面上带着七分笑意与长宁道："莫要疑惑，我是你的救命恩人，如假包换。"

长宁怕是第一次见这样不大矜持的神仙，她微微一笑，冰清似雪，反讽他道："其实一个男人穿成大红色，太过风流。"

他并不恼，仍是满面春风，风流倜傥。

直到后来长宁才知道，她还能醒来与他拌嘴，完全是承了他毕生修为。救命恩人一词，千颜确实当得起。

后来的日子，长宁躺在胡天八月、飞雪流川的日子里，那一定是她这一生最潇洒倜傥的时候。

千颜总是挂着大红色鹤氅或者绸衫，握着十二骨檀香木折扇，霍然一个扇展，倜傥之姿倒映在昆仑冰川之间，可怜他如此冠绝碧落的风姿竟总被长宁嘲笑："这样冷的天握一把扇子，'风流'二字，神君你当真参得透彻。"

可千颜并不恼，收起扇子往左手手心嗒嗒敲了两下，眼睛一弯，笑意风流："我如今才发觉，握着扇子，便像握着你一样。"

长宁瞪大了眸子，惊讶地望着他。

本神君其实十分能理解她的心情。她曾以为，千颜从雪地里捞起来的是个好看的女仙，可万不曾想过，打第一眼起，千颜便知道她是把扇子，十二根长安玉扇骨如何，复织绸缎扇面又如何？不过是一把扇子。

她其实这样在意，自己是把扇子。

就像本神君曾经，这样在意自己只有半颗心一样。

其实，世间万物，因果轮回，兜兜转转，都绕不过自己心里那道伤疤。

可千颜却随意躺在她身边，枕着檀香木折扇，侧目笑道："我这样爱扇子，便总想着有朝一日能有一把可以变成美女的扇子落在我昆仑山，本神君一定不假思索地娶了她，把她放在手心里宝贝着。不料，如今却实现了。”

漫漫风雪，随着千颜手指的动作，一瞬倾过，飒飒而舞。听到这句话的长宁，脸上隐隐浮起红霞。

彼时的她还并不知道，她以一把残破的扇子落在昆仑山，那倜傥至斯，红衣折扇的公子，偏偏为了她这样一把残破的扇子，彻夜不寐，倾尽所有。可在她面前，却仍然这般云淡风轻，谈笑风生。

长宁还是太矜持了一些。想当初本神君晓得天尊大人并未嫌弃我有半颗心的时候，趴在天尊大人怀里，感动得哭了个昏天黑地呢。

于是，她也开始跟千颜学召雪之术，心情大好的夜晚，温一壶葡萄酒，唤来千万雪花为她和千颜跳舞。每每我看着飞雪之中，千颜妖娆的红衣牵风而动，透过莹绿色的夜光杯，总生出男人穿红别有一番风味的错觉。甚至想着改日去给天尊大人做一套大红绸衫。

而天上的种种也如过眼云烟，我想，长宁差不多也不会再去细想、再去追究了，她脸上欢脱璀璨的笑容，总是离不开千颜。千颜于长宁来说，确确实实有这种魔力，让长宁同他在一处的时候，万物灵动，欢悦至心，远没有在予祁太子身边时那般苦。

我甚至看得出来，她想在昆仑山同千颜待一世。

昆仑山绵延千里的大雪之中，长宁躺在雪原上，朱红色衣裙随风而舞，极任意的剪裁扬起三分妖冶，七分潇洒。她枕着右臂，慢慢抬起左手，红袖斜斜滑落，露出玉般莹润透凉的一段手臂。漫天飘绕的雪花在她拈起的指尖上方汇聚成一片流云模样，又随她手掌展开的动作四散而舞，飘飘洒洒。

直到有一日，她躺在广袤的冰原之上，看漫天飞舞的雪花簌簌而落，看到半截纹龙衣袖，看到朝她缓缓伸过的握了她几万年的手——

“跟我回去，往事我不再提。”予祁太子说。

她冰清一笑，跃身而起，扬了扬红裙上的雪花，与他客气而又疏离道：“予祁殿下，丢了一把扇子，命人再做一把轻而易举，何必纠结于长宁。”

他立在雪中，神色严肃：“我的扇子，就算毁了也是我的。”

那是长宁最后一次对他笑：“十一月初六，千颜要与我成亲，你记得过来讨酒喝。”

予祁望着那渐渐远去的朱红色背影，终究没有再追上去把她带回天上，我也不晓得这一次他为什么放手了。

其后的事情，我实在不忍心看下去了。因为，十一月初六，没人比我更清楚，这里发生了什么。

“小玉！”

我从梦中醒来，便见到天尊大人紧紧攥着我的手，满目担忧道：“可……可有哪里不舒服？”

我望了望四周，看到了那翡翠屏风，知道这是天尊大人的厢房。忍不住笑了笑，问道：“我睡了多久了？”

天尊大人没有告诉我，只是将我拥进怀里，像是再也不想放手的模样。后来，我是从苏苒姑姑口中晓得，我这一觉，睡了三天三夜。天尊大人守在床前，未离开半步。

我点点头，精神抖擞地跑到长诀天尊跟前，环住他的腰，蹭了蹭他的胸膛道：“听说你茶饭不思，誓死守在我的床前来着？”

他面无表情纠正道：“那是本尊的床。”

我扑哧笑出声：“你不是说要娶我吗，你的床不就是我的床吗？”

他捧起我的脸，照着嘴唇咬了一口，是真的咬了一口！我疼得倒吸了口凉气，便听他邪邪一笑，“你这是多迫不及待想要嫁给我，时不时给我提醒，嗯？”他理了理我的头发，认真道，“现在瞧着你身子好了许多，要不趁着这几天……”

我惶恐地打断他：“不不，你忘了，予祁殿下……他就要跟婉茗成亲了。”

其实，不仅仅是因为这即将到来的予祁太子和婉茗的婚事，而是……而是我清楚地知道，本神君并非真的是身子好了许多，而是待在我左心的那枚紫玉发挥了作用，让我看起来生龙活虎。不晓得我将这紫玉掏出来给予祁的时候，会不会直接倒地而死。

我其实很想嫁给长诀天尊，可我却又十分害怕嫁给他。

想同他白头到老，地老天荒；怕自己无法长寿，徒留他一世孤寂。

“你可不可以去北海捞一麻袋海虾来？我给你做海鲜火锅。”我笑道。

他冷冷瞧了我一眼，唇角却是蕴含着笑意，“可以啊，毕竟你是未来的天尊夫人。”他说。

于是，我就这样轻而易举地支开了天尊大人，直接奔了太子府去。

可好巧不巧，我将将出了三十五天，便远远看见了那婉茗仙子，身后跟着十几个小仙娥，谈笑风生地朝了太子府去。

我暗暗骂了一句。天尊大人去一趟北海再回来，连带上他捞海虾的时间，不过也就两个时辰。眼下这情形果真是把本神君往死路上逼。

我隐了身形看她们路过，终于忍下心来捞过跟在最后的那个仙娥，施术把她弄到远处，自己变成了她的模样，跟上了队伍。我揩了一把汗往前一瞧，婉茗仙子还是同她们谈笑风生状，并未发现任何异常，才缓缓舒了一口气。可走在我前面的小姑娘却疑惑回头，低声关切道：“艾艾，不过走了几步路，你怎么累成这样？”

我一惊，提着胆子讪讪道：“许是……许是我太胖……咯咯，太胖了吧。”

小姑娘瞪大了眸子，看着“艾艾”这副并不胖的身子，十分疑惑，所幸走在最前面的那个仙娥回头嘱咐道：“就要进太子府了，各位且静一静，太子殿下不喜吵闹。”

我长舒一口气。

想是这婉茗仙子确确实实有一个厉害的老爹，太子府里一众神仙甚至连太子殿下也亲自在府外等候。

婉茗委身朝予祁行了个礼，道：“殿下亲自出迎，婉茗可怎么敢当。”

这一句话说出来，纵然本神君是个女神仙，也要被这轻声细语还略带了些许愧疚自责的话给酥了半边心去。

予祁也是给足了这婉茗面子，执起婉茗的手，便往府里走："你就要是我的妻子了，当由我来挽你的手。"

不晓得为何，本神君听到这句话，心里十分酸涩。若我不晓得予祁心里中意长宁这件事，太子和准太子妃挽手共步、甜蜜缱绻的模样，确确实实是一幅郎才女貌的好景致。

可偏偏我知道，予祁这句话是假的。

我不信他说出这句话的时候，内心也是同脸上这样云淡风轻的。

随着一大拨人进了府中，我才晓得，婉茗今日是来试嫁衣的。

"其实，上一次的嫁衣并没有穿，那一身就可以了，"婉茗望着予祁，目光婉柔，"殿下本不用再命人做一身儿。"

予祁握了握她的手，神色郑重道："推迟婚礼是我的错，你若是穿上一次准备的嫁衣，便要受委屈了。"

本来，这随着婉茗来太子府的十几个仙娥都要跟着婉茗去右厢房试嫁衣的。我同前面的仙娥说谎道："艾艾有些肚子痛，劳烦姐姐先替我顶一会儿。"

那小姑娘便担忧地看我一眼："艾艾，你脸色确实不大好，实在不行先在一旁歇一歇。"

我这厢自是千恩万谢。待她们都进了那厢房，本神君便马不停蹄去找予祁太子，路上恰好遇到提着茶壶准备送水的仙娥，我便殷勤地接了过来，那仙娥不知我的心思，目光赞赏道："不愧是婉茗仙子身边的人，果真是勤快且有礼数的。"

我干巴巴扯出一个笑，拎了裙子便去给予祁太子倒茶了。那日他殿里有一个修剪洒金梅花枝的仙仆，瞧着略略有些奇怪，因为他把开得正好的花留下，却把许多花苞剪掉了。我心里忍不住嘲笑了一番：再过几日，这开得正好的花便要凋谢，而花苞又被他剪掉了，到时候，这洒金梅岂不成了光秃秃一棵小树苗了。

本神君提着茶壶，走到予祁太子身边，趁着倒茶水的空当儿，腹语传音道："殿下，我是良玉。"他听到这句话只是眼睑微抬，面上瞧不出任何异样。不愧是天界的太子，这处变不惊的形容，是很多神仙比不得的。

"殿下选一个日子，到时候良玉带着简容和那块紫玉，来救长宁。"说完这句话，我不多不少，已经斟满一杯茶水，他不搭话，我便自作主张端起茶盏递给他。不料他没有接稳，茶水洒在他的袖口。

我一惊，便发现在他袖子上茶水浸湿的地方，出现了"三亥"两个字。

本神君迅速俯身道了句歉，提着茶壶便走出去，找了个僻静的地方，施术将那真的"艾艾"弄回来，自己连忙奔去公主府。

今日，是腊月二十七，他说的"三"应是正月初三，"亥"应是亥时吧。

后来我才知道，那日，予祁府中不单单有婉茗仙子和她的随从。而那个曾让本神君好奇的修花的仙仆，正是商钺的眼线。他就是这样谨慎。

公主府。简容正捏着扇子立在殿门口，瞧着远处的流云，大红绸衣彦彦风流，他唇角噙着七分笑意，不晓得在笑什么。可我却因着这笑容心里蓦然一个抽搐，脑子里不受控制地蹦出一句话——

"莫要疑惑，我是你的救命恩人，如假包换。"

我又一次正色问他："简容，你到底是不是千颜？"

他微愣，旋即灿烂一笑，却没有回答我的问题，只是道："神君你终于来了。"

听到声响的婧宸跑出来扶住我的胳膊："良玉你这几天去哪里了？！"

我才知道，婧宸去太子府找我，予祁如实告诉她我被天尊大人唤了去，结果苏苒姑姑慈眉善目地告诉她"公主来晚了，尊上和良玉神君此时都不在清微宫"。我忍不住一张老脸又红了一红，心里十分感谢苏苒姑姑说的这个谎，要不然她非冲了进去，然后看到我同天尊大人同床共枕……这个场面得多骇人。

我摆出一张严肃的脸："本神君已经晓得了那些往事，我们进去再说。"

于是，在公主府一处后室，我同简容和婧宸把所了解到的关于长宁的事讲了一遍。婧宸和简容听完已是震惊不已。

那一天，简容讲的一句话我后来时常会想起来。他说：

“若是我晓得她之前受过这样多的苦，会更加倍地对她好。”

我拿过简容手中的檀香木折扇，施术在上面落下一幅画，这幅画，便是本神君曾经画给简容看的、长宁穿着大红色九里香纹饰的嫁衣的那一幅。

婧宸纳罕：“良玉……你这是在做什么？”

我看着简容，认真道：“简容，从今日起，你要假扮成千颜了，你要时常看着这幅扇面，告诉自己里面是你最心爱的人，你握着这把扇子……”

他倜傥一笑，面上溢彩流光：“握着这把扇子便像握着她一样？”

本神君大惊，盯着面前的这个公子，不由得目瞪口呆。

我想起万千冰雪之中，千颜收了扇子往左手手心嗒嗒敲了两下，风流笑道：“我如今才发觉，握着扇子，便像握着你一样。”

简容接过扇子，白皙若雪的手指摩挲着扇面上姑娘脸上的那两道朱砂眉，笑道：“神君莫要疑惑，这句话方才你讲千颜和长宁的故事的时候，是千颜说过的，我只是恰好记住罢了。”

我干干一笑掩了自己的失态：“如此便好，简容公子可要牢记这些，勿让长宁看出破绽才好。正月初三晚，本神君便来找你。”

“那我呢？”婧宸问。

“你去找婉茗，带着她去凡间找些小倌哥吃吃酒菜吧，只要拖住她就好。”我道。

婧宸挑了挑眉：“自然是不在话下的。”

简容听了这句话竟十分惆怅，捏着扇子道：“不晓得我那弄墨堂还在不在。”

婧宸抱着胳膊，挑眉笑出声：“你那弄墨堂的小倌哥都七老八十了吧！”

简容皱了皱眉，起身去了外面，没再搭理婧宸。

我实在忍不住，好奇问道：“你当日是如何强迫那简容服了老君的仙丹的？”

婧宸剥了个金橘，勾了勾唇角，跷起二郎腿，笑容明媚，得意道：“不过是将他五花大绑扔在床上，吓唬他如果他不服那仙丹，本公主就分分钟给他宽衣解带，把他上了。”

本神君狠狠打了个哆嗦。

她嬉皮笑脸凑近我：“我发现这一招很灵的，若是在长宁的事上他敢不听话，你也可以试一试这个办法！保证简容乖乖听从你的指示。”

本神君噎了一噎，想到当时我在天上初见简容的时候，提起婧宸公主的名讳来，我同他道：“婧宸公主，妍婧之婧，宸宇之宸。”

他一脸嘲讽地同我讲：“倒是白瞎了两个字了。”

如此看来，简容能不计前嫌帮我们这个忙，确实不易。

天上同人间一样，有除夕守岁，有元日拜年。

今年的除夕，我是同天尊大人在一处的。因为晓得自己活不长了，这个节日我格外珍惜。紫玉安安稳稳在我左心里，无边的暖意渗入肺腑，我精神起来，连天尊大人都有些好奇。

到了正月初三，我便要把这紫玉取出来亲自送到予祁手里了，是以，现今生龙活虎的状态也让我格外珍惜。

除夕的一大早，我便央了苏苒姑姑教我做菜。我活了这么大岁数，却还是个不大会做饭的神仙，除了荷包蛋做得像样一些，于其他菜肴可谓一窍不通。不料苏苒姑姑却从天尊大人那里提前得了嘱咐，她笑道：“神君去歇一歇就好，养足精神好守岁，菜肴这些苏苒一个人就能应付过来。”

我却觉得不大妥当，因为本神君实在不晓得，日后还能不能有个机会给天尊大人做一桌菜了。苏苒姑姑心细，觉察出我的想法，于是指了指前几日天尊大人从北海捞回来的虾蟹，道：“听闻神君喜爱吃海鲜火锅，苏苒在这方面是个外行，神君要不去准备一锅？”

我欣欣然应了，终于找到了一个施展才华的好机会。

其实，准备火锅是再简单不过一件事，无非是洗好虾蟹，切好青菜，准备底料，调制蘸酱。

但因着是专门做给长诀天尊吃，我准备得格外用心。海鲜性寒，蘸料里是必须要有驱寒的姜丝来调和的，但这厨房里却不见有姜。正在做凤尾群翅的苏苒姑姑回头极开心一笑，道："神君该是晓得三十五天哪一块地方是专门种调味的木植的，可自己去取。"

我脸红了一红，姑姑她果然还记得当年本神君偷茴香苗那一茬儿。

酉时初刻，三十三天的烟花焰火已经噼里啪啦冲上三十五天玉清境了。

长诀天尊看我端着一个大锅走进大殿里，放下茶盏笑道："你这些天的体力确实好了许多。"

我挑眉得意道："那是自然。"

"既然这样精神，等予祁他成完亲，我便去娶你好不好？"

我一个不稳，差点儿抱着大锅栽到地上。幸好小凤吭哧吭哧跑过来扶了我一把。

"小玉，你高兴成这样吗？"天尊大人走过来把那锅顺手接了过去，笑问。

我嘿嘿一笑，扒瞎道："是哇，要做天尊夫人了，可不是高兴嘛。"

小凤一愣，伸出根树枝指了指天尊大人，又伸出一根指了指我，然后两根树枝搭在一起扭了扭，小树冠微微一颤，然后羞答答低了头。我扑哧笑出声，它怕是又想那睡莲妹妹了。天尊大人俨然也瞧出来了，转身同苏苒姑姑道："取了长生瓶，今晚把那株睡莲带到大殿吧。"

因为这句话，小凤对长诀天尊感激涕零，勤快地将天尊大人的地板、座椅、茶壶之类都擦了一遍。

殿外的琉璃宫灯里都点上了大红色火烛，灯火通明，苏苒姑姑告诉我，这些灯燃到次日太阳升起，那守岁的人可一世平安。

纵然我晓得自己今世是无法平安了，但还是在吃完海鲜火锅之后，兴冲冲地拉着天尊大人在大殿门口，望着那彤然的宫灯，守了一夜。

天尊大人用厚厚的毛氅将我裹在怀里，身下是三寸厚的毛毯，身旁是青铜火炉，上面的浮雕瞧着是蝙蝠的模样。是以，在大殿门口，也并未觉得有多冷。

我偎在他的怀里，笑道："你可要打起精神啊，苏苒姑姑说，守着这宫灯到天明能保一世平安无恙。”

他紧紧抱着我，下巴便抵在我的额心，温暖略带清宁的声音从额头沁入，让人十分舒服：“我若是睡着了呢？”

我伸出手轻轻捏了捏他的胳膊，许是怕我着凉，他见状又握住我的手将它重新藏在了毛氅里。

“你将要睡着的时候，我就捏一捏你，把你弄醒。”我说。

“你这个力道，怕是有点儿小。”他温言道。

本神君立马又掏出爪子，他正要再握过来，不料我用力有些大，彼此重心不稳，本神君一下子将他压倒在毛毯上。

夜风衔凉，灯火摇曳。身旁火炉的火焰尽数铺在他如雪的面庞上，映出柔和蕴黄的光，墨发三千尽数铺在棕色毛毯之上。我的天尊大人，他这样被我不小心压在身下的些许凌乱的样子，也是旁的神仙无法企及的风华绝代之貌。

此情此景，千载难逢。

本神君望着他，思索着要不要顺势照着他的唇亲下去，却觉腰间一紧，后颈一箍，反应过来的时候，双唇已经贴上他的。他眼梢带笑，吻得渐渐加重。我本着有生之年亲一次少一次的原则，也是彻底放开了。

后来是他主动停止这个漫长的吻的，我望着他被我啃得格外红的嘴唇，忍不住笑出了声。他扶我坐起来，用毛氅将我裹好，才略略叹息道：“那时候，我就该养着你，等你长大后就把你娶了。”

我有些好奇，歪着脑袋问他：“那时候是什么时候？”

他同我鼻尖相触，唇角绽笑道：“你小时候。”

“可惜小时候并不认识你，否则我愿意给你做童养媳的。”我故意笑道，他却因为“童养媳”三个字抖了一抖，我碰了碰他的鼻子，又道，“不过幸好我小的时候没有遇见你，那时候的我很丑，浑身连毛羽都没长几根。听师兄们说，师父捡到我的时候，我只有额头上一撮毛。放在哪里都会被人嫌弃的。”

“嗯，是挺让人嫌弃。”他笑道。

我瞪了他一眼，语气不善道："你若是喜欢我，现在应当说不会嫌弃才对。"

他捏了捏我的鼻子，盯着我的那双眼里，眸光璀璨："你是让我说谎？"

"……你总这样说实话，得多扫兴啊……"本神君有些悲愤。

他把我按进怀里，隔着他的胸膛，我听得到里面的心跳，咚然有力，"如果能再有机会，我会把你放在手心里好生养着，不让你受丁点儿委屈。"他说。

远处"轰隆"一声清脆的响，我兴奋回头，正好看到一大朵焰火升上三十五天，炸开五颜六色的光。

琉璃宫灯微微摇曳，里面的烛火，攒聚一束，是长燃不灭的模样。

长诀天尊，若我在身体康宁的时候遇到你，若我在心脏完整的时候遇到你，我也愿意待在你身边，听你温声，看你笑颜。

只是，良玉没有那样的好福气，可以享受被你捧在掌心里的温暖。

元日那天，是天上冗杂的拜祭仪式。长诀天尊在大殿里接见诸神，而本神君趴在他厢房睡了个昏天黑地。

元月初二，我去了大梵音殿，而长诀天尊去了太子府。

我晓得他是去找予祁要那枚紫玉，可他不晓得紫玉现在就在我的左心里。我只盼着予祁能够撑得住天尊大人这一次造访。

说来，我已经很久没来拜见师父他老人家了。上一次见面，还是在昆仑山的冰域圣境中，将那由紫玉幻化而成的沉钰的元神，送入沉钰的仙体内。

师父仍是青灰色长衫，立在大殿前等我，手中的菩提念珠，仍是莹润细致的样子。

"小玉，若你一直是这样身体康健的样子该多好。"师父看了我第一眼便这样说。

我本想装个傻，今日只是来给他老人家请个安的，没想到师父竟然早就看出来了。

"我也是前天才晓得，彼时用寻引术打探你那心脏的下落，竟发现它早已不在予祁太子手中，而是正在你的左心。"他边领着我往大殿走，边道。

我喉咙一干，涩涩道："所以，是师父您告诉天尊大人，紫玉在太子殿下手里的？"

师父望着我，面上有些许愧色："小九，你怨不怨为师告诉天尊大人？"

我赶紧摇头，"怎么会，师父也是为了我好……"我身子僵了僵，又道："可是师父，您能不能不要再告诉天尊大人那紫玉现在在我身体里，这枚紫玉，我打定主意要救长宁的。"

师父手中的念珠应声落地，"小九，你莫非还要打算把心里这枚紫玉再取出来？"

我执起念珠放到师父手心，抬头笑道："师父，你看我现在也不大需要这枚心脏……我欠千颜的，只能补给长宁了。"

师父握紧念珠，凝了神色道："你要晓得，昆仑一劫同你本没有什么干系，就算你没有为千颜神君选了那个成亲的日子，商钺也是要派兵去昆仑山的。"

"师父、师父是说当日那天兵，是商钺派去的？"我愣愣道，有些不敢相信，"我从未晓得商钺同千颜有什么仇怨的。"

"千颜神君怕也是为了护长宁仙子而死，若不是予祁太子及时赶到，长宁如今也是活不得的。"师父说。

"可商钺为何要加害长宁？"我不懂。

师父叹了口气，捻过一颗菩提子，"也许是为了婉茗，也许是为了予祁……他们天家的事，总有太多说不清，天兵出战必要同天帝请缨，所以甚至到底是商钺要加害长宁还是天帝不留活口，这都不确定。为师现在唯独关心你，既然长宁同你没有关系，你还救不救？"

我望着大殿之中的金身佛祖许久。

"自然是要救的。"我低头道，"师父不要怪我，若是您晓得她的曾经，也不会置身事外的。"

那日，师父他却终究没再回我的话。我晓得他不忍心。

我在师父身边待了一天，纵然其间他什么都没有同我说，但我望着他，看到师父的唇型，一遍一遍是在替我念安生咒。等到暮色时分，我替师父点了所有佛灯。

准备离开大梵音殿的时候，师父终于开口，神色黯然同我道："为师知道，如今已劝不得你了，但是小九，你可要想清楚了再做。"

我点头笑道："师父莫要担心，撇开拂灵手里那一枚不谈，不是还有一块紫玉嘛，我耐心找总能找到的，小九且蹦跶得长久呢。"其实这句话，说出来连我自己也有些怅然，找到那紫玉的下落是一回事，能要回紫玉又是另一回事了，我抬头又道，"师父你一定不要告诉天尊大人，他若是晓得我的打算，是不会让长宁活在这世上的。"

师父沉思良久，终于点了点头。

回了天上已是深夜，我思量片刻，还是奔了太上老君的府邸去，厚了脸皮问他求药。老君大方，捋了捋花白的胡须，递上个白瓷药瓶，目光炯炯道："神君所说的药只有瓶中这一颗了，但是容在下提醒一句，服了这药，虽短时间看上去精神焕发，但两日一夜待药效过后，怕是身子会更虚几分，所谓饮鸩止渴也莫过于此，所以还是慎重些好。"

本神君赶忙笑着接过，老君看着我这样喜地欢天的模样，顿了顿，像是突然想到了什么，鬼鬼祟祟将我引到一边，压低声音问，"神君是不是有什么仇人，想杀了那人于无形？"

我干咳了一声，道："老君想多了，呵呵，想多了……"说罢掏出一把画好的折扇呈上，怕他缠问不休，便匆匆道了别。

说来也十分巧，我竟然在半路上看见了予祁太子。只是他行色匆匆，没有注意到我。

本神君心骤然一提，并未多想便悄悄跟了上去。

我没想到，这一跟竟跟出一桩大事。

彼时予祁太子右手执剑，来到翰霄宫，在天帝的殿外跪到半夜。寒梅早开，散落的花瓣零零星星落在他墨色的衣衫上，点点似雪，落得半分寂寥。明明是毫不相干的场景，我却想到那时候的长宁身穿的大红嫁衣上，翩翩如雪的九里香花瓣。

殿门终于打开，我从未见到天帝的脚步如今夜这般沧桑凝重，他打量着这个令自己骄傲不已的儿子，语气里也毫不掩饰的尽是失望：

“你果真要毁在一把扇子上？”

予祁仰起头，面色虚白，可右手还是握紧剑柄，看着天帝的目光，凛凛坚定：“我娶长宁，本心不移，父君若是不肯，孩儿此时修为虽薄，但自刎却也费不了多大仙力。”

天帝大人一霎吃惊，望着予祁，目眦欲裂。可他毕竟是天帝，他掌管着六界诸生，他绝不允许败在儿子手中。寒梅落满殿前台阶，天帝大人负手而立，高高在上的模样，让我瞧着也有些孤绝。可他还是退了一步，摆出了条件才点头道：“给你一个月，拿回商钺手中的兵权，到时候你再来跟我谈那把扇子吧。”说完，拂袖而去。

若我没有看错，簌簌梅花纷扬之中，予祁开心地笑了一笑。

原来，他还是想着有朝一日能娶长宁为妻。

如果，当初没有商钺，没有婉茗，没有天帝大人的阻拦，予祁怕是会一直把长宁扇宝贝在手心里，直到她幻化成仙的时候，便把她娶了吧。然后，璧人依偎，恩爱缱绻，挽手赴白头。

可这世上，哪里有什么如果。

商钺拥百万兵权是真，婉茗一心一意要嫁给予祁是真，天帝大人绝不容许一把扇子做自己的儿媳也是真。

而予祁从未有一天对长宁放手，更是真。是以，当我偷偷跟着予祁，隐身潜进了那个藏着长宁的厢房里，见他带着一身寒梅冷香，从背后紧紧拥住长宁，说：“等我三个月，长宁，我娶你。”

彼时长宁发丝散乱，虚弱得甚至连眼睛也睁不开，只是眉头微微皱，是听懂了这句话的模样。

出了太子府，东上天云霞已经铺满。我右手搭在眉骨上，瞧了瞧那暖媚的日光，明亮有恍如隔世之感。一夜没回三十五天，不晓得长诀天尊有没有等得着急，有没有生气，到时候见着我会不会再冷了脸色对我。

我愣了会儿，从袖袋里摸出老君给的丹药瓶，取出那颗药丸。这个药丸是绛朱色，上面有一个芝麻大的鹅黄色小点，说实话，这药丸长得挺好看。

今日已是元月初三。

如果说两天一夜的话。

那现在服下，时间正好。

老君的手艺果然了得，其实他连当初六师兄喂给沉钰吃的绝情丹那种东西都能炼出来，我今日服下的这颗，于老君来说，简直是小菜一碟。

正是基于这丹药的好品质，是以我将那紫玉从左心里逼出来，交到简容手中的时候，除了心中暖意骤然消失，浑身感觉冰冷以外，并未再有其他感觉。我甚至有些遗憾，为何当初去昆仑山救沉钰的时候不去找老君求药，以致当初受了那样大的苦。

简容接过紫玉的手却有些颤巍巍了："神君……这、这玉怎的跟心脏一样？是从你心里跃出来的？"

我坐在椅子上，给自己倒了杯热茶，灌了几口，方觉得身上重聚了几丝暖意，冲他笑道："倒叫你一下说对了，这玉确确实实是本神君的心脏化成。"

他闻言，手中的檀香木折扇"啪"的一声掉在了地上，所幸，紫玉还是在他手中被攥得稳当。

哦，本神君怕是吓到他了。

"神君……这紫玉，不，这心脏就是要救活长宁的宝物？"本神君还是第一次见他涨红了脸，激动成这个模样。

我始意识到，自己方才不该告诉他这救人命的紫玉原本是本神君的心脏。但所幸，简容只是一个才飞升的神仙，本神君既然能让他知道，便也有法子让他忘记。

我不动声色地在指尖捏了个可令他忘记那句话的诀，不料简容却一把攥住我的手，我猝不及防，诀术骤然飞散，身旁茶杯被诀术一冲，杯身碎裂，滚烫的茶水洒了我半边衣衫。我大惊失色之中，只听自己厉声道："简容公子着实放肆！"

他紧紧攥着我的手，目光凌厉，眼神若刀："到底是谁更放肆？神君以为拿自己的心脏救人，果真就是舍己救人，能造七级浮屠不成？！"

我望着怒火熊熊的简容，也是愣了愣。那苦大仇深的模样，俨然寻不到一丝风流倜傥。

许久之后，本神君才狠狠抽回手来，哑然失笑，“是了，本神君确确实实想造浮屠，是以才救人。”我灵光一转，信手拈来造了个谎话，“简容公子怕是不晓得，我良玉是修佛之人，活了十二万年了，有些疲倦。我们修佛法的同一般那种修道法的不同，只要舍命救人，就可以早早修成佛祖。想来，不过几年之后，这四海八荒就会多了一个叫‘良玉’的女佛祖。若不是这样，你以为本神君拿了自己的心脏救长宁，图个什么。”

他盯住我，一字一顿：“邪念存，不可成佛。”

我也盯住他，一字一顿道：“救人如造浮屠，怎能不让我成佛。”

过了良久，他才僵直着身子，看着我，眼里尽是悲凉：“良玉神君，你可真能装。”

我弯腰捡起地上的檀香木折扇递给他，扇面上的长宁，红衣墨发，容颜倾城。

临走的时候，我理了理衣袖，遮住被他攥红的手，抬眸凉凉道：“容本神君提醒一句，君子一言，驷马难追。简容公子之前既然答应了，就不该再反悔。既然你拿到紫玉了，今晚亥时，别忘了去太子府，本神君便不奉陪了。”

他握着紫玉的那只手，骨节泛白：“容简容提醒你一句，良玉神君，如果你成不了佛，怕是要死了。旁人没有见过你在丹穴山口涌鲜血的模样，不晓得你的身子到底如何。可简容真真切切记着，你那个样子……活不长久。”

本神君甩袖，再未停留，凛凛而去。

本神君能成个甚佛，我这满肚子里装着旁人的情缘，本就是个六欲不净的神仙，哪里能成得了佛。我也是神仙，那种只要一死，就不可能转世，不可能有下辈子的普普通通的神仙。

简容，他说得对。

本神君，活不长久。

但是，活不久这件事，我自己知道、自己清楚是一回事，从旁人口中明明白白说出来是另一回事。本神君恨透了旁人因着我缺失了心脏而拿着悲悯的眼神看我的感觉，就像长宁恨透了旁人拿她仅仅当一把折扇一样。

只有我们自己认为自己同旁的神仙没什么不同。只有我们自己。

第十九章

公子红衣，折扇风流

小玉，从没有谁从我手上抢走那紫玉……可终究是……除了你。

三十五天清微宫。

苏苒姑姑立在宫门口，见着我，眉眼焦灼地拉住我的手，急切道：“良玉！你这一天一夜是去哪里了？”

日光大盛，穿过已经开始有些绿意的花木，打在宫门上，熠熠生辉。

仔细想来，我这一天一夜，去的地方着实多了些，囿于有些明地暗地的，便不晓得该如何回答她这个问题了，只是提了提神，问她：“姑姑，天尊大人呢？”

她隐隐皱眉，挽着我的胳膊边往宫里走边嘱咐道：“尊上一夜未合眼，其间还去大梵音殿寻了你一趟，三十五天各个角落也都派人去找遍了，辰时初刻他又去了丹穴山，现下也是才回来。尊上他心里担忧着急，如今难免会生气，若是他说了什么难听的话，良玉你也要担待一些，切勿顶撞他。”

我握紧她的手，安抚一笑：“姑姑不必担心，待会儿我保证打不还手、骂不还口，若是他肯消气，我背上几捆荆条去给他请罪也行的。”

可是，天尊大人并未责骂我，也并没有质问我一天一夜到底去了哪里。本神君这一颗准备好挨打受骂的心，总算是稍稍放下来了。

他抬手触了触我的脸颊，微叹了口气道：“吃过饭就去歇一歇吧。”

我正要回答说好，却不料他停在我脸颊上的手蓦然一颤，旋即整个手抚上我的脸、我的额头，讶然之声从头顶压来：“你脸上怎么这样凉！”

我也是一怔，慌忙抬手想把他敷在我额头上的手拉下来，却不料被他反握住，温暖自他手心传过来，对比之下，方晓得自己的手已经凉得麻木了。

“这是怎么回事！”他握紧我的手，怒道。

本神君没忍住，在他身旁打了个清晰的哆嗦。

他迅速解下外衣将我裹在怀里，对殿外的苏苒姑姑道："苏苒，给她备热水沐浴！"

浴室，赶在他将我扔进浴桶之前，我迅速扒住他的胳膊，嬉皮笑脸道："你今晚亥时有没有空？我有话要跟你讲，喀喀……"

他脸色不大好看："有什么话现在讲！"

我嘿嘿笑了两声，低头往他胳膊上蹭了蹭，厚了脸皮道："有些话自然是要等到月黑风高的时候再讲，现在大白天的，说出来多不好意思的。"

"今晚怕是没有空，晚上我要出去一趟。"他幽幽打量了我一眼道。

"去哪儿？"这句话本不该问出来，其实我已经有三分直觉，他可能是要去太子府。

"太子府，有些事情要办。"

果然……

他见我还是待在浴桶边没任何动作，便主动将我的裙带解开了。我登时羞得赶紧攥住裙带，结结巴巴开口，本欲说"天尊大人让小神自己来"，结果一紧张竟然说成："天尊大人要不要跟小神一起来？"

他眼睑忽地一抬，微长的睫毛颤了颤，落在我腰间的手稍稍一紧，道："你想让我同你一起洗？"

我登时提着裙子跳到浴桶另一边，慌慌道："天尊大人听错了……小神方才说的是……"

"本尊不介意同你一起洗。"他挑眉望着我，抢先道。

我捧着脸蹲下，恨不能找个地缝钻进去。

却在这时听到了厢房关门的声音，我抬头时，正好听见门外的天尊大人轻声道："先暖一暖身子，我在外面等你一起吃饭。"

他方才，原来是在诓我。

我沉入水底，努力想着今晚该怎样留住天尊大人。我不知道他为何偏偏要今晚去太子府，不知道他晓不晓得今晚简容和予祁太子要救长宁这件事。但不论他晓不晓得，今晚他若是真的去了太子府，便一定不会允许他们动用那枚紫玉的，这一桩，我清清楚楚知道。他甚至不惜让我误会，瞒了我这样久，不就是为了从予祁手里夺回那枚紫玉吗？

脑子里越来越乱，我冲出水面，大口大口喘着气。方才跟他说亥时有话跟他讲，完全是本神君随口诌的一个谎，我其实压根儿不知道要同他讲什么，更不知道讲什么才能让他今晚留下来。

是以，这个澡本神君泡了两个时辰，直到热水变得冰凉，直到天尊大人又来敲门。我才惶惶应了声，穿戴好衣裳，走了出去。他握紧我的手，他的掌心温暖蕴柔，有淡淡的风吹过来，带了不远处几枝早早盛开的梅花寒香，拂面而过，令人舒畅。

“饿不饿？我命人把菜热一下。”他平静道。

我点点头，踌躇一会儿，终于下定决心道：“你今晚一定要出去吗，可我有礼物……晚上想交给你。”

“那会儿不是说有话要讲给我听吗？怎么，这会儿变成有礼物要送给我了？”他笑问。

我干干咳了一声：“偶尔，我也想给你个惊喜不是……”

他握着我的手从未有一丝松开，说的话也格外好听：“你能好好在我身边，便是最大的惊喜了，其他那些或虚或实的东西，便不用送。”

“可我准备了很久，今晚。”

他低头盯着我，正色道：“小玉，我今晚确实有要事要去太子府一趟。这礼物你若非要送，赶在亥时之前好不好？”

我暗暗担心，果然是亥时……

其实我并没有把握真的能留住他。可还是笑了笑点头：“怕是要借你的厢房一用，你可愿意？”

他并未多想：“好。”

是以，直到那一晚戌时三刻，他推厢房门而进，见着只着了中衣、散了长发立在翡翠屏风前的本神君，也是怔怔一愣。忽然反应过来什么，便引术兜头给我罩上一件外衫。

“你这是要做什么？”他立在门口问。

我上前环住他的腰，笑道："你还记不记得，那天晚上说过我不够主动？"

他身子微微一僵。

我抬头看他，烛光摇曳之中，他脸上悲喜难辨。

"长诀天尊，今晚，我为你主动一回好不好？"

他有些不安地握住我环在他腰间的手，轻声问："小玉，你怎么了？"

"我今晚其实是想……想把自己交给你，你可愿意？"

我埋头靠在他怀里，不知为何，说到这句话的时候，还是忍不住湿了眼眶，我其实很想很想等到同他成亲那一日再跟他讲，可是我又确确实实晓得，我注定不会有那一天了。

他愣了一会儿，旋即捧起我的脸，正色道："你方才讲什么？"

我笑了笑，拉住他的手往屏风后面走。我同他的身影被烛火映在墙面上，带起的发丝有几束落在他肩上，那个场景有许多缠绵不休的意味。

他将我往怀里一拉，指尖随即拂上我的脸颊，再一次郑重道："小玉，我答应你的，在成亲那一晚，再同你做这件事。"

"你不愿意要我？"我忍不住笑了一声，故意道。

"不是，我只是怕你委屈。"他仍是十分严肃。

我点点头，没再说旁的，踮起脚贴上他的唇，缓缓舔了一口，便听到他喉间溢出来的一声轻叹。我不敢看他的眼神，双手带着颤抖迅速贴近他的腰带，将将解开，手便被他重新握住。

"小玉……今晚不可以。"他毫不留情，一边拒绝，一边握紧我的手，阻止我进一步的动作。

可怜本神君于风月场确确实实是把新手，不懂得被他严肃拒绝之后，接下来该怎样做。可是一想到他到亥时就要去太子府，那么长宁便真的活不过来了。思及此处，忍不住流出眼泪来，偏偏又说不出方才那些大胆直白的话了，口不择言道："你是嫌弃我吧……你是不是觉得我曾经跟孟泽在一起睡过，所以你觉得我同他有什么了，如今才不愿意了吧……"

说完这些话，连本神君自己都吓了一跳。我竟然在天尊大人面前提到了孟泽，竟然还提到跟他在一处睡过。可事实上，我同孟泽睡在一起那时候，是因为大梵音殿里孟泽住的厢房因着我带倒佛灯而烧了个精光，年少的本神君于心不忍，便邀他去我的厢房睡了六七日。可那时候我同他清清白白，除了曾经睡梦中把他踢下床、两人抱着枕头厮打了一宿以外，真的没有发生过旁的事了。

是以，当天尊大人带着薄怒将我拎到床上，欺身压上来的时候，看着他瞬间放大的容颜，我大脑一片空白。

“你同他还在一起睡过？”他拥紧我的肩膀，愠怒道。

本神君傻傻点了点头，磕磕绊绊道：“只睡……只睡过六七日……”

他怒火袭上眼睛，眼眶通红与我道：“睡了六七日？！”

“你不要误会，他的厢房被烧光了，所以我才……”我话还没有说完，便觉唇上骤然一痛，紧接着血腥味丝丝缕缕渗进口中。我大抵呜咽了几句，可他紧紧箍住我的脑袋，双唇死死咬住我的嘴，把我一肚子企图解释给他听的话都堵在了口中。

呃……天尊大人，他、他吃醋了。

我尚在混沌之中，不晓得怎样解释给他听，忽觉得被他披上的外衫滑落，紧接着中衣也不知去向。

我控制不住打了几个寒战，幸好他终于扯过云被罩上来。

我盯着他，昏暗的视野里，他跟我靠得这样近，香气飒飒扑面，带着微微凉意，自鼻端卷入肺腑。

双手紧紧靠在他的胸膛上，一开口就颤抖不已，“天尊大人，我同孟泽没有什么……所以，你今晚会在我身边对不对？”

他却突然想到了什么似的猛然抬头看我，目光深邃：“小玉，你实话告诉我，你今晚这样……是不是为了长宁？”

我登时一慌。

是不是为了长宁。

此时我已经说不出清楚，我到底是为了给长宁留个机会活下来，还是为了我自己能在仙逝之前同长诀天尊共度一次良宵。

恐是本神君的沉默让他以为自己猜对了，是以他起身，背对着我理了理衣衫，沉了声音道："良玉，你这样做，确实伤了本尊的心意。"

屏风后未灭的烛火映出来的光影，陡然一跳。那上面有一团很丑的肉球，瞧起来同这精致的屏风格外不等对，甚至显得有些凄凉。

我颤抖着裹着云被，起身立在他身后，说出来的话，连自己都有些无奈。

"天尊大人，你说我伤了你的心意，那良玉在这里跟你赔不是了。那日晚上，你说等到成亲那晚，否则不会再碰我。但是，良玉我如今也怕自己等不到那个时候了。"我望着他，伤感若瓢泼大雨，呼呼漫上心头，"你若是觉得我为了长宁，那小神便就是为了长宁吧。良玉我职位比你低，品阶比你低，但论情谊却并不比你少多少，你觉得我伤了你的心意，那小神呢？你可觉得她一个极易害羞的神仙今晚主动邀你做这些事，而你一个脸色沉下来，有没有伤了她的心意？"

他身形略微一僵，却没有回我的话，执起白玉腰带不动声色地系在腰间，阔步往门口走。

纵然我知道自己已经阻止不得，可还是奔了过去，从背后死死抱住他。云被滑落，我抖了一抖，哽咽问道："如果，我说今晚不是为了长宁，我仅仅想为了自己，你……你可不可以留下来？"

他的手停在门上，他并不说话。

"所以，你想等到什么时候呢？一天，两天？还是一年之后，我死了呢？"

他仍然不搭话。

这沉默，果真能吞噬一个人仅有的希望。

于我，于长宁。

我松开胳膊，捡起云被裹在身上，赤脚踏过地板往床边走，只觉得每一步都格外凝重。

"天尊大人，"很多话哽在喉间，本想咽下去，却不得法，"你怕是不晓得。我今日清晨，服了老君的丹药，那个药长得挺好看。老君说，这个药与饮鸩止渴无异。待两日一夜……"

身后冷风呼呼刮过，他袭到我身旁，眼眶猩红，血丝密布，他攥住我的胳膊，愤然吼道："你方才说什么？！"

他这样紧张的表情，让我突然觉得事情有了转机，我忍不住心中欢喜，随即笑出声，“你没有听错……”我伸出胳膊环上他的脖颈，靠近他，踮起脚轻轻吻了吻他的唇角，吐息道，“所以，天亮之后，说不准哪个时辰我便可能昏死过去，是以，今天晚上……你留不留下来？”

“你是不是疯了？！”他捏住我的下巴，施术运气企图渡在我的胃中让我把那药吐出来。我攥住他的手，那术法冲过我的手指，划开一道深深的口子。

可能因为手太凉以至麻木，我并未觉得这伤口有多疼。

“没用了，清晨服下的，现在已经入了肺腑，行至血脉了。”我看着他，低声道。

他抱着我将我放在床上，裹紧了云被后急忙找来绢带包扎我手指上的伤口。我看到，他的手一直在抖。

“所以，你还走不走？”我侧躺在床上问。

他终于抬眸，眼里似再也望不到之前璀璨的光芒，取而代之的是无尽的悲凉无奈，似繁华过后，花事荼蘼，灯火阑珊。

“你从没有相信我吧，小玉。”

“相信什么？”我笑问。

他俯身而下，隔着云被将我紧紧拥在怀里，他声音沉闷，苦涩浓重：“你从没有信过我会让你活下去。”

“我怎么会不信。毕竟，我也想活着。”

“那你为何还要救长宁，那你为何要服那毒药？”

他问我为何还要救长宁，为何还要服那“毒药”。而我一瞬间不晓得该怎样回答他了。为什么，估计是因为太相信他有能力去抢了我那枚心脏回来，所以才这样做的吧。

可这偏偏是一个不能同他讲的理由。不能说那就不说吧。

我掀开云被的一端，引他进来，轻轻咬了咬他的耳垂，双手重新解开他的腰带，笑吟吟道：“良宵苦短，夫君还要等到什么时候？”

我这一生，从来没有见过天尊大人流眼泪。

唯一一次，便是今晚，他眼泪其实没有流出来，只是重重灯晕过来，我清清楚楚看到他湿了眼眶。

我良玉，四海八荒唯一一位姻缘神君，打了十二万年光棍儿的女神君，今晚，终于将自己交给了她心爱的天尊大人。

“可以吗？”他声音低哑，略带蛊惑。

本神君十分不合时宜地笑出声，脸颊贴在他肩窝，虽然从没经过风月这种事，但却并不觉得多羞赧不好意思，反而心里十分欢喜，带着隐隐的悸动。大抵是因为我对天尊大人是真爱，一切都是我愿意的。

“来吧。”我笑道。

……

后来我曾特地去六师兄那里请教男欢女爱这件事，彼时本神君的形容大抵十分悲苦，愤愤然吐苦水道：“六师兄你说，你说他堂堂一个天尊大人，面上总是清淡寡欲、拒人千里之外的高华模样，怎么做起这档子事来如此不知节制？！”

六师兄颤颤巍巍给我倒了杯花茶，小心翼翼道：“可能……可能也是单身了这么多年了吧……忍得……忍得有些辛苦……”

“辛苦他个头！”我一口灌了花茶，却浇不灭心中“茁壮生长”的愤怒，又捞过六师兄手里的茶壶自己倒了一杯，顺带提醒六师兄道，“六师兄哇，你可要提防着沉钰那厮一些哇，这种事千万不能主动，你一定守住了哇！”

六师兄疑惑地皱了皱眉，然后颇受教地点了点头。彼时，不远处在烤芋头的沉钰阴森森转过头，眼神里满满当当全是怨念。凉风穿过，我不由得打了个哆嗦。

结果，不过一天后，天尊大人喊我过去帮他一起给厢房里的花木洒水。本神君隐隐觉得不太妥当，因为之前他厢房里的花木都是他自己侍弄的，但我怕他生气，还是颠颠儿去了。

那时候他提着青瓷花洒，怡然自得地为翡翠屏风旁的一盆鸳鸯茉莉洒水，漫不经心地问道：“你前日去司命府上，单单是同你六师兄叙旧？”

我一惊一怔，恍惚点头道：“只是叙旧，叙旧……”

“没有埋怨我什么？”他唇角含笑，俯身洒水的动作未停，又问。

“怎么会埋怨你？天尊大人待良玉我这样体贴，温柔，细致……”这口是心非的样子，让我几欲脱下绣鞋扇自己一鞋底。

“可我听到的却是，你埋怨我做起某档子事来十分不节制，你要不要提醒我一下，是哪档子事？”他挑眉望着我，日光洒进窗子铺在他脸上，那俊美无双的眼里全是笑。

本神君自知事情败露，眼里含着一汪热泪，脚下不由自主一步一步往门口挪：“天尊大人，小凤凰木还没有吃饭，小神、小神去给它煮荷包蛋去了，嘿嘿……”

他不过分秒之间又施术将我拉回来：“小凤你不必担心，自有苏苒给它煮荷包蛋。倒是本尊，无缘无故听到你那番言论，有些委屈。”

我惶惶抬头，正看到他眉目灿烂得意扬扬的样子，不由得一阵怒火燃上心头——

你笑成这样是委屈？！

委屈你个头啊委屈？！

但好在本神君于这种事上吃过许多亏，深知坦白从宽、抗拒从严的道理，于是适时掐断了那怒火苗，嬉皮笑脸接过他手上的花洒，讨好道：“天尊大人，小神知错了，您先歇着，我替您浇花，嘿嘿……”

他一个胳膊将我拐进怀里，拎起来便往屏风后走去，步履沉稳，声音也沉稳：“浇花先不急，倒是本尊这一委屈，急需人安慰。”

“……”

事后，我浑身酸软起不了身，只能咬住被子，抬头满目悲愤问：“是哪个混账将我在司命府说的话告诉你的？”

他起身，一边穿衣，一边悠闲道：“你近来智商越发不济了，除了沉钰还能有谁？”

本神君恨得牙痒痒，一不留神咬下被子上一块布料。

他低头笑着教育我：“听说你还教唆你六师兄对沉钰不要主动，既然这样，那沉钰你便怪不得。”

本神君闻言，滚滚悲愤的热泪涌上眼眶，一个没忍住，“刺啦”一声，又咬下来一块被角。

沉钰……你先给姑奶奶我等着……

待我下得了床那日，就是你被本神君揍得哭爹喊娘之时……

后来，本神君并没有死。只是确确实实同老君所说，两日一夜的药效过后，本神君的身子虚弱了好一阵子。接连三天下不得床，每日吐个一两碗血，着实把天尊大人给惊了一跳。

那几天，他每次端着玉碗来给我接吐出的血，每每心疼得身形一僵，我便故意笑道："听说血液营养丰富的，你晓不晓得冥界那些厉鬼专门饮血才能存活？你爱养花，把我的血拿去浇花吧，说不定长得枝繁叶茂呢。"

他隐隐皱眉，顺手端起药碗递给我。他此时，俨然没有心情同我谈笑风生。

其间，他得知了太子府上，长宁仙子活过来的消息。他明白，那紫玉一旦补全了长宁缺失的仙骨，便再也无法用来做我的心脏。彼时，他一言不发，在门外立了一夜。直到黎明拂晓，他才走进房中，解开凉透了的外袍，躺在床上，从背后紧紧抱住我，下巴抵在我的肩窝，轻柔道："小玉，从没有谁从我手上抢走那紫玉……可终究是……除了你。"

彼时我蒙眬中应了一声。

他温热的吐息便停在我的脖颈处，带了门外清宁的梨花香。

"所以，下一次，不要再同我作对了好不好……"

我又是模糊地应了他一句，事后却全然不晓得自己说了什么。

紧接着，天上所有神仙都晓得，被抽掉六根扇骨的长宁，从一把凄凉破损的折扇，重获新生一般，又变成了一个身形妙曼、玉姿雪容的女神仙，在元月初六那一天清晨，挽着一个大红衣袍、木骨折扇的公子，不顾婉茗仙子的阻拦，一步一步，欢欢喜喜走出了太子府。

可不过当日晚上，她又被予祁太子以白日冲撞了婉茗仙子的罪名抓回来，强行关进了锁妖塔。

听到这个消息的本神君，除了躺在床上重重叹气以外，旁的什么也不能做。纵然我比谁都明白，长宁冲撞婉茗这件事，不过是予祁想把她困在身边的幌子。

元月初七，太上老君终于来到清微宫。我卧病在床并未见到他，只是后来听姑姑说，向来镇定的天尊大人，那天从老君手中接过给我续命的丹药的时候，手指颤抖得不成样子。

可他一手拿着丹药，一手端着送药的茶汤，到我身旁的时候，也只是轻柔平和地唤醒我："小玉，醒一醒，该吃药了。"我睁眼时，除了看到他眉眼中有几丝多日不见的喜悦之外，并未看见姑姑说的那般慌乱。

后来我才知道，他只是很少在我面前慌乱。

服了老君的药后，元月初八，我不顾天尊大人的阻拦，打起精神，还是如期参加了予祁太子的婚礼。

可元月初八清早，多日不见的六师兄和沉钰竟来清微宫看我。六师兄恰恰瞧见我为了遮住虚白的面色而一遍一遍搽粉的模样，泪水登时打湿了眼眶。沉钰瞧着有许多心事，骗六师兄出去取火炉的空当，当着我的面跪在天尊大人面前，郑重道："师父，徒儿还想求你一件事。今晚戌时末刻便是生死攸关之时，我若是能活下来，这一世就能光明正大娶了月月为妻。但我也可能活不了，所以，请师父和良玉赶在戌时之前将月月从婚宴上骗出去。她见到那个场面也许会害怕。"说罢朝长诀天尊磕了两个头才起身。

长诀天尊面色凝重："你可想清楚了？"

我大惊，慌忙问："沉钰！你今天要在婚宴上做什么？！"

长诀正欲开口同我讲，但是下一刻，六师兄已经执着火炉推门而进了。我们三人怔怔盯住她，她也怔怔打量了一圈，疑惑道："你们看我做什么？"

天尊大人握了握我的手以示安慰，抬头镇定地对六师兄讲："时候不早了，待会儿一道去太子府吧。"

我心中惶惶不安。

太子府，璟衡殿。毕竟是神界太子大婚之日，仙人众多，我却只盯着商钺看了几眼。

将军卸甲，绸袍纶巾，可那千万场战役留在眉目间的峥嵘不曾减，凌厉与狠辣，也不曾减。这眉目，生来便是要做战神的。

我念完证词，将姻缘扇交至予祁手中，自己则回到六师兄身旁坐下。这一桩亲事，在我这里，其实已经算是结束了。我望了望婉茗新做的嫁衣，身后的金丝凤凰振翅欲飞，十分漂亮。

晚宴在戌时前已经开始了，而此时，沉钰已经悄悄出去，天尊大人却不动声色地仍坐在紧挨着天帝的位子上，只是轻轻抬眸，眼神示意了我一番。而这一切，六师兄恍然未觉。我怕她会觉察出变化，是以一直拉着六师兄，觥筹交错之间，央她给我讲五万年前师兄们之间的事，从七师兄讲到大师兄，她讲得口干舌燥，灌下四五壶果酒，“以前也不见你对师兄们的事这样感兴趣，你今日怎的这样上心了？”她问。

“现在也是无聊得很，何不妨拿他们的八卦乐一回。”我扒瞎道，又往她身旁凑了凑，尽量锁住她的目光，“所以，你刚才提到的，一直拒人千里之外的阿云为什么会看上大师兄呢？”

六师兄开心一笑，微醺的面容瞧着也是十分雅致迷人：“可能是因为阿云见过大师兄抱着酒缸喊她的名字的场景吧，她终于晓得大师兄的痴情了。我听说，酒后吐真言，醉酒时想到的那个人便是你真正喜欢的。”

我点点头。

戌时将至，窗外宫灯已经一一点燃。我攥紧衣角，残破的右心，已然提到了嗓子眼儿。

“小九，你知不知道，师父在未出家之前，也曾喜欢过一个姑娘？”六师兄俨然讲得兴致盎然，连带着师父的八卦也开始扯了。

我恍惚应了一声：“你如何晓得？”

“你有没有想过，大梵音殿后山，那千万株桃花，都是他为那个姑娘种的？”六师兄笑道。

我望着她，已是惊讶不已。但最紧张的还是要如何才能带六师兄出去。

恰好此时，随着予祁走到我们身旁来敬酒的小姑娘泫然欲泣，怯怯道：

“太子殿下……今日喜宴上所用的梨花春有一坛被婧宸公主……偷走了……”

予祁太子端着酒杯的手，蓦然一僵。

眼下这形势，我将要道一句“无妨”，不料已经微醉的六师兄霍然站起来，清脆道：“小神酒窖里有，容我去取来！”说罢俯身一拜便走出去了。

我慌忙冲予祁道了一句：“我师兄她喝醉了，容小神去看一看。”临走时望了一眼上首的、正在同商钺谈笑的天尊大人，我以为他没有看到我，却蓦然发现他的手指轻轻按上了腰间玉笛的笛孔，眉心清凉，他的话在笛音中渐渐清晰——

“别回来。”他说。

我强迫自己镇定下来，提裙追着六师兄跑出了太子府的时候，重重喘息之中，戌时的钟声蓦然响起。我望了望身后的太子府，不晓得沉钰今晚要做什么，只觉得这喜气浓厚的太子府暗处已是形势紧张。希望天尊大人能护沉钰周全，毕竟，他好不容易才重新活过来，好不容易跟六师兄在一起了。

六师兄确实没大有出息，一头扎进酒窖里，寻着了梨花春，自己忍不住先灌了一坛下去。我顺水推舟，赶在她醉酒开始唤“沉钰”的时候，施术让她睡了过去，后又移到厢房。

替她掖被角的时候，她转头往我手心里蹭了蹭，乖巧而又黏人道：“沉钰，别走……”

“我听说，酒后吐真言，醉酒时想到的那个人便是你真正喜欢的。”今日，她说过这样一句话。如今醉酒的六师兄心心念念的都是沉钰。

念及沉钰，心中不免又一阵担忧。我甚至到现在还不晓得他是要做什么事，脑海里都是出来之前，天尊大人用笛音传给我的话——

“别回来。”

我便知道，那是一桩大事。

夜风有些凉，司命府的梨花已经开得繁盛了，只是凉风拂叶过，引了花瓣微皱。

我裹了裹衣裳，踌躇了一会儿，将六师兄厢房的门锁上，她应该暂时出不来了。而本神君既然不能回太子府，可以趁这个时候，去锁妖塔看一看长宁。

闲置多年的三十三天的锁妖塔如今因着长宁在此处，被重兵层层把守。我特意隐了身，才潜入锁妖塔外围，费力才御了几道风攀了上去。做完这一些，已是大汗淋漓。

而本神君却没料到，婧宸正巧来找长宁喝酒。婧宸从锁妖塔狭小的窗格子里递给她一杯梨花春。微凉的夜风噙了丝清甜的醉意，婧宸趴在窗格上，左手托腮，右手执杯的样子，像极了绒雪初春斜卧虬干的一枝寒梅。

我环顾四周，并未发现简容。

绿松石做的坛子，浮凸着的碧青色盘旋出一条瑞气腾腾的龙，她随脚一踢，咣咣当当的声响撒了一路。守塔的神卫握着铜戟腾跃而上，望了一眼婧宸酡红的面颊，又望了一眼窗格里并未消失的长宁，放心地俯身一拜便飞落塔身。

婧宸冲长宁微微一笑，又要启另一坛酒，而长宁显然顾不得这塔禁术的能力，扬手打掉了那坛子，顿时倒呕了几口血。婧宸一惊，伸手要给她擦，却只是伸了伸手，又怆然落下。

九重天上蓝幽幽的凉月在云海中吐纳喘息，婧宸抱着冰凉的绿松石坛子，突然大笑了两声道："哈哈，长宁！我把今日喜宴上的酒偷出来了，看他们还怎么成亲！"

我心中一紧，怔怔望着不远处那一双人。

仿佛终于晓得自己的做法多荒唐或者多无济于事，从来没有一对佳人因着两坛被偷走的酒而成不了亲。

"长宁，他娶了婉茗，他不要你了。"婧宸看着她，泪雨滂沱。

长宁微微一愣，反应过来的时候哑然失笑："他娶了谁与我何干。"

婧宸泪流不止，怆然出声："你……你不想着再同哥哥……"

"婧宸，"长宁打断她的话，笑得坚定，"还麻烦你告诉千颜一声，让他不要着急，我会想办法出去的。"

婧宸被这句话惊得陡然失神。同样听到这句话的本神君也十分难受。

因为我们所有人都知道，那个人，不是千颜。

这时，守塔的侍卫匆忙飞上来，提醒婧宸道："公主，太子殿下来了。"

我大惊：此时他不应该在婚宴上给各位宾客敬酒吗？！

婧宸也是愣了会儿，反应过来后极快地抹了把眼泪，最后望了一眼窗格里的人，哽咽道："你好生保重，长宁，我……先走了。"说罢施术收了长宁的酒杯，踉跄起身遁了。

沉稳的脚步声一点点靠近，长宁揉了揉额头假装刚睡醒的样子，从地板上撑起身。离她的脸庞不到一尺的距离，金丝纹龙云锦靴停顿下来。她抬头看到那双日后将要睥睨苍生万物的眼，几万年来第一次笑得这样咄咄逼人："听说你跟婉茗也成亲了，该不必担忧我从中作梗了吧？放我走，我要去找千颜。"

他蹲下身捏住长宁的下颌，怒不可遏的模样让人胆战心惊："你方才说什么？"

"我说，我要去找千颜，他才是我的夫君。"长宁一字一顿，语气坚定。

他捏着长宁下颌的手指用力更甚了几分，我没料到他会被长宁的这句话气成这副模样，我更没有料到，他竟然在大怒之中，对着长宁说出了本不该现在说的真相，那声音里是满满的不屑和嘲讽——

"你难道没有看见十一月初六，昆仑山上，千颜是怎么死的吗？！"

长宁猛然抬头，发丝甩过雪白的脸庞，"可他又活过来了！如果不是太子殿下你百般刁难，将我扣在锁妖塔里，此刻我就可以同千颜在昆仑山煮酒赏雪了！"她声音激动得近乎嘶吼。

"你可要瞧清楚！那人到底是不是千颜！"予祁怒极，指尖加重力道，"你难道不晓得，神仙一旦死了，连转世都没有，你当真以为起死回生这种事能发生在他身上吗！"

长宁怒目圆睁，霍然抬起手握住予祁，指甲就这样嵌入他的手背上，赤色的血顺着他的手指往下流，但即使是这样，予祁也死死捏住长宁的下颌，手指没有松一分。

这一瞬，恍惚万年。我看着长宁的目光，那原本信念坚定盼着早日出去同她心爱的千颜团聚的目光，渐渐转凉，直至冰封。

她终于松开手，指尖还沾着予祁的血。她跪伏在地面上，被抽掉魂魄一样，喃喃道："我也想过……但如你所说，起死回生这种事……怎么会……怎么会啊……”

予祁终于心疼了，从背后将她揽进怀里，下巴凑近她的肩窝，声音轻柔：“长宁……再等等，等今晚过去……”

可她没有听完予祁的话，木讷摇头，两行泪徐徐降落，“予祁，我该有多后悔说喜欢你。”她说。

予祁浑身一僵。

“放我走，我要回昆仑山替千颜守墓。”她又道。

予祁放开她，缓缓起身，居高临下的样子从来就是天家独有的威仪。

仿佛又过了几千年，他透过窗格看那被裁得极小的夜空，清冷的塔里响起微哑的声音：“给你一个月，找到长安玉，让它跟随我一世。你可答应？”

震惊过后，长宁重重点头。

我心中既悲又喜。喜的是，她终于暂时自由了。

悲的是，她从来不晓得予祁这句话本身就是一个圈套。

长宁怕是不知道，四海八荒唯一一块长安玉，被天上的予祁太子雕琢打磨成十二根扇骨，除了之前做了玉棺的那六根，现在，仅有的长安玉便在她身上，或者说——就是她。予祁太子的意思，便是让她一个月之后，再回到他身边，跟随他一世。

予祁走后，我便远远地望着长宁，一直到午夜子时。我本想，若是她想不开的话，本神君便即刻现身去阻止，后来发现她卧在地上一动不动，并非寻死觅活的形容，我晓得她不会做什么，便失魂落魄地回到了司命府。

巧的是，我前脚刚刚打开六师兄的厢房门，沉钰那厮后脚便冲进来，只是一贯的黑色衣裳被刀剑划开了许多道口子，内里皮肉翻开，血腥味甚浓。被惊醒的六师兄看着沉钰的模样，已是大惊失色，而沉钰脸上却是无比欢脱欣喜的笑容，上前想要把六师兄拉进怀里，又怕自己一身血水染脏了六师兄素雅绝尘的烟青绸衫，于是隔了一掌的距离，望着六师兄，笑道：“月月，明天我就可以去求天帝大人，让你恢复女儿身了。”

六师兄木愣愣望着他，一句话也说不出来。

恰在此时，熟悉的声音响起——

"小玉，我来接你回宫。"

我回头一看，霜衣墨发的公子，正是我此刻想见的那个人。

他同沉钰，都安全了。

后来我才晓得。元月初八晚，太子婚宴上，予祁殿下同北海水君沉钰联手，斩杀了欲要篡权夺位、心怀不轨的中天战神商钺，拥护商钺的天兵将领也一同被斩杀，剩下的天兵天将，从此拥予祁太子为战神将领。

元月初九，北海水君沉钰，于凌霄金殿，当着诸神的面，请天帝大人和予祁太子兑现承诺。天帝大人长叹一口气，但仍是十分讲信用，即刻诏告四海八荒，向来恪尽职守的青月星君实为女儿身，但念及其未婚夫婿沉钰在铲除商钺一事上功绩赫赫，不再追究其欺上瞒下之罪。天帝大人果真十分仗义，顺带颁布神律，规定以后的司命星君一职可由女神仙担任，四海八荒不准拿青月星君的女儿身份做谈资，一经发现，由沉钰水君亲自动手拖那议论者到东极荒野之地，种十年芋头。

彼时，本神君听到最后一条，一口花茶呛住，咳嗽得厉害。

好一个拖去东极荒野之地种十年芋头……

沉钰……他果然是考虑得周全，喀喀，周全得很哪。

至此，我六师兄同沉钰，有情人终成眷属了。

长宁回昆仑山一个月后那一天，我央了天尊大人带我去看一看。他拗不过我，只得替我裹好披风，戴上斗笠，轻声提醒我道："小玉，你把紫玉给了她，至此，已经情至意尽了。"

我点点头，笑着握住他的手，道："只是远远去看一看，我们不现身。"

昆仑山漫天的雪花飘然而下，和着远处不知哪里吹的相思引，织成一曲雪舞，绕在长宁身边。

她的身后，静静站着两个胭脂色衣裳的仙娥，打扮装束，皆是天庭风范。其中一个道："长宁仙子，奴婢特来告知您一件事。那便是商钺作为中天战神，统领百万神兵，却心术不正、妄夺天帝之位，已被予祁太子斩杀，收回兵权；而婉茗仙子作为罪臣之女，已被太子殿下打入天牢，永不得脱身。如今一月期限已过，太子殿下让我问长宁仙子一句，可否还记得当日的诺言？”

长宁闻言，立在那里，依然似雪倾城，平静轻柔。

只是那如削葱根的手指缓缓打开长安玉棺的时候，她仍是落下泪两行。她跪伏在他身旁，细细为棺中的人梳头，抚平他大红色喜服上的褶皱。她似是想起来了以前的事，突然开口，学着千颜的语气，道——

“我是你的救命恩人，如假包换。”

冰凉又轻柔的雪花在眼角融化，她削肩颤抖，终于忍不住，眼里涌出大片大片的泪水。

她轻柔地握住他的手，顶着满面泪水，又笑道：“千颜，如果你能再醒来，我一定不会觉得穿大红色鹤氅的你太风流，你那么好看，我想嫁给你。”

“你这句话，当真算数？”

她身后一丈处，大红绸衣迎风而起，那语气，如雾中花，如雪中玉，朦胧之中渐渐清晰，带着初见时的戏谑，音尾展开是无尽的风流，漫天冰雪之中，霍然一个扇展，扇面上身着大红嫁衣的仙子，墨发纷飞，回眸之间，两道朱砂眉鲜艳欲滴。

她自玉棺中，蓦然回首。

直到过了很久之后，我仍然记得长宁在玉棺之中，回头望着简容的样子。

震惊，欣喜，可将要奔出来打算死死抱住他的时候，她突然意识到，面前这位，不是千颜，她以为她的千颜死了，那种眉目陡然转凉的遗憾，在冰雪之中，尽数浮现。

“你不是千颜？”许是仍不愿意放弃最后一点儿希望，她用了一个问句道出内心悲酸。

简容摇了摇折扇，十二根檀香木，仔细瞧来，雕琢得也是凡物不可比拟的精致模样，他挑眉一笑，风流万般：“那姑娘以为，在下是谁？”

她默了一会儿，望着简容，凄凉道：“我不信，还特意去问了婧宸。结果她告诉我，你是她拎上来的一个凡人，唤作……简容。”

“是了，我确实是简容。”他笑道，望着长宁的眼中光彩熠熠，“但这并不妨碍，我在做凡人之前是昆仑山上的神君千颜啊。”

别说长宁不信，本神君听着这句话也是震惊不已。神仙是不会转世的，一死便是灰飞烟灭，仙迹无存。

“不要骗我了，简容公子。神仙哪里有轮回。”长宁无奈摇头，转身对那两个胭脂色衣裳的仙娥道，“我并没找到其他的长安玉，如果太子殿下真的想要，那我抽出身体里这几根，你们拿回去交差吧。”

长宁她终究没有了解到予祁太子的情谊，她从来不懂，正是因为四海八荒没有第二块长安玉，所以，他是想让身体里有长安玉的她回到身边。予祁怕是如何也想不到，没有觅到长安玉的长宁，打算抽了自己身体里仅剩的六根玉骨，让仙娥们带回去交差。

她宁愿死，也不想再回予祁身边了。

指尖曾经摩挲千万年的扇子，却不想再回到他身旁。

不晓得那高高在上、忍辱负重的太子殿下，那注定成为日后六界共主的太子殿下，会为这一桩再也无法挽回的情，怎样心伤。

简容唇角含笑，抬步走过去。

公子红衣，步履风流。

他不由分说地握住她的手：“神仙无轮回，可是扇子依旧在。你同我在一起这么多日子，难不成还没有瞧出来我也是一把扇子吗？”

长宁微愣。

他打开她的手掌，将十二根檀香木扇骨的折扇安安稳稳放在她的掌心，抬头温雅道：“长宁仙子，我把自己的元身亲自交到你手上了，你，可会好好待它，此生不弃？”

长宁眼中，水雾漫上，指腹沾上那扇骨，那同万年前一样的扇骨，偏了偏脑袋，疑惑道：“可是，如果你是扇子，不应该同我一样，由元身幻化成现在的躯壳吗？怎么你竟然可以握着这把扇子……你怎么可以握着自己的元身？”

他凑到她的耳边，温柔道："冰雪为躯。为夫爱极了手掌握着扇子的感觉，当初在昆仑山的时候，便以冰雪做了自己的躯壳，将元身引在这冰雪做的身体上，这样便可以握着这把檀香木折扇元身了。好在，从此以后，手掌握着你的手，那我便同你一样，这把扇子便能变成你的夫君了。不过你面前这个公子，确确实实是因缘巧合，一个长得同我当初冰雪躯壳一模一样的凡间公子。"他拉着长宁的手握上那把檀香木折扇，笑道："而你的夫君，自始至终，仍旧是这把扇子。跟你一样，是把扇子。"

原来如此。

原来，如此。

简容，他现在是一把狡猾的扇子。亏得本神君还将他视为倜傥俊雅的公子。

但其实，他撒了谎吧。

最初的最初，之所以用冰雪做躯壳，是他原本真真切切的仙体，为了救活长宁，已然灰飞烟灭了。他不得已才重新用冰雪做了身体，将魂魄寄存在这冰躯上。只是当初十万天兵围困他的时候，他没有来得及躲，只能迅速抽离魂魄，落在了自己的檀香木折扇上。扇子不知为何，阴差阳错落入凡间，落到一位相貌相同的公子手中。

我于凡间酒楼初见简容，当时引术窥探其元神，确确实实是个凡人。只因为，千颜的魂魄一直在那把檀香木折扇上吧。

如此说来，若我没有猜错，他之所以说自己也是把扇子，只是为了让长宁不再介意她自己是扇子这件事。千颜他从来都知道长宁在天上的那些悲痛。比起予祁太子，他更了解长宁。

三月桃花开得正好的时候，简容亲自找到我，跟我请罪，那日，他手中果真不再见之前的檀香木折扇。

我精神尚好，坐在大梵音殿顶上画扇面，彼时，后山千万株桃花，灼灼盛放。我的目光落到扇面上，嫣红色花瓣似要飘到眼前来。

他同我一样，拎起红袍，大大方方坐在殿脊上，直等我画完桃花扇面，才开口道："神君近来可无恙？"

我故意冷冷瞧了他一眼，语气不善道："托简容公子的福，还没死。"

"良玉神君是该怪我。"他望着扇面上的桃花，笑了笑又道，"我其实被婧宸公主拎上神界来的第一天，神界存留的些许记忆便轰然涌上来，我是打那一日，便晓得自己之前是个神仙，我有一个深爱的姑娘，可我记不起来她的相貌。"

我挑了挑眉，失望道："所以，我第一次去找你，看你在枯枝前望着夕阳深沉思索，你是在思念心爱的姑娘？"

他欢愉一笑道："是，我是在想姑娘。直到神君领我去了丹穴山，亲手为我画了长宁的画像，我便记起来，那画中人是长宁，我还没娶到身旁的娘子。"

"原来是本神君歪打正着，帮了你的忙。"

"所以，今日特意来跟神君谢罪，你岂止是帮了我的忙，还不惜取出自己的心脏救活了长宁，于此看来，简容为你当牛做马也是应当的。且不说，我当初还对你十分戒备，将自己的事瞒了你……"

"你戒备我做什么？"我惊讶道。

他无奈一笑，解释道："神君替我算了十一月初六的日子，结果那一天这样巧，十万天兵围攻昆仑山。正是因为太过巧合，我以为，你同天上那些神仙、那十万天兵是一伙的。"

我点点头，端起扇面，迎着日光打量了一番，觉得那桃花愈发鲜艳了。他方才说得不错，那一阵子，就是因为愧疚，本神君急火攻心，差点儿吐血而死。

思及此处，我故意揶揄他道："你也是一把狡猾万端的'扇子'，可委屈了长宁仙子这样的好相貌，这样的善性子，跟着你了。"

他理了理衣袖，温雅反驳我道："简容认为自己也是把好看的扇子，样貌也并不差，是以才能娶到长宁这个好姑娘。"

"你打算就此称自己'简容'了？"我问。

"大繁至简。千颜千面，万容归简。为长宁一人，要千颜何用，简容正好。"他的笑容，在烂漫日光中，也风雅得正好。

番外篇

予祁太子

繁华终尽，悲欢如雪，日落纷扬，日出弭消。

九重天上的予祁太子，曾为自己最心爱的一把扇子取名“长宁”。

昆仑山绵延千里的大雪，他在远处站了很久。那身穿朱红色衣裙躺在雪原上的姑娘，是他思念千万年的人。她枕着右臂，左手缓缓抬起，朱红衣袖斜斜滑落，露出来的一段手臂，比长安玉更要晶润剔透。漫天雪花飘若流云，攒聚在她拈起的指尖上方，又随她手掌展开的动作四散而舞，洋洋洒洒，尽是妙曼。

他终于走过去，朝她伸出手，明明极简单的一句话，他想了好久，却发现开口时，仍是苦涩难耐——

“跟我回去，往事我不再提。”

可她只是冰清一笑，起身扬了扬红裙上的雪花，开口的语气客气而又疏离——

“予祁殿下，丢了一把扇子，命人再做一把轻而易举，何必纠结于长宁。”

他死死撑住自己的尊严与威凛道：“我的扇子，就算毁了也是我的。”

可那红色裙纱飘扬在素色苍原上，她亲口同他道：“十一月初六，千颜要与我成亲，你记得过来讨酒喝。”

他望着远去的熟悉背影，有一瞬生出她要消失的错觉。可他终究没有勇气再去追上她把她带回天上，他至少觉得她在这儿是安全的，或许，她能长安，这就足够了。

商钺听从婉茗的话，领数十万天兵围攻昆仑山的时候，他正被天帝缠着下棋。得知消息后的他，挥手打翻棋盘，黑白棋子撒了一地，却从不是他提前做好时刻准备献给他父君的那一副。他直着身子望了一回天帝，目光凛凛道：“倘若长宁有丝毫闪失，我与商钺，与父君你，此世不共戴天。”

他拂袖而去，始知道他的父君有一日也会借刀杀人，使尽手段，不会让他娶一把扇子为妻。

可他还是没能保全一个完整的长宁，眼睁睁看着冰界里的她自毁仙体，取出六根长安玉骨封存千颜。

冰界外他撕心裂肺的呼喊，她不曾听见。

他几欲散尽修为，维续着长宁的性命。他甚至为了那一枚能救活她的紫玉，同他的亲叔爷天尊大人作对。他知道这枚紫玉本不属于他予祁，他知道丹穴山的良玉神君若是没有这枚紫玉，便撑不过两年时光，他知道太多太多，可他不愿放手。从没有谁能令他这般费心，这般心甘情愿去操劳。

唯有长宁。

甚至，他右手执剑，在天帝的殿外跪到半夜。不顾他父君失望的言语："你果真要毁在一把扇子上？"他以死相逼道，"我娶长宁，本心不移，父君若是不肯，孩儿此时修为虽薄，但自刎却也费不了多大仙力。"

他的固执终于换回来了天帝大人有条件的退让。

是夜，他静静拥着她，突然觉得一切都值得。

他寻了个因由把她关进锁妖塔，只是不想在预谋的婚宴当晚，有谁再去伤害她。他早已联通北海水君沉钰，谋划着什么时候娶婉茗，什么时刻要了商钺的性命。

可成亲这件事，他唯独不想让她知道。可他却又独独忽略了婧宸。当他身着赭红盘领喜服准备给喜宴上的仙友敬酒的时候，侍娥慌张告诉他，独独少了一坛敬酒用的梨花春。他便知道个中缘由。于是，大婚当晚，动手前夕，他撇开众人，本想去安慰她。

可最终却变成了他捏着她的下颌，她的指甲嵌进他的手，互不相让的模样。血腥味渐渐绵密，他怒不可遏地望着卧在地板上的她："你可要瞧清楚！那人到底是不是千颜！你难道不晓得，神仙一旦死了，连转世都没有，你当真以为起死回生这种事能发生在他身上吗？"

原本的安慰变成了现在的样子，他终于疲乏。他甚至想，她只是想去还恩情，才要给千颜守墓。于是他给她时间。条件是，让长安玉跟随自己一生。他唯恐此时的她太倔，不同意回到他身边，才绕了这样一个圈，因为，如今这世上只有她身上有长安玉。

可最后那日，他站在高高的天门上等了很久很久，蕴金盘领襕衫迎风而展，飘起万古风华。可是，碧蓝的天空，除了望见两抹胭脂色，并没有想象中的、更没有期待中的身影。

他颤抖地接过仙娥手中微凉的九里香纹锦盒，六根精致的长安玉扇骨静静躺在盒子里。

他突然想到锁妖塔里，她说的最后一句话。

予祁，我该有多后悔说喜欢你。

繁华终尽，悲欢如雪，日落纷扬，日出弭消。

九重天上的予祁太子，曾为自己最心爱的一把扇子取名“长宁”。

第二十章

少年殷殷，三月灼华

大繁至简。千颜千面，万容归简。

为长宁一人，要千颜何用，简容正好。

二月二十七日，大师兄的娃崽子，终于在阿云的肚子里待满了三年，舍得出来了。可大师兄没想到，这个娃崽子，是个男娃。

三月二十七日，那娃崽子的满月宴，我和一众师兄浩浩荡荡进了他的府上祝贺。

可那晚上，我们左右寻不见他，六师兄略有所思，约我去酒窖里走了一遭，便见到大师兄抱着酒缸，堂堂一个东荒战神，哭得梨花带雨、肝肠寸断——

“阿云啊，”他哭着搂紧了那酒缸，凄惨楚楚道，“我做梦都想有个姑娘哇……这臭小子睡在你身旁，已经整整一个月了哇！我同你一讲，你还说我吃醋哇！阿云哪，从此你心里，再不是只有我一个人了哇……呜呜呜……若是个姑娘，她说不定还能同她爹我亲近些哇，可你说这臭小子……”

六师兄与我听到这番哭诉，不约而同浑身一抽。我从没想到大师兄的度量会这样小，连他亲儿子的醋，都吃得这般出神入化、气势磅礴。

我六师兄琢磨着上前劝一劝，可沉钰那厮不晓得什么时候偷偷摸摸过来了，嬉皮笑脸拉住六师兄的胳膊就往外走，声音虽然压得极低，可本神君毕竟耳朵还算好使，听到了个大概——

“月月啊，上次跟你说生娃娃那件事，要不先缓一缓……”

“为什么？”

“你大师兄……瞧着有些凄惨……”

“……”

我忍不住“扑哧”笑出声，沉钰回头狠狠剜了我一眼，我赶忙摆摆手，示意他们先走。

本神君使劲憋住面皮，走到大师兄身后，将师父托我捎来的一把长命锁递给他，斟酌了语气道：“大师兄啊，你不要难过，再过几个月，你可以再跟阿云商量商量，生个女娃嘛……”

大师兄凄凉望了我一眼，抱着酒缸，言简意赅道：“给我滚……”

“喀喀，师父给你那娃崽子的长命锁……”

他似是醉到一定境界了，望着那长命锁，更凄凉道：“留给师父自己的娃吧……”

我大惊，慌忙捅了捅他的胳膊：“大师兄莫开玩笑啊！师父他遁入空门许久，现在可是佛祖！”

他惶惶“嗯”了一声，轻飘飘同我说：“你难道从来没有见过师父手中握着的那串佛珠上，有刻着一首诗吗？”

所以说，如果我真的开始了解到师父他老人家的八卦，应该是被大师兄点拨教化的。

那晚，我兴高采烈地回了三十五天，同长诀天尊说起这件事，他却并不大感兴趣，悠然拨着漆雕手炉里的炭丝，风轻云淡回了我一句：“哦，是吗？”

我忽然想起什么来，盯着他道：“你同我师父很久之前就认识对不对？”

他终于笑了一笑，将漆雕手炉递给我：“你要从我这里打听你师父的心上人？”

“啊！师父他果真有个心上人吗？”我大喜。

他眉毛轻轻一挑，眸中笑意璀璨：“你真想知道？”

本神君点头若捣蒜：“想！想！”

“等你身体好起来，我亲口讲给你听。”他笑道。

这句话，如今听来，莫名伤感。

自上一块紫玉给长宁补全仙骨以来，本神君的身子，便更差了几分。春日渐渐暖融，可每每入夜，我总要抱着一个手炉，将将能攒聚几丝暖意。

我有时候并不敢同他睡在一处，尤其是夜里。如果只有我自己一个人睡的话，若是冷便咬咬牙就挺过去了，可是若他睡在我身旁，便总要紧紧抱着我，我昏昏沉沉之中，能感到从他身上涌过来的暖意，层层包容，那气泽，是他动用仙元散出来的，我清清楚楚知道。

有好几次，我模模糊糊唤他“长诀……”，都感到身后猝不及防的浑身一颤，他却很快回应我——

“我在，哪里不舒服吗？”

他隔三岔五去一趟大梵音殿，我知道他是去跟师父打听最后一块紫玉的下落。他这一次寻找紫玉，并没有瞒着我，反而时时刻刻提醒我这件事，并说一些诸如“等你身体好起来，我们就成亲”，或者“等那紫玉找到了，我便带着你去四海八荒都走一遭”这种话。

天尊大人他这样说，大抵是想让我无论如何也不能轻易放弃这最后一枚紫玉了。

我每回都是认认真真地应着，因为，本神君也想活着，也想同长诀成亲生子，做一双恩爱神仙。

若不是那一日从六师兄府上回来的我亲眼看到拂灵进了三十五天清微宫，亲耳听到她同长诀天尊的话，我还真的快忘了，妖君拂灵，她手上也握着本神君的心脏化成的一枚紫玉。

那时候，长诀天尊端坐大殿宝座之上，拂灵坐在下首梨花木椅上，妃色衣袖遮过面颊，掩了轻轻一声笑道：“听说，良玉这一回又浪费了一块救命的紫玉？”

隐在殿外的本神君，听到这句话，身子不由得一僵——她竟然知道？

天尊大人心平气和地饮了一口茶，回道：“拂灵，你心中若是还有几分兄妹情谊在，应当把你手中的紫玉交还给小玉。”

拂灵眉眼弯弯：“倘若长诀哥哥心中还有几分兄妹情谊在，当初怕是也不会亲自向天帝大人告状，将拂灵贬至妖界。”

“你当初，着实不懂事了些。”

“怎么是懂事？把那紫玉还给良玉，然后你们二人去做神仙眷侣，此生风流，便是懂事了吗？”她起身笑道，步履款款地靠近大殿之上的长诀天尊，“可哥哥，你从来只看到良玉一人，你可有认真看一看拂灵，她全心全意爱了你多少年？”

长诀天尊“啪”的一声落了茶盏：“既然今天不是来还紫玉的，那你可以走了。”

“我可以还紫玉。”拂灵移步到他身旁，整个身子伏在他怀里。长诀天尊没有推开她，似是在等她的下文。

可她偏偏贴近长诀天尊耳边，说的话我并不能听到。

听到这句话的长诀，拂袖打碎手边的茶盏，声音是怒不可遏的模样——“滚！”

她直起身子，脸上笑容仍旧明媚：“可见，你并不多爱她。她没有那紫玉，怕是不能活的。原来，你宁愿她死都不愿意……”

长诀天尊霍然起身，广袖重重一扫，拂灵那话还来不及说完，便撑不住他凌厉的仙风，直直被冲出殿外，轰然倒在离我不远处。大殿之中，金光闪过，天尊大人他大怒过后，乘着金光拂袖而去。

本神君大惊失色——我没想到，他有朝一日，竟然生气至如此形容，对拂灵动了手。

拂灵抬起眸子，吐出一口血水，眼神缥缈地望了望殿中，又转头鄙夷地看了我一眼。

我思索着要不要过去扶她一把，她却自己撑着身子站起来，明明脸色苍白不已，却还是强撑着笑道：“良玉，他待你，不过如此。”说罢轻声一笑，拂袖御风便要走。

纵然本神君再傻，我也料得她这句话是在挑拨我同长诀天尊的关系，但在三十五天说这些话难免会落入天尊大人的耳朵里，于是本神君格外悠闲地追出去几里地，落到她面前拦住她，理了理衣袖，偏没有顺了她的心意而内心悲伤，反而潇洒反问道：“所以，你同他说了什么条件，让他宁愿打你也不肯答应？”

她怕是真的被天尊大人伤到了，踉跄了几步才稳住，瞪大了眸子望着我。

“你是不是说，你愿意还给我那紫玉，只要长诀天尊肯娶你？”我嬉皮笑脸凑近，见她面色更加不好，又赶紧瞅准时机，补刀道，“容本姻缘神君提醒妖君一句，强扭的瓜不仅不甜，吃下去还可能会坏肚子，本神君夜观天象，掐指一算，发现你同天尊大人，此生无缘无分，妖君还是早早收手的好。”

她像是听到了什么好笑的话一样，笑得直不起身："你难不成自己都不晓得，你那紫玉有修补仙人情缘的功用？我何苦多用手段来强扭姻缘，你那紫玉，便是我同长诀哥哥现成的缘分。"

我便蓦然忆起来了，在落入崆峒幻域以前，长诀天尊被她用那紫玉伤了情魄这一桩事。

她并未多停留，临走时杏眸半眯，笑道："良玉，你总之也活不了多久了，难不成真想在临死之前嫁给他，然后仙逝远去，留他一人徒做鳏夫？"

这个问题，我不是没想过。可在我服下从老君那里讨来的丹药，为了长宁也为了自己将我交给长诀天尊那一次，这个问题，便再不是能让我主动离开长诀天尊的理由。

况且，如今的我却愿意相信，就算长宁她不打算将紫玉还给我，天尊大人和师父也能帮我找回另一块。我也相信，这一次，本神君一定会六亲不认、自私自利地使尽手段，也要把那最后一枚紫玉要回来。这样，我同天尊大人便可以长长久久了。

想到这里，我不觉有了十足动力，拂灵早就飞远了，我理了理袖子，准备去北海捞几麻袋海虾给自己补一补——本神君，好吃好喝，且能活着呢！

我这厢头也不回头便奔了北走，不过飞出几里地，却见上空混沌，半空中突然涌出一股赤烟，浓烈刺鼻的香气扑面而来，只听得身前突然一句慵懒的"得来全不费功夫"，便被那刺鼻的香气呛得浑身虚软，恍惚之间，我陡然意识到，本神君这是遭人埋伏了。

晕晕沉沉睡了一觉，终于醒过来。睁眼便见宽敞的大殿里规规矩矩地跪着一排小仙娥，皆顶着流云髻，穿着桃花衣。饶是一幅好景致，偏偏周围都是刺鼻的香味儿，扰得我头痛欲裂，直想把头扎进地板里。

"呦，你终于醒啦？"

那熟悉的慵懒声音又传来，她奶奶的！就是这声音的主人把我掳到这儿来的啊！

我拍了拍脑袋，清醒几分后龇牙咧嘴转头望过去，便见身后绛色桃花座上斜卧着一个美女，她手执玉柄绢丝团扇，身着桃红襦裙，长发若流瀑散落腰际，姿态随意中尽是极致妙曼；眉眼细长上挑，眼睑未抬完整，也是给人妖娆却不可侵犯的凛凛美感，尤其是——她唇角下那比唇色更红几分的朱砂痣，确实太好看。

本神君方才还怒火汹涌的内心，在望了这美女几眼之后，突然就这么没出息地自生自灭了。我默道：良玉啊良玉，明明是她把你抓来的，你竟然瞧着她这副美艳的模样心情就这么格外欢愉了？

她似也在打量我，细长的眸子半闭半睁，唇角斜斜上扬，那点朱砂痣真真是红艳欲滴。

良久，她垂下双眸，入眼处，晶莹的手指竟比掌心握着的玉扇柄更剔透，她嘴角那一抹笑依然在，"听说，你是现在的……姻缘神君？"

我脑子转了三圈，揉了揉额角，善意地提醒道："这位姑娘，姻缘神君是在下没错……"可你若是想请我画扇面，虽不说以礼相待客气来求，总不至于这么粗鲁吧……

可她没容我说出后面的话，眼眸半垂望着手中团扇，自顾自道："我以为，当初那个姻缘老头，能干到自己化成灰呢。"

我愣了一愣："你不是找我？"

她又轻飘飘抬眸，慵懒笑道："哦，既然他不干姻缘神君了，那他欠我的债，便由你来还吧。"

"什么……什么债？"我的心骤然一提，惶惶问道。

"并不是什么还不了的债。"见她捏着团扇一摇，神色惬意的模样，我便放下心来，也是了，我们干姻缘神君的向来心地善良，反正不会干什么伤天害理的事，能欠什么大债，孰料我这厢将将放下心，她又慵懒开口——

"不过是七千条命罢了。"

"……不……不能吧！"我慌忙跪坐起来，大吼出声，"你一定是误会了！"

她像是听了极大的笑话，笑得身子都颤抖了，发丝从背上滑下来，遮了半边绝色容颜："误会？我眼睁睁看着七千弟子被一把火烧过，这是误会？啊哈哈哈！"

我强迫自己镇静下来，企图给她讲一讲道理："这位姑娘，你这样便不对了，左右是上一个姻缘神君欠了你的，可我良玉是无辜的，你应该去找他……”

“可那个老头儿，好像已经寿终正寝了，我昨晚才扒了他的坟鞭了他的尸，只是还不解气，你说怎么办？”她以手支颐，笑着问我。

如今这情形，我再笨也明白了。这姑娘不是想请我画扇面，而是——而是想拿我出气的。这六界之中，人神妖鬼里都有这种生灵，怒气大，容不得自己吃半分亏，把人家挖坟鞭尸了都不解气，还要再想尽办法找个相关的人，来当出气筒。

我想，虽然我这个姻缘神君担得有些普通平常，其他地方十分没用，但是现在，凭我身上这吊儿郎当的仙力和修为，想不混成出气筒界的佼佼者都难。

她剔透的手指摩挲着白玉扇柄，眉目流转，妖冶生姿，又开口道：“听说，上个月二十七日，你去了阮饮风那小子的府上？”

我觉得不可思议，阮饮风？那小子？不晓得我堂堂东荒战神大师兄听到这样一个妙龄姑娘唤他小子会作何感想，于是本神君一个没忍住便扑哧笑出声：“你怎么连这个都知道？我大师兄他有了娃崽子，我跟师兄们去道贺的……”

“啪！”她手中的扇柄被生生捏成两段。

我一下子不敢再说话了，毕竟现在是处在人如刀俎我为鱼肉的境地，我实在是怕她把我也捏成两段而我无力反抗。

良久，她才重新开口，语气谈不上悲，也谈不上喜，只是略有些无奈：“这小子都有娃崽子了，那他岂不是已经儿孙满堂了。”

“谁儿孙满堂了？”我好奇问道。

她幽幽打量我一眼，微弯的唇角下，那朱砂痣像要流下来：“我的心上人，他可能同旁的姑娘，已经儿孙满堂了。可就算这样，我依然想找他，你说怪不怪？”

敢情这原来是郎无心妾有意的一出戏啊……想不到面前这美女竟是单相思。我有些惋惜，安慰道：“蛾扑火，火焦蛾，心向往之，哪里有什么怪不怪。”

“好一个心向往之。”她打量着我，开口道，“来人，把这丫头关到听宿阁。”

听宿阁，听上去还真是个雅致的好地方，在两朵小桃花上前把我带走前，我急忙冲她感激一笑：“谢谢你啊！”

她被我这一句“谢谢”撩得哈哈大笑：“小丫头果然是心向往之呢！”

后来我才知道，为什么这模样不错、摆设考究的地方会叫“听宿阁”。

因为，晚上在这儿压根儿睡不着觉，只能睁着眼睛、听着周围不间断的恼人琴音，一波接一波扫荡，睁眼到天明。我恨恨地啐了一口：“姑奶奶我瞎了眼，面若桃花、心如蛇蝎讲的就是这种人！”

夜里无事可做，也无法入眠，我抱着一盆油绿的京童子盘坐在八仙桌上，听嘈杂的琴声滚滚而来，生生不息，我自悠悠望月。觉得此情此景吃点什么才好，便顺手扯了一片叶子放在嘴里嚼。

灵台陡然炸开清甜稚嫩的一句，“小桃花，你可也喜欢我？”

本神君惊呆了，低头看着八仙桌下一棵小桃树苗儿，又低头看着怀里那盆娇嫩油绿的京童子，恍惚了好几遭才反应过来自己方才听到了什么。

我举起京童子，悄声道：“喂，小童子，你可是看上那株桃花了？嘿，你眼光不赖嘛！”

盆里的一条小叶儿颤了颤，脑袋往下垂了垂。我轻轻舔了舔那个小叶儿，嫩嫩的嗓音又在脑海响起来：“你、你、你快放开我，男女授受不亲，你这样抱着我，小桃花会吃醋的。”

本神君玩心大起，贴着那叶子道：“你连人家喜不喜欢你都不晓得，怎么知道她会吃醋？”

“可你看小桃花，她……她的树枝一直在朝我长啊！”

“哈哈，你可真逗，树苗不往上长往哪里长？你在桌子上，居于人家上方，不过是恰好罢了！”

“你胡说，你又不是小桃花，你晓得什么！”

“你也不是小桃花，你怎么晓得我是胡说？”

京童子不再理我，没精打采地耷拉着叶子。我自觉不对，方才那话，莫不是伤了这小童子的心了吧。

我赶忙舔了舔他的叶子，他不搭话，又舔了舔，他还是不搭话。待我再舔了舔，一声怒吼自头顶炸开，虽是怒极的声音，却还是嫩嫩的分外好听。

“你这姑娘怎么这般不知羞耻，你老亲我干吗！”

我扑哧笑出声来：“小童子，这是舔，不是亲啦！”

“你赶紧放开我！让小桃花看到了她不理我了怎么办？！”那小声音嫩得哟，掺着怒气，真像春雷炸开的笋尖尖嘴。

琴声依旧在扫荡，我想了想便挪下桌子，在那株小桃花身旁寻了个好位置，把这盆京童子轻轻放下。小童子却是没有出息得很，傻愣愣蹲在那儿，叶条儿就那么僵着，害羞得连动都不敢动。

我重新蹲坐在八仙桌上，瞧着京童子这副模样，蓦然想起我的小凤凰木了。我还从没有听过小凤的声音，不晓得小凤的声音会不会也这样青嫩好听。等我从这蛇蝎女人身边逃出去后，一定偷偷寻小凤一片树叶舔一舔，顺便听一听他同睡莲妹妹的情话。

这琴声一停不停，扫荡了三天三夜。我也曾试图撞开这听宿阁的门窗，但是我小瞧了那个蛇蝎女人，她早早给这屋子加了障界。白日还好说一些，我调戏一下那京童子，也能给自己找个乐子，到了晚上，我身子便开始不济，冻得直打哆嗦，那时候不由得十分眷恋三十五天的火炉和被窝。但好歹第三天天将要亮的时候，那琴音终于停下来。我这厢以为终于忍到头了，眼皮一沉，问候了弹琴人的祖宗八代，倒在八仙桌上便睡。

上眼皮将将沾着下眼皮，便听“啪”的一声，门被推开了，我还没反应过来，便被一阵浓烈的香气裹着蹿出门外，直直飞上了屋顶。

飒飒冷风穿身过，几欲将我冻僵。我顶着酸软的眼皮，忍了许久没有忍住，委屈开口道：“纵然你是个惊天动地的美女，可也不能这般折腾我啊……左右是上一个姻缘神君欠你的，我同你什么仇什么怨……”

她唇角的朱砂痣在残留的薄薄夜雾中，泛着朱色的光华，她挑了挑团扇将我的身子扶正，笑道：“我睡不着，来找你吃一坛酒。”

我心中悲愤，面上恐怕也不好看：“哼，你倒是睡不着，姑奶奶我可是三天三夜没合眼，困得紧呢！”

她眸光一凛，手指便袭上我的脖颈："谁是姑奶奶！"

我自是反抗不得，只得咬牙切齿道："你、你才是姑奶奶！"

谁知那她手劲更重，逼视道："你敢称我'姑奶奶'，本宫主有这么老吗？"

输了招式不能输了气势，本神君死死扣住她的手，阻止她进一步动作，大喝道："长得好看就能欺负人啊！语气是姑奶奶辈的看上去却像大姑娘你就了不起啊！你是不是仗着自己天姿国色就目中无人了啊！本神君跟你说，你这种思想很危险！得亏是碰上我这一个没本事的，若是你掳了个有本事的神仙来，信不信他分分钟把你的听宿阁给拆了？！"

她终于松开手，眼眸半眯，轻松道："算你识趣。不过，若是有本事的神仙，也不能被我掳了来，你若是有怨，便怨自己本事不济吧。"

"……"

此番坐在屋顶之上，才发觉这处宫殿院落建在一座山峰上，四周虽暗，却是空旷豁达，黎明将至，万里浓云消弭，只剩薄雾细风，撩得人身心舒畅。她身上浓烈的香味儿被吹散一些，不知为何，我从中嗅出了几丝枯苦，只是还没有辨别清楚，身旁便又涌上来刺鼻的香气，将那枯苦味儿严严实实遮住。

她排开两盏精致的湖蓝色夜光杯，淡淡地吩咐："倒酒。"

我抱过酒坛，生怕她再掐我，乖乖地倒酒。

"你是如何不开眼，做了姻缘神君这个差事的？"她问。

如今我也算是适应了她说话的这个方式，闷闷回道："谁知道呢……姑奶奶我，哦不，本神君五万年前受了回劫，醒过来之后，五万年前的许多事都忘了。后来养好了伤，天帝大人颁旨下来说让我继续做姻缘神君，我始知道自己之前干了这个差事，"提到这一茬儿，我忍不住再次同上一个姻缘神君撇了撇关系，"所以，我跟之前那个……你口中那个姻缘老头，不是一伙的，他干了什么缺德事，我全然不晓得哇！"

她转了转酒杯，微微点头，清风吹过，扬起她几束发丝："我不是记恨那个姻缘老头。"

"……哦？你原谅他了？"

“我是恨你们做姻缘神君的，趋炎附势，混吃等死，没有本事。”

“……”

我其实想同她辩解一下，但又觉得她说得有几分道理，怕一不小心越过雷池，伤自己个体无完肤，于是将她那句话忍了下去。我现在还是虚与委蛇一些的好，至少得保存体力，在我还没有被那磨人的琴声逼出疯癫症之前能逃出去。

“你，叫什么来着？”她慵懒问道。

“良玉。良玉姻缘的良玉。”我愤懑地灌了一口酒，才发觉这竟然是年代久远的桃花陈酿，味道醇足又不失幽香，只是微微有些涩头，“你下次再用桃花酿酒，记得把蕊心去掉，酒中便不会有涩味了。”我提醒道。

她也喝了一口，不是我这样闷头灌，而是极具风雅地抿了一口，“想不到你还挺在行。”沉思一会儿，她又道，“良玉姻缘，还真是好名字呢。不像我叫灼华，总有一种灼然盛放之后花事即逝的感觉。”似又想起什么，她用掌心撑着额头侧脸问我，“你瞧着气色不大好，怕是活不久，不晓得什么时候死？”

本神君一口桃花酒喷薄而出——我生平、第一次、碰到这么不会说话的神仙！我真想破口大骂：“你才活不久呢！我还想问一问你什么时候死呢！”

可是旁边偏偏又是位招惹不得的姑奶奶，我要是这么回答保不齐她把我撂下屋顶。于是我假装认真思索一番，回答得一板一眼：“人数天定，命有穷极。本神君也不晓得什么时候……”

内心却是声若洪钟的怒吼——本神君且能活着呢！

她嗯了一声，又问：“我也是头一回瞧着你这样不济的神仙。你是如何变成这样的？”

“……不是跟你说过么……忘、忘了。”

她却是突然来了兴致，目光攫住我的眼睛：“本宫主很好奇，你连记性都这么差劲，是如何活到这么大岁数的？”

我正欲回她一句，却突然看见，东方靛蓝沉寂的天空一瞬间绽放万道霞光，光芒从她唇角朱砂痣旁，射进我的眼中。峰底下绵延三百里的桃林刹那间出现，虽是四月时节，却不见凋零，反而是万千桃花竞相舞，红若烟霞胜赤火的繁盛模样。我从没有见过那么大片大片的桃花，比大梵音殿后山还要多很多。

晨风吹起她的襦裙，扬起的纱幔轻柔若雨雾中蹁跹的桃花色，荼蘼香气之中，带着韶华即逝、此生难再的微微枯苦。

我此生恐怕再也忘不了这场景。比桃花更美艳的灼华转过头，顶着面上两行清泪，却有比霞光更灿烂的笑容——

“倒酒。”

不打不相识，不喝不成交。自本神君与那灼华在屋顶喝了一回酒之后，听宿阁便不再有琴声扫荡了。本神君白天黑夜，日日好眠。

灼华会来找我喝酒，我醒着的时候让我陪她喝，我睡着的时候她叫醒我让我陪她喝。连我自己都惊讶，昔日的起床气在她面前消失殆尽。

她执杯的样子真的很优雅，她会把酒杯举到额际，对着稀稀疏疏的月光，露出瓷一样的光洁剔透的手腕，脑袋微微上扬，似有若无地看着酒杯。不知道为什么，我竟一眼就看出她平日里自己喝酒习惯了，这是她一个人时惯有的动作。

我从这里头瞧出了寂寞。

又或许，本神君在她眼里是空气一样的存在。

唯有一种时候有存在感，那便是——

“倒酒。”

我便抱着坛子给她满上。她像是暂时不打算让我替上一个姻缘神君还债了，找我来反而更像是找一个人陪她喝酒。我乐得自在，也并不提醒她。

她有时候会不说话，有时候会絮絮叨叨说很久。从那些絮絮叨叨的话里，我约莫知道了她是一个桃花妖，且是一个活了许久的桃花妖。具体多少年岁，本神君小心翼翼掂量着自己的小命，没敢问出口。除此之外，我还晓得了她有一个心上人，叫少殷。提到少殷时的灼华的样子，是我最喜欢的，因为只有那时候，她会特别温婉柔美。

“那时候，少殷每年都会在阳华山东面的百里桃林小住。”她说。

我突然想到前几日东方的百里桃林，这里竟然是阳华山。

可是……可是阳华山，不是、不是早十几万年前，便不见了吗？！彼时我从《九州山海志》里有看到这一段还十分惊奇，因为书上说：

“四月大火，焚桃林百里，降阳华一山为平地。”

一场大火能烧了百里桃林我并不奇怪，可是你说一把火能把巍巍峨峨一座山给烧成平地，这不是骗人吗？是以，当时我特地卷了那本书去找师父问，是哪个没文化的神仙写的这本书。可当时师父并未回答我，反而直接施了法术将描写“阳华山”那一页给隐了去，“既然有出入，那便不要看了。”他说。

“你确定这儿是……是阳华山？”我抱着酒坛，惶惶不安地开口问。

可那时候的她喝醉了，自顾自地喃喃道：“他会给众多桃树浇水施肥，我长在桃林边上，从阳华山峰顶吹下的风经常把我的树枝折断，少殷眷顾我，常常会给我多浇一些水。他不在的时候，为了能快些长大，多么冷的水我都饮，多么烈的阳光我都受。那么多的桃树，却没有一株长得像我这般好。我只是，想快些幻化成人形，能够快些站在他身边罢了。我七万岁的时候，才能勉强变成一个桃花小妖。”

单纯就她这档子往事来说，灼华她真真是一株勤奋上进的桃树。因为，一棵树若是仅仅凭借自己的本事，能在七万岁时修成一个小妖，已实属不易。你看丹穴山这么多树，你看三十五天这么多树，或者是大梵音殿后山这些，有些甚至比我都要年长了，也不见几个能幻化成个小妖供我瞧一瞧。只是，修仙这种事是十分麻烦且又急功近利不得的，没有仙人在旁边指导，这六界的生灵靠自己最多只能化成妖。

可我现在，最关心的却不是她如何如何痴情，如何如何上进，而是——

这阳华山明明早就不在了！她现在同我说的这、这阳华山是哪一座阳华山？

而她俨然喝醉了，脸颊、眼底全是红醺，她剔透的手指捏着酒杯，就那样慵懒地靠在椅子上，不再说话。

我再问她阳华山的事，也是无济。于是敲了敲门，门外候着的一双小仙娥便进来把她搀扶出去了。临走还不忘了给我重新把听宿阁的门锁上，呼呼两重光闪过，连障界都给我加得稳当。真是一丝不苟心细如发。

本神君心中愤愤然，想都没想，顺手撸起那盆京童子往上一抛，那京童子吓得叶条瞬间奓开，僵在空中，我反应过来自己做了什么，赶忙冲上去接住它。直到它又稳稳落在我掌心，叶条还是直挺挺地僵着，一副惊魂甫定的模样。

“对不起啊小童子！”我说。

“……”我舔了舔它的叶子，它没反应。

“我错了！我给你道歉！”我又说。

“……”它还是没反应。

“小童子……你别吓我啊……”我心中惶惶，要是把这么个小家伙吓出个好歹来，本神君可怎么……我又舔了舔它那肉肉的叶子，终于，熟悉的清嫩之声在灵台上颤抖传来，拖着极其委屈的哭音——

“……你这姑娘干吗要吓唬我啊……我若是摔死了，留小桃花一个人在这世上，她会多孤单啊……呜呜呜……”

我忍了忍，终究是将冲到口边的那句“天涯何处无芳草”给咽了回去，认认真真道歉：“我错了，再也不敢了，你别哭了，我今晚不打扰你跟小桃花了……”

“……呜呜呜……你说话算数不？”

“……算数，本神君说话向来算数。”

我特意把那京童子放得离小桃花更近了一些。自己蹲在八仙桌旁，内心十分不平静。

如今，《九州山海志》里记载的那句“四月大火，焚桃林百里，降阳华一山为平地”，已经在我脑海里反反复复抹不去了。

不管这山是不是被烧成平地的，可我真真切切知道这阳华一山在九州已经消失十几万年了，后人如我这种“勤奋好学”者还能从某个不靠谱的神仙写的书卷上看到“阳华山”这个地方，其他，比如大师兄这种只知道行兵打仗的硬汉子，哪里有空去扒翻书卷，更哪里有机会得知阳华山这个名儿？

这阳华山不在了，可现在本神君是在阳华山……

该不会……该不会本神君被那个蛇蝎女人带回了十几万年前，于是能身处阳华山吧！

我轰然站起来，额头一下子撞上桌角，疼得我眼珠子都要飞出来。我已经落入崆峒幻域一次，把五万年前的场景经历了一次，现在、现在不会又回到了十几万年前吧！

老天爷我跟你无冤无仇！你何苦要这样待我！

我冲上门，死死拍着门框，声嘶力竭道："给姑奶奶开门！我要出去！"

门外又一重光闪过，将喊出口的声音尽数反弹回来。门外那些丧尽天良的……她们这是又给本神君加了道障界……

我凄凉地坐在门口。

此情此景，得喝点儿酒，才能烘托出本神君这悲凉的心情。我施术将方才灼华剩下的那坛酒移过来，精疲力竭地灌了两口。

上一回进崆峒幻域，还是跟天尊大人一同进去的。那时候本神君歪打正着，念了收起云界珠的诀语，而那诀语恰好又是进幻域的诀语。本神君，有时候就是这么——成事不足，败事有余，作得一手好死。

且那时候在幻域里，虽然是担心害怕，但好在身旁有师父，有天尊大人，尤其是师父，特意为我进来，一直在身旁给我支撑，我并未觉得有多绝望。

而如今，我在这里，在这个于现实的仙界之中连踪影都不见的一座山上，却是自己一个人。周围全是陌生的事物。

这种恐惧，如虫蚁，一点一点啃噬着我的心脏血脉。

那一晚，我抱着酒坛，瑟缩在门口。梦里身处万丈冰窟，冻得我体无完肤。长诀天尊应景地出现，亲手为我披上毛氅，递给我一个精致的漆雕手炉，声若夏雨，温润渐溶。

"小玉，我来找你了。"他说。

这个梦做得有些恍惚，醒来的我发现手中确实有个彩瓷手炉，身上也有厚厚一件棉衣。

可是，没有天尊大人。

我问过京童子才知道，原来是他的宫主——也就是灼华，为我做了这些。我心中稍稍有一些感动，原来她并不像平日我看到的那样冷酷无情。我顿时打起精神，好好同她相处，说不定她能放我出去呢。

安安稳稳过了些时日，她又提酒来找我，彼时我正蹲地上，看京童子偷偷摸摸地把叶串儿伸向小桃花将将挤出来的一个米粒大的花苞。

我用手势比了比——莫要说话。

她便蹲下陪我一块儿看。

京童子顿了顿，然后终于鼓足了勇气又往前伸了一寸。又顿了顿，颤颤巍巍往前伸了半寸。又顿了顿，这个模样，同我家小凤凰木看到睡莲妹妹时是一样一样的。他终于下定决心将将要碰到小桃花的花骨朵儿时，灼华突然起身大喝一声：“婆婆妈妈的像不像个男人！”

说完直接把他从盆里薅出来，利索地在小桃花的盆里挖了个坑，栽了那京童子下去。

京童子那伸出去的叶串儿一直僵在半空，一副没整明白怎么回事的模样。小桃花那个树枝便唰地歪到一旁，不胜娇羞啊……

我双手捂脸，京童子，本神君对不起你！

身旁的灼华一身豪气，指着京童子道：“本宫主最看不惯这种娇羞样儿。”

后来我总算明白她为何看不惯。这事还得从她进化成一个桃花小妖说起。

阳华山以东，是广延三百里的桃林。桃林之中，有方显眼的湖，湖水多珚玉，唤作珚玉湖。那时候，灼华修成一个桃花小妖，天天坐在桃林里这扎眼的湖旁等少殷。

有一日她见着湖里几条锦鲤长得肥美，忍不住要捞上来炖汤。她跳入湖中，却见湖中有一条锦鲤长得硕大标致，五彩鳞身，蔚为壮观。她顿时兴致高涨，想也没想便要去捉，却见那鱼突然跃出水面，腾身到水面五丈高处，赫然变成一个手执折扇的公子模样。

她呆住了，蹲在湖底，隔着青蓝的湖水喊了一句——“少殷”。还没等少殷反应过来，便冲出水面抱住他的腰，欢喜雀跃道：“我等你很久了！”

少殷大惊，忘了仙力支撑，身边的少女只顾高兴亦是没使仙力，两下都悬空后，分分钟抱着栽到湖里，溅起硕大的水花。

她刚化成小妖，道行浅薄，冲出水面那会儿已经用掉多半儿力气，最后却是被少殷半拖半抱着上了岸。

清爽的湖水从那明媚的脸上流下来，她激动地搂住少殷的脖颈笑容灿烂道：“我等你很久了！”

那厢的少殷望着眼前衣衫透湿的少女，惊魂未定。忽然记起男女有别，红着一张俊雅的脸便走了。

她并不气馁，天天黏着他，走哪儿都跟着。多数时候少殷是在桃林中一栋茅草屋里看书，一副书呆子模样。她扒着茅草屋的窗户，聚精会神地盯着书呆子。

被一个妙曼少女天天盯着的少殷着实觉得不妥，终于狠下心来，在一个月黑风高的夜晚把她挡在门外，言辞振振，客气有度：“姑娘，礼法存之，皆有其理，所谓发乎情止乎礼，未婚男女授受不亲是也。你将来是要嫁人的，天天黏着在下对姑娘的名声……”

桃林闭塞幽静，以她用七万年时间不过才晓得见着少殷会欢喜，哪里会知道这些“授受不亲”的话，心智并不成熟的她只是觉得少殷可能不知道自己对他的爱意，可她已经喜欢他喜欢了七万年了。她想起百年前落在她身上的一对比翼鸟，想起它们表达爱慕的方式。于是她踮起脚，嘟起嘴唇，在少殷的薄唇上不轻不重……啄了一口。

这直直把少殷的一张白净的脸又啄得通红。他反应过来后，“啪”的一声关了门，把她挡在了门外。

那晚狂风大作，暴雨倾盆。她缩在少殷门前，雨点打在她身上。她思考了很久也不晓得少殷为什么把她关在门外。你看那比翼鸟在一起的时候，母鸟的脑袋蹭了蹭公鸟的，公鸟的也会来蹭蹭那只母鸟的。按理说，少殷应该也啄她一口才对。

呃……会不会是我啄的姿势不对？那时候的灼华这样想。

于是她噌噌爬起来，捋了捋头发，捋下来一把雨水，她敲门，打算重新来一次，这一次她尽量学跟那只鸟一样的姿势。

可是里面的少殷不搭话。

她又敲门，少殷还是不搭话。

她晓得少殷睡着了，便不再打扰他。一个人默默缩在门口，雨越来越大，越来越急。百里桃林树木萧萧，大雨沙沙，雨点和着泥点一块拍在她身上，狂风直把她吹倒，她便再从泥地里爬起来，板板正正缩在那儿。

雨没有一点儿要停的样子。她摸了一把脸，摸下来一把泥渣子。她想起来在桃林里的时候，当她还是一株小桃树苗儿的时候，也很怕这样的雨，她怕自己会被这雨冲出土壤，那她就活不成了。

可是，总会有什么支撑着你，总会有个神仙，让你想起来就觉得自己忍得住，总会有一份期待的感情，让你哪怕惧惮这危险却还可以一遍遍告诉自己：坚持下去啊，等你化成人形，那就可以跟他在一起了啊。生灵万物许多是这样，不单单只有灼华。

比如，现在的本神君，虽然知道，如果找不到那最后一枚紫玉，自己便要灰飞烟灭，仙迹无存了，于这件事，我也是极其恐慌的。可我身旁还有天尊大人，我还要好起来跟他成亲，等我身体好了的时候，他说便会讲师父他老人家的八卦给我听。就是为了他，我也会坚持下去，也会一遍一遍告诉自己，最后这一枚紫玉，我一定要找回来，一定要留住。

我要活着。

再回到灼华的故事里。那雨，依然瓢泼。

就在这时候，门突然开了，她还没反应过来便被一只胳膊拉了进去。

少殷黑着一张脸把她按在床上，兜头给她罩上一个被子。她刚从被子里扒拉出来，少殷便又把她塞进去。她想跟少殷表达自己的爱慕，却屡次三番不得手，她有些急了，捞过少殷的脑袋又啄了一下他的唇，将要抬头表白：“我、我……”自己却被捞过去，少殷的面庞瞬间放大，她便觉唇上一沉一麻……

她眨了眨眼睛，那双比翼鸟明明不是这般表达爱意的，她张了张被少殷啃红的嘴唇，委屈得不得了，“鸟明明不是这样，你讨厌我吧……”

少殷的神情似要把她揉碎了揣在心窝里：“……我不是鸟……”

她缩在被窝里，顶着一汪泪更委屈道：“那你是什么？”

少殷：“……我是鱼……”

她指着嘴唇，恍然大悟：“你是不是饿了，所以……鱼会吃桃花吗？”

鱼会吃桃花吗？

少殷黑了黑脸说：“……会，你要是不听话，鱼就会吃了你。”

她便吓得将头蒙在被子里，一动不敢动。少殷以为她安分了，便生了个火炉打算给她煮碗姜汤驱驱寒。可是忽然发现那边缩成一团的被子不住地哆嗦，可又怕人看出来似的，一哆嗦便要蓦然停一会儿，确定少殷的目光没有落在那处之后，才又不动声色地一哆嗦。

所幸，少殷他虽然是个书呆子，但是却也并不傻，瞧出来了异样，于是把她从被窝里扒拉出来，才发现她已经哭得脸颊通红，粉嫩的鼻子一抽一抽的。

“……你哭什么？”他纳罕。

“我……我怕你吃了我……”她哭道。

讲到这里的灼华，已经醉得不成样子。我第一次见她喝这么多。所有的往事到这里，都变得美好生动起来。

可此时的灼华倒在我怀里，浓烈的熏香一波一波盖过来，她流的眼泪打湿了我的裙子。直到门外的宫娥来搀了她出去，直到夜里寒凉又沁上我心里，本神君始反应过来，今天，我又忘了问她一下这阳华山的事。

我其实有些急了。一直这样被困在听宿阁可如何是好。不知道天尊大人他会有多着急。

我心中想着天尊大人，可那一夜梦里，竟然梦到的是师父他老人家。

那是在大梵音殿后山。沉钰那厮当初追六师兄追得正起劲儿，天天扛着几麻袋芋头种来大梵音殿后山种芋头。可当时，后山几乎全种满了桃花树。沉钰要种芋头，必须先挖了桃树。

我唯一一次见师父生气，便是在那个时候吧。

佛祖慈悲，不喜愠怒，我少时惹了祸，通常道个歉便被师父宽恕了。

可就是那时候的师父，对着沉钰拔出来的桃花树，却是真的动了怒。可师父生气起来，同旁的神仙是不同的。他不像灼华这样，将对上个姻缘神君的仇恨加诸现在的姻缘神君身上，他从来不会找出气筒，生气时不会对旁人发脾气，他是同自己较劲。他不吃不喝，手捏菩提念珠，独坐殿中央，几天几夜纹丝不动。我连同一众师兄连上前去劝一劝都不敢，又因为殿内进食是对佛祖不敬，所以那时候我们唯一能做的，便是每日三餐将饭菜端放在大殿门口，可每回都是再端回来。

师父仍然坐在殿中央，手执菩提念珠，不声不响，不吃不喝。

我们知道师父爱桃花，可是没有料到他爱惜到如此地步。

所以说，当初六师兄拿了笤帚揍沉钰，是揍对了。大师兄其实是最疼师父、最尊敬师父的那一个，估计也因为他同师父的年纪差不多大，所以待师父更像是待兄弟那样，两肋插刀、赴汤蹈火居多。可囿于师父比他厉害，是以替师父上刀山下火海这种事，他从来没有机会去做。如今在后山，晓得了师父的桃花树被一个黑衣男给薅了几百株，大师兄当场就气得不行不行的。

可虽说是生气，蹲在后山土堆上的本神君，从晃然灼眼的日光里，却看到大师兄唇角自信地勾了那么一勾：多少万年了，他终于逮到机会，能为师父他老人家出一次头了。

大师兄扛起赤暝刀，一路冲云破雾便闯到北海。我作为大师兄万年不变的小跟班，自然也是要去的。我当初是这样盘算的，大师兄跟沉钰厮杀着，最好打得不分上下、打得旷日持久，我便可以偷偷摸摸进了北海去摸螃蟹、捞海虾了。

但是，大师兄同我的如意算盘，打得……着实一招也没落到实处。

因为，当我们俩气势浩瀚地赶到北海的时候，六师兄已经一身烟青绸扇，立在北海蔚蓝色水浪之上，清润雅致之中，早早地把沉钰那厮给收服了。

"你把我师父因邈佛祖的桃花树给拔了，你可知罪？"六师兄立在浪头，负手而立，衣袂翩翩。

"知罪知罪，十分知罪！我错了，月月。"沉钰也立在浪头，点头哈腰，嬉皮笑脸。

"你不是要同我道歉，你是要同我师父道歉！"

"好好好，道歉道歉，"他眉眼弯弯上前，喜不自胜地挽住六师兄的胳膊，"那月月带我去道歉可好？"

六师兄甩开他，横眉冷竖："道歉要严肃一些！你这样嬉皮笑脸，成何体统！"

顽劣不恭的沉钰爷爷，如今点头哈腰："嗯嗯，月月，我到时候一定严肃，严肃一些。"

我同大师兄立在不远处，一个浪头打过来，不只浇得我俩浑身湿透，还把大师兄的赤暝刀打到了水浪里，沉入海底。于是，那一日，作为小跟班，原本打算去北海捞虾蟹的本神君，被大师兄胁迫，跟着他在海底找了一天一夜赤暝刀。

是以，唯独我们俩，后来没有看到沉钰那厮给师父道歉的场景。听说沉钰那厮毫不犹豫地散了许多修为将薅出来的百余棵桃花树注入仙力复活了，只是没有栽到原来的地方，而是挪到别处了，因为，他也舍不得将给六师兄种的芋头再薅出来。做完这些的沉钰，赤着膀子，背着荆条，在大梵音殿前面跪了一宿，认错的态度，十分诚恳。

那时候，我跟大师兄……还在北海底下……辛辛苦苦、废寝忘食……

摸赤暝刀……

这着实是个辛酸的故事。

听说沉钰道歉之后，师父便就没再计较，就这样让这件事过去了。而且后来，为了沉钰那厮给六师兄种芋头，还专门又挪开了几百株桃花树栽到后山别的地方，是以，后来，大梵音殿灼灼的桃花中央，有一大块空地，那是专门给六师兄留出来种芋头的地方。

所以，时至今日，再梦到这件事，本神君仍然觉得，自己和大师兄是整桩事里最受伤害的两个神仙……个中辛酸，不说也罢……

跟主子混好了，各路丫鬟也开始温顺起来。日日来给我送饭的小宫娥见着我的悲苦，有些于心不忍，同她灼华主子商量了一下，于是，本神君在这听宿阁里待了半个月之后，终于可以出门转一转了。我有些喜不自胜，还十分嘚瑟地同那小童子炫耀了一番。

“姐姐我就要出去了，而你还在这里栽着，哪里也去不得。要不要我大发慈悲搬你出去晒晒太阳？”

“你害不害臊！你都是十二万岁的老太婆了，才不是我姐姐！”他嫩声嫩气讲出来，着实让本神君大惊失色了一番。

“……你怎么知道我十二万岁了！”

“你跟宫主喝酒，喝醉的时候自己讲的，你说你十二万岁了。而且我不只知道你年纪大，还晓得你这十二万年都是在打光棍儿来着。”

“……揭人短处，小童子你不是君子哇！”

“哼！跟女流氓讲什么君子。”

“……”

本神君头一回吃了一棵小苗儿的亏。我也懒得跟他废话了，自己终于能出去了，得把握机会不是。

我去外面，赶忙寻了个穿戴严谨得体的女官打听一番，得知这儿确确实实是阳华山，厝在山上的这座宫殿叫作阳华宫，灼华便是她们第五任宫主。我点头，又问上一任宫主是谁，那女官叹了口气道：“是少殷神君……姑娘莫要再问其他了。”

“喂！等等！”我慌忙喊道，可那女官撒过一把熏香，直接将我熏了回来。

我方才是想问她这里是多少万年前的阳华山。可她跑得这样快。

她们阳华宫的熏香果真是太厉害，我很好奇她们天天闻着这样刺鼻的香味儿是怎么忍得下去的。

但我好歹明白了一件事——那便是少殷果真是喜欢灼华，把阳华宫主的位子传给了她。

前方有小园，里面栽了百余株桃树。凡间有句诗作得特别好——人间四月芳菲尽，山寺桃花始盛开，仙界也是这样的。我思忖着阳华山瞧着并不低，可这四月中旬，满园的桃花花瓣已开至颓败枯靡。

我抓了一把花瓣，隐隐的桃花香入鼻，混着几丝颓败的枯苦。这味道似曾相识，多少让我有些恍惚，大致是与那日拂晓将至，我同灼华在听宿阁屋顶喝酒的时候，清风吹过，那隐隐飘出来的枯苦味儿差不多。

但我没忘了重要的事，毕竟本神君还打算逃出去。

我也是费了一番周折，其间躲躲藏藏才到了阳华山最高的大殿，飞了上去。

高山之巅，空旷的视野里，最引人注目的便是东方绵延三百里的桃林。与山上的桃花花事荼蘼不相同的是，山下的桃花，灼灼盛放，百里不凋。日光均布其上，璀璨而辉煌。

终于赶着这日光鼎盛的场面，我才发现那赫然罩在阳华山和桃林之上的——巨广结界。

纵然本神君学艺不精，但是混迹仙途这么多年，自己也被困了许多次，从那结界发出的莽光的种类，我便能清清楚楚晓得，这结界是用来隐藏内中所有东西的。

我愣了许久，四周静谧，只能听到我自己的喘息之声。

本神君也开始明白过来，这阳华山，这三百里桃林，原来……

原来不是不见了，而是被谁给隐藏在结界之中了。外面的生灵看不到这里面的东西，而这样绵延几百里的结界，若没有几十万年的修为，绝对不能做到。

是灼华她布下的吗？

可她为何要把这阳华山、把这桃林从九州内隐藏起来？

我惶惶不安，原本打算飞到结界尽头打探一下。而身边已经飞上来两个姑娘，客气而又有些微愠道：“神君回去的时间到了。”

我这厢不好说什么，偷偷往下瞅了瞅，只见下面还站着一二十个宫娥，皆是神色防备地瞧着我。我叹了口气，面前这两个宫娥我还能对付一下，可是下面这一二十个一起上来，我自是打不过，于是只得跟着她们回去。

可刚刚走到听宿阁门口，便见许多仙娥慌慌张张又往主殿跑，我上前挡住一个问她出什么事了，那丫头哭得厉害：“宫主……宫主受伤了……”

但是这丫头还没说完，便被一个年长一些的宫娥给掌掴了：“宫主万福，岂容你胡说八道！”

我愣了愣，提裙打算跟她们去看看，不料却又被这个年长的宫娥给拦住了。“请神君止步，阳华宫的事，外人不必插手。”

我凛凛拂开她挡在我面前的衣袖，义正词严道：“万一本神君有救你家灼华宫主的法子呢？你在这里万般阻拦，莫非是不想你家主子活着？！”

她脸上登时一阵惨白，瞪着我的一双眼里，全是惶恐。

从她这副表情里，我便晓得，灼华她其实挺有福气，至少身旁的宫娥对她都是忠心耿耿。我甩开衣袖，大步流星往前走。此时，没一个宫娥再敢阻拦我。果然，做人做事，有时候也是要靠吓唬的。

第二十一章 平安脱险，画舫饮酒

通常这书呆子遇上情爱后会自动进化成两种，
一种与心上人对上眼儿之后就变得机灵通透了的，
另一种是与心上人互诉衷肠之后仍然呆头呆脑比千年榆木疙瘩更难侵入的。

仍是一样的大殿，一样的桃花座，只是座上躺着的人儿不再是那日鲜活妙曼的模样，她此时的脸色竟比本神君这吊着半条命的神仙的脸色还要虚白几分。在她腰腹处有一枚极深的剑印，粉中染褐色的血透过素绢一股一股流出来，似是止不住的模样。

桃花座旁的青铜兽尊吐着刺鼻的香味儿，熏得我晕了晕。我问那伺候的小桃花："这个香料味道太浓太重，怕你们宫主闻了也不舒服，可否撤掉？"

小桃花肩膀抖了抖，哭出声来："呜呜……擅自倒了这香是要被宫主逐出阳华宫的……"

我揉了揉额角，顶着一波又一波的香味儿上前。殿内一直伺候着的一帮不知情的小桃花要来拦我，我费力道："我可以救她。"她们半信半疑，所幸方才被我吓唬过的那个年长的宫娥出来挡了挡她们，本神君才得以出手。

其实我并未吹牛，要知道，如今的本神君也是个性命堪忧、说不准哪个时刻便要灰飞烟灭的神仙，自那次服过老君给的"饮鸩止渴"的毒药之后，长诀天尊便怕我哪一时刻再犯傻，或者哪一时刻再受伤，便给我在身上封了三枚救命丹药，危急时刻，只消心里念一句他给的诀语，这丹药便能出来。

但还是要小心一点儿，她这个血的颜色不大好看，兴许还中了毒。

我忍住胃中阵阵抽搐，趴在她伤口处吸了一口血。浓烈的枯苦味儿盖过血腥味儿，从舌尖传到心窝，苦得我直把眼睛鼻子皱到一块儿。可吸血这个动作，这个场景，当枯苦从舌尖传到肺腑，熟悉之感自四面八方轰然扑来，我觉得右心有密密麻麻的颤抖和恐惧一路传到指尖，我浑身僵木，肺腑颠簸。

……

"萧漫，如果我为了救她自己死了，你会难过吗？"

“轻轻你不是百毒不侵吗，不过是为她解个毒，你怎么怕成这样呢？”

……

“我怕是活不得太久，要你锦衣玉食有何用，要你富贵荣华又有何用。”

“你这是在威胁朕吧？朕不过让你为轻轻解个毒，你便要这样记恨着，不过是你举手之劳，你却偏要同朕讨个要死不活的人情？”

……

我快要被这无尽的绝望一口一口撕碎、吞噬、咀嚼。泪水漫上眼眶，我不晓得这是谁的对话，不清楚这是谁的声音，可偏偏听得一阵心悸。

有宫娥拉了拉我的胳膊：“神君！”

我始反应过来，抬头，抹下一把泪水：“别担心，我方才魔怔了。”

缓解好一会儿后，我才深呼一口气，重新低头，仔仔细细品了品灼华的血。

别人品酒品茶，我品毒血。良玉，你真是活得不耐烦了。

但是，如果不是品了灼华的血，我大概永远也不知道，这一桩惊天动地、尘封于泱泱八荒十几万年的大事。

我不知道自己为何会在品灼华的血的时候，脑海里会看到她往日一重一重的记忆。直到很久以后，我同老君在一处吃茶的时候，他同我讲：“大抵是，情至深，情至深吧。”

所以，情到深处，连血肉身躯，都被一一渗入，如刻骨铭心一样吧。归根结底，是灼华的深情。

可是自古情深畏缘浅，缘分未至，相思枉然。

本神君愣怔之中，恍然未觉口中余下的血水顺着嘴角流下来滴到我前襟，一众小桃花围上来撕扯我的衣服，个个花容失色，放声大哭，她们见我这副模样，估计是晓得自己的主子没救了。

我肺腑里被那枯苦的血味儿给搅得翻江倒海，费力屏住心神念了诀语，赤红色的丹药便缓缓从我身上浮出，来到我唇边，我摇摇头：“给灼华。”

那丹药便顺从我的心意，浮到灼华的唇边，氤氲的血雾从丹药表面泛出来，缓缓渗入她的唇中。

枯苦味儿多少有些消散，她腰间的剑口也渐渐愈合。

血，是止住了。

可那帮小桃花们哭得更厉害。我晕了晕，差点儿栽到地上。伸手摸了一把眼泪，却有更多的眼泪涌出来，“纵然我救人的行为这般大义凛然，你们也不至于感激至如此吧。”

说完竟真的栽到地上。

扶住我的那朵小桃花也抹了一把泪：“宫主的血止住了，我们是喜极而泣呢！”

一群白眼狼。

做了一个很长很长的梦，梦里满满当当都是灼华。

有时候，我们会安慰那些在令人伤惘的梦中走不出来的自己，这仅仅是个梦，莫要难受。

可是，我们却又真真切切地晓得，这不是梦。

褐色的血液包裹着枯苦铺天盖地涌上来，比我几万年用的汤药更要苦几分，无数画面出现在我脑海，一幅一幅，让人心里抽痛。我喊着：“灼华，灼华。”

可她听不见。

窗外夜雨倾盆，她让被子卷起来端坐床上的模样，怯怯得像一尊裹着粽叶、只露出白嫩嫩尖角的米团。刚刚亲过她的少殷，那个与当今的遥夜殿下有着相同容貌的少殷，此刻正在为如何向她解释什么是男女情爱而伤神。

我看着少殷这副模样，竟然希望他一直都是少殷，一直都是。

可他偏偏……偏偏为何要跟我师父长得一模一样……

若非经历过千颜和简容这一茬儿，我大抵也就自我安慰：他们不过是长得像而已，怎么会是同一个神仙。可如今……我却不敢断然否定他同我师父没有干系了……

他用素绢给被窝里的人儿擦着头发，斟酌道：“我不是鸟，你也不是鸟……但是我们这样是跟那对鸟一样的，只是与那对鸟的方式不同而已……”

莫说被窝里的人儿听不懂，连我这个本应该清楚的局外人竟也听得迷糊。

这少殷，哦不，他有可能……是我尊师，但他果然是个书呆子。

通常这书呆子遇上情爱后会自动进化成两种，一种是与心上人对上眼儿之后就变得机灵通透了的，另一种是与心上人互诉衷肠之后仍然呆头呆脑，比千年榆木疙瘩更难侵入的。后者真正是书呆子中的极品，呆子界的骄傲。

不幸的是，少殷他堪堪是这呆子中的极品、呆子界的骄傲。解释了这么一通顶个甚用，本神君以为，少殷应该直接抱上去，再亲给她看一看。嗯，自古实践出真知。

可少殷作为一名合格的书呆子，安安分分不再碰她了，捏了纸笔转头走到她跟前，开始给心上人取名儿了："桃之夭夭，灼灼其华，你喜欢灼华这个名儿吗？"

被窝里的人儿压根儿识不得几个字，但兴奋地捞过少殷的脑袋，凑上去，眼珠子转了两转，学着刚才少殷的模样，怯生生咬了他的唇又吮吸了一下，以此表达自己的欢喜。

少殷手中的纸笔忽然掉落。

他呆了呆。

而本神君比少殷呆得还厉害——这，这灼华竟然听懂了？！就这呆子说得前不着村后不着店的迷糊话，那厢的灼华竟然听懂了且一下就会应用了？！

少殷开始教灼华读书识字。阳春三月，嫣桃百里。公子手执书卷玉树临风，少女笑语晏晏容比桃花。这着实是天造地设的一对。

"你方才念的'兰溪三日桃花雨，半夜鲤鱼来上滩'这句，是什么意思？"她探着脑袋往书卷上便瞧边问。

若不是经她这一问，少殷或许还不晓得这一句诗恰恰可以比拟他和灼华。可他偏偏不晓得如何同她讲，或者不晓得如何讲出口，于是红着一张脸，道："就是写春日的山水风光的。"

"可是我方才听到了桃花和鲤鱼！"灼华蹙眉认真道，又往书卷上凑了凑。

"……嗯，有写。"

"是鱼游到水面，吃桃花的意思吗？"灼华问。

“不是……”

“那是什么意思？”

“……桃花雨很好看，鲤鱼很喜欢的意思……”少殷此时的脸，红得已经快要滴出血来了，看来这句诗他故意解释错来讨好灼华，也是真的用了心。

我其实有些惊喜也有些担忧。这忧这喜都是因为少殷这副面容。他太像我的师父了。我很少见到师父为了一个姑娘脸红至此的场景，如今见着了自然十分惊喜，我甚至忍不住幻想着哪一日再去我大师兄府上同他八卦一番。忧的是，我心中却隐隐不希望他是我的师父，因为这即将到来的一场劫数。

或许天地都嫉妒，灼华与少殷这心有灵犀、情意相合的一段情缘。

于是，将将幻化成妖，跟少殷在一起不久的灼华，会面临这样一场劫难。我以前也是听说过，神律对那些妖魔是很严苛的，因为怕他们作恶多端，是以在历劫这件事上，向来是加足了料将他们往死地里“教化”。

灼华的劫难，是三十道荒火。

可她本属木植，最怕的就是火。她打三十道荒火里滚一遭，怕是烧得连灰渣渣都不剩了。

那时候，少殷已经凭了自己的本事，做到了阳华宫的宫主。虽然他是个呆子，但是这并不妨碍他有很大本事。比如，提前得知了灼华这个劫。

那一晚，他把她藏在珚玉湖里，打算自己去替灼华受这个劫。但是，少殷他元身是条锦鲤。鱼，一样是怕火的。五月桃林芳菲尽，滚滚荒火如猛蛟蟒蛇轰然而来，不晓得少殷立在阳华山顶，义无反顾引了那三十道荒火往自己身上去的时候，他是否害怕过。

当荒火终于烧过，她从桃林一路找到阳华山，终于找到那条已经被荒火烧尽鳞片、命悬一线的锦鲤的时候，已经是三天后了。

这一段情来，灼华她等了七万年。

这一段情去，不过只有三天。

梦里惆怅，我忍不住溢出一声轻叹，却觉额角凉滑，微微清香低伏前行：“哪里难受，嗯？”

我睁眼，此时此刻，许久不见的长诀天尊坐在床边，他身后的翡翠屏风是熟悉的三十五天他厢房中那一面，我愣了愣，突然觉得这不像是真的。

我这是做梦了吧？我应该还被灼华困在阳华宫的听宿阁吧？

“小玉。”他开口唤我，神色有些慌张，“你哪里不舒服？”

我恍惚中伸手触了触他放在我额头上的手，清凉而又坚实的触感传至掌心，多日不见的心安缓缓淌过右心，我望着他，那容颜略有些消瘦：“是不是做梦啊……你怎么出现了……”

他手指颤了一颤，接着俯身抱住我，脸庞埋在我肩窝，“对不起小玉，我才找到你。”他说。

后来，我才知道，若不是我念诀动用了长诀天尊给我的丹药救灼华，被长诀天尊感受到了，我可能还会在那被巨广的结界隐藏起来的阳华山里，于外人看来，本神君已是处于活不见人死不见尸的状态。我其实是有些担忧灼华的，在三十五天醒来的时候，还问了长诀天尊：“灼华她怎么样了？”

天尊大人他隐隐有些不高兴，皱了眉头问：“是她把你关了这么久，你还要救她？白白浪费了那丹药。”

不过我却是很惊奇，隔了这样远，长诀天尊他连我念那诀语都能感受到。但又一想，天尊大人他是个有本事的神仙，能感受得到也并不奇怪了。

苏苒姑姑说，我消失的这半个多月，长诀天尊几乎把四海八荒都跑了一遍，从未有一刻停止找我。我有些心疼，“天尊大人他……瞧着清瘦了一些。”我说。

姑姑点了点头，放下手中的花洒，问道：“听清微宫里的仙娥说，良玉你失踪那一日，原本是跟着拂灵出去的？”

“嗯。”

苏苒姑姑挽起我的手，边走边亲切道：“其实当初拂灵还未被剔除神籍贬作妖君的时候，是挺温婉善良的。那个姑娘，我也是看着她长大，这么些年一直在妖族的姑瑶之境待着，总比不得在天上做郡主的时候，她多少也是有些委屈。但她既然是尊上的表妹，有时候可能确实亲近一些，你且不要多想，良玉，尊上他心里只眷恋你一个人。”

我看着苏苒姑姑，她慈眉善目的温和模样，许多时候都让我感动，我犹记得当初同孟泽来三十五天偷茴香苗的时候，灯火彤彤，姑姑她秀步端庄，朱唇明妍，比佛书上描绘的观音大士还要美一些。她像一个真正的长辈那样，每每一个挽起我的手的动作，都让我觉得温暖。

“姑姑，我知道。”我说。

她便会心一笑，挽着我的那双手不曾松开：“我这样说并非是要你让着拂灵，反而，我想提醒良玉你，应当提防着她才是。她已经不是曾经那个跟在尊上身后，甜甜唤着‘长诀哥哥’的小姑娘了，她后来做的这些事，也曾令我有些遗憾。”

“姑姑说的我记着呢，”我点点头道，忽然觉得姑姑一直在说拂灵，便忽然想起来，惊恐问她道，“天尊大人可是又去找拂灵了？”

姑姑默了一会儿，神色稍稍有些担心：“你不见了，尊上他第一个想到拂灵。我虽然不大晓得那一天拂灵她来清微宫同尊上讲了什么话，但是尊上他知道你追了拂灵出去，手中的茶盏当即便落在地上摔了个粉碎。我想拦着他的，毕竟当初拂灵手中的紫玉伤了尊上的情魄，但是他却并未听我的意见。他说……”

“他说什么？”

“他说他自己很怕你会听了拂灵的话误会什么，他怕你再同五万年前一样冲动，所以当即去了姑瑶之境，若不是因邈佛祖……”

我愣了一愣，抓住了姑姑说的话打断她道：“五万年前？”

姑姑亦是微微一怔，旋即苦苦一笑：“我是说你们在崆峒幻域时……你们不是回到了五万年前吗……”

我便想起来了。崆峒幻域里，我正是在清微宫的殿门外，遇到了从凡界历劫归来、受了天帝亲自下的降罪的旨意的拂灵。那时候，她冲我一笑我都感到一阵深入骨髓的恐寒。她步入殿中，说的话我至今还记得——

“哥哥，你这步棋走得十分妙，这样那良玉就能信任你了吧，你也知道她是命定里的姻缘神君，她的心脏是情缘宝物，可有许多用处，如今打消了她的疑虑，抽掉她的防备之心，怕是不费吹灰之力就能让她心甘情愿献上来，到时候你我有那心脏，做对神仙眷侣，逍遥自在。哥哥说是也不是？”

彼时的本神君岂止是傻，简直连脑子都没有。明明这样漏洞百出、挑拨离间的话，我竟然听进了心里。所以才会飞奔到他身前，骂了他一句混账……最后，连累他被压九黎壶底、忘川海下。

那一晚临入睡的时候，我钻到他怀里，蹭了蹭他的胸膛笑道：“听说你怕我被拂灵欺负？”

彼时他将将挑下窗纱，四月柔和的清风卷着窸窣虫鸣吹进来，幽蓝夜色融着皎皎月光洒在他脸上，他似是没有听清楚我方才说的话，却是微微展了唇角映出一个浅浅的笑，“你方才说什么？”他问。

我伸出胳膊搂住他的腰：“没什么，你以后想一个暗号，等哪日我再被困住了，我好喊出来，你听到便能来救我了。”

他却是没有听进去我这句话，反而想起来另一桩事，顺手替我遮了被子，将手炉往我身旁推了一推，然后一本正经道：“若是我下次再晓得你把那丹药救了旁人用，本尊以后便要考虑认真罚你一罚，让你长长记性了。”

我被这句话激得打了个哆嗦，打算不动声色地将胳膊从他腰上收回来，却不料又被他一把捞回去。“你逃得挺快。”他挑了挑眉梢，轻松道。

“若有下次……你打算怎么罚我……”

“一年不吃海鲜火锅？”

嚯，原来是海鲜火锅……本神君白白吓了一跳。

“你这个模样瞧着有些轻松，是不是罚得太轻了。”他似是看出来我在想什么，故意道。

“怎么会！”我即刻装出一副痛心疾首的样子，“想到一年不吃海鲜火锅，小神心里十分难受，我……”

可他没再让我说旁的，他俯身，低头触上我的唇的时候，繁锦窗帘陡然落下，遮了床边三盏烛火，半室温光。

我在阳华山被灼华困着，如今，我终于出来了，又被天尊大人困起来了。我旁敲侧击地跟他提了提想去看灼华一眼，且保证就远远看一看，就看一眼，我就回来。

彼时，天尊大人正在写书信，听到我这保证，玉笔“啪”的一声落在白瓷笔枕上，身子恣意靠着椅子，用凉飕飕的目光打量我，冷哼道：“你倒是一个以德报怨的好神仙，要不要本尊再把你送回听宿阁，让你待两天？”

我被他这话噎了一噎，但还是嬉皮笑脸道：“其实……并非是这样，嘿嘿。”

“那是怎样？”

眼瞅着这条路走不通了，我便暗暗思忖了一番，重新寻了条道悄悄同他道：“你晓不晓得，那个灼华有个心上人，且她的心上人是条锦鲤化成的神仙啊？”

我以为长诀天尊会因为这个八卦而对这件事感兴趣，进而能带我一起出去见灼华，可他显然对这件事并不感兴趣，面无表情地捡起玉笔，漠不关心道：“不晓得。”

本神君指甲扣住他的书桌，垂死挣扎道：“……那你晓不晓得她的心上人跟我师父一模一样啊……”

他猛然抬头，手中的玉笔“啪”地断成两截。

天尊大人这个反应有些剧烈，着实吓了我一跳。

“你如何晓得他跟你师父一模一样？”他皱眉问道。

“当初灼华她腰间受了伤，血水是褐色的，我尝了一尝，便看到她记忆里少殷的模样了……你可能不信，但我确实看到了她同少殷往日那些场景。”

他无奈闭眼，揉了揉额角，叹了口气道：“你竟然还尝了她的血，你可知道她就要枯死了，她的血……”

我强撑住身子，大惊道：“你说什么？！”

“你在她身边这些时日，一棵树就要枯死的味道，你难道闻不出来吗？”他皱眉望着我，忽然想起什么来，“也是了，阳华宫里那刺鼻的熏香，多少还是能遮得住的。”

我蓦然想起，那日拂晓将至，她挟着我到听宿阁屋顶上喝酒，清风拂面，她身上浓烈的香气被吹散一些的时候，隐隐逸出来几丝枯苦……我想起来她血水里那浓烈的枯苦味道，我以为她中了毒，可却不承想，她原来是就要枯死了。

我差点儿忘了，她是一株桃花树，她会枯死。

许是这半月余的相处，虽然是被她强行困在阳华宫，但因着她常常找我喝酒，同我讲话，是以本神君同她多少有了些情谊，知道她就要枯死了，心里有些难受。

“你方才说，她的心上人同你师父有些像？”长诀天尊问道。

我恍惚应了一声，默了一会儿才纠正他道：“不是有些像，是一模一样。如果师父他未削发，便和灼华的心上人少殷是一模一样的。除了少殷他……他瞧着年少且嫩一些。”

“你确定那个少殷是一条锦鲤而不是一只仙鹤？”他又问。

我忍不住白了他一眼：“就算小神眼神再不济，但也不至于把一只五彩的锦鲤看成一只鸟吧？”

“可你师父他，元身是一只仙鹤。”

我惊讶地望着他，可他面上一本正经，丝毫不像开玩笑。

今日。长诀天尊他告诉我，我的师父元身是一只仙鹤。我跟了师父这十几万年，竟然从来不晓得这一桩事。说来也有些自责，我竟然连师父他老人家元身是什么都不知道。

既然那少殷是条锦鲤，我师父是只仙鹤。那两个神仙便除了长得一样以外，便没什么关系了吧。可是长诀天尊却是因着我说他们一模一样而多少存了些疑惑，我对这十几万年甚至几十万前的事了解甚少，是以并不晓得他疑惑什么。

从他书房出来时候，我眼风略微扫过，无意瞥见他书信里写的几个字——“今此缘来”。

“缘来”……

“缘”……

这个“缘”字，一撇一捺，熟悉至斯，右心蓦然揪起，撕拉一阵痛……我好像，在哪里见到过，但究竟是在哪里见到的，我一时想不起来了。

去看灼华这件事，被天尊大人就这样给挡了下来。我有些戚戚然，往三十五天的碧玉池旁走了一遭，便恰好看到小凤凰木一脸痴情望着池中的睡莲妹妹，树冠上伸出来莹亮的四五根枝条，且极其有规律左左右右、上上下下摇摆着。本神君瞪大眼珠子瞧了好久，终于瞧出来——

小凤……它这是在给睡莲妹妹跳舞吧……

果然是我姻缘神君薅回来的树苗，单凭这痴情模样，日后长大了，做一个助人情缘的姻缘神君，也是挺好的。

我抬步本欲回去，却突然想起来阳华宫听宿阁的小童子。那个小童子，只要我嚼一嚼或者舔一舔它的叶子，便能听到它青嫩的同小桃花表白的声音，我忍不住上前听一听它同睡莲妹妹的情话。可是，当我上前舔了舔小凤的叶子，除了被吃醋的睡莲妹妹甩了一脸池水，除了让小凤目瞪口呆立在原地一动不动以外，连一点儿动静也没听到。

小凤凰木还不会说话。

我从脸上抹下一把池水，想：小凤的这个睡莲妹妹吃起醋来也是了不得。

同天尊大人和平相处了几日，风平浪静，却不料孟泽的帖子直接派人送到了三十五天清微宫——长诀天尊的书桌上，这着实激起来一些波澜。我犹记得那日晚上他将帖子递给我，还没容我仔细看一看就将我推至床角，云被罩上来……本神君还没反应过来是怎么回事，便已经衣衫落尽，被他欺负了个通透……

其实，我隐隐跟长诀天尊提过，上次孟泽为了救我散了仙元那件事。彼时长诀天尊除了十分自责以外，倒也听了我的话，相信如今的孟泽是个心地善良的好神仙，不会再加害于我了。是以，这一次，他肯放我出来见他。

而孟泽这次请我去的不是玄魄宫，而是凡间，这让我十分开心。我已经许久不去凡间了，我也不晓得为什么，有时候会很眷恋凡尘那烟火气息，扑面而上，从头顶沁入四肢百骸的都是熟悉。

夜幽蓝，水幽蓝。几盏粉色莲花灯浮在水面上，悠悠荡荡。此刻的凡间，静得很。

少年身着水色长袍，撑着一盏画舫缓缓而来。

他朝我伸手，我提着两坛从六师兄府上讨来的桃花酒，挽着他的胳膊，迈进画舫，却见画舫里还有七八坛酒。

他笑笑："说好的想同你大醉一场，怕酒不够喝。"

我把酒坛子扔给他："孟泽玄君是嫌本神君带的酒太少吗？"

孟泽脸上的笑容，是我记忆里初见时候的模样，纯良而明媚。

湖风微醺，月色清宁。

他撩了撩衣袖，给我倒酒，澄净的月光穿过画舫的中字窗格，照在他宽宽的袖口，"阿玉，你如今身子好些了吗？"他问。

我端起酒杯笑了笑："好了许多。"

"那便好。"

"你今晚只是来找我喝酒，然后一醉方休？"我问。

他听了我这句话不由得一愣，恍然未觉杯中的酒洒了出来，反应过来后旋即端稳酒杯，道："听说拂灵手中握着你的心脏化成的一枚玉……"

我喝了口酒，望着窗外平静的湖面，笑道："你是从哪里听说的？"

他盯着我，眉头微微皱，"是真的吧？"

"真的怎样，假的又怎样？"我给他斟了酒，抬眸便看到他略带急切的眼神，于是又道，"她可是握着那块紫玉，不打算给我了，而我，也不打算要回来了。"

"可是你若是没有那紫玉，可能就要……"

"不会，"我右手转了转酒杯，左手撑着下巴，笑道，"还有一枚紫玉呢，长诀天尊他会找到的，有了这枚紫玉，我便不会死了。"

他神色略微有些松动，"这样便好。"然后自顾自地转了转手中的酒杯，酒水贴着杯口转动却没洒出丝毫，过了很久，他端着那凉酒望了望我，眼眶微微有些潮，"如果可以，阿玉，我也想是由我来替你找回那紫玉，我也想在你身旁替你担着所有……可我没有机会了。"

"嗯？"我转头看他，有些惊讶。

"可我不曾有机会了。是我将你的右心刺成这样的，我亲手把你害成这样。”他仰头，将杯中的酒一饮而尽。

“孟泽，我上次说过，你救了我的性命，你不欠我什么了。”我宽慰他道。

可他摇摇头，眼眶依然带了些潮意：“总归是不一样了，阿玉。”

我望着他，又望了望窗外。此刻的画舫，漂在湖中央。有水雾浮上来，模糊了半面窗。窗外玉盘高悬，比画舫上挂着的荷花灯更要亮几分。

孟泽说，终归是不一样了。我不晓得他说的不一样指的是什么。可我却清楚，自己同他，再不能回到五万年前初遇时。如今他笑起来依然明媚，可他已经不是我期望的可以陪我朝朝暮暮长相见的少年郎了。

曾经沧海难为水。所以今日饮酒，应该只为饮酒才好。

“阿玉，我想给你讲个故事，你可愿意听？”孟泽问。

夜凉如水，水融良夜。画舫自由漂荡，船外荷花灯半明半灭。

“你尽管讲。”我说。

他施术捞过另一坛酒，启封时，酒香倏忽间便溢满了整个画舫，他一边给我倒酒，一边回忆道：“我少时，捡到过一只凤凰。”

我手中的酒杯蓦然一晃。

“我从没吃过凤凰肉。我起初把它带回玄魄宫，其实是想吃了它的。你可能不记得。我刚开始带它回玄魄宫的时候，它其实不过巴掌大小。我想，应该养一养，等我把它养胖了再吃。”他望着中字窗格，笑容璀璨，眼神明亮，仿佛想起那一段事情，心情豁然开朗一般，“可是，它很能吃。彼时玄魄宫的侍官十分忧心胆战地问我：“少主，它这样能吃可怎么办？它吃的这些，好像都比它本身值钱了。”

“可是，阿玉，它每每蹲在我掌心里安安静静吃东西，从手中传到我心里的，都是满足和欢喜。虽然它很能吃，可是，我依然很想养着它。在这之前，除了打架，从来没有什么事曾这样吸引我，这样让我欢喜。

“它的毛羽五颜六色，轻柔顺滑而且十分漂亮，偶尔我也会捧着它到玄魄宫外面去晒一晒，那时候日光洒过来，它整个小身子都光彩熠熠。它卧在我的手心，其实除了吃就是睡，舒服了便蹭我一蹭，偶尔抬起眼睑看我一眼，它看我时候的眼神，其实不及看到吃食的时候那样惊喜，但是，你可能不晓得，它的双目玲珑，哪怕倦倦看你一眼，你都觉得心中愉悦。”

他没有看我，一直望着窗外，酒杯倾斜，清酒悉数落入他的口中。

有一瞬间，我几乎又觉得自己是一只小凤凰，也曾这样待在他的身旁，恰好抬眸的时候，看到他堪比女子的绝美侧颜。

“可是我后来把它丢了，我仍然记得，那时候带着长胖的她出去散步，我躺在草丛里，她在我身旁，小爪子踩着狗尾巴草，看到蚂蚱便过去追。可那时候，我睡着了，醒来时候，便寻不到它了。我翻天覆地找了很久，我不止一次路过都是和尚的大梵音殿，可我从来没有见过一只小凤凰。”他终于回头，眼眸湿润，声音清凉：“阿玉，你可知道，我说的是哪一只凤凰？”

哪一只凤凰。

我也不知道自己为何还会想起来这么久之前的事。可是那往日里的一句一句，如今悉数浮上我脑海。

是谁语音含笑，声音明亮：“谁告诉你现在要吃它了？”

是谁捏着翅膀，略略思量：“现在吃实在是太小了，实在不够塞牙缝。等我养一养它，等长胖了，就劈成两半儿，一半清蒸，一半红烧。”

是谁威逼利引，故意恐吓：“你若是不吃饭，我今晚便吃了你，打牙祭嘛，肉越少吃着越香。”

是谁眉梢飞扬，戏谑纷扰：“你瞧！不只我自己觉得你能吃，他们都觉得你能吃呢！”

是谁心头惆怅，手掌温良：“你再吃我的手就捧不动你了。”

又是谁容颜俊秀，风姿英朗：“你看见没？方才我那拳头是不是潇洒极了！”

隔了这么久再想起来当初的场景，他仍然在。他一直在。

时光倒流五万年，那时候，他还是我心心念念想嫁的那个人，他从火里将我救出来，也曾奋不顾身、毫不犹豫。可两万年前，我在九里香花树上身形不稳，落下树梢时，他却因着我没有了半颗心，而对我说：“可本君不想娶你了。”

我灌了一杯酒，抬头看他时不自意笑出来："没想到玄君少时养过凤凰，这真是一件有趣的事。只是良玉我从身上还没有长全毛羽的时候，便一直在大梵音殿待着，在师父和师兄身边长大，从来没有走失过。所以，我也不知道你捡到的是哪一只凤凰。"

他手中的酒杯没有攥稳，一下子从掌心滚落到衣衫上，酒水洒了出来。

我有一瞬间的于心不忍，可偏偏那时候就是说了这样的话，亲口告诉他，连眼皮都没有眨一下便说了谎——

"所以，我也不知道你捡到的是哪一只凤凰。"

他没有捡起酒杯，侧脸望着我的时候，眼睛依然亮亮地带着笑意，"你不知道就算了，阿玉。"他顿了顿又说，"可能，不过是我做了几万年的一个梦吧。"

那一晚，孟泽约我出来，帖子里写的是"一醉方休，互泯恩仇"八个字。

可偏偏，我同他都没有喝醉。当我再去起另一坛酒的时候，他的手伸过来本想握住我，却只是碰了一下便又缩回去，"阿玉，就喝到这里吧。你身体还不大好，不能再喝太多了。"他说。

我略一思量，点点头笑了一笑："好，那就喝到这里吧。"

回去的时候，万里银河横贯天际，从古至今，寒来暑往，这璀璨星群陨落新生，银河从未枯竭。

孟泽走在我前面，水色绸衣，身形颀长。千千万万银色星辉悉数落在他的长发之上，是三千青丝染上白霜，华发皑皑、一瞬白头的模样。

这一场酒，喝得本神君着实有些心痛了。

回了三十五天时，恰是晚上，苏苒姑姑给我煮了一晚清粥，递给我的时候，顺便塞给我一个温热的手炉。我问她天尊大人去哪儿了，姑姑说他有事出去，可能到半夜才回来，临走时嘱咐我先睡，不必等他。

我喝了那粥，辗转许久，却是睡不着。转身便看见翡翠屏风上刻着的那只胖乎乎的小肉球了。

本神君实在是觉得它有些丑，刻在这样好的一面屏风上，白白瞎了这块翡翠了。仔细想来，我好像每一回见它都觉得奇怪，但是好像鲜少问起长诀天尊为何要刻这样一团肉球在上面。我盯着它望了许久，忽然有些熟悉，这个样子仿佛在很远很远的时候，在某一段时间里，一直都在。

这样看着看着，我竟然睡着了。

梦里不出意外地梦到了一团肉球。

可是让我十分伤心的竟是——那一团丑凄凄的肉球，竟然是本神君自己。

我卧在一个掌心里，那手掌同孟泽的手掌略有些不一样。他的掌心凉凉滑滑，带着清宁的香气，十分舒适。可是，我很丑，而且，他也觉得我很丑。

我开始很受不了他奚落我，可他偏偏要说了那些话来笑话我。

比如："你少吃一些，吃成个胖球，岂不更丑。"

比如："来，转一圈，丑给我看看。"

可我却十分眷恋他的掌心。梦里的我隐隐抬眸，却是只看得清楚他霜色的衣衫，墨色的头发，我偏偏看不清他的面容。

我知道，他嫌我丑。

我知道，他不喜欢我。

他让我转一圈丑给他看看，我便转一圈给他看。他开心就好。

可是我从没有想到，有一天，他竟然连让我丑给他看看都不再说了。我更没有想到，他会狠下心来，将我送给旁人。

我呜呜咽咽想哭给他听，可他不再听我哭了。他捏着我到日光底下，将我长出来的毛羽一撮一撮剪掉，连犹豫一下都没有。我也反抗过，扭着身子拍着翅膀阻止他，可他将我按在手心，还是狠下心来，将我的毛羽剪掉了，最后只剩下额头上孤零零的一撮，清风吹过，被剪掉的毛羽稀稀疏疏被风卷走了。

第二日，他握着我，去了很远很远的地方。

"你要听话，他是个心肠好的神仙，也是个有本事的佛祖。你跟着他，成为他的弟子，日后便不会有谁欺负你了。"他说。

可我不想理他。低头趴在他掌心，伤心地连头都不想抬起来。

"但是，虽说要听话，你也不要委屈了自己，饿了就跟他要吃的，困了就趴着睡觉，你的师兄们若是欺负了你，你就跑去跟他告状。”他又说。

可我仍然不想理他。

“你要用功，跟着他努力修行，日后如果想做什么神职，可以来找我。”他自顾自道，忽然想起什么来，笑得清然，“我觉得你去顶替那个管姻缘的老头吧，这么些年了，他还想着替我找个媳妇儿，给我张罗婚事，我实在觉得有些烦了。这样，等你长大之后，只要你不是太不济，我便做主让你担姻缘神君怎么样？”

那时候，虽然我一点儿也不想听他说话，可是我却发现，那日他送我走的时候说的话，比任何时候都要多。彼时，我不知道什么是姻缘神君，我不知道我一个光秃秃的小肉球，日后能有出息担任什么神职。

直到后来，我两万岁之后遇见他，凭着自己的本事和上天的眷顾，一路顺当做到姻缘神君一职。我仍然记得，那时在北海水面之上，恰逢万里冰消的盛景，茫茫水面，霞云铺满，霜衣墨发的公子款款而来，我看不清他的面容，却觉那声音熟悉至斯。昆仑玉酒坛于氤氲海雾中幽光浮动，一坛酒倒了一半儿，空气微醺，清醉潮湿，他迎着万丈云霞低头笑问：“你在干什么？”

……

约莫着黎明将近时，天尊大人才回来，彼时我还在睡梦之中，可是他未解衣衫，直接从背后紧紧抱住我的时候，微凉的香气从背后沁入，我便醒了。

“小玉……”

我揉了揉眼睛，哑了声音问：“你回来了？”

他更紧地拥我入怀里，下颌抵在我肩窝，他的呼吸，我耳边可闻。

我抬手触了触他的脸颊：“你怎么了？”

“容我抱一会儿。”他声音亦有些哑，说出这句话的时候，手臂不自意又紧了紧，“乖，再睡一会儿。”

他一说再睡一会儿，我便觉得又有些困了。脊背往他怀里蹭了蹭，寻了个舒服的姿势，便睡着了。

日上三竿，我终于爬起来，彼时他早已经不在身边。我洗漱之后找到他，恍惚问道："你昨晚跟我说什么来着，我好像忘了。"

他正在给三十五天的溲疏花修剪花枝，仿佛昨晚什么都没有发生过一样，抬眸笑问："你是不是做梦了，我昨晚在书房睡的。"

我愣愣望着他，觉得有些不可思议，"你昨晚明明抱着我来着……"

"哦？你是想让我抱着睡了吗？"他眉梢沾了欢愉，笑问。

"不是……等等，你昨晚为什么去书房睡？"我皱眉道，"你是不是嫌弃我了？"

"可不是嫌弃你了吗，你睡觉的姿势着实有些奇怪，非要伸胳膊伸腿儿的，霸占了我整个床。我无处安身，便只能去书房睡了。"他揶揄道。

我愤愤然，咬牙道："那你以前把我压在床上做那些事的时候，怎么不觉得我霸占了你的床！怎么不去书房睡了？"

他放下剪刀，拂了拂袖子，转头看着我，一脸纯良无邪地问："你是指哪些事？"

我双唇一哆嗦，被他这副装傻的模样一激，什么话也说不出来了。见他微笑着望着我，本神君已经气不打一处来了，较真儿道："既然听天尊大人这么说，那小神便要道一声抱歉了。我现在就收拾东西回丹穴山，再也不来你的床上睡了，也不用再令你委屈去睡书房。"说罢拂袖便走。

他拉我回来，面上笑意未减，"你这个样子，像极了那些跟夫君一生气就嚷嚷着要收拾东西回娘家的姑娘。"

"你才要回娘家！"我狠狠瞪了他一眼。

他便将我拉进怀里，揉了揉我的头发，安抚道："我这里，便是你的娘家。你最初是在这里……"他顿了顿，转了话锋，笑道："你待在我身边就好，我不嫌你占床位。"

他这样说，我总有一种他先给我一棒子，然后再喂颗蜜枣哄一哄的感觉。

"你昨晚同他喝了多少酒？"长诀天尊淡淡地问道。

我灵光一现，挑眉笑道："不多，也就十几坛吧。"

他点头应了一声，面上云淡风轻："那我要考虑一下，是不是该煮些药喂你一喂了。"我正欲同他争辩一下，却见他抬手指了指不远处，语气依然波澜不惊，仿佛在意料之中一样——“你大师兄来了。”他说。

我恍惚回头。果真在纷繁花木之中看见了大师兄，那挺拔身段在花花绿绿的娇嫩木植映衬之下，显得格外高大威猛。

可我万万没料到，向来只对阿云一个姑娘上心的大师兄，这一次竟然是为了灼华而来。我便忆起阳华宫里，初见灼华时，她说大师兄的那句话——

“这小子都有娃崽子了，那他岂不是已经儿孙满堂了。”

清微宫大殿，长诀天尊坐在大师兄旁边，他二人皆是一言不发的严肃样子，多少让我有些胆战。苏苒姑姑呈上茶水便退了出去，临走时也是忧心忡忡地望了他们二人一眼。

大师兄思量一番倒是先开了口问我：“听说，你见过灼华了？”

我抖了一抖，手里的茶盏溅出几滴热茶，“你怎么知道？”

大师兄皱眉望了长诀天尊一眼，直截了当开口表明态度，语气多少有些强硬：“天尊大人，饮风我一向敬你是君子，所以如今这件事，既然是我同小九师门中的事，所以并不希望你过多插手。”

我着实被大师兄说的这句话给惊着了。天尊大人反而十分淡定，自顾自地拂了拂茶芽，回道：“至于小玉，本尊不日便是要娶回三十五天的，到时候，本尊也算得上你师门的半个女婿了吧。”

大师兄听他这么说，便不好再说什么，当着他的面开始数落我道：“你见到灼华，怎么没有回来跟我说一声！”

我尚且不明所以：“说什么？”

“你可知道，灼华她本来已经死了十五万年了！”大师兄有些激动。

而本神君被这句话已经震得右心有些痛了，我惶恐道：“她若是死了十五万年，那我见到的那一个到底是谁？”

“她确实是灼华。我也在想她是如何又活过来的。她昨晚……”大师兄脸上隐隐不安，声音也十分忐忑，正欲说下去，旁边的长诀天尊听到这句话却陡然落了茶盏，打断他道：“她昨晚去找你了，而且她说要找人还债，所以你就害怕了，打算来找小玉商量对策？”

大师兄瞪大了眼珠子："你怎么知道她去找我了！"

"本尊不过是恰好遇见罢了，"天尊大人眸光微凛，望着大师兄道，"但本尊以为，饮风贵为东荒战神，若是连这种事都摆不平，还要来找小玉一个姑娘来帮忙的话，着实有些没用。"

大师兄登时站起来，目眦欲裂，澄清道："在下并未打算找小九做什么大事，而是仅仅想来提醒她一句，莫要把这件事告诉师父罢了！"

这剑拔弩张的气势，让人多少有些担忧，但我还是怯怯问出口："为何不能告诉师父？"

"你这笨蛋，难道不晓得师父他同灼华的恩怨吗？"大师兄忍不住骂出口，却不料天尊大人立马堵了他的话："小玉确实不知道。而且，若非昨夜恰好遇见她去找你，本尊也不晓得。"

我木愣愣点头，委屈附和："大师兄……小九确实不知道……"

大师兄鼻孔张了一张，气得满脸涨红，忽然想起来什么，才恍然大悟，拍了拍脑门，悔道："……对，你确实不知道……你才是个十二万岁的小姑娘，当时还没有生出来……"

他那句"十二万岁的小姑娘"，说得我脸上不自觉烧起一片火……好一个……十二万岁的……小姑娘。

"既然你不知道，那我大致跟你一说，"他看了一眼长诀天尊，见天尊大人没再拦着他，便开口继续道，"师父同这个姑娘，有不小的渊源，当年师父还未出家，不是佛祖，就是被这个姑娘把心伤得七零八落。虽然师父当初并未明说自己为何会遁入空门，但以你大师兄我聪明绝顶的智商来分析，师父他八九成就是为了灼华。"

"……师父他喜欢灼华吗？"我隐隐担心。

"何止是喜欢，师父为她做了许多事，都是你我不能想象的，但是个中恩怨也是复杂，你师兄我大致也就了解到这个程度，自灼华死了以后，阳华山连同其东方的三百里桃林都消失不见，她同师父的事，才算终了。可是如今她又出来要找人还债，我便有些担心师父他老人家了，是以来嘱咐你一句。"

"她也让你还债吗？她前些日子抓了我去，说上一个姻缘神君欠了她七千弟子的性命，她要让我还呢！”

听到这里的天尊大人终于开口，望着我淡淡开口道：“你好好在我身旁待着，我不信有谁敢让你还命债。”

我心中顿时一暖，但灼华她并非坏人，所以本神君想了想又替她解释了一下：“灼华她可能只是嘴上说说罢了，你看我在阳华宫待了这半个多月，她不是好吃好喝伺候我，没有动我分毫吗。她也说过，她只是恨我们这些做姻缘神君的趋炎附势，混吃等死，没有本事罢了。”

大师兄抹了把脸，面容十分惆怅：“那你也要当心一些，毕竟你这么傻这么好骗的神仙，如今也是不多了，很容易吃亏。”

我皱了皱眉，还没来得及反驳两句，那厢的天尊大人又淡淡开口了：“饮风战神这句话说得很对。”

对个头啊对！

大师兄立马又坐下，对着天尊大人开始八卦：“天尊你也这么觉得吧！我跟你讲啊，小九她这十几万年智商可是丝毫没长啊，她从小可就笨呢。且说她小的时候，每至月华初上，大梵音殿里都要点许多佛灯，她小时候特别能吃，且是从不挑食，看到什么都想尝一尝。那时候她还是只小凤凰，看到佛灯红彤彤的挺好看，便要去舔一舔，结果一伸舌头便将舌头烧出一个泡。”

天尊大人唇角一勾，执起茶壶替大师兄斟了茶，笑道：“是吗？”

我瞅着这个形势不大对……方才还剑拔弩张的两个人，如此便要握手言和了？

只见大师兄把袖子往上一撸：“可不是嘛！且说寻常的动物，被一盏灯烧出泡来便不会再去舔其他的了，但是我们小九不一样啊！你不晓得她多想吃东西啊，她竟然寻思了寻思，这一个不能吃，那旁边的是不是能吃啊。结果她又鼓起腮帮子去舔了舔另一盏灯啊！直到舔完七八盏，她终于接受了那东西不能吃的事实！”

天尊大人笑得花容月貌：“嗯，她确实很爱吃。”

本神君的形象……如此，便彻底被自己的亲师兄，给毁得体无完肤。

第二十二章

情意同称，良玉缘引

良玉再不是一个只为旁人画扇面证姻亲的光棍儿万年的因缘神君，

我有了夫君，他叫长诀。

晚上的时候，白天嫌弃我霸占了他的床位的长诀天尊，又厚颜无耻地来跟我挤一处睡了。

“你来做什么！”我缩在被子里白了他一眼。

“睡觉。”

“你不怕我挤到你？”

“怕。”

“……那你干吗不去书房！”

他掀开云被进来：“我不去书房睡是因为……我想同你商量一下婚事。”

我一瞬呆住，盯住他亮晶晶的眸子，怔怔开口：“你……你说什么？”

他将我拉进怀里，往我手心塞了手炉，盖好云被后，才又认真说了一遍：“小玉，我想同你商量一下婚事。”

他说他想同我商量一下婚事。这一句话，实在太动听。原谅没出息的本神君听到之后，眼中不由得泛潮。上一次听到这句话，还是四万年前，孟泽对我说——“那我娶你，你嫁给我，如此便一下解决了两个人的事，你觉得如何？”

本神君打了十二万年光棍儿，如今，竟然又听到这句话。我放下手炉，伸手环住他的腰，贴着他坚实的胸膛蹭了一蹭，温意从脸颊传至心脏，惹得一阵缱绻舒畅。

他伸手揉了揉我的头发，下巴抵着我的额头，漫漫香气温融而上。

“你喜欢什么绸料、什么花式的嫁衣？我找人去给你做。”他问。

嗯，这一句话，也很动听。

他见我不搭话，又揉了揉我的头发，笑道：“你要不然你自己画一下喜欢的花式，我找绣娘给你绣在嫁衣上？”

可怜我因为这句话，又想起孟泽，那时候，距师父所定的三万年已经很近了，他十分用心地为我准备婚事，常常一次扛回来几麻袋红绸缎，挨个问我这个花式做嫁衣可好，那个料子做锦被可好。

额际传来清凉的声音，略有些无奈，声音的主人十分聪明：“你是不是想到了孟泽？”

我忽地抬头，我晓得自己在他怀里还想着旁人这样很不好，但是偏偏连骗他的话也说不出来。我抬起手指，指腹浅浅描了描他的眉，却不敢看他的眼睛，“嗯，我方才想到……一万年前，孟泽也曾弄回来许多绸缎，问我哪个花式比较喜欢，可以用来做嫁衣。但是，我们没等到那个时候，大师兄便把那些红绸缎拿去给手下的天兵做衣裳了。可是他后来却是亲口站在丹穴山顶的九里香花树上同我讲，他不想娶我了，他嫌弃我只有半颗心。”我突然想起来天尊大人也曾站在那里眉眼冰凉、绝望地看着我，于是手指触及他的眼帘，又道：“你记不记得，当初你也曾在那里，声音冷彻，问我，‘小玉，你当真，只有半颗心了吗’。”

他紧紧抱住我，声音压得极低且略有些抖：“我记得。我同他不一样，小玉。”

“我知道你同他不一样。因为当初，孟泽他晓得我曾经剜掉半颗心后，便袖手旁观看我从那三丈高的花树上落下来，没有伸手哪怕拉我一把。我以为你也是这样，可是那一晚，我还记得，你亲自跳下来抱住我，让我落在了你身上。”我笑道。

他的身子僵了僵，突然问了一个让我有些恍惚的问题——

“小玉，你剜心的时候……疼不疼？”

我大胆地捏了捏他的鼻子，笑道：“本神君早就记不得了，但应该会很疼吧。你若是想知道，要不我往你心里割一刀子你感受一下？”

上天作证，我方才这句话真真正正是开玩笑，我一点儿也不舍得他受伤，何况是往他心口割一刀。

但是天尊大人却是神色平静，目光温柔，握着我的手放在他心窝，盯着我认认真真道："好。"

我吓得一哆嗦，想赶紧把手缩了回来，可他偏偏握紧了又往他心窝里按了按，仍是一副认真的模样："小玉，也好。"

"你魔怔了吗？往心上割一刀好什么好？"我皱眉道，"你以为心上有伤是很得意的一件事吗？我以一个过来人的身份告诉你，我现在真的后悔自己年少不懂事，剜了半颗心还把它丢了，若是我同你一样，同大多数神仙一样，有一颗完整的心脏在，我良玉也不会活成现今这副模样。我也曾十分介意，甚至现在也会介意，自己只有半颗心这件事。而现在，连仅存的半颗心，也快要不能用了……"

他没容我再说旁的，微凉的唇贴上来，一遍一遍触着我的唇角，然后温润而上，那吻落遍我的鼻梁、我的眼睛、我的眉毛、我的额角，动作轻缓，是将我视作珍宝护在手心里温柔以待的模样。我那千疮百孔的右心，在这份温柔之中，不声不响，静静待在心窝里，那是久违的安详。

"明日，我便去天帝那里让他拟旨昭告九州，我要娶丹穴山姻缘神君良玉。"他将我护在怀里，声音有些抖，也有些哑。

我还是想提醒他一下："可你果真不嫌弃我只有半颗心，且这半颗心就快要……"

"不嫌弃。"

"可是如果找不到最后的紫玉，我若是活不过……"

"有我在，不会。"

我望着他，心里都是甜蜜——"好。"

天帝大人的旨很快就拟好了，三日后，我便要回丹穴山专门接这道旨了。

可怜就这么一段路，天尊大人都不大放心，还要亲自"护送"我去丹穴山。

搭着长诀天尊的"顺风云"往丹穴山赶，一路上祥云密布，竟全是赶往丹穴山的小神仙。长诀天尊手捏玉笛指给我看，眉梢带笑："他们这些神仙，八成是要去看你的。为旁人证姻亲十万年的良玉神君，终于也要成亲了。但这也有可能是要去睹一睹你夫君风华绝代的尊容。"

我扑哧笑出声，戳了戳他的胳膊："天尊大人你也有这么自恋的时候。"

他扶正我的身子，面上一本正经："我以为，这四海八荒，只有本尊可以配得上你。"

虽然觉得他这么说把本神君夸得有点儿过了，但还是乘了他的心意自夸道："嗯，你说得很对。"

我望了望四周急匆匆赶路的神仙，却不见几个神仙来同天尊大人他打招呼："他们怎么不来同你寒暄几句？"

天尊大人略一思索，道："你以为，我在九黎山压了五万年，这一辈的还有几个神仙能记得住我的样貌？上一次风风火火在小辈面前露面，还是去玄魄宫抢亲，再有一次便也就是予祁婚宴的时候了。"

我点头："你说得对。打你诈尸归来，确实还没有同这些小辈的仙僚们认真寒暄叙旧过。"

一路行进，却见不远处有个挂着粗布敞怀衫子、摇着芭蕉蒲扇的小老头在祥云上摆了张矮桌，一边赶路一边啄几口小酒，见到我和长诀飞过，热情地招了招手："两位可是赶去丹穴山？"

我点点头："这位仙僚也是？"

他捋了一把胡子，点头呵呵道："既是顺路，两位过来陪老夫吃一坛酒可好。"

独乐乐不如众乐乐，有酒尝一尝也无妨。我便拉着长诀天尊过去坐了。

老头儿摇了摇蒲扇，又变出两只碗，斟满酒递给我俩，显然这位仙僚不认识我俩的样子，开口便道："这真是一门喜事啊，这长诀哪，是天帝的叔父。啧啧，多少万年了，祸害的姑娘不晓得有多少了，这回婚嫁的旨意一下，从此他只祸害良玉神君一人，四海八荒这些年轻姑娘哎，总算是熬出头喽！"

本神君被"祸害"这俩字激得抖了抖，将将接过来的酒水尽数倒在了长诀天尊的袍子上。我一抬头，却见天尊他脸上淡然宁静，瞧不出丝毫不悦。就是……就是好好一只碗被他生生捏碎了，酒水也洒了出来。

老头儿"哎哟"一声："小伙子啊，这个碗的质量不大好，你可别用那么大的力啊！"

我朝老头那边挪一挪，偷偷觑了觑长诀天尊，关心道：“老人家，这长诀天尊到底是怎么祸害姑娘的？”

老头儿也朝我这边凑了凑：“看姑娘你生得晚，年轻啊，不晓得长诀天尊这诸多风流事也是自然。你不知这十几万年前，东海水君的二闺女，积石山真君的大女儿，轩辕台元君家的幺女，哟哟，哪个不是被这长诀天尊害得茶不思饭不想，为了他不嫁人哟！最后赶上当初的姻缘老头为长诀选妻，她们好不容易被那老头挑中，送到长诀的宫里，孰料不过待了三天便被赶了回来哟！”他感喟一番后，又朝我凑了凑，耳语道：“都说这长诀天尊长了一副好皮相，但老夫见过，其实模样风姿、身形体态啊，还不如你身边这位的一毫啊！”

我看着长诀天尊，笑得心惊肉跳，除了他说的那句“姑娘你生得晚”我不大赞同，其他的我不知情，但还是八卦地点点头：“老人家您说得是！”

长诀天尊没有看我，随手变出一只精致的白玉酒杯，自己倒了杯酒，淡淡开口道：“倒不知你是否真的见过他，又是否真的晓得了他的处事做派和那些姑娘的事，”说到此处抬眸凉飕飕地望着那老头，“你怕是在说谎吧。”

老头儿家登时跳起来：“你这娃娃，老夫耄耋之岁升天，如今也在神界混了十几万年，作何要骗你！当年，老夫曾是打扫凌霄金殿殿阶的领班呢！什么神仙没见过？暂且不说十二万年前姻缘老头从四海八荒搜罗给他的那些姑娘，最后悉数被他赶了回来。且说当年的拂灵郡主，就被他祸害得十分惨！天帝大人正是听从了那长诀的话，将拂灵剔除神籍，从天上堂堂一个郡主，被贬到姑瑶之境屈居妖君一职，何其悲凉！而且，这拂灵还是那长诀的表妹，你看看，如此绝情的一个神仙，到底是如何坐上九上天尊这个职位的。”

我赶忙扯了扯那老头儿的衣袖，眼神示意他不要再说了，可他偏偏不顾我的阻拦，愤愤摇了摇蒲扇，道：“总之，我是看不上这个长诀天尊的。今日去丹穴山，我也不过是凑个热闹，瞧一瞧到底那良玉是个如何不开眼的神君，竟然瞧上了他。”

我被这句话噎了一噎。这老头……说我不开眼？我便微微一笑，不再拦着他，挽了挽衣袖，不动声色地往天尊大人身旁凑了凑，坐等好戏。

长诀天尊捏着白玉酒杯，听了他方才那些话，已是冷眼凉声，开口作道：

“那你可晓得长诀为何要让天帝把拂灵剔除神籍，贬作妖君？”

老头儿皱了皱眉做思索状：“当时殿阶离着主殿尚远，倒是不曾听确切，只是大约闻见天尊数落了那妖君一些罪状……”

“那本尊来告诉你，因为她做了不该做的事，说了不该说的话。”说这句话的长诀，脸上一派冰冷萧肃，凛然不可冒犯。

这一桩事，其实我已经从当初的崆峒幻域里，知道了个大概，拂灵她确实是犯了错。

老头儿气呼呼地摇了摇蒲扇：“那你同老夫说一说，拂灵郡主到底说了什么不该说的话，做了什么不该做的事？”

“私用天尊印章、盗用天尊笔迹假传信物，这是其一；偷食姑瑶之境的瑶草、魅惑仙人，这是其二；盗取司命星君所撰命盘、私自修改，这是其三。得亏之前有个天界郡主的位子给她担着，若是这些罪过放在你这一个打扫殿阶的无名小辈身上，自是要被剔除仙骨，贬至畜生界轮回个千万年的。”长诀天尊捏着酒杯，目光冷煞，言语狠毒。

老头听了这句话，自然是气得浑身一哆嗦，颤抖地伸出手指骂道：“你、你这后生晚辈的，说话怎的这般无礼！”

长诀天尊“啪”的一声将那白玉酒杯落在桌子上，拉我站起来，拂了拂衣袖，慢条斯理道：“在下无礼的时候，定是一曲笛音便要让方圆五百里见不着一个活口的，而你便首当其冲。”

老头儿胡须一哆嗦，却还是撑着面子垂死挣扎道：“我、我才不信你这后生有这样大的本事。你同那长诀有什么关系，作何要这样护着他、替他说话？”他说到此处，终于发现了我，拿蒲扇朝本神君一指，“夸赞”道：“你看看这位姑娘，她便是非分明，不替那长诀说话，你学学她！”

本神君赶忙挽起天尊大人的胳膊，摆明立场，笑意盎然道：“老人家，你错了，我同他是一伙儿的，我也偏袒长诀天尊。”

那老头望着我，登时怒目圆睁，胡须乱颤。

话说着，不远处便飘来一朵紫气腾腾的祥云，路过时急急打了个弯儿绕过来，其上的神仙天庭饱满，方面敦厚，紫金绸衫打扮得极其郑重，对长诀天尊和我俯身就拜："武德星君谢晋年拜见长诀天尊，问好姻缘神君良玉，恭喜天尊终于觅得佳人哪！"

长诀天尊道了句谢，拉着我便要走。我百忙之中回头看了一眼老头儿。我出十麻袋北海海虾打赌，他那张嘴里能塞下两个鸡蛋。

"你是否真的信方才那老头说的话？"长诀天尊突然开口问道。

我愣了愣，转头看他，却见他抿紧双唇，眉间带着严肃，表情十分认真。我扑哧笑出声，握住他手，道："信啊！怎么不信。"

"小玉……"

"我确实信那谁谁谁家的姑娘为了你茶不思饭不想。但是我不信你祸害过谁，左右是上一个姻缘神君替你揽下来的，同你没多少关系吧。我其实倒有些感激你那时候对旁的姑娘这样绝情，要不然小神我真的要打一辈子光棍儿了。"我笑道。

他反握住我的手，语气终于欢喜了一些："我们快些走。"

赶到丹穴山的时候，正值晌午。五月天气，太阳已经有些毒辣了。

就在这本该寂静的晌午，丹穴山熙熙攘攘，喧哗声绵延几里，好不热闹。各路神仙三五成群，有的已扎好凉棚，摇着蒲扇，灌着凉茶，杀着围棋，等着天帝大人亲手写的诏旨。如今看来，四海八荒这些神仙，闲得慌的不在少数，八卦的也不在少数。

那一日来送诏旨的信使还是我见过两面的那位青鸟仙官，而且他是化成青鸟元身衔着诏旨飞到丹穴山的，这个出场方式十分拉风，山下诸神欣喜不已，纷纷停了手中的棋子，放下茶杯，蹦上凉棚，看那硕大的青鸟衔书、振翅而来。

百里丹穴山，天尊大人往日落在这里的紫菀花开得繁盛。青鸟信使翕了翅膀落在我身旁，长喙将那写在金丝绸缎上的诏旨伸到我面前。我赶忙行了合十礼端端正正接过，正欲打开时，长诀天尊却又握上我的手，轻声道："莫急，诏旨还要这青鸟来念给你我听的。"

我耳根略有些热——本神君确实有些着急了。

青鸟化成仙官，笑意盎然若四月春桃，客客气气将那诏旨从我手中接过，打开之后朗声宣读——“九上天尊长诀，欲娶丹穴姻缘神君良玉为妻，本天帝闻讯欣喜，特拟此旨，诏诸九州。遥祝二人良缘永结，心意同称。恰此时桃华夭夭，宜室宜家；卜他年瓜瓞绵绵，尔昌尔炽。谨以白首之约，比翼而向，以红线为引，牵世姻缘。本天帝亲旨。”

我颤抖着接过，谢了天帝大人。

这一面诏旨，终于圈定了我同天尊大人的姻缘。诸位神仙纷纷前来道贺，丹穴山从未如此热闹过。

那一晚我同天尊大人在丹穴山待着，他拥着我躺在漫天遍地的紫菀花丛里，望着天上月儿弯弯，夜云舒卷，有一瞬间，我仿佛又觉得自己像一个小姑娘了。轮回顾盼，万年相引，我不知是不是自己的错觉，听到一位嗓音甜甜的姑娘和一位声音清淡的公子在聊天。

……

“文漫听着真像女孩儿的名字。扇面画好了，喏，送给你。”姑娘说。

“那你叫我萧漫好了。”

“姓名也可以随便改吗？”

“嗯，可以，这一桩事我可以自己做主，只让你这样叫。”

“萧漫，萧漫。”姑娘欣喜地喊了两声。

“你愿不愿意跟我出去，离开紫菀花谷？”

“去哪儿？”

“去我住的地方，那儿有很多房子，很多马车，也有很多人。你不是喜欢热闹吗？”

“……我确实想看看外面的人都是什么样子。但是……你带我出去后会一直在我身边吗？”

“嗯，会，只要你听话，我会娶你，让你做我的夫人。”他说。

……

我抬头望了一眼天尊大人，彼时月华正好，他腰间的紫玉笛光芒流转。若是日后拿这个场景画一幅扇面，我该拟个什么词比较好？

脑海里不由自主、极其应景地便浮现出一句话——

紫玉笛，月挽霜，年少春华君莫忘。

“紫玉笛，月挽霜，年少春华君莫忘。天尊大人，你觉得这句话好不好？”我抬头问他。

他身形一僵，不过片刻又恢复悠闲的模样，垂眸轻声问我：“你怎么想起这句话来了。”

“改日我画一幅你捏着紫玉笛站在月亮之下的扇面给你，上面提这一句词好不好？”

他伸手拂了拂我的额发，淡淡清凉携着微微冷香从额际传入，“换一句吧，这一句我听着有些悲苦。”他温柔道。

我不知道这句话哪里听起来悲苦了，但还是笑了笑道：“好。”

“小玉，这一次若是寻到了那最后一块紫玉的下落，你打算怎么办？”

我毫不犹豫下定决心道：“使尽手段，据为己有！”

“若是又碰到了舍不得不救的人呢？你还会再送给旁人吗？”

“不会，这一次一定不会了。我还有不到一年的寿限，现下比任何人都需要那枚紫玉。我只想要回来，好好活着，好跟你长长久久。”我盯着他认真道。

他的手指滑过我的脸颊，眸光温润：“你这样想便好。”

我忽然想起来一件事，握住他的手问道：“你这样问我，可是又找到了最后一枚紫玉的下落？”

他的脸庞靠近，与我鼻尖相抵，唇角含笑道：“你不必担忧这些，只要等着我将它拿回来交到你手上就好。到时候你可一定记着现在说的话。”

我：“嗯，我记得。”

回到三十五天，我把天帝亲笔书写的诏旨放在了天尊大人厢房的玉枕下。凡间有句话叫作“千年修得共枕眠”，我同天尊大人真正认识不过两年，走到这一步，我何其幸运，是以这诏旨，我要放在枕下，同长诀天尊枕个千万年。

天尊大人发现之后，放了书卷，吹灭了烛灯，低笑一声问我：“放在枕头下面，你不怕睡觉硌得慌吗？”

如此没有风情的神仙，本神君只得白了他一眼："我愿意。"

可他偏偏非要再继续拆我的台，将我拉进怀里，揶揄地笑着道："所以只要你愿意，也要拉着为夫同你一起枕着，大家一起硌得慌吗？"

我推开他，义正词严道："你若是嫌不舒服，那你去书房睡啊！"

他唇角一勾，胳膊直接揽上我的腰将我重新扣回他怀里，脸颊蹭了蹭我的额头，道："说好了同床共枕，小玉，你现在就要翻脸不认人了吗。"

"……你……明明是你……"我被他激得说不出一句完整的话，温意融生的床榻之上，本神君终于了悟，自己这一世，于斗嘴方面，绝对不是天尊大人的对手，甚至连给他擦鞋也配不上。

在丹穴山那一晚，天尊大人说让我等他将最后一枚紫玉带回了，其他的不必担忧。

可我没有想到，不过隔了三日，天尊大人就把那枚紫玉带回了三十五天，稳稳当当放在了我的掌心。彼时温热从手掌一路传至心窝，堇色辉光缓缓流淌，我手指颤抖，震惊不已。

"你……你是从哪里找到的？"

他神色轻松，自己倒了杯茶水，喝了一口，笑道："这你便不要问了，左右是找回来了。"

我握着那紫玉，激动道："你容我去同师父说一声，他之前一直在用寻引术帮我寻这枚紫玉，现在终于找回来了，那师父便不用再使这样邪佞的法术了。"

他一把将我拦了回来："你不必告诉你师父。"

"为什么？"我盯着他，疑惑道，"师父他老人家这些年一直照顾我，他也一直在替我寻找左心的下落，这样的好消息，应当第一个告诉他！"

天尊大人略略一思索，道："那等你先把这枚紫玉放在心窝里，待我施术将它补全了你的心脏，再去同因邈讲。"

我终于明白过来，天尊大人他迫不及待地想把那紫玉化成我的心脏，使我尽快安康。我抬手轻轻捏了捏他的鼻子，笑道："你急什么，左右现在这紫玉在我手里，已经跑不掉了。”

他便一把握住我的手，目光严肃：“毕竟这紫玉功用非浅，我也怕……我也怕节外生枝。”

彼时我仅仅是以为天尊大人等不及，甚至没有仔细深究他为何不愿意让我先去告知师父，我就冲他安抚地一笑：“不会节外生枝。那我过几日等补全了心脏，再生龙活虎地去大梵音殿跟师父讲。”

他低头一笑：“好。”

那一天，我突然觉得前路光明，我能活很久很久陪着天尊大人了，不多日，我就可以穿着大红嫁衣，亲自走到他面前，跟他行婚礼，食酒宴。良玉再不是一个只为旁人画扇面证姻亲的光棍儿万年的姻缘神君，我有了夫君，他叫长诀。

可是，我却是在如此光明的前景笼罩之下，听说了孟泽出事。彼时，我始料未及，也措手不及。

第二十三章

紫玉灼眼，一望而伤

他给我的关爱，一直不声不响。

可等我反应过来，总是大痛大伤。

天尊大人带回紫玉的第二天，玄魄宫一个小宫女便上了三十五天，在清微宫门口长跪不起。苏苒姑姑心地和善，前来告诉我："良玉你要不要去看一下，门外那个小姑娘可能是想找你帮忙。"

我出了宫门，一眼便认出了那个小姑娘，是去年我因着千颜仙逝而大伤，被孟泽带回玄魄宫时，日夜伺候在我身旁的那位活泼纯良的小姑娘。

她见着我，跪上前来死死抓住我的裙角，泪眼婆娑："神君……你去看看我家君上吧……"

彼时恰逢天尊大人不在，我同这位姑娘赶去玄魄宫，一路心急如焚，偏偏问她什么，她都只是哭，呜呜咽咽再也说不出一句完整的话。

那间熟悉的孟泽的厢房，我推门而进时，手指都在抖。

那熟悉的身影听到推门的声响，腾地坐起来，甚至连想都没有想，他抄起床边花架上一盆海棠便往门外扔了过来，幸好我同那小姑娘躲得及时。

"滚！都给本君滚！"他发丝散乱，遮着脸颊。

"孟泽……"我惶惶出声，立在厢房门口，一步也不敢上前。

他猛然转头，却只是在转过头的瞬间便意识到什么，又迅速将头转过去不再面对我，伸手理了理头发，像是不愿意我见到他这样颓唐的模样。

可我已经看到了。

他听到我喊他的名字，转过头来的那一瞬间，我就看到——

他瞳仁浮散，眼白泛紫。

若我没有猜错，孟泽他的眼睛……

看不见了。

我只觉悲苦灌顶，轰然而来，幸好身旁的小姑娘撑着，不至于颓然倒地。

可孟泽，不能视物、只能以声音来辨别我的存在的孟泽，他仍是背过头，语气强带着欢愉，开口问我："阿玉，你怎么来了？"他顿了顿，又十分愧疚道，"方才……方才可有伤到你？对不起，我……我不晓得是你来了……"

我使了眼色让那小姑娘先走，她眼睛红肿，抹了把眼泪，以口型告诉我"拜托神君了"，迈出去之后，在我关门的瞬间，小姑娘跪伏在地上，给我行了个端端正正的大礼，她抬起头来时依然泪水汹涌，再次以口型示意我——"君上不肯服药，拜托神君了。"这唇语说完，她已经跪伏在地上，哭得浑身颤抖。

我关了门。从门口到他的床榻的距离，这是我第二次觉得十分遥远。

上一次，还是中了他手里的绝魂针，我攒聚力气冲破那针的封阻，将它逼出来，然后踉跄起身，一路往门口走，那时候心有余力不足，觉得这段路好远，果然，不过迈出几步，心口血流汩汩，身子便重重栽到地上，抬头时，觉得从床榻到门口为何这么远，为何我走不出去，为何来救我的人迟迟不出现。

而这一次，受伤的不再是我，我身子尚好，可我竟然觉得，靠近孟泽的这一段路，一步一步，比上次要难走许多。

他觉察出我的脚步声，赶忙别着脑袋不敢看我，向后伸手阻止，语气有些急切道："阿玉，我现在不舒服，你……你先回去吧，等哪一日……等哪一日我好了，再去看你。"

他这句话说出来，我眼泪便忍不住流下来了。等哪一日啊，等哪一日你再来看我？我良玉此生，活到十二万岁以来，从没有觉得简简单单一个"看"字能让我泪雨滂沱，从没有觉得简简单单一个"看"字能牵扯出心底这么大的悲痛，也从没有觉得简简单单一个"看"字，对那双曾经明媚的桃花眼来说，成为难以完成的一个动作。我捂嘴转身，忍住不让自己发出哭音，抬袖子把眼泪擦干净，才又转身往前走。

他依然在阻止我，声音渐渐紧张，身子不自意往床角挪，尽量远离我道："阿玉，你先回去好不好？"

我摇摇头，继续往前走，“不好。”我说。

他听我这样讲，愈发紧张起来。我终于走到他身边，抬手轻轻触了触他的肩膀，他便陡然一震，越来越抗拒道：“阿玉！你听话，先回去。”

“孟泽。”我握住他的手，弯腰立在在他面前，他凭声音感觉到我处的位置，赫然把头一转，手也迅速抽了出去。

“我其实只是心情不大好，其他并没有什么。”他努力给自己掩饰着。

我抬手想给他理一理头发，却被他警惕地躲过，我右手搭在他的肩上，他仍是倔强地拧着头，不面对我。我望了望他凌乱的头发，便走到他身后，随手变出一把梳子开始动手给他整理。他拒绝，我便摁住他的肩膀，不让他乱动。后来，他便听话了，不再阻拦我，任我给他梳发。

其实孟泽有一头黑亮的头发，握在手心里时，有绸缎般柔滑的触感。可我偏偏想到那日从凡间画舫中饮酒归来，路过银河时，彼时千千万万的银色星辉悉数落在他的黑发之上，将那三千青丝染成皑皑华发的模样。银河璀璨而华盛，睥睨古今万里河山，可如今想来，我却只记得走在前面的孟泽，身形颀长，风姿翩然，青丝染霜，仿若白首。

那时候，我怎么不想着走在他前面呢，这样说不准我回头时，我就能恰好看到他那明媚的桃花双眸了。

那时候，我怎么不想着喊他一声呢，这样说不准他回头看我时，我就能恰好看到他那盛满欢愉的俊美眼睛了。

可是哪里有说不准这回事，哪里有时日逆转的情形。就算回到当初，我走在他前面，可心中没有他，我可能也不会回头望他一眼。就算回到当初，他走在我前面，可我心中对他再无牵挂，可能也不会开口唤他一声。

这，都是命中注定。

躲不开，逃不掉的注定。

“孟泽，你能不能……转头看我一眼？”我惶惶开口问道。

便是这句话让他陡然一震。

“孟泽，你现在，看我一眼。”

“你回去吧……”他说，“我现在不大想见人。”

我也不清楚自己为什么非要强迫他看我一眼，但自己偏偏非要对他说：“你转头，我……我不会笑话你。”

我看到他攥紧的手指，手背青筋凸显。放在一年以前，若是见他攥紧拳头，我会死命躲闪，我怕他会一霎生气然后疯狂起来置我于死地。可如今，我一点儿也不害怕，他如果愿意找一个人揍一顿，如果揍一个人能让他好受一些……我愿意做一回出气筒。

我却害怕他不肯出手，怕他自己把自己封闭在厢房里，谁也不见，谁都逃避。我害怕曾经一个骄傲明媚、谁也不放在眼里的堂堂魔族玄君，会因为双目不能视物而从此任自己消沉，渐渐颓败。

可他偏偏没有出手，过了很久，他指尖松动，肩膀微微颤了颤，他转头，满脸欢喜地笑道：“阿玉，其实我眼睛没有什么，我现在模模糊糊能看到你，我真的能看到你，可能……过些时日，待我好好养一养，就能看清楚了。你莫要担心。”

我双手捂住眼睛，就因为他这番话，竟再也不忍心逼他，眼泪轰然决堤，从指缝里汩汩流出来……我没有告诉他，我已经悄悄挪到他身前，打算偷偷再看一眼他的眼睛到底伤得多重。是啊，我明明在他身前，可他转头说“我真的能看到你”，他目光所落之处……明明空无一人。可他偏偏装作能看清的样子，告诉我：“过些时日，待我好好养一养，就能看清楚了。你莫要担心。”

如此……我终于确定，孟泽的眼睛看不见任何东西了。

他依然保持着转头的姿势，装作欣喜地对着空气讲：“阿玉，你先回去吧。玄魄宫这么多下人，都能照顾我。”

我悄无声息地又挪到他身后，正对着他转过来的面庞，他的眼睛……瞳光聚不到一处，眼白被那不正常紫色深深烙住了一般。

我压住了声音，尽量让他听不出哽咽，轻轻问：“我知道……我知道你能看见我，可是我想知道是谁把你伤成这样的？”

他缓缓将头转回去，似乎不愿意告诉我。我便又走到他身前，仓促抹了把泪，跪坐在他身旁，捧住他的虚白的脸：“孟泽，你告诉我是谁将你伤成这样的？”

他低头，过了良久，开口时声音里都是遗憾：“阿玉，我没有用，竟也不能从那妖女手里拿回那紫玉还给你。”

我大惊，是拂灵。

我猛然站起身来，不料一个心悸，身子不稳便重重砸在地上。他听到声响伸手想拉我一把，“阿玉你怎么了？”可他看不见，伸着胳膊一点儿一点儿向前触碰，那模样，因找不到我，着急而又慌乱。

我迅速爬起来握住他的手：“我没事……”

他稍稍心安。

“你去找拂灵了？眼睛是被她伤成这样的，对不对？”我轻声问。

“……可我没有替你拿回来那紫玉，给你补全心脏。”

他到现在心心念念的还是那紫玉！他眼睛都这样了他依然想着给我补全心脏！

隔了一万年，我再次投入他的怀里，紧紧抱住他，额头抵在他胸膛上，眼泪控制不住愈发汹涌：“孟泽……我想陪你……”

他恍然一怔，手臂抬起，犹豫许久却始终没有将我拥进怀里，他淡淡道：“阿玉，你是不是觉得内疚，所以才……”

“不是，不是。”我摇头否认。

可我这算是什么呢？这不是愧疚又是什么呢。

几日前我才受了天帝大人的诏旨，以后就要跟天尊大人成亲了。我对孟泽除了愧疚还能给什么呢？我忍不住伸手捶了几下他的胸膛，边责备边哭道：“你怎么这样傻，你难道不晓得，天尊大人曾经为了拿回她手中的紫玉被伤了情魄吗？你难道不知道拂灵她已经谙熟那紫玉的诸多功用机巧吗？你知不知道凡是对我有情义的神仙皆可被她用那紫玉而伤？”

他还是不敢碰我，胳膊僵在半空中一动不敢动，只是温言轻声道：“我以为我比长诀厉害一些，我以为他做不到的我可以做到……我以为我能把从她手中抢回那紫玉，这样你就不会死了。”

脑海里漫然而上的是不久前我和他在凡间画舫中喝酒的场景。

“听说拂灵手中握着你的心脏化成的一枚玉……”他问。

那时我右手转着酒杯，左手撑着下巴，笑着同他道：“还有一枚紫玉呢，长诀天尊他会找到的，有了这枚紫玉，我便不会死了。”

彼时的孟泽，他神色松动，亦是转了转手中的酒杯，那时，酒水贴着他的杯口转动却没洒出丝毫，过了良久，他才望了望我，眼眶泛潮，“如果可以，阿玉，我也想是由我来替你找回那紫玉，我也想在你身旁替你担着所有……可我没有机会了。”他说。

我为什么没有长个心眼。

我为什么没有听出来他这句话里的意思。

我为什么没有多想一下他为何无缘无故再提起拂灵，提起那枚紫玉。

我为什么没有提前想到他会为了我拼了性命也会跑去找拂灵抢那枚紫玉。

如果当初，哪怕我多问一下“你是不是打算替我去找”呢，哪怕我再多阻拦一下“你一定不要去，拂灵她狠毒得厉害”呢。可我没有，他说“如果可以，阿玉，我也想是由我来替你找回那紫玉，我也想在你身旁替你担着所有”的时候，我只是略微惊讶，仅仅是宽慰了他一句“你不欠我什么了”。

“阿玉，我还是没有帮到你……你是不是，真的快要死了……”已经看不见的孟泽，他话音颤抖，心心念念的依然是这一桩事。

我抬头抹了把泪：“不会，不会的孟泽。长诀天尊昨晚已经找回来了那枚紫玉，我不会死的。”

他神色一怔，抬起的手臂终究放下，他循着我声音的方向，低头浅浅一笑：“那样就好……那样就好，他终究比我厉害。”

我蓦然想起天尊大人在我体内封存的救命丹药，当初救灼华用了一颗，如今还有两颗。我不晓得有没有用，但总归要试一试，于是欣喜地念了诀语，那丹药便缓缓浮出来，仍然是跟上次一模一样的红色丹药，它凑到我唇边，我颤抖道：“给孟泽。”那丹药便十分灵性地飘到孟泽面前，滞了一滞，渐渐浮到他眸子旁，血雾从丹药里抽身出来层层弥漫。我右心已经提到嗓子眼儿了。

可孟泽觉察出来，纵然他看不见，却凭着那丹药渗出来的气息，伸手一把抓住！他面上大惊，突然开口大吼道：“阿玉！你不要命了吗！”

我不明所以，只是觉得内心惶惶不安："孟泽，你怎么了……"

"这是不是你的血元神力凝成的？！你总共还有多少修为，你连自己的命都保不住，怎能去炼这种耗命的丹丸！"

我愣愣开口："你方才说这是……耗命的丹丸？"

"以今后的三万年仙寿为祭，散往日千年修为，收此时心脉血元炼三日而得。在我儿时，我父君为了救我母后性命便炼了这种丹丸，后来我父王果真因着这颗珠子仙逝了，所以我清清楚楚记得这种丹丸，丝毫不会错！"他神色激动，俨然料定了这丹药是我炼出来的。

"一颗丹药便要少活三万年吗？那……三颗呢？"

他猛然起身慌乱寻到我的胳膊，一把握住，他近乎声嘶力竭："近乎十万年的仙寿啊！阿玉，你疯了是不是！"

我蓦然呆住。

不是我疯了。

是天尊大人疯了。

他疯起来果真是要天诛地灭，不给自己留半分退路。近乎十万年仙寿。他不打算再往前活了吗？他那些等我好起来同他长长久久在一起的话，都是用来诳我的吗？他一边尽心尽力替我寻找紫玉带回来，想着为我补全心脏，那么他自己呢，他自己一下子断了十万年的仙寿，将我一个人留在这神界有什么用呢？

我终于晓得，当时他知道我拿着丹药救灼华性命时为何会隐隐动怒："是她把你关了这么久，你还要救她？白白浪费了那丹药。"

他什么都不说。

他什么都不肯告诉我。

我望着孟泽，怀着最后一丝希望凄凉道："这丹药不是我的……它还能不能再变回血元和修为，再补回三万年寿命？"

他右手紧紧攥着那丹药，终于明白过来我并不清楚这丹药的事情，唇角颤抖着问："这是不是长诀炼的？"

我说不出一句话。

“阿玉，就像你曾经以左心为祭一样，这种事，不可逆转，无法回头。”

我来不及思考他说我“以左心为祭”这句话的意思，满脑子只是八个字——不可逆转，无法回头。

微风探窗而进，明明五月天气，不知为何我会被那阵风吹得脊背陡凉。已往不谏啊。他当初炼这种丹药，是从未想过退路、从未想过回头吧。我仿佛看到霜衣成雪泥，墨发落尘埃，十万年光景灰飞烟灭徒留虚无，仿佛又过了万年那么长。

我始反应过来，抬头对孟泽道：“既然无法逆转，那孟泽，这丹药……你便用了吧。”

他猛然抬头，可我知道他看不见我，他握着我的手不曾放开，直接把丹药放回我手心，面容肃然坚定，直截了当拒绝道：“我便是瞎了也不会用这颗丹药。”

他说他便是瞎了也不会用这颗丹药，他这是何苦。

我已经不晓得自己在想什么，反正他看不到，便在指尖捻诀想直接使他昏过去，给他用药。已经看不见任何东西的孟泽，自然是猝不及防，等他反应过来时，那诀术已经冲进他眉心了。

算起来，这好像是我第一次真真切切对孟泽动了手。思及此处，悲哀灌顶：本神君如今的仙力修为已如此不济，居然还能对付孟泽，可想而知，双目失明的他以后会被多少神仙欺负，会被多少年少时的仇人踩在脚下。犹记当年东海遥遥，海风呼啸，一眼望过，他少年纯良，却单挑东海两万虾兵蟹将，支起海鲜火锅欲饱餐一顿，见到来讨伐他的东荒战神，是拔剑而起毫不惧惮的凛凛威风模样。

此时呢？

河山同寿，万古长青，仙途逍遥，凡人艳羡。可他们不知道，神仙也有悲哀不及、痛不往生的时候。

我费力撑着他到床榻上。

掌心的丹药，血雾依然在氤氲中漫上，浮到我的唇边，再没有当初给灼华用药时的轻松心境，我再次开口同它讲“给孟泽”的时候，从右心传至血脉的都是仿若虫蚁啃噬、银针点刺一样的疼。

可我终究还是用了这颗丹药。

天尊大人，我明明知道这丹药是你拿往后十万年的仙寿换来的，我还是给了孟泽，你……怪不怪我？

我跪坐在他身旁，颤抖地拨开他的眼睑，血雾丝丝缕缕渗入他双目，洗涤出他眼白里幽幽几绺紫光。他身子猛然抽搐，双目豁得紧闭，似是要冲破我方才的诀术挣扎着醒过来。我手指触及他的眉心，再将诀术压进去，安抚道：“孟泽，你先不要动。”

可他不听我的话，身子仍然想翻滚，仍然想挣扎着起来。我不得已，又往他眉心补了道术。他终于绝望，笔挺挺躺在床上一动不动的样子，有一瞬间让我以为他已经死了。

丹药连同那血雾终于消弭，我低头抚平他皱起的眉心，顺带扯了一道术，开口颤抖道：“孟泽，其实我也不晓得有没有用。这丹药可以暂时救命……但是天尊大人没有告诉我，它可不可以恢复眼睛清明……所以，若是它依然帮不了你，你害怕不害怕？”

少了一道诀术阻隔的他，剧烈摇头。我方从床榻上下来，隔了一些距离施术让他醒过来。清光自他眉心渗入，刹那间他已自床榻翻身而起，我为他梳好的头发已尽数在他刚才的挣扎之中散落，他冲过来——

我看到他的眼睛，眼白中的紫色已经消浅一些，但是……

瞳仁依旧浮散。

所以，他狠狠撞过了我的肩膀，仍然辨不清出我处的具体方位。

就在我以为那丹药没有什么用的时候，身后陡然袭过一阵风，将我扯进怀里——

“阿玉！”

我大惊抬头！

他的眸光似在努力想对上我的目光，可他现在还做不到，所以只是努力低头靠近我的眼睛，一字一顿，表情狰狞道：“本君一点儿也不想用他炼的这颗丹丸！”

我颤巍巍伸出手，在半空停了很久才敢触上他的眼角，哽了声音问：“你现在看得到我吗？”

孟泽松开我的胳膊，痛苦闭眼，还掺了几丝血的泪水夺眶飞出来：“你走吧！别再来找我了！”

“……你能不能看清一点儿？”我仍然站在他面前，不死心地问道。

他死死咬唇，唇角渗出点点血水。他终于伸出手指，在距离我鼻尖左侧一寸的地方，低哑道：“唇角。”

指尖复又往右上挪了一寸停在眉心处，道：“鼻尖。”

我明白他现在能模模糊糊看得到一些重影，具体的样貌，他依然辨不清。我还是握住他的指尖，一遍一遍摩挲，心疼道：“我晓得你看得到了，我晓得你看到了……”只是依然看不清楚。

他将手指从我手心抽离出来，甩开衣袖转头，声音悲苦，双肩颤抖：“所以，你走吧。你回去看一看长诀吧。我来不及告诉你你就对我用术法，你可知道，当年……当年我母后服下父王炼的这种丹丸时，父王痛得将自己关在大殿，撞得自己头破血流，醒来时顿时消瘦。你回去看看他……可是无恙。”

我闻言踉跄奔出门外，跃上云头，一路疾驰赶回三十五天。

前些日子，他将我从灼华的阳华宫带回来，隔了半月我睁眼见到他，就发现他有些清瘦。我以为他是因为我不见了，茶不思饭不想全心挂念我而消瘦了，可我没有想过，我甚至都不知道，我用了这丹药，他会如孟泽所说，痛成这样而迅速消瘦。

我抹了把眼泪。

本神君什么都不知道。我在神界活了十二万年，可还是才疏学浅，什么都不知道。

我不知道孟泽会背着我去找拂灵讨要紫玉，我不知道天尊大人会为了我舍弃未来的寿命。他们偏偏要瞒着我，但是，本神君每每这样猝不及防地知道，会更痛啊。

天尊大人总是这样，他总是这样。

崆峒幻域里，他甚至连跟我说一声都没有，兀自下凡去受劫，只为尽量保持那幻域中的情形按着五万年前真实的事情来发展；他蜿蜒迂回，不惜栽赃也要让六师兄担受责罚，以尽量让沉钰受那么严重的劫难；硕大若山的九黎炼妖壶自汹涌的忘川海上方直直压下来，他一把折扇将我隔开把我推至水中，自己被压。

他从来不会提前告诉我，他同予祁太子作对，是要从他手上抢回我的紫玉；他也从来不会同我解释，为何自己非要说出“那长宁本就不该活着”这种话。

我偶尔长个心眼儿：“你这样问我，可是又找到了最后一枚紫玉的下落？”

他也总是含笑回答：“你不必担忧这些，只要等着我将它拿回来交到你手上就好。到时候你可一定记着现在说的话。”

可找回来那紫玉交到我手上，果真是他脸上表现出来的轻松悠闲的一件事吗？

如今回想，自我认识他以来，他默默做过的这些事，淡淡说过的这些话，还少吗！

大梵音殿殿顶，他微凉的手指滑过我的脖颈：“你不会只活三年的小玉，有我在。”

清微宫的厢房，我听的那处墙脚：“我本就未打算将她带到印底，她只消辨认那紫光是不是她的心脏化成的紫玉所映出的，至于取回来，本尊自己动手就好。苏苒，她这些年的修为远不及你，今晚你同我们一起去，到时候务必将她带回清微宫。”

崆峒幻域初见，他像极了要耍流氓的沉钰，神色装作无比委屈：“小玉，我刚从凡界历劫回来，真的累……历劫总归要消耗许多修为体力的，今夜怕还要吐个血，发个烧之类，你若是忍心我孤家寡人这样自生自灭，便抽了手走吧，你若是不抽掉手，我当你今晚想陪我了。”

丹穴山厨房，他为我煎药，听闻我怕他卷入商钺谋反的乱子当中去，笑得轻松淡然，“是沉钰同你讲的？哦，死了五万年回来，本事并没有减多少嘛。

我该提前给他吹一个曲子让他迷糊个十年八年的，省得他说了不该说的让你担忧。”

我不信，他也要笑一笑，表现得风轻云淡让我安心：“小玉，我既然是九上天尊，便没那么容易死，不论今天你六师兄和沉钰同你讲的什么，你不可全信他说的。”

可怜每一次他这样说，本神君都信以为真。是他演技太好，还是我太傻分辨不清？

归根结底，是我终究不了解天尊大人，是我太信任他天尊大人的地位，是我太相信他有能力摆平一切。

他给我的关爱，一直不声不响。

可等我反应过来，总是大痛大伤。

芸芸众生，怎么会有他这种奇葩的神仙。

我抹了把泪，但是眼眶即刻便又有水雾漫上。后来便任由它去了。

所以，当灼华在半空里将我拦下的时候，正是我哭得最厉害的时候，眼泪鼻涕尽数粘在脸上，我已然顾不得什么形象。倒是她恍惚片刻，找出绢帕毫不嫌弃地替我擦干净。我朝她客气地拜了一拜，喑哑道：“灼华宫主若是还想掳了良玉去阳华宫给上一个姻缘神君还债，请改日再来好不好，我现在想回去找天尊大人。”

她又拦住我，疑惑地问道：“他出什么事了？”

我一点儿也不想理她，绕开她继续往三十五天走，她也不再跟我废话，直截了当道：“昨天他找我拿回了紫玉，但是现在，我来是想找你借那紫玉一用的。”

我慌张抹了把眼泪：“紫玉是我的，我不能给你，天尊大人知道了会生气。”说着并未停下来，她一路跟在我身旁，浓烈的熏香让我头疼欲裂，我不得已转头大吼，“你能不能别再跟着我了！”

“本宫主知道你着急，你借我三天！我到时候若不还给你便不得好死。”她说这句话的时候，唇下的朱砂痣随唇角起伏，似血珠乱颤。

我心中大悲，愤愤地抹了把眼泪："你本来就快要枯死了吧！你用这么烈的熏香不就是为了遮住你身上枯苦的气息吗？你以为这样说我就会信你，把紫玉借给你不成？"

蔚蔚云头之上，她一把捏住我的脖颈，盯住我的那双眉目狭长毒辣，她咬牙切齿道："你若听话便掏出紫玉来，本宫主大发慈悲放你滚，三日后把紫玉送到三十五天；若是不听话，本宫主当即扯你下云头与你同归于尽一同了断，莫说你想去见天尊大人，且说你这种没有轮回的神仙，见阎王都难。"

她眸子里，便是我猩红的眼眶。我气得浑身颤抖，终于还是掏出紫玉扔给她："你要说话算数！"

转身再也不想看她，边往前飞边抬袖子胡乱抹了把眼泪。我若是不着急，我若是打得过她，我断然不会轻易将那紫玉借给她三天。

但是，如果她真的扯我下云头，我果真就连见天尊大人一面都难了。

第二十四章

仙寿为祭，血元化丹

本尊容不下自己的女人惦记着旁人，且是惦记一生一世。

我一路奔进清微宫照着天尊大人的厢房跑去，却不料天尊大人也是眉眼焦灼地推门出来寻我。我愣愣站住，见他虽未头破血流，却果真如孟泽所说，他比之昨日，瞬间消瘦了。

他见我泪流满面，十分震惊，不知道此时哪里来的力气，还能一把将我拉到怀里，上上下下打量一番，急切问道："你用那丹药了？可是哪里受了伤？"

我指尖触及他因着面庞清瘦而略微凸出来的颧骨，眼泪止不住掉下来，他便更慌了，抱起我就进了厢房："别怕，容我看看伤得严重不严重。"

我扯住他的衣襟，脸庞埋进他脖颈，泪若雨下，可偏偏一句话也说不出来。

屋外花事热烈，房中半面清凉。

他里里外外将我翻了个遍也没找出来哪里有伤，最后还是掐指算出了我在玄魄宫同孟泽的那一场。我坐在床榻上，他眼里是我红肿的眼眶，凌乱的衣衫和头发。

过了许久，他才苦苦一笑，撑着床榻站起来。他转身那一刻，留在我眼中的面色全是疲惫，"他对你果真这样重要，小玉。"他偏偏是一个肯定的语气。他连问都不问。

我扯住他的衣袖："你不想同我说清楚吗？"

他神色倦然，笑容依旧苦涩，却是停下了："你想听我说什么？"

"你为什么不告诉我这丹药是怎么炼出来的？"

他立在原地，眸中死寂无波澜，却是抬手将我抓住他衣袖的手指一根一根拉下来，退了半步同我保持距离，才轻轻笑，声音苍白道："怎么炼出来的，孟泽不是告诉你了吗？”

我的手指就僵在半空，他将它们一根一根拉下来的动作——我看得懂，他是不想我再碰他，他不想我纠缠。

“可我想听你亲口告诉我，为什么会这么做。你不是一直说等我好起来要跟我长长久久在一起吗？你不是说要娶我为妻共赴白头吗？你不是说有你在，让我不必担忧所有事吗？你是不是根本就在骗我，你从未想过跟我一直在一起吧！”

他轻飘飘抬眸：“如此，不正合了你和孟泽的心意吗。”说罢他转身再不停留，一直往门口走。

我愣住，什么是正合了我和孟泽的心意……

可他开门的时候，顿了一顿，又笑了笑道：“方才，我动仙术看到你同孟泽在一处的场景，你说想要陪他，是吗？”

我赤脚慌忙跳下床，身子一个不稳撞碎了那面翡翠屏风，我便爬起来从破碎的翡翠上跑过去死死拉住他：“你先听我说……”

他眼风扫过我的双脚，神色略一松动却又即刻恢复原样。我低头时，才意识到碎渣刺破双足，血污了他厢房的地面。

“对不起，我待会儿给你收拾干净……”我惶惶开口，眼里水雾模糊，“你先别走，听我说……”

“收拾干净好去陪他是吗？”他抬头，四目相对，我没料到他会这样说话。

我摇摇头，眼泪一直忍不住往下淌，落到唇边全是咸涩，我试图给他解释：“孟泽……他的眼睛看不见了啊！他去拂灵那里替我找紫玉，结果被拂灵用紫玉伤了眼睛。若不是你给我的丹药，他现在什么都看不清楚……我对不起你，这样珍贵的丹药，我两次都用在了……”

他又将我的手从他衣袖上狠狠拉下来，双唇再无血色，但依然保持那个不痛不痒的笑容道：“你当真以为我心疼那丹药不成？方才你说的这些，本尊都知道。本尊知道他看不清楚，知道你投入他怀中，知道你摩挲着他的指尖，脸上全是心疼。所以……你去照顾他啊，你在这里做什么？”

“我在这里……”

我在这里，我也想陪你啊，天尊大人，你做了这么多事都是为我，我也想好好对你啊，天尊大人。

可看到他这样拒人千里之外的形容，这些话哽在喉间，一个字也说不出来。我不敢碰他的衣衫，我怕他会再次决绝地将我的手拉下来不让我再碰他，只觉得足底刺痛，心底刺痛，一下子滑跪在他面前。

“他的眼睛看不见，所以，我说陪着他，孟泽他这样让我有些不忍，他是因为替我去抢回紫玉才伤成这样，小神心中愧疚啊……”我抬头凄凉道。

他居高临下望着我，唇角一抽，冷笑道：“良玉神君，”再不是小玉了，他连名带姓唤道，“你当真以为本尊不晓得你同他的说的话吗？”

“我……说了什么？”

“你如今在我面前便捡了愧疚来说。前一刻，你投入他怀里，他问你是不是觉得内疚，所以才想陪他，你可还记得你说了什么？”

我说了什么。

我记得我当初跟孟泽否认：“不是。不是。”可天知道，我当时心中便想，我对孟泽，不是愧疚又是什么呢？

可天尊大人他看不到我当初内心所想，他看不到啊……

“让苏苒来给你收拾东西，你现在就去玄魄宫陪他吧。”

我不敢再碰他，只得迅速起身抵在门口，挡住他的去路，哀求道：“我当时，若是对孟泽说不是因为内疚，他会难过……”

“所以，因为他眼睛看不见了，你就要去照顾他，怕他难过，你便要跟他待一生一世、不离不弃？”他望着我，明明眼中浮上水雾，可唇角还是勾起一抹嘲笑，“是了，他为了你眼睛看不见了，你去陪他乃是理所应当。知恩图报甚至以德报怨，不正是你良玉神君向来所擅长的吗。”

我死死挡住门口，万般悲苦哽在喉咙，“可是天尊大人你也为了我……散了近十万年仙寿啊……”

他袖子重重一拂，声音冷彻，面容孤绝，“收起你的悲悯之心吧，本尊还不需要你愧疚，更不需要你同情。他日本尊仙寿将尽，灰飞烟灭，你不是正好可以同孟泽长长久久了吗？”

“你……当真是这样想的？”

“当真。”

“可我们前几日才受了天帝大人的诏旨，你不能……你不能不要我。”

他终于忍不住身子靠过来，握住我的手臂将我死死抵在门上，低吼道：“你还记得天帝他的诏旨？你还记得你要嫁给谁？”

“我记得……”

“那孟泽呢，他双目失明，若是此生都不能恢复了，向来善良的你，你要打算怎么办？你肯放任他不管吗？你肯此生安安心心待在我身边再不想他吗？”

我咬着唇，摇摇头：“这样我可能做不到……但是我知道你才是我的夫君啊。”

他死死压住我，双唇停在离我唇边不过一寸的地方，他笑得悲痛：“有时候，我也会怨恨自己被九黎山压了五万年，也会怨恨自己错过了你那年华最好的五万年。我当初在九黎山下，害怕的不是自己出不来，而是出来了之后发现你已嫁与旁人。本尊也是费尽心思一步一步靠近你，可到底他在你身边的五万年，我从不曾参与，从不曾露面。我日夜告诉自己，你同孟泽那五万年什么也没发生过，若不是看到方才那一场，我甚至以为你对他再没有感情。可本尊……终究低估了他在你心中的分量。”

“……你什么意思？”

“本尊容不下自己的女人惦记着旁人，且是惦记一生一世。”他猛地拉开我，推门大步跨出去，再不留恋。

我望着他的背影，跪伏在地上，已是惶然无措。

天尊大人说得对，他向来了解我，若是孟泽的眼睛永远看不清楚，那我无论如何也不会放任他不管不顾。我从未想过事情会向着这个方向发展，明明昨日一切都还是好好的样子。我从青鸟信使的手里接过天帝大人的亲笔诏旨，天尊大人将紫玉完完整整带回来交给我，等我好起来，我就要嫁给他，他就要娶我。

可不过一日，万事颠覆，徒落悲凉。

孟泽眼睛看不见了，紫玉被灼华强行借去，长诀天尊怨我惦记旁人。我睛明穴忽然突突地跳，痛得不能自已，牵连着头疼欲裂。

“本尊容不下自己的女人惦记着旁人，且是惦记一生一世。”这句话若烙印一般印在脑海，想到都是难过悲痛。

不多时，苏苒姑姑便进来了，她见着我的模样，大吃一惊：“良玉你的脚怎么回事？！”

我恍惚抬头，愣怔片刻，眼中水雾漫上：“姑姑，你是来替我收拾东西要赶我走的吗……”

她将我抱到床上，抬头看我时仍是温颜善目的模样，只是眉心微皱略显担忧：“尊上他动怒时，我也不敢上前打扰他……”

我低头不敢看她，“姑姑不必为了我去打扰天尊大人……我待会儿亲自去找他……”

苏苒姑姑叹了口气，温暖的手掌握住我的手：“尊上既然现在生气，你便躲一躲，等他想明白了，自然不会怪你。”

我将脸颊埋入她手心，眼泪温热，内心冰凉：“姑姑，你知不知道天尊大人以十万仙寿为祭，散了血元炼了三颗丹药给我？”

她身子一僵，但是沉默片刻后又恢复温婉模样：“是上一回，你自作主张服了老君的毒药那一次吧。他后来闭关几天，我也不晓得他干什么，只是出来时手里紧紧攥着三颗丹药，身子虚浮，偏偏又不想让你担忧，连进厢房来陪你休息都不敢，自己窝在三十五天。你若是见到他当初一瞬骨瘦如柴的样子，不晓得会害怕成什么样子。”

我若是知道他这样做，便就是真的找不回来紫玉就这样仙逝了，也不会让他这样做。

可一切都晚了。

“姑姑先不要赶我走，若是……若是天尊大人始终不肯原谅我，我到时候自己回丹穴山。”我说。

那一夜，他在清微宫大殿待了一宿。

殿门紧闭，我在大殿门外跪了一宿。

五月夜晚，宫灯未灭，佛槿花开得十分好，枝柯柔弱，却灼灼热烈。

“天尊大人，小神有些话想讲给你听。”

其实，我并不晓得大殿里的天尊大人在干什么，也不晓得他能不能听到我同他说话，却还是跪在殿前，想着往日的一幕一幕场景，想讲给他听。

“说起来，我第一次见你，还是在孟泽婚宴上，他要娶第二十八房姨太太。玄魄宫宫墙上趴了好几排小妖小仙，却是自觉分成了两拨，见到我出现，有一群欣喜，有一群哀痛。我只晓得那日有些特殊，却并不清楚那群生灵除了观看孟泽娶小老婆，还能干什么。在你手执玉笛，踏过足下丛生的百花，款款而来之前，四海八荒都晓得，执掌仙人姻缘的良玉神君，已打了十二万年光棍儿了。我大师兄和六师兄常常说，小九，你不会嫁不出去的，纵然你其他本事不济，但是面皮好看，性子也不差。

“我从忘川海出来，之前活过的七万年，仿佛一夕之间，在蔚蓝色忘川海扬起的水浪里，湮灭成幻影。之前的事想不起来，那么那七万年便像是白活了一样。我记不住太多事，师父说我的左心被剜下来弄丢了，我也想知道为何要剜了左心，可师兄们都说不晓得。连师父他这样厉害的佛祖也告诉我他不知情。但是师父也告诉我，小九，落入忘川海也是造化，已往不谏，来者可追，忘了也好。我从不是念旧的神仙，师父说忘了也好，那我还想着左心没了这件事干什么。心头染忘川，万年无悲欢。所以，直到一万年后，我才记住孟泽这个神仙。他将我从失水的厢房里救出来，自己鼻血汹涌，却窝在我肩头哽咽，你没事啊，你果真没事啊……他找我师父问可不可以娶我，彼时，沾了万年忘川水的右心，第一次跳动。

“但是，师父说过了三万年，他若还是这样想，便就允我嫁给他。天尊大人，小神不求你信，只是想告诉你，那三万年孟泽同我克制尊礼，从未有逾矩的时候。唯一一次也是最后一次，他扯开我前襟看到左心处留下的伤疤，问了我一句稀奇古怪的话。然后我落下三丈高的花树，他说他不想娶我了。陪了我三万时光的少年，说不娶我了。小神当初也曾心伤，画了许多扇面挂在九里香花树上，有一日仰面躺于枝丫，一把未拴牢的扇子落下来，恰好砸在我右心，右心没出息，自己就破裂了。师父在上面缝了七根银线，养伤期间，我便释然，自此同孟泽再无纠缠。我若是当初还欢喜他，断不会为他证了近三十场姻亲，依然心无波澜。天尊大人，你说的从不曾知道那五万年我同孟泽之间的事，可如今，我跟你说了，你可愿意信？”

殿中传来茶盏碎响，殿中人云淡风轻回了我一句：“你回厢房去睡吧。”

我摇摇头，他看不见。

“你可知道，我什么时候喜欢上你？”

殿中无声无息，归于平静。

我又开口道：“许是当初，我奔到崆峒印处，同你一起落入崆峒幻域里的时候。彼时莽光大盛，你拥我入怀，手掌护在我头顶，同我道一句别怕吧。阿云曾告诉我，所谓心安，便是四周是电光火石，惊天动地之盛，而你靠在他胸膛上，身旁是凡间江南三月，柳静花浓正好。小神五万年来第一次，是靠在你胸膛上感到右心心安，而非孟泽……这一桩，你可愿意信？”

隔了一扇殿门，里面依然安静。

“但是，天尊大人，你说得对，若是孟泽自此眼睛看不清楚，我依然无法袖手旁观。但这绝非代表我打算嫁与他为妻，自此照拂他一生一世，而是心中内疚，不忍看他因为我此生颠簸。我说的陪他，并非你理解的那一种。而我对孟泽说的不是因为愧疚才愿意陪他，那是良玉我打了诳语。你若是不能理解，可否容小神拿拂灵做个比方？若是拂灵为了救天尊大人而双目失明，你会不会袖手旁观，看她自生自灭，心里永远不会惦记她？”

殿门一霎冲开，他飞身而出，墨发迎风缭绕，广袖凛凛铮铮。

我反应不及，一下子被他带起的仙风冲倒，几乎要照着殿阶滚下去。他一手攥住我的手臂拉我回来，我狠狠撞入他胸膛之上。

他口中诀语流出，我抬头惊恐望他，此时隐藏在我身上的最后一颗丹药便落入他掌心。诀语毕，他松开我，瞳若深潭般望我一眼，便大步往外走。

我一把拉住他，颤抖问道：“你要去做什么……”

他转头，冰冷的神色下面像是狠狠压住了一团火：“本尊只问你一句，若是他眼睛恢复清明，你还会不会心心念念惦记他一世？”

“……那时候可能不会了，但是他现在还没有……”

他轰然裹住我死死压上殿门，大掌按住我的脑袋，牙齿便狠狠撕咬我的双唇，将我一肚子话全堵了回去，咸腥漫上舌尖，我缩在他怀里，双唇被咬得发麻，却一动也不敢动。他似要下了蛮力将我的话尽数吞进腹中，毫不手软，毫不留情。可偏偏我睁眼时，看见他皱得厉害的眉头下，眼角渗出的微微水痕，右心猝不及防骤然塌陷，跌入深深柔软。

一瞬恍若万年。

他拂袖凛然而去的时候，说：“你方才说不会，且记住这句话。”

我怔怔点头：“小神记得。”

可偏偏那一晚，师父他老人家到了三十五天，见到了我最狼狈的样子。

“长诀欺负你了？”师父青灰衣衫裹我入怀，看到我脚上被碎翡翠割的伤，看到我被咬破的双唇，第一次没有称呼他为“天尊大人”，而是带了隐隐怒气，直接唤他“长诀”。

他越是这么问，我越觉得委屈，胳膊环住他的脖颈，趴在师父怀里，竟再一次泪流不止。我为自己委屈，我更为天尊大人委屈：“师父……不是天尊大人，是我自己……可我不知道怎么同你讲……”

师父虽不晓得详情，但依然安抚道：“若是不知道怎么讲便不要讲了，为师信你是个好姑娘，我们回大梵音殿。”

为师信你是个好姑娘。

为师……信你是个好姑娘。

偏偏是这一句话，叫我哭得歇斯底里。我的师父，他是九州的因邈佛祖，他纤尘不染，清贵高华。他从来不问什么，就都信我。我从少时连毛羽都未长全的一只孤凤，获他十二万年的眷顾与照拂，每每受伤，他都会在大梵音殿给我留出位置。

那一晚昏昏沉沉睡去，心中因着对天尊大人的歉疚，一夜噩梦纷扰，搅得内心惶惶。

梦中仿佛又回到阳春三月，只是凡尘气息太重太浓，或者太熟悉，一簇烟一样尘封心底，稍稍松开，便抽离出来，悠然而上，袅袅不绝。

有一位白衣素裙的姑娘跪在六月子午莲开得正好的夜晚里，她面前，也是高门大殿。她瘦弱的身形隐隐熟悉，只是我瞧不清那面容，无法进一步确认。

她身子是被绳索捆着，身后是铁甲裹身的带刀侍卫。

“萧漫，”此名经她口中真真切切唤出来，激得我抖出一身冷汗，这个名字刻骨熟悉，又偏偏说不上在哪里听过，只闻见那姑娘又开口，语气若午夜莲香清凉，只是掺了三分无奈，“我以为你舍不得我才追上来，可我万万没有想到，你会狠心将我捆回来。”

殿中无声无响，只是，透过紧闭的殿门门缝，内中不曾熄灭的宫灯，灼灼燃着。

她侧着脑袋微微一愣，两鬓细发松散垂下，微风一吹，便丝丝缕缕掉落几根，她看着那飘落地上的细发，忽然笑了笑道：“萧漫，你果真会像那些大臣子民所喊的那样，可以活万万岁吗？”

大殿之中的人依然没有回应一句。其实我也不晓得为什么会知道大殿之中有人在听她讲，只是心中希望，殿中不灭的宫灯，只是为了陪殿外的人。

殿外，她说完那句话，又送上一声清澈的笑，似是想到了极开心的一件事，可我没有想到，她开口竟是说了这样一段话——“他们唤赵以清娘娘千千岁，可是萧漫，你有没有想过，你能活万万岁，她能活千千岁，到她千千岁死了之后，你还有万万年的孤独来做鳏夫。还好我死得早，若是还有什么遗憾的话，就是来不及看旁人死后，你留在这世上有多孤寂。”

娘娘千千岁，皇上万万岁……那么大殿里的人，是凡间的九五之尊？

大殿之内的人听了外面这一段大不敬的话，依然没有声响。

“琉璃死了，你们其实都是罪人。我也是罪人。可是萧漫，普天之下，唯独这一桩仇，不可报。她还是个小姑娘，她还没有来得及同沈素在一起，你跟赵以清，就把她害死了，”她猛然摇头，闭眼时泪落两行，“我说错了，她是代我而死，你们原本想害死我的，对不对？”

我明显感觉她身后的一个带刀侍卫身子剧烈一颤。握住刀柄的手，青筋暴起，可忍了许久，还是松开，放下刀柄。我想看清这侍卫的面容，竟也不得法。

“这一桩仇，且不说了。我晓得自己打不过你，权力更不如你。但是，你不喜欢我了，为什么不放我走？你把我困在这里，可是觉得折磨我还不够？你难道不怕我在你和赵以清之间横插一刀，断了你们的姻缘？”她说完这句，面上虽然还是笑容灵动，身子却已然因着长跪加之绳索束缚而虚软，忍不住咳嗽几声，我看她唇上蓦然沾染血红，她却连眉头都未皱，抿紧双唇将涌入唇边的血水悉数咽回去。身后那个侍卫再也看不下去，执刀单膝跪地，声音压得极低，焦灼地唤了一句：“夫人，你可还撑得住……”

她回头，抬眸一笑，声音配合得也是极低：“沈素，你赶紧站回去，要么他出来了便要责罚你了。”

那侍卫不得已，皱紧眉心，又站在了她身后。

“萧漫，你有没有听过一个故事？是小时候师娘讲给我听的，我忘了给你讲过没有，现在，我最后一次讲给你听。”她把“最后”那两个字咬得极重，却仍是笑，“传闻，天上有个女神仙，担着仙人姻缘，她为旁人勤勤恳恳证姻亲，可她自己却浑浑几万年，还是孑然一人。”

她这句话出口，梦里的本神君已然惊得浑身大汗，我自然晓得她口中的女神仙是谁，只是这件事从一个凡人口中说出来，只觉梦里诡谲万端，像被人死死掐住喉咙，惊恐得喘息都难。

她依然自言自语：“这个女神仙哪，单身几万年之久，其实好可怜。最可怜的不是她一个单身之人常常为旁人证姻缘，而是，她在两万岁时，心里就住了一个男神仙，可那个男神仙心里却并不喜欢她。若是那男神仙一开始就不喜欢她也就罢了，可你晓得，男人最薄幸，他当初待她极好极温柔，待她终于欢心相许、此生不离的时候，他却转而喜欢上了旁人。那个旁人，不是别人，正是那男神仙的表妹呢。听说，你也唤赵以清的娘亲为姑姑，赵以清也是你的表妹？如此看来，果真巧得很哪。”

殿中一声茶盏碎响，破门传来，殿外的人微不可察地抖了一抖。

“萧漫，你莫要激动，不过是师娘讲给我听的一个故事，同你我没什么干系。且说那个女神仙也是傻，偏偏不能接受他看上旁人的事实，做了许多傻事，换回来的却是一把折扇——是男神仙托他的表妹亲手交给她的，扇面素净，只有‘无缘’两个字。萧漫，你说，这世上的情爱纠缠，有哪两个字比‘无缘’更让人遗憾？”她望了望天上的星云，仿佛想要透过皑皑星云，看到天上那个神仙一样。

她讲的这个故事——若真的是本姻缘神君的故事，那便一半是真，一半是假吧。我隐隐约约梦到过自己曾收了一把扇子，上面确实是“无缘”二字。但我着实不晓得自己曾为了哪个神仙做过多少傻事。虽然五万年前忘川海一劫，我记不多少少时的事，但想起来的那一些，无非便是去凑凑六师兄和沉钰的热闹，诸如去司命府给六师兄的命盘簿子随意添几道，或者去北海找沉钰捞海虾海蟹做火锅吃；再不然就去找大师兄，让他带我去战场上观战，或者去他兵营里看一看身材健美的天兵，饱一饱眼福，或者听阿云讲一讲她赚到的珠宝首饰；再不济就去找找面皮长得不太出众，但是琴技高超的三师兄，听一听他新谱的曲子，同他聊一聊其余师兄的诸多八卦；剩下的时候安分一些，便给师父的大梵音殿的殿顶、墙壁、飞檐之类描一描佛画。这样想了一通，着实没有她讲的这样被人甩了的悲苦情形。

所以说，三人为虎，以讹传讹，况且是从天上传到地下，本神君这些事难免被传跑偏了。

跪在殿前的姑娘似乎又想起什么来，道：“师娘还跟我说，那个担着仙人姻缘的女神仙，画得一手好画，尤其爱画扇面。我也不晓得为什么，自小便记得这个故事，也很心疼故事里的那个女神仙，大抵是爱屋及乌，也喜欢上了画扇面。”

哦，爱画扇面，这一桩不曾误传，是实情。

“萧漫，打你把我从紫菀花谷里领出来之后，我也曾想，这一生都为你画扇面，可如今，我怕是做不到了。再也画不出往日眼里温柔细致的你，因为心里晓得，你对我之前的情义，大抵也不是真的，所以，画扇面，再也画不出往日的样子，因为扇面也有情缘。可我心里想着，出了宫，再遇到一个喜欢的人，他对我关怀备至、不忍我受丝毫委屈，我亲手给他画扇面……”

殿门刹那间打开，骤风急剧扯过，霜色华服的男子振振而出，广袖带起的气息一瞬大盛，夜色浮沉之中，势如破竹的气势凛冽扑面，他的脸庞轰然映入我眼中——

“天尊大人！”

我大吼出声！

我大惊失色，猛然起身，梦境破碎，我已是汗水淋漓。

有温润掌心抚上我的额头，淡淡佛香于鼻端萦绕。

“小九，你方才做噩梦了吧。”

我颤颤抬头：青灰衣衫，菩提念珠，师父在我身边。

我一瞬安心许多，只是脊背上汗水不断往外冒出：“方才梦到了天尊大人……”

师父递给我一块绢帕，示意我擦擦汗：“梦到了他怎么怕成这个样子。”

怎么怕成这个样子，我闭眼，绢帕扑上脸颊，遮住眼睛。“师父，我梦到在凡间有个人穿着霜色衣裳冲出大殿，那个人……长得同天尊大人一模一样。”

“恐是你心里太惦记他了，所以才会梦到。”师父安慰我说。

或许是吧。

恐怕是夜晚我也曾跪在清微宫殿门前，彼时天尊大人如梦中凡人一样，凛凛冲出来，画面一瞬重叠，我不自意便想成了天尊大人。

只是，萧漫……萧漫这个名字太熟悉，仿佛就在脑海里，我一定在哪里听到过这个名字，可偏偏就是想不起来在哪里听到过了……

萧漫，萧漫……萧文漫……我一定在哪里听到过，崆峒幻域，还是什么别的地方？

灵台忽然映上缥缈虚无的一句话，说这句话的人儿嗓音甜甜，清笑晏晏——

“文漫听着真像女孩儿的名字。扇面画好了，喏，送给你。”

梦中太伤情，我喝过半盅清粥便又躺了会儿。

到了傍晚时分才再醒来，彼时脚上的伤已经丝毫不见痕迹。师父抚了抚我的额头，浅浅清明渗入，我昏昏涨涨的脑袋便清醒许多，却听到师父声音有些疲惫：“小玉，我寻到你最后一枚紫玉了。”

我抬头看他为了我忧心的模样，竟然不忍心告诉师父，那紫玉，天尊大人早已替我寻到了，更不忍心告诉他，终于得手的紫玉被灼华抢了去。于是只能用绢帕遮住面颊，惶惶不安问师父："那紫玉……在哪儿？"

"阳华山东面有三百里桃林，桃林中有一方琤玉湖。三日前，我寻到那枚紫玉，藏在了琤玉湖里，且在那里待了五万年。"师父无奈道，"你可能还不晓得阳华山在什么地方。"

紫玉在琤玉湖里？那这样说，天尊大人是从那湖中拿到紫玉后交到我手上的？

看来大师兄确实没有告诉师父，我已经见过灼华，且已经在阳华山了住过半月了。纵然大师兄曾嘱咐我不要把见到灼华的事同师父他老人家讲，但我着实觉得师父一次一次动用寻引术替我找寻紫玉下落，若我继续瞒着师父，让师父替我担忧，便同那些忘恩负义的混账没什么两样了。

于是掂量再三还是坦白道："师父，你……你果真认识灼华吗？"

师父因着我这句话，恍然一怔，手中的菩提念珠猝不及防掉落地上，他似是不相信，呆坐在我床边，怔了许久才开口问我："你方才……你方才说灼华？"

我是第一次见师父因为一个名字而惊讶的样子，慌忙从床上下来替他捡佛珠。傍晚时分，新烛点上，我在递给他的一瞬间，无意看到了上面细细镌刻的娟秀小字，果真如大师兄所说，不仔细辨认，难以发现。小字如下：

"桃之夭夭，灼灼其华；

之子于归，宜其室家；

少年殷殷，无奈夜遥；

之子何寻，青灯华桃。"

我惊叹自己眼力好，竟然发现最后一句"之子何寻，青灯华桃"字迹明显与前三句有些不同，且在师父身边待了几万年的本神君一下子就发现，最后不同的这一句——是我师父的笔迹，没有丝毫差错。

我双手递给他，内心复杂，开口道："师父，我确实见过灼华了。"

师父的声音听不出悲，也听不出喜，只是喃喃若自言自语道："怎么会见到她……她已过世十五万七千二百一十八年之久了。”

十五万七千二百一十八年。师父记得清清楚楚，我甚至想，若我再顺着往下问，他会详细到几日几时。这是心里住着一个人，十五万年不曾忘记丝毫的样子，只是，是爱是恨，我一时难辨清楚。

“师父您可还记得，我少时，曾看过一本名为《九州山海志》的书，里面清清楚楚记载着：‘四月大火，焚桃林百里，降阳华一山为平地’，彼时，我曾拿了那书去问你，一把火如何能厉害到把一座山烧成平地。彼时师父您没有回答我，而是把那一页直接隐了去。”

师父眉目疏离，唇角携了丝苦笑：“出家人不打诳语。我这佛祖担得，徒有虚名，其实难副罢了。”

“你同灼华……果真有渊源？”

师父闭眼沉沉道：“渊源这一个词，形容我与她之间，却是有些轻浅了。”

本神君也是后来才从师父口中晓得他同灼华之间尘封了十三万年的一桩事。

四海八荒，仓灵诸生，皆晓得大梵音殿有一位佛祖，唤作因邈。可是因邈只是他的法号，鲜有人晓得他本名是什么。我也是那一晚才知道，我的师父，他本名——遥夜。

彼时，我听到这个名字，第一反应便想起来一句诗——“情人怨遥夜，竟夕起相思。”

可少年殷殷，无奈夜遥，本名“遥夜”的师父，到底跟同他相貌一模一样的少殷是什么关系？

念着当初千颜和简容那一场，我颤巍巍开口问师父：“师父……你就是少殷吗？”

师父先是惊讶：“你连少殷也见过？”

我赶忙摇摇头：“我只是在灼华梦中见过罢了，可他长得同您……一模一样。”

师父却也摇摇头，无奈道："我同少殷并非一言两语可以说清楚。且最初时，为师甚是排斥自己与那少殷面容一样。只是命定纠缠，躲避不及罢了。"说到此处，师父恍然回神，严肃道："灼华她在哪儿？"

我眨眨眼："阳华山。"师父便广袖一扬，留下一句"在此等我"，便在金光闪闪之中隐身遁了。我知道他是去找灼华。

所谓命定纠缠，躲避不及，或许真的是少殷和遥夜这一种。

师父的母亲，是彼时居于丹穴之国，名动九州、身冠八荒的凤凰尊后。

这个尊后，我无意间翻阅记载丹穴山的典籍时曾看到过。彼时的丹穴还不是现今的百里山头，而是镇于神界的浩浩泱泱一个大国。凤凰尊后，便是那个将这一个神界大国带领至极盛巅峰的神仙。四海八荒的诸位神仙，除了当初正任天帝一职的年少的长诀，其他的见了尊后，都要行大礼的。

只是后来，丹穴一国被之后一代一代昏庸无能的凤凰小辈折腾得渐渐衰弱，到了我这一辈，便只剩下百里山头了。且我这一辈的凤凰里，除了无能的本神君担了个说大不大、说小不小的姻缘神君，其他的凤凰，多数退居后方，不是娶妻生子，便是相夫教子，过得都十分平淡且安稳。于是乎，虽然本神君住在丹穴山，觉得地广富饶，但是自己也晓得，如今的丹穴，自是不可同凤凰尊后在的时候相提并论的。

但是师父是我们凤凰一族的尊后的儿子，这一桩事，多少让我欣喜——我同师父原来这样亲近，兴许还是不远的亲戚。

师父说，他正值年少时候遇到了灼华。

那是凡界三月，桃花灼灼开得正好的时候，恰逢一场极盛重的桃花宴。这桃花宴的流程，大抵是——携美若桃花的女子同游，赏桃花树，作桃花诗，饮桃花酒。虽然桃花宴之后的事师父没有明说，但我也大抵猜得出来——饮完桃花酒，再同身边美若桃花的女子一室风流。

咯咯，本神君这个修梵行的神仙……本不该想到这里的。

师父说，凤凰尊后的三个儿子，他是最小的那一位，乖巧且懂事，从不会惹什么麻烦，因着他自己性子好，待旁人温润，身旁的人待他也温和，从小到大，他从没有挨过打。

彼时，还未有洪荒大劫，他的母后和两位哥哥都还在。说到此处，难免引人一阵心伤。

且再回到凡间那场桃花宴，那是师父他长到两万年岁第一次去凡间。

他没想到自己也会在凡间的桃花宴上遇一场桃花运。可是这个桃花运，有点儿不同寻常。因为那朵桃花在数千双目光之中，一眼便瞧见了他。彼时那姑娘桃花色长裙蹁跹若花瓣，当着数千赏花游客的面，不由分说地冲上来，狠狠扇了他一巴掌，他捂着脸颊还来不及反应，便又被那姑娘扑上来死死抱住，姑娘哭得声嘶力竭："两万年了，你这浑蛋去哪儿了？我以为你已经被那泼妇消化干净了！你为何不来找我！"

我冷一颤抖……这个作风，莫不是灼华吧？

彼时，师父果真扶额，面上无奈，声音却含着似有若无的温柔："这人便是灼华。"

我又一冷战，师父这微不可察的温柔十分可疑……他老人家年少时莫不是欠打，自灼华抽了她一顿便看上她了吧？

结果师父果真又道："从没有女孩子敢打我，也从没有女孩子会抱着我在我怀里哭。我只是晓得，那时候我脸颊生疼，望着怀里泪雨滂沱的姑娘，舍不得推开。"

枯等两万年的心上人再次来到身边，这种场景，此生难忘。灼华终于褪下蛮横的外表，脸颊轻柔地贴在他怀里，纵然泪如雨下，但声音却是温婉起来："少殷，原来你还活着……原来我还能见到你。我等你很久了……"

我突然想到当年亦是桃花纷繁的阳春三月，比桃花更美艳的灼华冲破珣玉湖青蓝的湖水，抱住少殷的腰，那时候，湖水清爽地从她明丽的脸颊上流淌下来，她亦是说了这句话——"我等你很久了！"

遥夜惶惶，自然是反应过来她认错人了，开始推拒道："姑娘……我……我不是你口中的少殷。"

灼华大抵愣怔半刻，缓缓抬头，笑得天真无邪："你不是少殷那是谁？莫要跟我开这种玩笑。"

遥夜被她这么一望，惶然愣住——少殷这个名字，被她这么一唤，若沉睡几万年的往事惊蛰，他突然觉得这个姑娘很熟悉，少殷这个名字也很熟悉了。

但是他知道自己是谁，于是又同灼华客气道："在下遥夜。'情人怨遥夜'的遥夜。"

灼华望着他，过了良久，凄凉一笑："我并不觉得你叫遥夜。"

他皱眉暗暗思忖：你为什么不觉得我叫遥夜？我叫不叫遥夜自己难道不知道吗？

他并不认识灼华，更不认识少殷，他只是奇怪灼华那句话。

但是遥夜澄清自己不是少殷这件事，对于灼华而讲，是她心心念念两万年的心上人或许已经有了旁人，所以不想认她了。

是以，她望着他，笑得凄凉。

"你可知我是谁？"她为了证实自己的猜想，又问。

"在下不知道。"

……他说不知道。她默念道：灼华啊，他果然不想认你了。

那时候的灼华，大抵是同本神君当初在凡间第一次见到简容时一样，第一眼便认准了他是曾经相识的那个人。所以遥夜说并不知道她是谁的时候，她仍然下意识地想：自己的少殷，变心了，他不肯认自己了。

灼华退后一步，平视他，苦笑道："你何苦编这样一个幌子来骗我，不要我就是不要我了吧，作何说不认识我。我自幼喜欢你七万年，你历劫之后我又苦等两万年。九万年的情意，你果真一点儿也记不得？"

遥夜此时已然不知灼华所云了。什么七万年，什么九万年。他如今将将活了两万岁，哪里会晓得九万年前的事！等等……九万年？他定睛一瞧，这个姑娘，竟也不是凡人。

他斟酌再三，开口安慰道："姑娘，你果真认错人了……但，你我同为仙人，容在下冒昧问一句，姑娘叫什么名字？"

她立在嫣红的桃花之中，面容戚戚道："还是你给我取的名字……你竟然忘了。灼华。"

他大惊失色！灼华？！阳华宫宫主灼华？！

遥夜脸上登时露出杀机，右手隐隐捏诀，佩剑虚形显现：“原来你就是那大胆妄为的桃花小妖灼华！”

灼华蓦然抬头，凡人自是看不出面前这个公子手中握剑，可是她看得出！

“你要杀我？”灼华怒目圆睁，大惊道。

遥夜虽然是个待人温和的神仙，但并不代表他是个不会杀人的神仙。或许是大道无形，越是他这种表面温润、风度翩翩、看上去人畜无害的神仙，一旦动怒，才会给敌人一个措手不及。

是时，他当即执剑架上灼华脖颈，盯着灼华，目光冷彻，凛然道：“本殿下早就想替我母后解决掉你了，如今这个机会倒是正好。”

我并不知那时候的灼华心里会难受成什么样子。她心中最爱的少殷，不止不想认她，还要把她杀了。我甚至想，这种情形，若是落到我和天尊大人身上，他要置我于死地，我一定痛不欲生，此世的缘分，怕也到此结束了。

但是痛不欲生又能怎么样，他还是要杀你。

灼华倦倦低头，脖颈上当即被遥夜的剑划出一道血痕，遥夜微微一颤，不可察觉地将剑往外移了半寸，可是依然没有把剑收回来。这一次，他果然破例了。

“你母后是谁……我哪里得罪她了。”灼华终于忍不住，抬头轻声笑问，面上全是疲惫。

“我的母后便是你屡屡冒犯的丹穴之国凤凰尊后！”

灼华听到他这么说，已经是震惊得说不出话了，她似是被剥筋抽骨般，一瞬瘫坐地上，遥夜猛然收剑回来，要不然那剑便要贴着她肩膀砍下去了。灼华掩面，过了良久才撑起身子，面无表情地走到遥夜身边，伸手就又甩上一巴掌。

按着以往的套路，我们揍了一个人之后应该说一下揍他的原因。譬如：“这一巴掌是为了……”“这一巴掌是为了……”，等等。

可是灼华不会，她紧接着又甩了他两巴掌。

我也十分佩服那时候的师父，接连被一个女人扇了三巴掌，居然仍是纹丝不动，丝毫不躲闪。哦不对，加上将将遇见时那一巴掌，应该是四巴掌了。

打完人的灼华，再不停留。眼神凌厉若刀，剐了他一眼，不顾此时是在凡间的桃花宴上，直接扬起裙摆，奔上云头。此时，赏桃花的那些个凡人，已经望着那飞上天的着了桃花衣衫的背影，边喊着“仙女”边呼啦啦下跪了。

我的师父！他此时才反应过来自己被一个姑娘揍了！他恨恨收了剑，觉得这本来是一场极具风情的凡间桃花宴，自己却落得一个如此窝囊的下场，不但没给他娘亲报了仇，还被那个桃花小妖给掌掴了。他灌了几坛桃花酒，才郁郁回到了丹穴之国。

却说，他的娘亲，丹穴之国的凤凰尊后，确确实实被灼华那个女妖给折腾了两万年了。

当他不过是凤凰尊后三个月大的胎儿的时候，丹穴之国的凤凰尊后，已然同那个灼华小妖结下了很深的梁子。那个灼华，也是十分有毅力，两万年了，每隔几月便要来找凤凰尊后打一架，可是奈何她仙力太弱，又屡教不改，每每都被尊后轻松打伤，还没痊愈，便会再来丹穴山找麻烦，几乎可以用“乐此不疲”来形容。

但是遥夜也很奇怪，每次那位妖女来丹穴山骚扰他母后的时候，侍卫总是拦着他不让他出门。如今他终于见到了那个灼华，便时刻想着替他母后报仇雪恨。

是以，他在丹穴之国待了几天后，打算去阳华宫找灼华，这一次，他一定不会手软，替他母后解除忧患。

他直接奔了阳华宫去，可是宫娥却告诉他，她们家宫主去东面的桃林了。

那时候，阳华宫东面，三百里桃林其叶维维，其花夭夭。他兜兜转转在林子里逛了许久也没有碰到灼华。倒是一路沾了不少桃花香。凡间桃花宴上的桃花香是沾不到他身上的，而这里的桃花俨然是凡间不可比拟的，此处三百里桃花香都沾染了些许仙气。凤凰尊后最讨厌的就是桃花了，整个丹穴之国，百花丛生，唯独不见有种桃花的。他若是带着这一身略带仙气的桃花香回到丹穴之国，保不齐尊后会责罚他。

所幸，他看到了一个桃林之中有一方大湖，那湖里青玉层叠，湖面水波潋滟，湖水比玉石更显青蓝。他一个翩翩公子，青天白日宽衣解带似是不妥，于是他化成仙鹤元身，将衣服投入湖中，一起跳了进去。可他的毛羽将将沾上湖水，自湖底轰然炸开的硕大水花呼呼而上，一个貌美无双的姑娘踩着水花飞出来，墨发透湿，脸颊流水。他惊了一惊，身上忘记使仙力，便要掉入湖中。那姑娘下意识抱起他的仙鹤元身腾出水中。

这个场景竟熟悉万分，在遥夜脑海轰然炸开。

模糊之中，有个艳若桃花的少女，呆呆蹲在湖底，隔着青蓝的湖水喊了一个人的名字。他恍惚之中还未听清，脑海之中的少女便冲出水面抱住他的腰，声音甜嫩带了明媚的欣喜——

"我等你很久了！"

再次听到这句话，遥夜只觉一个心悸涌上来，激得他四肢百骸都在发颤，他大惊，猛然挣脱那姑娘的怀抱，飞到湖中上方，盘旋一圈之后，施术将湖里的衣裳拎出来，穿在身上化成公子模样，踩在蔚蔚祥云之上。

立定之时，他终于瞧清楚——自湖底踩着水花冲出来的，不是旁人，正是灼华。

灼华也瞧清楚了他，面容比他还要惊讶。她御着仙力，赤脚踩在湖面上，仰头打量着云头上的同少殷一模一样的遥夜，怔怔开口道："你……你元身是仙鹤？"

被一个姑娘瞧见元身，于遥夜看来，这是一件十分羞耻且尴尬的事情——就像在一个姑娘面前没有穿衣服一样羞耻尴尬。

犹记得我还是一只小凤凰的时候，连毛羽都没有几根，没有毛羽的元身不也是被师兄们捧在手心里，不一样吃喝拉撒睡，日日好自在。若是有遥夜这种思想，保不齐已经羞愧个千百次，最后郁郁而终了。

但是遥夜他不这么想啊，他的脸登时绯红一片，火辣辣的感觉一路烧至耳根。

湖水之上的灼华形容一瞬憔悴，她喃喃道："果真不是他……他不是鸟，他是一只锦鲤……"

之前已经说过，我的师父，其实早在凡间桃花宴上，被灼华揍了一顿之后，就已经对她暗生情愫了。但是，师父他老人家并不晓得如何去追姑娘。两万年来，一直接受丹穴之国规规矩矩的正统思想的师父，深晓得孝悌之道，而对于追姑娘，着实是个菜鸟。

他不知道如何同灼华见面套近乎，于是，他想到了一个办法——

彼时，我听到这个办法，已被雷得外焦里嫩，撒一把胡椒粉就可以吃了。

咯咯，师父想同灼华见面的方法是——

日日扛着剑，到阳华宫找灼华打架……

灼华性情爽快且耿直，初时，总能出来应战。此时的遥夜，俨然已经把替凤凰尊后报仇的事抛到了九霄云外，日日来阳华山见灼华，见得不亦乐乎。可他拿捏着力道，并未伤着灼华。这样的下场便是——他每每被灼华揍得鼻青脸肿。

遥夜却因祸得福，后来两人打架打得熟了，灼华偶尔也会给遥夜处理一下伤口之类。

日子再久一些，处理伤口到晚上了，灼华也会赏他一间诸如“听宿阁”之类的客房，收留他一晚。

本神君十分遗憾，前十二万年，只以为我的师父是一个神圣不可侵犯的佛祖，没有拿情爱这种俗事来请教他。要是早早得知他这种追心上人的方法，我何至于打十二万年的光棍儿，说不定早早就在同四海八荒某个俊俏公子的打架之中，得了他厢房一处地方留宿了……

我也是那时候才知道，灼华原来在很久以前就喜欢提着酒去找人喝。那一晚她便提着一坛桃花酿去找留宿阳华宫的遥夜喝酒了。

我并不清楚灼华一边喝酒一边望着一个跟少殷长相一样的神仙，是怎样的心情。但是，喝完酒的二人却发生了一桩却更热烈的事，那便是——

二人同床共枕，共赴了巫山云雨。

我知道灼华的酒品不大好，喝醉了常常不省人事，还要她身旁的宫娥搀着回去。但是，男欢女爱这种事，向来是一个巴掌拍不响的——由此可见，我的师父，年少时也非清淡寡欲、不近女色之辈。通常的男女，做完这种事，多数也就郎情妾意、你侬我侬进而山盟海誓、谈婚论嫁了。

可是遥夜却因为这件事大怒，自此很长时间再未去阳华宫。

原来，欢爱过后的那个清晨，灼华蒙眬之中，伸出玉臂环上他的腰，脸上全是喜悦道——

“少殷，我终于把自己交给你了。”

遥夜连身子带着心肝都重重一颤。

他终于追到手的姑娘，终于同他欢爱一夜的姑娘，原来只拿他当作另外一个人。

也好，也好。

他推开还迷迷糊糊的灼华，穿上衣服，回了丹穴之国，没有同灼华告别。

可遥夜不见灼华，表面上薄情是一回事；他自己窝在丹穴之国、夜夜大醉是另一回事。他以为，自己好不容易喜欢的一个姑娘，却拿他当另一个人，这对一个风华正茂、意气风发的少年郎，且是繁盛的丹穴之国三殿下的少年郎来说，是莫大的耻辱和打击。

灼华看不到他这副悲伤欲绝、日日倾颓的样子，那日她醒来之后，枕边人走，徒留清凉。她自然想起来，昨晚同之一夜云雨的人是遥夜。可她却不记得自己迷迷糊糊之中，提到了少殷，说了那样一句话。

阳华宫自此，少了日日来找她打架的一个人，重归清冷了。她喝酒喝得更凶了，好像只有喝醉了才不会想到那个同少殷一模一样的遥夜。可醉酒之后，凡间桃花宴上，那个穿行在灼灼桃花之中、风度翩翩的赏花公子，夜夜入她的梦。她始晓得自己喜欢上了遥夜，她心里清明，当晚她醉酒，确确实实想将自己托付给另一个人。

少殷死了两万年了。她日日思念，终年断肠。纵然晓得自己打不过丹穴之国那个凤凰尊后，但仍然月月去那里为少殷报仇，至死方休。

如今，她重新喜欢上了一个跟少殷长相一样的公子，她不算对不起少殷吧……少殷不会怪她吧……

重新审视了自己的情意所在的灼华，当即收拾妆容，去丹穴之国找遥夜。

遥夜自然是不会见她。

可是灼华并未走，她这个姑娘，骨子里依然倔强。那一天，本来日光明媚的丹穴之国，却在黄昏时滚滚黑云聚集过来，不多时——暴雨倾盆。

她站在丹穴山山顶上等遥夜，豆大的雨点悉数砸在她身上。山脚下是繁盛千里的丹穴之国，被凤凰尊后打了两万年的灼华，身子已然不如当初那样好了。她实在有些受不住，蜷缩在丹穴山山顶的九里香花树苗下，瑟瑟发抖，雨水混着泥渣、树叶溅了她一脸。

这个场景——竟与当年她在桃林里等在少殷的门前时如出一辙。

有时候，我们不可不信因果轮回这种事，冥冥之中某个场景，总能让你倍感熟悉，觉得一定在哪里遇到过。

那时候的少殷啊，在她最无助的时候，打开门一把将她拉进屋里，兜头给她罩上一床被子。那种温暖，她此生不忘。

可对于神仙来说，没有转世，更无轮回。

少殷死了，她清清楚楚晓得，自己在大雨中等待的那一位神仙是遥夜。如今的遥夜，会不会也出现，不由分说地将她拉进怀里，给她最坚定的温暖呢。

可是，她最终没有把遥夜等来，也没有等来一个温暖的怀抱，没有等来一场坚定不移的情意。凤凰尊后派了丹穴之国的仙娥来山顶给她送了把纸伞，顺便让仙娥告诉她——

“你一个桃花小妖，纵然得了便宜坐上阳华宫宫主之位，可你依然是妖，如何也配不上我们丹穴之国三殿下的，他可是四海八荒备受尊崇的凤凰尊后的儿子。”

灼华自厚重雨幕中缓缓抬眸，仙娥放下伞，已经远去了。

当初她苦苦修炼七万年才化成一个小妖，她知道自己喜欢少殷便去大胆的喜欢和追求了，她从未考虑过配不上这件事。如今借着丹穴之国这个小仙娥的提醒，她九万岁以来，头一次考虑“配不上”这件事。

配不上……竟然是配不上……但确确实实是配不上。

她生来就是一棵卑微的小桃树，她哪里比得上丹穴之国凤凰尊后的小儿子出身尊贵。她并未拿起身旁的伞，她甚至不想再同整个丹穴之国的神仙有任何纠缠。

可是她不知道，自己走后，丹穴之国寝殿里，喝得烂醉如泥的遥夜偶然听到几个小仙娥谈论等在山顶的那个桃花小妖，已经震惊不已。他冲出殿外，衣衫将将沾上雨水，却被轰然出现的一众守卫给拦了回来。凉雨扑面，他瞬间清醒。

对待身旁的人向来温润和蔼的遥夜殿下，脊背挺直，对一众侍卫大怒道："你们什么时候有了胆量来阻拦主人了！"

他并未待侍卫回答，作势又要冲出去，不料那一众侍卫身后霍霍又出现几百侍卫。整个寝殿门口都被他们堵得严严实实。他拔出佩剑，生平第一次想对丹穴之国的人动手。

可凤凰尊后在炫目金光中出现了，面庞正对遥夜手中的剑尖。尊后果然是尊后，永远镇静端庄，永远晓得遥夜的软肋，她望着自己的小儿子，不疾不徐道："你这是打算为了一个小妖，要杀了这些侍奉你两万年的仙人？"

只这一句，将遥夜的心打入不仁不义的万丈深渊。

"母后能不能放我出去……"遥夜握着剑柄的手颤了颤，语气也缓和了几分，带了所有人都能听出来的略显卑微的乞求。

凤凰尊后抬了抬眸，依然徐徐道："生你养你的母后，在你心中的分量，原来比不得一个桃花小妖。"

而这一句，又将遥夜的心打入了不忠不孝的叛逆境地。

打蛇打七寸。凤凰尊后虽然仅仅说了两句话，但这两句话便把遥夜原本拼死也要奔出去找灼华的激情给浇灭了七分。留下一众侍卫继续守着遥夜的寝殿，尊后自己便于金光之中离去了。

本神君实在是没有料到，守着寝殿的这一众侍卫里，就有一个后来同师父情意深重、同我也情意深重的——

后来的东荒战神，阮饮风——我亲爱的大师兄。

却如灼华所讲，大师兄他当年还是个意气风发的毛头小子，同师父差不多年纪。

大师兄觉得遥夜殿下他太可怜，连喜欢一个姑娘还要被他娘亲派人来拦着，这些侍卫真是一群唯命是从的狗腿子，罔顾遥夜殿下平日里对他们这样照拂了，这些侍卫太不是东西了——虽然他自己也是那些拦着遥夜殿下的侍卫中的一个。

但是，大师兄他这个神仙，性子打小就耿直，知恩图报讲义气。他便提着两坛酒去靠近遥夜，要自告奋勇去给遥夜殿下送书信、口谕之类。

遥夜起初是不信的。大师兄盔甲一撩，“扑通”跪下，行了三拜九叩的大礼，豪气冲天道：“我拜殿下为师吧！这样若是我阮饮风有一日敢背叛师父、离师父而去，那我分分钟被乱箭穿心而死！”

遥夜被这通万箭穿心的毒誓给激了一个哆嗦，却是相信了这个看起来虽然少根筋但却是挺讲义气的少年。当即写了一封书信托大师兄给阳华宫的灼华宫主送去。

大师兄颠颠儿接过书信，混出丹穴之国，马不停蹄奔向阳华宫。

灼华接到这封书信，自然是有些激动和欣喜的。可她却也想起来，那日瓢泼大雨，丹穴山顶，花树之下，丹穴之国的仙娥对她讲的话——

“你一个桃花小妖，纵然得了便宜坐上阳华宫宫主之位，可你依然是妖，如何也配不上我们丹穴之国三殿下的，他可是四海八荒备受尊崇的凤凰尊后的儿子。”

便是“配不上”这句话，让灼华拆开信的手有些犹豫。

我大师兄确确实实是个一根筋的急性子，他见灼华这么犹豫，居然甩开膀子大骂道：“你这姑娘怎么能这么婆婆妈妈！我家殿下，哦不，我师父他给你写个信容易嘛！你这样犹豫不决，难不成是变心了啊！亏得我师父喜欢你，你……”

大师兄这句话没有说完，灼华已经一巴掌扇了上去：“你说谁婆婆妈妈！在我阳华宫撒野，小命还想不想要！”

我隐隐记得灼华曾经讨厌听宿阁的京童子婆婆妈妈，薅起他便栽到了小桃花的花盆里……她从不婆婆妈妈，反而讨厌别人婆婆妈妈，更讨厌旁人说自己婆婆妈妈……

嗯，本神君以为，大师兄这个耳光，挨得活该。

可灼华偏偏是师父看中的姑娘，他也向来不屑于同女人动手，于是这一巴掌，他生生受了，眼珠子瞪得极大，却愣是说不出什么来。

但是误会却由此结下了。灼华写了封回信交给他，他回去递给遥夜的时候，发现遥夜眉头紧锁。他问师父信上写了什么，师父却不回答。

是以，他自作主张以为，灼华不喜欢师父，但师父却对那灼华情根深种了。是以，当初我见到灼华后，他曾跑去三十五天，当着天尊大人的面，专门告诫我，不要把灼华出现这件事同师父讲，师父他老人家曾被灼华伤透了心。

大师兄并不知道，当初那封书信里，灼华其实只跟遥夜说了一个问题——

“若凤凰尊后愿接纳灼华，灼华当不计前嫌，与君偕老。”

可这个问题，却又是最难的一个问题。是以，遥夜当时眉头紧皱，什么也说不出来。到底是尊后的亲生儿子，凤凰尊后的性格，他比谁都了解。人不犯我我不犯人，人若犯我，我使尽手段，让其不得好死、不敢犯我。想当初凤凰尊后虽为一介女子，却有本事将丹穴之国壮大到九州都尊崇的地步，不可不说她是有勇有谋、有魄力、有手段的一个女神仙。

本神君这种无爹无娘、身世凄惨的小凤凰，当初没有饿死，如今得以长成现在模样，凭着几分幸运能担个姻缘神君的差事，住个曾经丹穴之国的山头，已是觉得此生无憾了，哪里有这样大的抱负。

可遥夜同灼华书信传情这件事，最终还是没能瞒得过凤凰尊后的眼睛。

那一日，一向重义气的大师兄揣着灼华写给遥夜的信从阳华宫回来，恰好碰到了乘着步辇相向而来的凤凰尊后。大师兄自然是戒备万分，俯身遥遥致意之后便要告辞。凤凰尊后高高在上一笑，便准了，只是略微抬手指了指大师兄的衣袖：“阮侍卫，你的衣袖上沾了一瓣儿桃花。”

大师兄顿时惶恐不已，要知道凤凰尊后最讨厌桃花了。不料那一日十分邪乎，平常见到桃花便要皱眉发怒的凤凰尊后突然下了步辇，走上前来，亲手替他把那瓣儿桃花拈掉。在大师兄若五雷轰顶的震惊之中，凤凰尊后端庄一笑，便乘上步撵从他身旁离去了。

凭着大师兄当时也不过两万多年的道行，他自然不晓得，凤凰尊后仅仅是替他拈掉那瓣儿桃花的时候，他袖袋里灼华亲笔所写的书信，已然被凤凰尊后掉了包，且替换过后的书信，笔迹都同灼华的一模一样。这样的本事，着实厉害。

是以，遥夜看到“灼华”的信的时候，执信笺的手指颤抖不已。

大师兄瞧出来情况不对，惊慌地问他怎么了。遥夜不搭话，大师兄便往前凑了凑，却瞧见上面几行字——

"……

之子于归，宜其室家；

少年殷殷，无奈夜遥。

少殷乃吾心所向，至死不渝；纵然遥夜殿下与少殷容貌毫无二致，却终究不是少殷。灼华此生同殿下不复相见，方对得起少殷为灼华历劫而仙逝之重重恩情。

……"

遥夜反应过来，当即怒火中烧，挥手打翻了身旁所有东西，将将点上的烛灯也被打翻，明火点上他衣袖，若不是大师兄在他身旁，遥夜殿下怕是要把整个寝殿甚至整个丹穴之国都要拆了。

那一晚，出不去的遥夜，再一次在自己的寝殿里，喝得酩酊大醉。我其实从未见过师父醉酒的模样，我初见师父的时候，他便就是一个佛祖了，且是一个不染纤尘、清远高雅的佛祖，烂醉如泥这种事，同师父整个仙风都是不登对的。

烂醉如泥的遥夜，满脑子里只有"灼华"写的那句"少年殷殷，无奈夜遥"的话。这句话，伤他至深。他想起那晚赤身相对、满室春风时，她醒来，蒙眬之中说的也是"少殷，我终于把自己交给你了"。

原来她还想着少殷。

原来她愿为其至死不渝的仍然是少殷。

原来，仅仅是因为他与少殷长得像，所以灼华才愿意多看他一眼。

可自己确确实实是遥夜啊，同少殷没有丝毫关系的遥夜啊。

他猛地摔碎酒坛，碎裂的瓷片溅起来擦了他的脸颊而过，在他俊美的脸上划开一道细细长长的口子，幽幽渗出血来。

而此时，凤凰尊后已经在谋划如何在神不知鬼不觉之中，除掉灼华了。

尊后着实是个擅长用计的神仙。我尊敬她，却并不喜欢她。得失往复，福祸相依。这个道理，尊后她向来不信。所以她才会想出这样一个丧尽天良的计策，将灼华逼上死路。

她请了当时任姻缘神君的那个老头去阳华宫告诉灼华，遥夜殿下打算同她成亲，姻缘老头还奉命呈上身后绣着金色凤凰的大红嫁衣，装模作样道："凤凰尊后既往不咎，允许遥夜同你成亲了，明日便是好时候，你先准备着，明天一大早，遥夜殿下亲自来迎娶你。"

灼华愣神儿接过："你说……凤凰尊后她答应了？"

姻缘老头儿拂了拂衣袖，他想着凤凰尊后反正也要施术来看他在阳华宫的表现怎么样，索性顺着灼华的话茬儿狠狠赞扬了尊后一把，期望着尊后能听到："尊后执掌繁盛的丹穴之国，名冠九州，几乎与天帝大人同列，四海八荒的神仙提到尊后几乎没有一个不敬重钦佩的，你以为尊后会与你这小辈计较不成？还不赶快谢过尊后的恩情。"

灼华捧着嫁衣，喃喃道："若她果真如此……我以后会谢她的。"

灼华一个晚上未合眼，穿着那身嫁衣给阳华宫的宫娥——也是她的弟子们看。每个宫娥都给了她自己所能想到的最好的赞美。灼华是从心底里高兴的。这种祈盼，从她还是一棵桃花树以来，一直都在，足足九万年了。

第二日黎明将至，阳华宫的桃花都开得极盛，枝头一簇一簇仿如染上了朝霞一样赤红。

少女初嫁，对镜花黄。灼华也是把自己打扮得十分美，她想纵然自己的身世配不上遥夜，但是模样至少要好看，同遥夜登对一些。

可是她没有等来遥夜。

凤凰尊后出现在蔚蔚云头之上，上空的百余只火凤，皆吐着赤火，盘旋以待。灼华她提着裙子跑出来，看到这幅场景，有一瞬间竟然想的是——这莫非是他们丹穴之国迎娶新嫁娘的习俗？

居高临下打量着灼华的凤凰尊后依然典雅端庄，面上看不出丝毫不快，可是说出的话却是一字一句透着狠绝："当初，本尊后并非没有提醒过你，你配不上遥夜，应当识趣离他远一些。本尊后最讨厌不听话的晚辈，你本就是一棵树苗，还是早早化成灰滋养泥土为好。”

我不知道尊后为何会想出来这样一个损招。她直截了当冲到阳华宫，直接将灼华杀死，比起这样托姻缘神君来送嫁衣，告知灼华明日成亲来或许好很多。

后来我终于明白，大喜之后的大悲，从天庭到地府的落差，希望之后轰然袭来的绝望——最能毁灭一个人，且是将那人的心毁灭。

灼华终于明白，自己被骗了，可她依然冷声一笑，未理会眸中沁出来的眼泪，抬头问道：“是你想让我化成灰，还是遥夜想？”

“若他真的中意你，身为他母后的我，还能亲手毁了自己儿子的心上人不成？”尊后笑道。

灼华闭眼：遥夜……原来是你的主意……

可尊后并未给她时间认认真真考虑事情的原委，她只是立在云头，玉指微微一抬，上空的百余只火凤便一瞬间朝灼华俯冲过来，赤火吞吐翻滚而出，迅速烧过灼华身上的嫁衣。

她本身木植，最是怕火啊！

阳华宫的宫娥迅速扑上来，替她挡住赤火。可这些宫娥，本身也都是小桃花，同样也是最怕火的。她们却依然义无反顾，一层一层围将过来，一路护送着灼华逃往阳华宫东面桃林之中的琱玉湖。

阳华宫七千弟子，便是在这时候，被丹穴之国百余只火凤吐出的赤火，给烧枯了。

我犹记得被灼华抓到阳华宫的时候，她说她恨那个姻缘老头，她说那个老头儿欠了她七千弟子的性命。如今想来，她确实该恨呐。若不是姻缘老头身在姻缘神君之位，却替凤凰尊后做走狗残害生灵，她至少会对凤凰尊后突然到来有所防备，而不至于连累她七千弟子，葬身赤火。

火凤骁勇，一直是作为我们凤凰界的战神而存在的。兴许是曾经做过这样的缺德事，于是，现在只能从史书的记载上，看到他们的身形和本领了。但是我却记得，他们口中吐出来的赤火，对生灵来说，灼肺腑五脏而不灼皮肤。被这赤火烧过之后，树木表面上看着没什么不同，树皮里面却已经被烧枯了。纵然有七千弟子舍身护佑，灼华跳进琱玉湖里的时候，身子里面也已经被烧枯了七分。

她落入琱玉湖，化成了桃木原形。烧枯的树干里灌进湖水，带着她缓缓下沉。那时候，她隔着青蓝色的湖水，隐隐看到上方有位公子路过，却是没有往下看她一眼。

那个公子，有一瞬间她以为是少殷；可她终于沉入湖底，溅起的水珠缓缓悠悠往上浮，聚在她上方，将她严严实实遮住。那时候，她什么也看不见了，脑海里却突然觉得那个公子，应该是遥夜吧。

自此，四海八荒再无一个名字叫作灼华的桃花妖。

遥夜确实赶到阳华山了。可那时候整个阳华山的桃花已经被火凤吐出的赤火烧枯了内芯。不只阳华宫，三百里桃林上方腾腾灼灼、翻滚若云涌的全都是火。他的灼华，在漫天火光之中，再也寻不到一丝踪影。他甚至钻进琱玉湖，可是湖底除了层层叠叠的琱玉和自底攒聚而起的水珠，什么也没有。

那时，他不知道，密密麻麻的水珠下面，就是他的灼华。

他翻身腾上赤火之中，亲手将那百余只火凤一一斩杀，剑起头落，毫不留情。可其实遥夜本身是一只仙鹤，鹤栖水而居，他也是怕火的。当他杀完所有的火凤，转头时，被赤火烧红的眼睛带着嗜血的光，望着依旧高高在上、立于云端的凤凰尊后，尊后确确实实被他的眼神激得往后倒退了一步。

遥夜执剑而近，逼视着尊后，直截了当道："两万年前，你来这三百里桃林中赏桃花，见到琱玉湖里的一只五彩鳞身、标致貌美的锦鲤，便指使仙娥取出来烹着吃了，这条锦鲤便是灼华口中的少殷，对不对！"

火云滚滚，翻涌不息。

凤凰尊后猛地抬头，忽然抬起手掌，作势就要掌掴遥夜："逆子！你是听谁胡说八道的！"

遥夜伸手挡住那就要落在他脸上的巴掌，生平第一次违逆他高高在上的母后，依旧赤红着一双眸子悲愤道："当年，母后你去桃林赏桃花时，已经有三月身孕了吧。三个月的胎儿，魂魄正是将形未形之时。那时候的少殷因为替灼华受了三十道荒火之劫，显出锦鲤元身且无法幻化仙形。你烹食了那条锦鲤，少殷的魂魄无处安放，便潜入那还没有魂魄的胎儿身上了，对不对？而我，便是那个有着少殷的魂魄的孩子，对不对？孩儿也实在不能相信，身为丹穴之国凤凰尊后的您，竟看不出那条锦鲤原本是个神仙！孩儿不用旁人告诉，你难道不承想，少殷的魂魄寄存在我身上，终有一日，我会自己想起来当年那一桩一桩吗？”

这件事，在凤凰尊后的心里，牢牢封了两万年。如今却被遥夜一一说出来，她这两万年为了守住这一桩事所做的所有努力，毁于一旦。火浪滚滚之中，凤凰尊后微微一笑，再无那镇定自若的端庄遮挡，她这一笑，显得多少有些凄凉：“你说得不错，你的魂魄确实是那只唤作少殷的锦鲤的，是以，你才会同他长得一模一样。锦鲤喜水，是以你生下来虽然也随了母后，是一只仙鸟，但是却不像你哥哥他们一样是凤凰，而是一只同样喜水的仙鹤。当年，本尊后见到那只锦鲤，确确实实觉得它绝非寻常锦鲤，取它来烹食，本就是下人的主意，他们自作主张想替我补身子，只是我并未阻止罢了。这两万年，我每每被那个桃花小妖弄得焦灼，不是因为旁的，而是因为，若是她将本尊后食了一条本为神仙的锦鲤告知天帝或者是四海八荒诸位神仙，你以为，你还能安然地坐在丹穴之国三殿下的位子上不成？！”

“你不是为了我，你是为了你这凤凰尊后的位子吧！若是诸仙知道他们一直尊崇的凤凰尊后，当年曾食了一位神仙的元身，你怕是无法在这九州立足了！”

凤凰尊后瞪大了眼睛，趁遥夜不备，还是朝他那被酒坛碎片化了一道血痕的脸颊落下狠狠一巴掌：“若是你的母后没有这样的地位，你何来丹穴之国三殿下的尊贵？！”

遥夜失望摇头，却仍然敬凤凰尊后生他养他两万年，并未还手，他纵身跃下熊熊火浪之中的时候，留下一句话——

“我唤你一声母后，但是你亲手杀死了我的心上人。”

……

或许是凤凰尊后被遥夜气得不轻，打那之后鲜少处理丹穴之国政事，更鲜少有神仙见到她。少了凤凰尊后做顶梁柱的丹穴之国日渐衰落，自尊后仙逝之后，她的两个儿子一遥夜的两个哥哥混吃等死，不久也在一场大劫之中仙逝了，丹穴自此更是一日不如一日，到了本神君这一个无名小凤凰一辈，丹穴山只剩下百里的山头了，只是花依然开得很好。

这一切，不可谓不是因果轮回，盛极必衰了吧。当年的繁华，果真若过眼云烟，十几万年之后，最多不过因着史书的记载，引来看书人一声轻叹罢了。

遥夜到处寻找灼华，最后却只寻到七千株被火凤喷出的赤火烧枯的桃花树。他其实自己也知道，这七千株桃花树里没有一株是灼华。因为，这些桃花没有一株如当年的灼华长得那般好。可他仍然把这些桃树带到一个山头，悉数栽种，施以法术，用血滋养它们。他有时候也会骗自己：万一灼华就在这七千株桃花树里呢……

那场大火之后，阳华山连同其东方的百里桃林皆不见了。其实是遥夜他散尽修为支起巨广结界将其隐藏了起来，不让外人进入这个地方，打扰这他同灼华生活过的地方罢了。那些不明所以的文仙，完全不晓得如何解释一座山和一片桃林从四海八荒骤然消失的原因，于是只能从当初那百余只火凤造成的大火的事件之中充分发挥想象力，写成了我看到的那个样子——

“四月大火，焚桃林百里，降阳华一山为平地。”

遥夜以那栽满桃花树的山头为依靠，建造了大梵音殿，他自己出家做了和尚。其实这确实是凡间那些梨园里的戏中常常会有的桥段，公子佳人约定终身，佳人红颜命薄，公子出家为僧。但是，放在我自己的师父身上，即使是过了十几万年前的事，我仍然觉得悲苦不已。

而时隔十几万年，灼华又出现，不是因为旁的，正是五万年前本神君的一枚心脏阴差阳错落在了桃林里的珚玉湖中。那紫玉在湖水之中浸泡五万年，散出来的仙力多少给了灼华以生机。但是她的五脏肺腑已被当年的赤火烧枯，又被湖水浸了十几万年，是以，就算紫玉给了她一些仙力，她浑身依然散发着烈香遮不住的枯苦味道。

血败身枯，她依然活不长久。她这一次出来，也不过是为当年的事报仇罢了。可是当年的仇人，死的死，亡的亡，除了本神君担着姻缘神君一职，还同那个姻缘老头有些关系以外，再者除了大师兄和师父，旁的神仙她都犯不着了。

以上这些事，都是后来我缠着师父给我讲的，其中不太好意思细问的，便是从六师兄酒窖里偷了酒孝敬大师兄后，从大师兄口中套出来的。

却说当日，我同师父坦白，自己已经见过灼华，师父他老人家便马不停蹄奔去阳华宫了。虽然他临走时让我在大梵音殿等他回来，可是我还是隐隐觉得不安，在床上躺了会儿，便起身打算趁着月华初上，赶去阳华宫瞧一瞧。

可我将将迈出大梵音殿，便一头撞上了迎面奔来的天尊大人。

隔了凉凉月光，他面庞消瘦更重，我恍惚望了他一眼，脑海里不受控制蹦出来一个词——形容枯槁。

我一个心惊——天尊大人拿走那最后一颗以仙寿为祭炼出的丹药……果然还是用了。

他却没容我仔细瞧清楚，便一把将我拉进怀里，开口时声音有些沙哑，也并不如之前那般清雅动听，“脚还疼不疼？”他问。

便是这句话，让我不由自主泪水盈眶。那日的场景历历在目，天尊大人生气的样子我也记得清楚。即便在刚才撞到他那一刻，我仍然有些担忧，他万一还在生气，他如果还是不愿意看到我，我该怎么办。可是他现在问我“脚还疼不疼”，他还记得我的脚被翡翠碎片割伤了，他自己现在消瘦成这副模样，却还一直关心我。

我环住他的腰，只觉得他霜白的袍子有些宽大……他瘦了这么多。这种滋味并不好受。

他感觉出来我的想法，沙哑着嗓子安慰我：“莫要担忧，过些日子便会长胖的。”

我点点头：“我知道……我可以准备海鲜火锅给你吃。”

他轻声一笑，仿佛卸下千斤重担一样，手掌抚在我脑后的头发上，十分轻松地同我道："孟泽的眼睛已经能看清了，只是眼力可能不若之前那么好，但只要养一阵子便同以前一样了。"

我猛地抬头看他，却不小心撞到他的下巴，他有些痛地倒吸了一口凉气，面上却依旧笑得轻松欢愉，还不忘同我开玩笑，委屈道："小玉，你撞疼为夫了。"

"……你方才说孟泽能看清了？"我仍然惊恐不已。

他捧住我的脸，同我四目相对，认认真真道："是，他已经能看清楚了。所以，你今后好好待在我身旁，再也不要去想别人了。"

我握上他的手，掌心之下，他手指瘦削、骨节略有突出，也并不是我印象中光滑的触感了，右心一瞬间被撕裂一块，只觉血流汩汩，都是心疼，忍不住哽咽出声："你是跑去玄魄宫找孟泽了对不对？你把最后一枚丹药也用在了他身上对不对？他好了……那你呢？"

他反握住我的手，似乎怕指骨握疼我，是以用力有些轻，漫漫月光倾洒而下，他脸庞枯瘦，眼睛却还是亮亮的十分好看，"我不是好好在你面前吗？"他仍然笑着，"我赶回三十五天，苏苒告诉我你被因邈接到大梵音殿来了。我便来找你了。所以，你还记不记得那晚我离开时让你记住的话？"

"孟泽的眼睛若是能恢复清明……我自然不会再记挂他……"我说。

他低头触上我的双唇，却不再是那晚那般用力撕咬、唇破血流，而是轻柔地一点一点啄上去，正是因为这动作太轻柔，我不由得打了个战，他轻声地用只有我和他能听到的声音道："对不起小玉，那晚我不该生气……可是我控制不住，我也怕你真的会去陪着他而丢下我……"

我始知道，天尊大人也会因为怕我离开他而担忧以至大动肝火。可他没有什么对不起我，他甚至对我太好，反而是我一直一直给他带来麻烦：不小心念了诀语将他带进崆峒幻域，不理解他在幻域之中对我一个多月避而不见，误会他不想让长宁活着而跟他发脾气……

"等过几天，我们便用那枚紫玉补全你的心脏。"他说。

我略一心悸，怕他晓得我把紫玉借给灼华后会生气，于是赶忙撒谎道：

“再过一阵子吧……”

“嗯？”

“我是说，再过一阵子，等你的仙力恢复一些……毕竟连失了那两颗丹药，你现今身子也不好……”其实我担忧天尊大人是真，但不愿意让他生气也是真。

他揉了揉我的头发，于皎皎月华之中冲我浅浅一笑道：“好。”

我也冲着他笑，心里想着应当赶紧同灼华把那紫玉要回来。是的，当时师父听到我已经见了灼华便赶去阳华宫，是以，那时候，我还并不晓得灼华同师父有过那样一段十几万年前的往事纠缠，那时我并不晓得师父对灼华用情至深，我心心念念的都还是灼华要将借走的那枚紫玉还给我，或者我从灼华手里拿回紫玉来，补全了自己的心脏，好长长久久地活下去，同天尊大人此生此世都在一起。

那一夜，我同天尊大人隔了几天后再一次同床而眠，竟然觉得便是这几天，孟泽失明、我见孟泽、天尊大人动怒、他去大梵音殿找我……过得仿若隔世、历经生死一般。我们枕下便是天帝亲笔所书的昭告九州我同天尊大人要成亲的诏旨。

我侧卧在他身旁，趁他睡着时，指尖同他的皮肤隔着微微的距离，缓缓从他眉心划至他唇下。彼时房外夜荷初长，空气疏凉之中，掺了幽幽荷花香。几绺月光从窗纱中晕染过来，轻柔地铺在他脸上。我的天尊大人，如今瘦了许多，可他依然这样好看。

我便又想起来，初见他那一次，孟泽的婚宴之上，霜衣墨发的他从百丈开外、顶着身后万千光华款款而来，彼时大梵音殿上空，彩鸟飞鹤倏然飞起，交颈而舞。他腰间水蓝色绸带上挂着那只通透莹润的紫玉笛，而他每迈一步，足下百花便生。风姿夺目，眉目炫然，高华非寻常神仙可比拟一二。他注定是天上受芸芸众生尊崇之辈。

大致到了后半夜，他仿佛难受起来，身子控制不住发颤，却是怕扰醒我，所以用力忍着，轻手轻脚下床，打算去外面，我其实并未睡着，从背后环住他的腰，脸颊顺势往他后背上蹭了蹭，他便没有控制住，浑身清晰地一抖。

“难受吗？哪里疼？我给你揉一揉。”我说。

他便又翻过身子抱住我，瘦削的指尖划过我的鼻梁，开口时声音还是有些沙哑低沉，却强自压着自己的异样，轻缓道：“我没事，略有些渴了，去喝杯水，小玉，你先睡着。”

他说完这句话时，我已经裹了外衫下床去给他倒水了。

次日清晨，本神君早早起来，由于没有海虾海蟹之类，于是打算煮一锅荷包蛋给天尊大人补一补。小凤凰木也早早候在锅旁，就等着蛋熟了之后好吃几个。趁着它不在睡莲妹妹身旁，我又赶紧舔了舔它的叶子，看它现在能不能说话了。小凤见我舔它的叶子，树枝一瞬间呆愣住，反应过来之后“唰”的一声羞得缩了回去。

我捏着铁勺，盯着它呆愣呆愣的小模样，脸色凝重道：“小凤，你怎么还不会说话？我在阳华宫认识一个小童子，它还不及你十分之一的身量大，但是它都能开口讲话了。”

小凤凰木侧着脑袋疑惑看我，整个树冠上所有碧莹莹的叶子上仿佛都写着四个字——“不明所以”。

我捏了捏它的小枝条道：“小凤，你是不是发育比较晚啊，所以现在还不能讲话？”

小凤或许根本无法理解“发育”这个词，伸出一只小枝条挠了挠脑袋上的叶子——这个动作，同我们用心思考时伸手挠头发的动作十分一样。本神君便是从它这个挠树叶的动作里晓得，它压根儿不晓得树苗如何说话。

荷包蛋好了，我先给它盛了两个。它端着碗，转身走的时候又颇不舍地扭着身子回头往锅里瞧了瞧，本神君无奈，对于这样一个吃货竟然狠不下心来，于是又捏着铁勺给他捞了两个放到碗里。它便欢欣鼓舞起来，捧着碗奓开枝条，呼啦啦像一阵风蹦跶出去了。

天尊大人早已在殿中等我了，他脸色看起来比昨晚好了许多，只是依然有些清瘦。

我端着荷包蛋，突然觉得只用荷包蛋来给他补身子有些不太好意思了。天尊大人看出我的想法，自己从我手中端过那碗，笑道：“我先吃着荷包蛋，待会儿你再陪我去北海吃一顿海鲜火锅。”

我赶忙抬头，回道：“好说好说。”

于是，晴光日暖，我跟天尊大人特意来到了沉钰的北海水宫吃火锅。

闻讯从水宫赶到北海海面迎接天尊大人的，除了沉钰那厮、六师兄外，居然还有多日不见的婧宸公主。

沉钰那厮见着他师父，登时毕恭毕敬，严肃得人模人样的，六师兄还是一如平常清雅淡定，而婧宸公主见到我，提着绛紫色长裙踏着水花跑过来，挽着我的胳膊，眼睛骨碌骨碌转了几遭，欢天喜地地压着声音道：“你来得正好啊良玉，我好久没去凡间吃东西了，要不然今天我们再去凡间找个酒楼？”

天尊大人不动声色地握住了我另一只手，我心领神会，赶忙拦住婧宸，对着她使了个眼色：天尊大人在身旁，本神君不好下凡啊……

可是婧宸公主不但没有理会我那个怯怯的眼神，居然还把那个眼神误解了，于是她古灵精怪地一笑，贴着我的耳朵道：“莫要担忧，凡间的小倌哥有的是，不差简容那一个。”

“……”

而天尊大人显然听到了这一切，直接攥紧我的手，不由分说地拉着我便往北海水宫里走。我戚戚然抬头望了他一眼——呃，天尊大人脸色不大好看啊……

我回头悲催地望婧宸一眼：你怎么可以当着天尊大人的面提小倌哥那一茬儿啊？

婧宸挥了挥衣袖，面上欣喜雀跃，连带着裙摆也欢愉地一摇一摇，虽未出声，但却以口型告诉我：“不急不急啊，改日我去清微宫找你，我们再一同去凡间找小倌哥吃酒啊！”她说完就轻轻一跃、踩过海面水波，翻身至祥云之上，奔了天上去。

我转身无奈扶额。还没反应过来，天尊大人已经拉着我走得更快了。

于是沉钰和六师兄被我跟天尊大人甩在了后面。我耳朵向来好使，于是沉钰那厮说的话随着蔚蓝色海水尽数落入本神君耳中。

“月月啊……我同那个刁蛮的公主没有一点儿关系啊，你得信我。”沉钰信誓旦旦道。

可六师兄并不领情，声音冷淡道：“沉钰水君跟婧宸公主有没有关系，同我司命星君有何干系？”

沉钰一下子慌了，略有些颤抖道：“月月……你别这样。师父和良玉那丫头在前面呢……”

哈哈哈，沉钰这厮怕是搞不定六师兄，竟然搬出天尊大人跟我来了，于是本神君回头嬉皮笑脸冲六师兄一笑，给六师兄加油打气。

沉钰阴狠狠瞪我一眼，若不是天尊大人在我身旁，那厮估计便要提刀上来砍我了。我握了握天尊大人的手，示意沉钰：你师父在我身旁呢，你不能冲动啊。

天尊低头悠悠看我一眼。

身后的六师兄又清淡道：“听说，沉钰水君还亲过婧宸公主？”

沉钰差点儿压不住声音，激动道：“哪个混账嫉妒月月你同我恩爱缱绻，编了这种谣言来挑拨的？！爷爷今晚便扛剑去砍死他！”

六师兄闭口不再言。

若是本神君没有记错……这桩事还是不久前我同六师兄讲的……但是本神君当时明明说的是婧宸强吻了沉钰那一回，沉钰也是被迫的啊……

沉钰那厮估计也想起来这一茬儿了，将将提起来的怒火一瞬熄下半分，可怜巴巴、坦白从宽道：“月月……当时是那个公主她喝醉了，强……强亲了我，你要信我，我其实也是受害者，也是无辜的。”

六师兄凉飕飕的话里掺了浓重的醋味儿：“原来自诩英俊骁勇的沉钰水君，竟然推不开一个姑娘。”

沉钰被这句话堵得一咯噔，什么话也说不出来了。

我六师兄真是好样的，这样捏得住沉钰，沉钰在她面前丝毫拿不出堂堂北海水君、纨绔不羁的流氓样子，嗯嗯，六师兄真是好样的。

我想到这里，却觉脑后一个大掌罩上，箍着我的脑袋按上天尊大人的脸颊，反应过来的时候，双唇已经被他重重咬了一口。

本神君大惊失色、面红耳赤！慌忙想推开他：六师兄和沉钰……嗯……他俩还在后头看着呢！

可天尊大人紧紧箍住我的脑袋，不理会我的慌张，唇齿依旧在我嘴角咬了一口，比方才还要重一些。

他低哑着声音，贴在我唇角也是裹了些醋味凉凉道："我就在你身旁，你竟然还敢关心别人家的事。"

后来我才晓得六师兄今日这醋为何会吃得如此坚定沉着且沉钰怎么哄都哄不好。原来，临近夏日，六师兄晓得沉钰那厮易上火，特地拎了两坛降火的药酒来北海找他。可是一进北海水宫，便看见婧宸公主悠然自得地在吃海虾，而沉钰那厮正在给公主剥虾壳……

我点点头，觉得六师兄这个别扭闹得对。想着应当同天尊大人说一说，防患于未然一下，于是边往火锅里头扔了几个海虾，边抬头道："天尊大人，若是你以后为旁的姑娘剥虾壳的话，小神可能也要跟你闹别扭的。"

天尊大人将刚刚剥好的虾蘸了姜汁抵到我嘴边，见我吞下去后才悠悠道："要是给你我二人将来生的姑娘剥虾壳得话，你还要闹别扭吗？"

我愣了愣，忽然明白他说的什么，一张脸登时烧得生疼。

沉钰那厮和六师兄也是被天尊大人这句话震住了，一时间不再吵，只是愣愣瞅着我们这边。

话说，本神君还从未想过将来给天尊大人生个娃崽子这件事。于是赶紧撇开话题同六师兄道："听说你带来了两坛酒，能不能尝一尝？"

六师兄便给我们每个人都倒了一杯，沉钰那厮乐颠颠儿接过，不过抿了一口，便哭丧着一张脸道——

"月月，这个酒怎的有点儿腥苦啊……"

明明一句平常的话却有说不尽的熟悉，是以这句话从我脑海里过了一遭，便如惊雷一般轰然炸开，我手中刚刚从六师兄那里接过的酒杯剧烈一晃，酒水尽数洒在了我身旁坐着的天尊大人身上。我慌乱之中下意识掏出绢帕想给他擦掉，可绢帕将将沾上他的衣裳，他便一把抓住了我的手腕，我怔怔抬头看他，脑海里的隐藏很深的场景若月影从深潭里浮出来一般缓缓跃上，有个面孔浮出来遮住了面前天尊大人的脸——

恍惚一霎，那个面孔同天尊大人一模一样！

大殿之上，宫灯灼灼，可那人明黄华服，同天尊大人穿得截然不同，那人旁边端端庄庄坐着一个穿着繁复华服的姑娘，轻摇仕女团扇，相貌竟与拂灵一样！

我不小心把茶水洒在了他身上，他使劲攥住我的手，大喝一声：“大胆！”

原本觥筹交错、祝酒恭维的嘈杂声霍然停止，大殿之下几十人的目光一瞬投在我身上，我慌乱地掏出绢帕想替他擦干净，不料耳边传来那“拂灵”惊呼：“哎呀！姐姐难道不知道陛下极爱干净吗？唉，你看陛下的袍子被你的茶水给染脏了，这可如何是好？”

我吓出一身冷汗，还来不及反应，手臂便被他一拉，直直从上首的座位上滚下来。

身旁一个小姑娘哭着扑过来：“夫人你没事吧？”

我摇摇头，脑袋撞得发蒙，连这个来扶我的小姑娘的模样都看不清楚，她的哭声让我心疼不已，我只能揉着额头，摇摇头安慰她：“莫哭，我没事……”

大殿之上紧接着传来他怒气腾腾的声音——

“朕特意款待各位重臣的宫宴被你给搅和了，来人，将她押入水牢！”

水牢？！

我轰然抬头，眼里满满当当都是那个明黄华服的人，是他说将我打入水牢？这句话，让我的泪水登时充满眼眶，却又被我硬生生忍住，憋了回去。

身边的小姑娘猛然跪下重重磕头，声音颤抖，边哭边替我求情：“皇上！您饶过夫人吧，她身子弱啊，怎么受得住水牢那种地方！皇上求您！求您啊！”

“哎呀，琉璃你别磕头磕出血，染脏了这贵重的地毯呢！”“拂灵”尖酸道。

我一把拉起身旁的小姑娘，一步一步迈出殿门，前面是带领我去水牢的侍卫。这段距离好长好长，我几乎以为自己会在那些重臣的注视之下，脚步一个虚浮便会倒下，可身旁的小姑娘却是边哭边撑住我。

我望着店门口明亮的琉璃宫灯，不自意笑了笑，突然觉得“琉璃”这个名字唤起来很顺口也很好听：“琉璃，莫要哭了，沈素会心疼你。”

……

“小玉！”天尊大人急切地唤我，本神君终于从方才那一场似梦非梦的场景里抽身出来。

我已十分疲惫，脑袋昏沉，便顺势往他怀里靠了靠。天尊大人觉出我难受，伸手抚上我额角，替我轻轻揉着，凉滑的触感从额角传入灵台，带给我少许舒适。

六师兄和沉钰显然也被我方才的样子吓到了，“小九你没事吧？”六师兄道。沉钰已经唤来小鱼仙呈上来一块冰绡，搭在我额头。嗯，这个冰绡十分清凉，搭在额头上脑袋瞬忽清明许多，原来北海不只海虾海蟹长得好，还有这种好东西，等到夏日时候，可以来跟他扯一块做床单。

“你方才是看到什么了？”天尊大人依然揉着我的额角，担忧地问道。

我趴在他怀里依然不想挪动，点点头道：“我好像看到你了，可那场景好像是在凡间……”

天尊大人身子重重一颤，六师兄已然惊讶，似是不相信道：“你看到凡间的场景？”

我撑起身来，抬头看着天尊大人，笑道，“我看见你要欺负我，”天尊大人他也看着我，只是面上是不明所以的错愕和稍许的慌乱。我怕他误会，便又笑了笑说，“可你跟他又不一样，他要把我打进水牢受罚，但是我知道若是你的话，你肯定不会舍得对不对？”

他揽我进怀里，掌心抚了抚我的背，声音有些颤抖：“对，我不会舍得。”

身旁的六师兄，不知道在想什么，我瞧他的时候，他一直眉头紧锁。

回到三十五天时已经是傍晚，苏苒姑姑正要点宫灯，我以前并未多加注意，如今也才发现清微宫的宫灯也是琉璃灯罩，最后一抹残阳打在灯罩上，里面晕染的颜色随着斜阳悉数落在白玉宫门上，五颜六色的光彩并不花哨，反而缥缈朦胧、十分好看。

我隐隐记得，在北海恍惚看到的那场景里，身旁替我求情、为我而哭的小姑娘，也是唤作琉璃。

“故人乘云去，琉璃可安欤？”

天尊大人低头道：“你刚才说什么？”

我怔了一怔，摇摇头笑道：“看到这琉璃宫灯，随口作的一句诗罢了。”我想了想，开口对苏苒姑姑道：“姑姑，今晚交给我来点灯可好？”

姑姑望了天尊大人一眼，天尊大人便笑着说：“我陪着她点灯，你去忙吧。”苏苒姑姑温和一笑，福身进了宫。

点灯时，我便把白日那一桩讲给天尊大人听了：“那个场景，你可是凡间的皇上。你晓得吧，凡间的皇上权力很大，他随便一句话便能让一个人生、也能让一个人死，自然也是随口一句便能把一个人关进水牢受罚的。”

天尊大人手中的火折子便晃了一晃，我不知道是风吹的，还是他自己抖了一抖。

“那个皇上长得跟你一样的，我不小心把茶水洒在了他身上，可是他身旁的妃子跟我说他最爱干净，我却把他的袍子弄污了。对了，那个妃子竟然长得跟拂灵一模一样！我也觉得很惊讶。”

他轻声回应我道：“哦，是吗？”语气轻得仿佛被晚风一吹便要散了。

我望着那已然烛火明亮的琉璃灯盏，回忆道：“可是尽管这样，我身旁还有一个小姑娘，她一直在替我求情，磕头磕得极重，怕那个皇上真的罚我去水牢。她一直在哭，可她一哭我就很心疼。我拉着她起来，自己跟着侍卫去水牢，那时候也是晚上，琉璃灯盏也是这样明亮。她就叫琉璃，虽然我没有看清她的样貌，可我觉得我一定跟她有很深的缘分。我觉得琉璃这个名字仿佛就在嘴边一样，很熟悉……”

天尊大人突然盯住我，开口严肃道：“你白日里看到的这一幅场景，一定是魔怔了。我不可能去凡间做皇上，身旁的妃子也不可能是拂灵。小玉，你不要再想着这一桩事了。”

他一下子严肃起来，倒让我有些害怕了，于是赶紧点头：“嗯嗯，好……”

天尊大人只手抚了抚我的脸颊，眸子里映着琉璃宫灯的淡淡光彩，他声音和面容也渐渐温和下来，“我就在你身边，以后就算你犯了错，我也不会这样责罚你。小玉……”

“嗯，我知道你不会。”我说。

“若是……若是你有一日，再看到这种场景，要记得那可能并非是我本意，我现在所想所做都是要你平安无恙，同我一直在一处。”

我点点头：“我知道了。”

他突然又想起来什么，拉住我的胳膊，变了脸色沉声道：“你同婧宸去了几次凡间？”

他这一提到凡间，我便觉得心虚不已：“……不过、不过两次而已……”

天尊大人凉凉一笑：“两次都有找小倌？”

“天尊大人……并非是你想的那个样子……”

“本尊只是问你有没有找小倌而已。”

我不敢看他，低头坦白道：“……找了……”

“你是觉得本尊满足不了你？”

“……”

第二十五章

佛祖染情，始为一人

拂灵，且把最后一块紫玉永远珍藏着吧。本神君——赏给你了。

天尊大人，承蒙近三年照拂、不曾离弃，只是，良玉我先走了。

灼华并未如当日云头上所说，三天之后将紫玉还给我。本神君正准备去阳华宫问她要的时候，师父出事的消息便传到了三十五天。

大师兄堂堂一条男子汉，竟是一边拉着我赶去阳华山，一边偷偷抹了几把眼泪与我道："师父他被灼华当胸刺了一剑，却依然抱着她坐在桃林里，一刻也没有松开。师父疼你……兴许你劝一劝会有用。"

我右心咚咚地跳，每一下都牵出一阵锐痛。好在天尊大人跟着我一起来了，路上一路撑着我，安慰我道："莫要怕，我陪着你。"

阳华山东面的桃林，广延三百里，林中大湖，珚玉良多。我曾经奇怪，分明是五月时节，桃花为何不曾凋谢。如今，桃花自三百里外滚滚汤汤、铺天盖地凋零。

此刻，师父一身白衣、墨发翩扬，坐在珚玉湖旁厚厚的桃花瓣上，他怀里的灼华不声不响，只是睁着那带了三分魅惑的狭长眼睛望着他，唇边的朱砂痣赤红若血滴。师父果真如大师兄所说的，胸口被刺穿，血流汩汩而出，却仍旧眉头都未皱一下，紧紧抱着怀里的姑娘。

我便是从那一眼瞧出来，我的师父对灼华——用情至深。

我活了十二万年了，十二万年里，他从未因为旁的姑娘而变成一个墨发飘扬的公子模样，我每每望着师父绝美却不染纤尘的模样，总觉得若是他有一头墨发，定是这四海八荒最好看的神仙。

佛祖只为一人断青丝，只为一人染红尘。

那时候的我，并不晓得师父同灼华之间那样多的前世纠缠，也便是从这一眼里，笃定地知道，师父当年为其削发为僧的那个人——一定是灼华。

所以她刺他一剑，他依然拥她入怀，手指握紧，不愿这等了十几万年的情缘再次离开。

三百里桃花，忽然坠落，一瞬灼红，转眼残枯。

天尊大人没能阻挡得了我，同我一起跳下云头，随我朝师父和灼华奔去。

灼华看见我，突然笑了一声，虚弱地将手掌打开，其上，是那枚紫玉，于纷纷扬扬的桃花之中，散着淡淡的光泽。

彼时她躺在师父怀里上，长发凌乱，铺在脑后，其上缀着朵朵花瓣，若桃花盛放的枝丫。褐色的血水不知道从她身上哪里流出来，只是一绺一绺，带着枯苦味道，染湿了师父他白色的衣裳。

“你滚远点儿，我把紫玉扔给你……本宫主身上好难闻……”她挑了挑眉笑道，果然将紫玉扔过来，只是她早已没有半分力气，紫玉几乎是贴着厚厚的桃花瓣滚到我脚下的。天尊大人拿起来放在我手心，他并未问我什么时候把紫玉交给灼华的，还好他没问。

师父面色苍白，却依然用仙术护着灼华的心脉。

她便望着师父开心一笑：“你还不愿放开我？你的血快要流尽了呀，莫不是想同我一起死？”

我没有料到，我的师父听到这句话后，竟然微微一笑道：“想。”

身旁的大师兄和天尊大人也是一愣。我想上去阻止，却不料师父抬头嘱咐我和大师兄道：

“饮风，小九，为师要陪你师娘先走了。大梵音殿的弟子，也劳烦你们告知一声。师父我从不是一个真正的佛祖，佛祖慈悲无欲，为师自始至终都未曾做到，枉受了四海八荒诸位神仙的尊崇了。”

簌簌而落的桃花若红雨落下来，师父这几句风轻云淡的简单的话，竟让我和大师兄泪如雨下。

“师父，小九先给您止血好不好，你怎么能这么轻易就走了……”

灼华神色略一松动，望着师父，唇角含了些笑意，缓缓开口道：“你说……我是他们的‘师娘’？”

师父抬手抚了抚她的脸颊，温柔开口："嗯，你是他们师娘。"

泪水从灼华眼角滚滚流出来，她依然含笑，唇角的朱砂痣依旧鲜艳欲滴。穿过层层花瓣，我仿佛仿佛看到那日清晨，东方万丈朝霞刹那盛开，穿过三百里骤放的桃花，穿过她唇角朱砂痣旁的一滴清泪，映入我眼里。恐我一世也不会忘记，那时候，晨风撩起桃色裙纱，靡靡香气经久不散，美艳绝世的灼华转头对我说："倒酒。"

她忽然扯起裙纱，从师父怀里腾然而起，翻身跃到琠玉湖湖面之上，彼时我才发现她另一只手里的玉簪和脖颈下面深深的划痕，褐色的血水裹着浓烈的枯苦从那深深的口子里涌出来。四面桃花接踵而至，铺在青蓝色湖面上，几乎要把湖面遮住。她看着错愕惊慌的师父，宛若她七万岁时，看着那个惊慌失措的少殷一样，俏皮一笑，单纯美好——

"你莫要过来啊，我可是会沉入湖底再也不出来的……"师父踉跄起身，奔到湖边，听到这句话却陡然站住，不敢再动。

灼华脖颈上的褐色血水一直往下淌，她望着他，声音虚渺道："其实，我也很欢喜，终于在临死前见到你，晓得你的魂魄是少殷。但是，我仍然想告诉你，那时候，我其实觉得很对不起少殷，因为我也喜欢你了，遥夜……只是你不曾知道罢了。我五脏肺腑被赤火烧枯，灌入湖水沉在湖底十几万年，其实觉得自己已经死了好几遭了。若不是五万年前……湖里突然落进来那丫头的一枚紫玉，我怕是要永远沉在湖底，枯败腐朽，如凤凰尊后所说的化成灰滋养了土……但是，我心有不甘，想着出来报仇。可是身子越发枯败，于是又借了她的紫玉来，想着支撑三天，只要三天便把欠我的、负我的神仙通通杀掉。可是现在……我不想你死了……你还要活着，你寿命……且长。来生若我还能遇到你……"她想起什么来，摇了摇头，凄凉笑道："神仙且无转世，我区区一个桃花妖，哪里有来生啊……死了就是死了。"

她再不停留，纵身投入湖中，浓烈的枯意似压蕴很久再也压不住丝毫的岩浆，带着吞天灭地的模样随着她投入湖中溅出的硕大水花喷薄而出。

三百里桃花霎时枯萎，那时桃花漫天遍地，纷飞若红雪，一层层、一道道铺下来，仿佛要把这一场情缘遮个严严实实。

师父迅速沉入湖中，拉上来的，却是呼吸已经微弱到不可察觉的灼华。花瓣遮住了她布满湖水的面容，师父双手拂去她脸上的花瓣，却是有更多的花瓣落下来，他便再拂去。那个动作，固执得像山海轮回，亘古不灭。

耳边响起师父颤抖的声音："你不是刚刚还问我要不要同你一起去吗？灼华，你不是说苦苦等了我十五万年吗……"

桃花渐凋，簌簌而落，遮住灼华墨色的发，桃色的衣裳。

我抬头看到师父的面容，是抽筋剥骨后了无生气的模样。只听到自己苍白无力的嗓音："师父，您……您难道忘了，小九手里的紫玉或许能救灼华？"

满目花瓣成帘，师父望着我，身形晃了晃。

长诀天尊慌忙拉住我欲上前的身子，我抹了一把泪水，抬头悲凉地望着他，一字一顿："天尊大人，我只有一个师父，是他悉心养我十二万年，我救过沉钰、救过长宁，若是这次看到一直为我担忧操劳的师父悲伤欲绝，那我着实是个混账。天尊大人若是执意拦着我不肯松手，你我从此，怕是要恩断义绝了。"

天尊大人满目震惊，似是没有料到我会说这样坚决的话来拿紫玉救灼华，可他终究是渐渐松了手，声音苍凉，唇角却带着无奈的笑，"你说得对，你只有一个师父，他养了你十二万年，你拿命去报恩，也是值得的。"

可师父并不打算接过那枚紫玉，是我重重按入他的掌心，我笑道："这紫玉既然能给长宁补全仙骨，应该也可以用来给灼华补上新鲜的血了，若是师父再不救她，怕真的要来不及了。"

师父双手颤抖，没有再说一句话，我却晓得他的心意，赶忙道："拂灵手里还有一块的，总会要过来。"

大师兄也抹了把眼泪宽慰师父道："师父，您先把灼华救回来，到时候才能全心全意去替小九找那妖君讨要紫玉啊。"

我点点头："大师兄说得是。"说罢怕师父难过，赶忙起身，拉了天尊大人便奔上云头。

蔚蔚祥云之上，日光破云穿来，刺得人双目生疼。我放开他的手，迎着日光，眯眼笑了笑，缓缓开口道：

“天尊大人，小神怕是真的配不上你。”

“……你什么意思？”

我终究受不住那强烈的日光，抬手搭在眉骨上方遮了一遮，道：“你是神界唯一一位天尊，且是天帝大人的亲叔父，位居三十五天，受苍灵尊重敬仰。而我不过是四海八荒百位神君中的一个，你我品阶不登对，地位也不登对。”

他声音冷彻孤绝：“还有哪里配不上？”

我朝他倦倦一笑，这一笑却觉得五脏肺腑都在疼，竟再也忍不住泪流两行，看着他俊美高华的容貌，哽咽道：“还有，我自幼无父无母是只孤凤，我的出身也配不上你。”

他眼里的愤怒一览无余：“你在说什么？”

我在说什么。

我其实也不晓得自己在说什么，可这些话却又必须要说了。如今站在万丈高的云头之上，我竟前所未有的冷静，就连心中骤然剜掉一块血肉似的疼痛抽出来的时候，我也没有皱一下眉头。这个感觉提醒我，那块紫玉，师父终于拿来救灼华了。这明明是件值得高兴的事，可是我一开口还是觉得眼里湿润：

“天尊大人，我方才说，自己的品阶、地位、出身，哪一样都配不上你。”

是啊，我哪里配得上他呢？

曾经有一位尊神，他长得这样好看，他身份这样尊贵，他踏着百花，顶着光华，一步一步迈到我身旁，说：“小玉，我来找你了。”

曾经有一位尊神，他手间紫色玉笛晶莹剔透，他墨发长长飞舞，他霜白的袍子微微泛凉，他在我身旁没有一个人的时候，冲开玄魄宫的厢房，抱着右心流血的我转身冲入蔚蔚夜空。

曾经有一位尊神，他唇角含笑，立在大梵音殿的殿脊之上，静静看我沾了朱砂泥涂指甲，看我又顺手在手背上画出一朵紫菀花，然后问我，你方才说要帮谁还俗？

丹穴山，随他的笛音绵延盛放的大片大片的紫菀花，或许此生，会长盛不衰吧。

我望着他腰间依然在的紫色玉笛，颀长身影，霜白绸衫。脑海中突然浮现出一幅画面中的场景——穿着霜白华服的公子，在一轮孤月之下，吹着紫色的玉笛，那高华身姿，就像站在最高天上，俯瞰芸芸诸生的天尊大人一样。

紫玉笛，月挽霜，年少春华君莫忘。

眼前突然模糊，压抑不住的场景轰然浮上脑海——

庭院深深深几许，月凉如水的秋夜，我站在青石桌旁，挽着袖子，俯身画扇面。

可身旁，是一个端着酒盏、蓝色袍子上绣着着紫色花的公子，他文绉绉的模样，一点儿也不像一个侍卫。

那个提着精致的食盒、食盒里放着金橘的宫廷装扮的姑娘，不是皇上身边的人又是谁？

我手中的画笔转了一转，对着那个来送金橘的姑娘笑道："替我感谢皇上的眷顾，金橘放这儿，你先回去吧。"

那宫女唯唯诺诺，却是在临走时不小心打翻了食盒，金橘滚到我脚下，我正要弯腰捡起来，她却抢先一步跑过来捡起金橘，低头道歉时，她的目光一直放在我笔下的扇面之上。

我慌乱地跟他对视一眼，他眼中眸光流动，唇角上挂着轻松的笑意。我稍稍安下心来，再次开口同那宫女道："无妨，你回去吧。"

那姑娘赶紧点头，退了下去。

可是，在那样的场景里，其实我还不敢轻举妄动。正在厨房为我准备消夜的侍女，我隐隐约约担忧，她也是他身旁的人。这话想来便有些好笑——这么大的皇宫，除了曾经伴我左右的那几个，谁还不是他身边的人呢。

我不敢同面前的人多说话，思量片刻，蘸了墨，缓缓在扇面上落下一行小字——紫玉笛，月挽霜，年少春华君莫忘。

我再次惶惶抬头望着他，他轻挑了眉毛，额上的宝蓝护额流光溢彩，他面上含了坚定的笑容，饮干了手中那杯酒，放下酒盏，抱起酒坛给我和他自己各斟了一杯，爽朗道："夫人，沈素敬你！"

我压住心中的欢愉，端起酒盏端庄笑道："今日这幅扇面，便送给沈侍卫了！”说完这句话，也不知道为什么，眼里便忍不住要涌出泪来。我晓得他懂了我的意思。他饮尽那杯酒的时候，我便晓得，他一定会拼尽全力带我去那个地方。

可那究竟是什么地方？

扑面而来的紫菀花，簇簇相拥，长满了整个山谷，是丹穴山又好像不是。可我确定，我心中想的便是这个地方。我——想回去。

可是场景又一个变换，我像是参加了一场婚宴回来，着了件绛朱色长裙，子夜时分，宫灯染染，我立在大殿下首，将将为榻上的两个人描完一幅丹青。

榻上的那个男人，依然是我曾见到的那个凡间的帝王，那个长得同天尊大人一模一样的帝王。而那个同他执杯对饮的妃子，依然披着拂灵那张面皮。

他走下来，握紧我的手腕，他问我可是觉得冷。若不是手腕处传来的刺骨的疼，我甚至会觉得他这样问是打算关怀我的。

“你袖口处那一片暗色是什么？”他攥紧我手腕的手，没有松开半分。

“茶渍。今日我不小心打翻了一杯茶，皇上您不是看到了吗？”我撒谎道，那明明是血渍。

他眼中的光直透人心，仿佛早已看穿我的伎俩：“爱妃真爱说笑，我倒是没有见过茶渍可以沁出这么深的颜色。”

我盯住他的双眼，不慌不忙道：“皇上应该最知道茶渍什么颜色的，我记得不久前不小心把茶水洒在您的袍子上，可是污了很深一片。所以才心甘情愿去水牢受罚。”水牢受罚。这一出果然是真的？我确实去水牢受罚了吧，可天尊大人为什么跟我说那些场景是我魔怔了？

面前的皇上却骤然松开了我的手腕，一回神，他面上一闪而过的表情是慌乱？是狼狈？

“都是两年前的事了，岳琴书都死了，你终究忘不了那一次吗？”他愤怒道，却再次抓住我的手腕，比之前更阴狠，“你做给沈素的扇面，画的到底是什么？”

果然……什么都瞒不过他。

我想笑，却如何也笑不出来，只是装出无奈的表情道：“萧漫，不过是一幅扇面。”

他的另一只手却掐住我的脖颈，只要那力度再重一分，我可能就要死了，他满目愤怒、狠狠地吐出一个字：“说！”

喉头陡然涌上一股血，我却只能尽力压住，冲着他轻轻缓缓地笑：“你不会自己去问他吗？”

“三千轻骑都追不上他，所以才好奇，朕的贴身侍卫究竟是被一幅什么扇面迷惑得命都不要了。”

喉间的血已然压不住，我想不到更好的方法来遮住，只能狠狠咬下自己的舌头，唯有这个办法，可以让他不会注意到我吐血的症状了，于是，我终于放心地让肺腑涌上来的血顺着嘴角流出来。

面前的帝王蓦然睁大双眼，左手迅速捏住我的下颌，右手指伸进我嘴里，那时候，他声音有点儿颤抖：“朕不问了，你……你别……”

……

我从这场无由来的场景中抽身出来时，脑袋几欲炸开。踉跄了一步，天尊大人便伸出手来想拉我一把，可我还是躲了过去。

他的手一僵，面上依然是震怒的模样，声音也是被我气得有些发抖：“你脑子里都在想些什么东西！什么叫你配不上本尊？！”

我稳住身形望着他，云上清风吹来，捎给我几丝清醒。

他转身不再看我，负手而立，身姿高杳，声音却有些哽咽：“这一次……你是为你师父，本尊就算是生气，但也愿意体谅你，我恨我自己，若我当年没有把你送出……但你说得对，到底是他养了你十二万年，他待你恩重如山，你救灼华……是情理之中。但你万不该再说这种配不上本尊的话来气我！”

我站在他背后，于万丈祥云之上，往下打量，忽然想起来那日灼华拦住我借紫玉时，说我如果不给她她便要拉我下云头同归于尽。

其实当时她若是真的拉我下云头倒也好，紫玉留给她，补上她同我敬爱的师父的一段情缘，省了现今诸多麻烦。其实从一开始我就是麻烦。天尊大人若是没有遇到我，他至少不会被拂灵伤了情魄，不会被我带进崆峒幻域，更不会丢了近十万年仙寿。

我悔悟得有些迟了。最后一块紫玉，给了我亲爱的师父救他心爱的姑娘了。

我在桃林之中，宽慰师父的那句从拂灵手中讨回紫玉的话，不过是骗他罢了。

对我有情谊的神仙皆可被那紫玉所伤，难不成让天尊大人再被伤一次情魄，让孟泽的眼睛再被她弄瞎一次，或者让我的诸位师兄们真的去讨要紫玉然后也都受伤？所以，我清楚知道，若是再有谁替我讨要紫玉，也只是无辜落得一身伤而已。

与其越来越多的人因我而伤，还不如本神君自己早早做个打算。

我理了理衣袖，抬头望着天尊大人的背影，笑道："良玉我打了十二万年的光棍儿，这十二万年的日子，远没有同你待的这近三年的时光来得欢愉。"

他怒火正盛，负气般不想看我，但还是严肃且认真道："那就老老实实继续待在本尊身边。"

那时候，他说的是——那就继续待在本尊身边。这句话，恐我耗尽一生，直至血肉模糊，直至魂飞魄散，经年累世，也会记得清楚。

我笑了笑道："还是不了。越欢愉，越舍不得别离。"

说罢倒退一步。

趁他还来不及反应，直接从云头上跳了下去。我施了仙术把自己隐藏起来，这样他便看不到我了。我很怕他看到我会奋不顾身跳下来。

从云头上跳下来的那一刻，我其实比谁都清楚——

其实那些配不上他的话，都是借口。

其实只是我不能陪他长久而已。

拂灵，且把最后一块紫玉永远珍藏着吧。本神君——赏给你了。

天尊大人，承蒙近三年照拂，不曾离弃，只是，良玉我先走了。

第二十六章

凤凰元身，痛不能言

我还有几个月就要死了，我没法再见你了。

因为我，真的爱天尊大人，我要去陪他了。

听说凡间有些小说集子，每每写到男女主角，总是赋予其令人难以置信的好运气。

比如女主角不幸落入湖中，总有一个花容月貌、玉树临风的公子把她捞上来。

比如女主角不幸栽进土匪窝里，总有一个身手不凡、武功高强的少侠将她解救出来。

再比如，女主角不慎踩空、自千仞悬崖之上落下去，此时此刻，不是她身旁的公子拼了命地拉她上去，就是悬崖之下恰好有个湖可以保住她一条小命，然后公子再颠颠儿跑到悬崖底下的湖中把她捞上来。

这些例子告诉我们——故事里的女主角，是很难轻易就死掉的。

此时夕阳西下，本神君嚼着一根稻草，蹲在茅草屋顶上，望着这个荒凉偏僻的小山沟，内心十分惆怅。

哦，我忘了说，本神君这个没出息的，不但没有死成，还现出了凤凰元身，且因着右心渐渐不能用、修为散得差不多到头了，是以，自己现出凤凰元身后如何也变不回仙形了。

我低头又啄了茅草屋顶上的一根稻草，面对夕阳，凄凉地嚼着。那个穿着碎花裙子的姑娘已经飞身上来，俯身抱起我便飞下去，道："小凤凰，你莫要再吃屋顶上的稻草了，你看你已经把茅草屋顶吃出一个洞来了，日后下雨可怎么办？"

我以为，本神君蹲在屋顶上啃稻草的时候，旁人看着我，都会被我那悲伤且又凄凉的眼神打动。可我万万没想到，她只在乎茅草屋上那个被我啃出来的洞。

不过话说回来，这姑娘语气温柔、动作轻缓，除了她天天“小凤凰”“小凤凰”这样唤我，让本神君一张长了十二万年的面皮略有些脸红之外，其他都很好。其实她口中的“小凤凰”是个昵称吧，本神君就算是化成了凤凰元身，可毕竟吃了十二万年的饭，身量也并不小，只是现在的身材看着匀称许多，再不是年幼时那个胖成一团球的小凤凰了。

她喜欢抱着我，但是我却并不大喜欢让她抱着。并不是她抱着我的时候，我不舒服，而是她一抱我，我就觉得难过。这是十分蹊跷的一件事——因为她抱着我走的时候，我眼前总会模模糊糊浮现出一个场景，大致是大雨瓢泼之中，一个瘦弱的姑娘抱起我往外走。那个场景十分伤人。因为我看得出她也很瘦弱，却还要抱着我——就如现在，这个姑娘抱着可能比她还要重一些的一只凤凰，也就是本神君。

至于没出息的本神君是如何落到这个鸟不拉屎的小山沟的，我自己其实也糊里糊涂。若要真的回忆起来，我觉得应该是这么一回事——

那日我从云头上跳下来，怕天尊大人看到我会跳下来找我，于是顺便用自己吊儿郎当的仙术将自己隐身了。本神君迅速下落，约莫过了一段时间，于半空中再也撑不住将将又失了一枚紫玉的身子，隐身的仙术也骤然消散，我那吊儿郎当的修为也耗得差不多了，于是化成凤凰元身——可悲就可悲在我的元身是只鸟，鸟的本能就是扇着翅膀飞啊！当时，化成凤凰之后的本神君，一时间竟然忘了自己为何要跳下云头，为何会寻短见，只是反应过来，迅速扇着翅膀，精疲力竭地扑腾了一阵子，最后体力不支，忽悠悠落了下来……

再次醒来时，便是在这个姑娘怀里了。她细心地替我擦干净身上的血后，认认真真给我上了药，嘴里还不住地念叨：“小凤凰，你疼不疼啊？不要怕，我轻一点儿。”

她的声音这样熟悉，可是在我脑子里过了一遍，我却寻不到一个认识的神仙讲话的声音跟她一样。我抬头看她——偏偏邪性得很，我能看清楚这荒凉偏僻的山沟沟里的所有的事物，唯独看不清她的面容，即使她的脸庞近在咫尺。

她有时候会跟我讲话，问我一些问题。

比如："小凤凰，我和朋友刚来仙界不久，这里不太熟悉，想同你打听个神仙，不知道你认不认识？"

我便摆出一张白痴脸来望着她：若是本神君现在能开口说话，莫说你打听一个神仙，只要你能，就是打听千百个神仙也是没问题的。就算我不认识，也还可以去寻一本神仙花名册来给你看，可是，我现在的身子弱得也就能飞到屋顶上思考一下仙路命途了。

是的，本神君现在就是这样的处境，落到一个荒郊野岭的沟沟里，飞不出去，变不出神仙样貌，不能说话，本来没问题的眼力却独独邪乎地看不清这姑娘的面容。

可她又沉思道："其实我也不确定，她是不是成了一个小仙……可是她心地善良，应该早早就化成神仙了吧……"

我点点头：放下屠刀都能立地成佛，心地善良的人经历凡间几世轮回，也有可能成仙的。

"嗯，她擅长作画，我来仙界这么多年了，还没有觉得有谁可以画得比她好。对了，她尤其擅长画扇面。"她又说。

本神君低头啄了几粒粟米，觉得十分欣慰且又略带些感伤：原来还有个飞升不久的神仙画的扇面比本神君要好……唉，江山代有才人出，各领风骚数百年哪。

对了，这个姑娘并不是一个人在这山沟沟里生活，她还有一个朋友，她说，这个朋友这几年总会抽出一大段时间来去寻找她跟我讲的那个作画很好的神仙，可是去了好多地方、寻了几年了也没有找到，这次不晓得他回来时能不能带来那个神仙的消息。她时常提到这个朋友，纵然她自己不好意思说，但我偶尔蹲在她身旁吃东西的时候，听到她提到他时说的那些话，便晓得她口里的那个朋友，九成是她的心上人。

是的，她常常提到这个朋友。

比如她见到外面下雨，便担忧道："不晓得他会不会找个地方避一避。"

比如她做了一道好吃的菜，便欢愉道："等他回来，我可以做给他尝一尝。"

又比如，她偶尔望着本神君，撑着脑袋思索良久问："小凤凰，我很想养着你，不晓得他会不会喜欢我在家里养一只宠物。"

彼时，蹲在地上啃狗尾巴草的本神君幽幽站起来，迈着沉重的步伐往外走，内心惆怅若翻江倒海滚滚而来——我良玉，四海八荒唯一一位姻缘神君，临死时，竟然还被一个小神仙视作宠物了。这个打击有些大，本神君得去屋顶上瞭望一会儿，缓一缓。

可她偏偏又端着盛了粟米的碗追上来，着急道："小凤凰，你不要再去屋顶上啃稻草了，不是同你说了吗，你已经把屋顶上啃出洞来了！"

……

在这山沟沟里，本神君很容易就会惆怅。其实，只有我自己知道，这惆怅多数是因为天尊大人。

是的，我很想他。不晓得他好不好，不晓得那日我从云头上跳下来，他有没有看到，不晓得他若是看到了，有没有傻傻地也跟着我跳下来。

其实我心中十分矛盾，我既希望他因为深深喜欢我而奋不顾身来找我，我又不希望他真的随着我跳下来而身体受伤。

后来我便觉得我更不希望的是后者。天尊大人他最好没有看到我跳下来，最好也没有奋不顾身随我跳下来。他平安无恙，后来再娶个女神仙做妻子，仙途不致寂寞，我只是他命里用了三年匆匆而过的心上人。最后，我在这个山沟沟里魂飞魄散，身旁这个姑娘将我掩埋在这里，元身荼蘼，再无轮回。这样，谁也不知道，就好了。

我倦倦低头，啄了茅草屋顶上的一根稻草，惆怅之中想嚼一嚼，忽然从屋顶上那个窟窿里看到屋中的姑娘在给我准备粟米，于是啄着那根稻草把它放回原处，觉得那个洞还是有些明显，又抬起爪子薅了屋顶上其他地方的一撮稻草，认真地搭在那个窟窿上。嗯，这样瞧着好多了。

她上来抱我，忽然发现屋顶上的洞不见了，十分欣喜。她欢喜地笑着，我听见她笑，觉得心里莫名地开心。只是吃了好多天的粟米，偶尔我也会很想北海肥美鲜香的海虾、海蟹做的海鲜火锅。

约莫到了六月中旬，她的心上人终于回来了。

那日，阳光明媚得有些过了，日光热烈而灼人。本神君吃过午饭，又蹲在屋顶上惆怅了一会儿，远远便看见云头之上速速飘来一个公子，远瞧着他衣着简朴，但是十分干净，那身形朗朗，遇到一只飞鸟从他身旁飞过，他矫健地腾空而起，给那飞鸟让道。凭我在大师兄身旁混迹多年的直觉来看，他这身手是个做天兵乃至将军的好材料。

离茅草屋渐近的时候，那公子纵身跳下云头，俨然没有注意到屋顶上的蹲成一道风景的本神君，径自推开草屋的门，声音朗润，裹着掩不住的相思——

“琉璃，我回来了。”

这个名字惊得本神君一哆嗦，爪子不受控制挪腾了几步，一下子踩到前几日用稻草虚掩住的屋顶的窟窿里，听到“扑通”一声，照着地面直直掉了下去……

那个姑娘张口将将温婉地想要开口唤一声自己终于盼回来的心上人，便被突然砸到地上的本神君给吓了一大跳，她震惊道：“小凤凰！你没事吧？！”

我……没事才怪。本神君在掉下来的过程中又本能地扇了几下翅膀，结果不扑腾还好，一扑腾之后重心不稳，以致凤凰脑袋先落了地。

但是——

本神君因祸得福，脑袋撞了地面之后，再抬头看这位姑娘，她的面容竟然能看清楚了！

却说正是因为看得清楚了，我才发现自己竟然早已在崆峒幻域里见过这个眉目清秀，面容脱俗的小姑娘。若我没有记错，她便是在幻域的凡间皇宫里，因着自己侍奉的妃子被皇上抛弃而哭得肝肠寸断的宫娥。

可是“琉璃”这个名字，在我脑海之中出现的却是另一个场景——我不小心把茶水洒在了凡间帝王的袍子上，被他下令拉去水牢受罚，那个猛然跪下为我重重磕头的姑娘，她声音颤抖、泪眼模糊替我求情，那些发自肺腑心疼的话我还记得清楚——

“皇上！您饶过夫人吧，她身子弱啊，怎么受得住水牢那种地方！皇上求您！求您啊！”

天尊大人说，我看到的这些场景都是虚幻的假象。

可是真的有一天，我看到这个名字真的唤作琉璃的姑娘，突然觉得她就应该是我看到的那虚浮景象里的“琉璃”姑娘的样子，残破的右心里，不受控制涌出来一阵又一阵故人久别的相思。这感觉，竟如崆峒幻域里我初见她的时候一模一样。

“琉璃，你从哪里寻到的凤凰！”她的心上人惊讶地问道。

琉璃紧紧将我护在怀里，像是害怕他不肯收留我，急切地解释道：“它很乖，吃得也不多，沈素大哥，你莫要赶它走。”

沈素？！

我慌忙寻着他的脸庞看去，若我没有记错，跳下云头前一刻，我还依稀看到自己在跟他喝酒；若我没有记错，我在深院石桌之上，亲手画了一幅扇面交给他；若我没有记错，扇面之上是我提心吊胆却又强自镇定地落下的一行字——紫玉笛，月挽霜，年少春华君莫忘。

对，是他面上含了坚定的笑容，饮干了杯中的酒，又抱起酒坛给我和他自己各斟了一杯，爽朗道：“夫人，沈素敬你！”

那时候，我尽力压住心中的欢愉，也压住眼眶涌上来的泪水，端起酒盏笑道：“今日这幅扇面，便送给沈侍卫了！”

是不是——我前些天看到的两桩场景，是真的？

不然为何会遇到这“琉璃”“沈素”这真真切切的两个人？

沈素赶紧关了房门，神色谨严道：“琉璃，这一次我出去……”他的话说了一半便突然停下来，低头警惕地看了一眼本神君。

琉璃抚了抚我的毛羽，道：“不要担心，这只小凤凰它不会说话。你可是寻到夫人的下落了？”

那个沈素像是格外信任琉璃，听她这么说，便稍稍放了心道：“我依然没有找到夫人……甚至没有见过跟她长得像的神仙。”

这句话，让琉璃一张清秀灵俏的小脸顿时沮丧不少，她眼眶里浮出水雾，艰难一叹后才哽咽道：“琉璃也知道没有那么容易寻到夫人的……”

沈素抬手以指腹轻轻刮掉她的眼泪，安慰道："琉璃，我没有寻到夫人……却意外地看到了他。"

琉璃抱着我，恍惚抬头："谁？"

"……皇上。"沈素皱眉道。

"皇上？他……他也是神仙吗？！"

沈素点点头，紧锁的眉头依然没有打开："且是个地位尊贵的神仙。"

琉璃便有些惊慌了，抱着我的一双胳膊也有些颤抖，眼泪控制不住簌簌而落："那……那夫人会不会在他身边？会不会……再被他害得那么惨？"

我看到琉璃落泪，竟觉得十分心疼且难受。"琉璃，你别哭了……"这句安慰她的话明明就在嘴边，可现在，我是一只修为散尽的凤凰，我说不出一句话。

沈素再次轻柔地替她拂去眼泪，温言道："我跟踪了他几日，没有看到夫人……至少，夫人不在他身边的话，就不会被他欺负了。不过，他看上去虽然地位尊贵，可他的身子好像……并不大好。"

他的身子好像并不大好。

不知为什么，听到这句话，一阵尖锐的痛从右心里刺出来。我颤巍巍抬头，盯着沈素紧皱的眉头，忽然生出一种他说的那个地位尊贵、身子却不大好的神仙就是天尊大人的错觉。我猛然摇头：怎么会是他，他一定会平安无恙的，不会是他。

琉璃喃喃道："那就好，不在他身边就好……沈素大哥和琉璃都能到仙界来，夫人那么好的人，应该早就是神仙了，我们慢慢找，总会找到她的。"

"琉璃你说得对。那个人……他现在看着，其实十分可怜……"

琉璃擦了擦眼泪，睁大眼睛问道："他怎么了？"

沈素低头望了我一眼，这眼神复杂，竟吓出我一个哆嗦。"他好像喜欢凤凰。因为我见到四海八荒很多神仙都给他贡奉凤凰，大的小的都有……甚至连死的都有……他看顺眼的，不管是活的还是死的，都会抱过来抚一抚毛羽。这着实不正常。但据我所知，九州并无多少只漂亮的凤凰，现今那些神仙贡奉上去的，都是费尽心思寻到的，且至今还有一大批神仙为了讨好他，于各地寻找凤凰。而我远远瞧着，发现那些凤凰的毛羽都不如琉璃你怀里抱的这一只来得好看。”

琉璃惊道：“沈素大哥，那些神仙会不会找到这里来带走这只小凤凰？”

我也吓了一大跳，本神君至今并未听说过有哪位地位尊贵的神仙这样喜欢凤凰的，更未听说四海八荒一众神仙为了讨好哪一位尊神专心致志于从各处搜罗凤凰给他供奉的。我不晓得外面发生了什么，却正是因为看不到外面的场景而觉得不安起来。

沈素触了触她的脸颊，“莫要太害怕，这里毕竟偏僻，他们暂时不会找来的。”说到此处，沈素顿了一顿，脸上说不出是悲是喜，“他像是过得也不好。时常乘着祥云往万丈高的地方走一遭，且他就站祥云边缘，偶尔会俯瞰云下，其实有好几次我都觉得他打算跳下云头……之所以觉得他身子不好，一半是看到他精神萎靡，另一半则是因为我跟踪他这么多天，他竟然丝毫没有察觉。”

“皇上……他会不会是欲擒故纵？虽然我晓得这样说对他不敬，但是，我仍然没有办法相信他会是个好人，夫人当初若不是因为他，不会落入那样凄惨的境地……”琉璃说这句话的时候，不晓得是因为害怕还是着急，声音一直在颤抖。

沈素便又安慰她：“琉璃，现在你我都在仙界，你不必再拿他当作皇上，也不必害怕他。你我在此处隐居，没人能找到我们，只要不当着他的面，不会有‘不敬’之说。过几天，我再去外面继续打听夫人的下落，你便待在这里。等……等找到夫人，你就可以安心嫁给我了。”

那一晚，他们二人入睡之后，我自己兜兜转转，又扑腾到茅草屋顶上蹲了一会儿。

新月如钩，勾起夜云疏离缥缈，勾起相思百转千肠。

可惜我身旁没有酒，只有一堆屋顶的稻草。啄起一根细细嚼着，也算是能解馋了。其实白日里听沈素说的那位尊神，我总不自觉会想到天尊大人。特别是他说的，那位神仙总会腾云飞到万丈高空处、踩在祥云边缘俯瞰万物，让人生出一种他就要掉下去的错觉。在这山沟沟里待了这么多天，我偶尔也会想，天尊大人怎么样了，会不会难过，会不会心伤，会不会精神萎靡，会不会茶不思饭不想。

可我又不希望沈素所讲的那个神仙是天尊大人。我心中的天尊，他高华绝世，他淡然沉稳，纵然偶尔生气动怒，但也一直是一个光彩熠熠的神仙，不当是抚摸着四海八荒搜罗来的凤凰的玩物丧志、精神萎靡的形容。

这样惆怅着，月钩之下，竟然蹲着入了睡。我不出所料地梦到了天尊大人。梦里，我便是化成凤凰元身，卧在他怀里，他的衣衫还是沁染了冰霜一样，凉凉滑滑，混着清宁怡人的香气。他用手中的紫玉笛轻轻挑着我的翅膀，以细软冰绡沾了清澈泉水将我的毛羽一根一根擦干净。我一抬头，便看到他低眉时能令九州所有事物都黯然失色的容貌。

可他一开口却是揶揄我道："你去哪里了，身上怎么脏成这样了？"

我委屈地抬头望了他一眼，可他唇角含笑，揶揄不减："本来就丑，这一脏岂不是更丑？日后莫要出去了，待在我身旁……这样别人就看不到你的丑了。"

我呜呜咽咽嗷嗷了几嗓子，负气地迈着爪子从他怀里挪腾出来，结果——

"扑通"一声。

我浑身一震一凛，从梦中惊魂甫定地睁开眼——

哦……又从屋顶掉下来了。

相处几日之后，我发现沈素其人，果真是一个长相俊逸、身手不凡且十分懂得关爱琉璃的好男人。

比如，他每日早早起来做饭，虽然都是些简单饭食，如米粥、鸡蛋、青菜、腊肉之类，但他却做得十分用心。每每还能用这些简单的菜摆一个新颖的样式，比如把荷包蛋周围摆一圈腊肉丝，或者在腊肉片周围围一圈青菜叶，偶尔米粥里会放一些红豆，好让琉璃能多吃一些。而且，他估计是从琉璃那里晓得本神君爱嚼稻草苗，还特意出去，不知道从哪个山沟沟里扛回来了一大垛新鲜稻草。

打那之后，我便从屋顶上下来了。每日黄昏时，蹲在那一大垛稻草之上，面向夕阳——思考仙途命路。

直到有一日，打这山沟沟上头飘过的一朵矮矮的祥云，其上一个花白胡子的老头儿领着一个嫩嫩小小的娃娃，那娃娃看到我，惊喜地指了指稻草堆上的本神君，清脆喊道：“爷爷爷爷，你看那儿蹲着一只五颜六色的小花鸡！”

本神君肝肾胰脾胃皆受到了震撼心灵的一击……好一个……五颜六色的……小花鸡……

我巴巴地抬头望了望那花白胡子的老头儿，指望着他能给自己身旁的小娃娃解释一下“乖乖，这是凤凰，可不是小花鸡”，可那花白胡子的老头儿估计是上了年纪，眼神也早就不大好使了，竟然眯眼往下面一瞧，捋了捋花白胡子，点头一本正经道：“哦，确实是一只五颜六色的小花鸡。”说罢祥云就低低飘过山头了。

你才是五颜六色的小花鸡，你们全家都是五颜六色的小花鸡。

过了几天，沈素便又出去寻找他同琉璃口中的那位“夫人”了。两个飞升仙界的凡人，竟然对一件事这样执着，实在超出了本神君的意料。

那一晚，沈素不在，琉璃抱着我，在烛灯旁，一边给我梳着毛羽，一边给我讲她在凡间时的“夫人”的故事。我晓得她这是思念一个人思念得重了，抱着一只凤凰都能讲得十分动情。

“那时候，夫人她第一次进帝城，恰好那时我被当时的主人打得半死不活，夫人拂开锦缎窗帘，我怯生生地往车里的她望了一眼，便只是这一眼，我就晓得她当是这帝城最好看的姑娘。那时候，她不过十六岁的年纪，一双玲珑眼珠轻轻一转，其中的灵俏与仙气，非言语所能描述。她也望了我一眼，便撩开车帘，跳下马车。后来她便与当时马车里的人——王爷借了一千两金子，为我赎身。那时候，王爷还不是皇上，他还很宠夫人。夫人深居花谷十六年，并不晓得外面一千两金子可以买百余个丫鬟，可是王爷知道。就算是这样，他仍然毫不犹豫地借给夫人一千两金子，只说了一句话——不要同我说‘借’这个字，你喜欢的我都愿意给。”

本神君听了这番话，也是觉得这个王爷是个疼爱自己妻子的好人哪。

“夫人心性单纯，王爷带她回来不久后便跟她成了亲。其实那时候的王爷是皇上最厌恶的儿子。所以王爷擅自成亲，夫人其实是不被那些皇宫贵族承认的，自然得不到王妃的称号。可是夫人不介意，她喜欢我们叫她‘夫人’。但是那时候王爷很忙，他很少有时间能陪着夫人。夫人便经常黏着我和王府里一个女侍卫凌衣。再后来，她不晓得从哪里知道了我喜欢沈素大哥。她便吃醋了……”

琉璃讲到这里竟满脸笑容：“那天早上她便撇下我，早早穿上定制的戏服，贴上发片，戴上夜明珠凤冠，准备去后门同凌衣会合。凌衣说好了那天带她去西梨坊听戏。可能是她在山谷里待了十六年，有些寂寞，所以夫人她喜欢人多的地方。可她将将奔出回廊就撞上沈素大哥，凤冠被撞飞出去，上面的夜明珠零零落落撒了一地。沈素大哥问她打扮成这样是要去哪儿，怎么不见琉璃跟着。结果夫人便怒气冲冲地责骂他——‘都是你把琉璃拐走了！她这几天都在给你做衣裳，她还没给我做过衣裳，你真是太坏了！’彼时，我跟在她身后，恰好听到她这么说，也是有些哭笑不得。更令人哭笑不得的是，夫人以为去听戏也要穿戏服的。”

我忍不住开口笑了几声，才发现自己现在是只凤凰，笑声“咯咯咯咯”也是难听得跟小花鸡似的……于是努力憋住。

琉璃却突然收住了笑容，盯着幽幽的烛火，黯然神伤道：“可是小凤凰，我跟夫人也是后来才知道，王爷带她回来，养她、宠她，同她成亲，其实只是为了另外一个姑娘，那个姑娘才是王爷自小以来的心上人。夫人只是王爷找来给那个姑娘解毒的。”

我猛然抬头：解毒？！

琉璃安抚地摸了摸我的脑袋，无奈和心疼悉数铺在她清秀的脸上，烛火映过，悲苦泛然：“夫人的师父和师娘是医术、毒术都超群的世外高人，是以夫人的身体自幼就能溶解很多种毒。可她偏偏解不了王爷的心上人染上的那一种。她若是将那个姑娘染的毒吸出来，她自己又溶解不了，那么只有死路一条了。可是王爷……他不信。其实，那时的夫人很寂寞，没有几个人能信她染了毒会死。只因为在那之前，她替很多人吸过身体里的毒，然后轻轻松松就溶解掉了。但是我信，凌衣信，沈素大哥也信。只是……我们信她，却没有一个人能真正帮到她罢了。她强撑着四天没吃饭的身子去给王爷的心上人解毒的时候，问过王爷……”

我没能听清楚琉璃后面说的，她的夫人撑着四天没吃饭的身子去解毒时，问王爷的那句话。

可是，我心中突然抽扬出来血肉模糊、疼痛不已的一句——

“如果我为了救她自己死了，你会难过吗？”

身子果然一抽，若不是琉璃抱着我，恐怕我早已滚落地上。

“小凤凰，后来我没能陪着夫人，自己先死了，其后又在凡间经历了千千世。但是，当仙界信使到凡间同我说可以做神仙的时候，恢复了我这千千世的记忆，问我想选哪一世的身份入仙界。我毅然选了有夫人的那一世的身份。其实我那千千世都十分平坦顺畅，唯独有夫人在的那一世困顿流离、遗憾累伤，但也唯独有夫人在的那一世温融备至、情转千肠。我庆幸自己选了这一世的身份，后来被使者引领入仙界的那一天，碰到了也是同一日升天的沈素大哥。我方晓得他也是选了那一世的身份。夫人给了我们缘分，她像一个能给人牵情缘线的姻缘神一样。”

这四海八荒，唯一一位姻缘神君，便是即将死去的本神君了。可惜不是我，我好像未曾认识过他们，更未曾给他们牵过姻缘线。希望，下一任姻缘神君可以有余力去管一管凡间的姻缘，其实如琉璃如沈素这样的人，早就该有好的情缘。经历千千世才能在一起，还是太苦了些。

我也十分同情琉璃口中的这位“夫人”，若是那毒真的无法溶解，她最后，八成也是为了救自己夫君的心上人而——过世了吧。

“如果我为了救她自己死了，你会难过吗？”

如今脑海里这一句依然挥散不去。那个姑娘，想必也是以最后的希望和勇气问出来的这句话，只是，所有的希望和勇气，比起她的夫君心尖尖上的那个姑娘的性命来，轻如尘烟薄若纸。

幸好我爱的天尊大人，他的心上人也是我；幸好我爱的天尊大人，他从没有让我以自己的性命帮谁解过毒。纵我这一世不得善终、死于非命，想到自己也曾被他护在怀里疼惜过，也曾与他同床而眠缱绻过，温融缭心，轻柔绕指，此世，足矣。

夜晚，我蹲在琉璃身旁，又梦到了天尊大人。我依然是一只卧在他怀里的凤凰，而他依然拿着冰绡，蘸着泉水，为我将毛羽一根一根擦干净，这一晚的梦中，他十分温柔，说话也格外好听，再不是揶揄我的形容，而是低声沉稳道："待在我身旁不好吗？为何说走就走？"

我抬头看他，发现他眼眶湿润，面色虚白。我右心抽搐，心疼不已。本想安慰他一句，我现在就在你身边呢，天尊大人。可一张口，才发现自己已是一只连话都说不出一句的凤凰。

他微凉的手指从我眉心往后一直滑到脊背："小玉，若我也跳下去，会不会见到你？"

小玉，若我也跳下去，会不会见到你？

这句话让我从梦中一下惊醒——

我怕在梦中听到这句话，接连几晚，都不敢再入眠。我也说不清自己到底害怕什么，最后几日惶惶不敢入睡的时候才想清楚——我是怕梦中的他真的会跳下来……而即使在梦中，我也不愿看到这样的场景。

可我丝毫没料到，数日之后，去寻找"夫人"的沈素回来了，且带回来了一个令人震惊的消息。前几日他说的那位喜爱凤凰的尊神，身子好像更不好了，以至于他不得不宣布要从四海八荒诸位神仙之中重新选一位神仙来担任他的位子。

"到底是什么位子？"琉璃疑惑道。

沈素皱眉道："三十五天，九上天尊。"

三十五天，九上天尊。

我寿限将至、此生看透，关乎生死的一言两语本不能再令本神君心痛如此。但若是关于他的生死安康，只消几个字，我便觉得心疼一瞬扩散至四肢百骸，呼吸钝痛。

我没有手，只能张开翅膀抱住沈素的衣袍，我想问他：你方才说的那位——果真是长诀天尊吗？

可是我说不出话，我一句话也说不出来，所有焦灼与悲苦涌上喉咙，发出来的不过是呜呜咽咽的嘶哑声音，连一个完整的字音都听不出。

沈素怔怔望了望脚下的我，抬头问琉璃：“它怎么了？”

我仍然以双翅抱着他的衣袍：天尊大人现在怎么样了？

可发出来的仍然是呜咽嘶哑的声音，他们听不清楚哪怕一个字。

良玉，你有一天，终于听闻他的消息，但你却连确认一句的话也说不出来了，你连想进一步问他的情况的话都没有办法讲了。

乐不能言，痛不能言。

喜不能言，苦不能言。

琉璃抱起我，手指触上我的眼角，惊讶道：“小凤凰，你怎么哭了？”

我张开双翅环住她：琉璃，我担心他，我说不出话，可我想去见他。

纵然我知道，这一句话于琉璃听来，仍然不过是一只说不出话的凤凰发出的难听的低咽声。琉璃抚了抚我脊背上的毛羽：“小凤凰，你哪里难受？”

她晓得我讲不出话，手指轻柔地从脑袋到翅膀，指着我身上的每个地方一一询问：“是这儿难受吗？还是这儿？”

我摇摇头，泪水汹涌：不是，都不是。是他有事，我想去看他。我挣脱她的怀抱跳下来，翅膀尖的毛羽从根部不慎折断，血水瞬间便渗出来，有几滴落在地上。琉璃大惊失色：“小凤凰，你没事吧？！”

我呆了一呆，反应过来，迅速就地折断翅膀根部另外几根毛羽，爪子扯过身旁的桌布，用翅膀尖部渗出来的血一笔一画写下——

带我去见天尊大人。

然后啄了啄琉璃，又啄了啄沈素，抬头时眼泪簌簌而落：求你们了，带我去见他。

琉璃蹲下，将我搂在怀里，从来见不得旁人受伤的她忍不住哽咽道：“小凤凰，你别哭了，我给你包好伤口，就让沈素大哥带你找那位天尊大人，好不好？”

好，好，快带我去看他就好。

于是那日正午沈素便抱着我登上云头。

再次乘着祥云于天上飞，竟不自意有些恐惧。这恐惧并非是我想起来当初自己从云头上跳下来的场景，而是又想到前几日梦中出现的天尊大人，他手指微凉，从我眉心往后一直滑到我的脊背，云淡风轻道——

“小玉，若我也跳下去，会不会见到你？”

这句话令我在云头之上、灼日之下，脊背依然渗出一阵一阵寒凉。

我轻轻啄了啄沈素的衣袖，眼泪还是忍不住“吧嗒吧嗒”往下掉：沈素你快让祥云快点……我怕天尊大人他真的会……

沈素终于明白我的心意，抚了抚我额顶的毛羽安慰道：“莫要着急，小凤凰，不要哭了。”

我趴在他肩头，日光炽烈，万千云朵急速倒退，祥云确实走得很快了。可我依然想要它走得更快一些。

纵然是这样，我们走到晚上依然没有到。我终于知道，琉璃和沈素住的那个山沟沟是如何偏僻。

可我万万没有想到，当我们行至银河旁、就要步入天界的时候，竟然在银河旁边，遇到了孟泽。

他负手沿着银河缓缓踱步往前走，水色绸衫，身形颀长。我突然记起来那一回我同他在凡间画舫中饮酒毕，回来的时候路过银河，他也如今日这般缓缓往前走。彼时，银河万丈横贯天际，繁星耀眼煜煜而生，千千万万的辉光落在他的发上，仿若三千青丝一瞬白头。

历经万万载，银河依然在。沧海枯盈几度，山川颠覆几场，唯有银河从未消亡。亡星陨落，新星营生，辉芒从未暗淡。

此时此刻，我随沈素路过，在他身后，看他踱步向前，那一刹那，恍然觉得我同他依然是从凡间喝酒归来，他走在我前面一样，银河未变，他也未变。

可一切都又不同了，如今的我修为散尽，再变不成一个女神仙，再不能如他一般沿着银河缓缓踱步。

沈素停了下来，抚了抚我的毛羽，轻声开口："你认识他吗？"

我点点头，又窝到他怀里摇摇头，啄住他的衣襟往前带：沈素，我们快走。

沈素懂了我的意思，抱着我乘云继续向前。可是路过孟泽的时候，我于沈素怀中，依然忍不住抬头看了孟泽一眼。彼时星河万点，悉数落在他俊美，面庞之上。他似有所察觉，转头朝这边看过来——

我看到万丈霜辉之中，他的眼睛里依然有残余未消的堇色，于雪白皮肤映衬之下，那染了堇色的眸子，一半妖冶，一半英飒。

我慌忙将脑袋埋在沈素怀里，不敢再看。

沈素以衣袖紧紧护住我的脑袋往前走，一步也未停留。可是早已经看到我的孟泽沿着银河，御风追上来，水色衣袖稳稳一挥拦下沈素。沈素不得已停下来，却仍然用宽大的衣袖遮住我的脑袋，同孟泽肃然道："这位仙僚，为何拦住在下去路？"

孟泽茫然收了衣袖，开口时语气微醉，吐出的气息也染了酒味儿，却客气地遵礼朝沈素端袖一拜道："呃……抱歉……"

抱歉。

我闻声竟一阵酸涩——那个曾经纨绔不羁，令许多仙人闻风丧胆，做事从不思虑后果，只晓得以拳头解决问题的孟泽玄君，如今终于学会了客客气气同一个陌生仙人说"抱歉"。这明明是一件好事，可我偏偏觉得那个明媚却又洒脱的少年，以他的性格，拦住沈素的时候应该说一句："本君拦的就是你，你若不服，来同本君单挑啊！"

可不是。他如今说的是："呃……抱歉……"

"无妨。"沈素抱着我打算绕开他继续走。

微微踉跄了一步的孟泽又追上来，依然友好问道："你怀里的……可是一只凤凰？"

沈素一瞬戒备起来，疏远回道："你想干什么？"

“不要误会，我只是想问……你能不能让我看它一眼？”孟泽的语气，在醉酒之中，竟显得格外孤独，甚至带了些许放下身段的乞求。

他也曾细心温柔地照顾还是小凤凰的我许多个日夜，如今相隔十二万年，他重新遇到了我的凤凰元身，纵然他还不晓得是我，可他依然乞求着想看一眼。

不待沈素反应，我便主动探出身来望着他。孟泽脸上刹那惊讶，银辉万丈自他背后映过来，他眸中堇色于星光中颤颤而动，泪水陡然盈眶。隔了良久，他才缓缓抬手想抚摸一下我的毛羽，手抬到半空中却又局促放下，赫然转身背对着沈素苍凉道：“这位仙僚，你赶紧带它走吧……它着实像我曾经养过的那一只，我怕过会儿自己会控制不住……把它抢过来占为己有。”

沈素再不停留。乘云抱着我迅速离开。

我的脑袋抵在沈素肩上，望着银河旁边的孟泽，他停顿许久之后才背对着我们朝着相反的方向踽踽而行——那时候，我想，这怕是我此生最后一次看他了。只是，他其实没有认出我来吧……

最后一面，他并不知道自己遇到的那只凤凰是我。

这样也好。

认不出来也好。

这样于最后一面，他便不会因为那只凤凰是我，而恋恋不舍无法别离。

纵然那时候，脑海里关于他的一字一句又浮现出来——

是他语音含笑，声音明亮：“谁告诉你现在要吃它了。”

是他捏着翅膀，略略思量：“现在吃实在是太小了，实在不够塞牙缝。等我养一养它，等长胖了，就劈成两半，一半清蒸，一半红烧。”

是他威逼利引，故意恐吓：“你若是不吃饭，我今晚便吃了你，打牙祭嘛，肉越少吃着越香。”

是他眉梢飞扬，戏谑纷扰：“你瞧！不只我自己觉得你能吃，他们都觉得你能吃呢！”

是他心头惆怅，手掌温良：“你再吃我的手就捧不动你了。”

也是他容颜俊秀，风姿英朗：“你看见没？方才我那拳头是不是潇洒极了！”

画舫之中，我不动声色地灌下一杯酒，笑的时候装作这一切都没有发生过：“没想到玄君少时候养过凤凰，这真是一件有趣的事。只是良玉我从身上还没有长全毛羽的时候，便一直在大梵音殿待着，在师父和师兄身边长大，从来没有走失过。所以，我也不知道你捡到的是哪一只凤凰。”

那时候，他手中的酒杯不稳，从掌心滚落到衣衫上，酒水悉数洒了出来。他侧脸望着我的时候，眼睛依然含了星辉一般，晶晶亮亮带着笑意：“你不知道就算了，阿玉……可能，不过是我做了几万年的一个梦吧。”

你也知道不是梦吧。

你也知道那时的我在撒谎吧。

你只是没有拆穿我吧。

此生，于“情意”二字上，多少是我负你多一些，只希望你眼睛里的堇色赶紧消散，眼力赶紧恢复。

我还有几个月就要死了，我没法再见你了。

因为我，真的爱天尊大人，我要去陪他了。

半夜时我们终于到了三十五天。

可我一到这儿，就觉得不同了。那原本满满当当铺了整个三十五天的纷繁珍奇的花木，竟然……已经枯萎凋零了一多半。

以前，我从未对这些花木上过心。多少枯死、多少初生，我并不知道。每次从清微宫走出来，看到纷繁各异的花木，只晓得心情舒畅。可六月的夜晚，那些原本该生机勃勃的花木，远远望去却颓败了一大半，个中心情，如鲠在喉，吐不出，咽不下，卡在那里戳得自己痛不欲生。

三十五天的花木以前都是天尊大人一手栽种的，苏苒姑姑只是偶尔替他打理。以前便听苏苒姑姑说，许多花木之所以长得这样好，其实是因为天尊大人栽种的时候怕它们枯萎，而注入了许多仙力。

现在，这些花枯成这样——是不是因为天尊大人他真的……

我窝在沈素怀里，不敢再往下想，脑袋抵在他胸膛上，忍不住低咽出声。

“小凤凰，今日已晚，明早我便以向九上天尊贡奉凤凰的名义，将你带入清微宫，让你同他见面了。你有没有准备好？”沈素理了理我的毛羽，问道。

我呜咽了一声：嗯，准备好了，但是我想今晚去看看他。

沈素又抚了抚我的额头，劝道：“你翅膀上的伤还没好，如今随我赶了一天的路，也是风尘仆仆的模样，纵然你长得比那些凤凰好，但如今的样子也有些脏乱，这样他不一定会上前来抚摸你一把……”

我点点头：你说得对，急不得……我先仔细整理一番形容，再过几个时辰就是黎明了，你清早将我送进清微宫。

此时终于在三十五天了，一路风尘终于安定下来，我只觉得月光疏冷，花香伴着枯苦味道，搅得我几欲作呕。沈素觉出我的异样，阔步边走边道：“我记得那面有一方池水尚且清澈，你先饮几口缓一缓。”

而沈素说的那一方池水，原来是碧玉池。

当我看到池中的睡莲妹妹和池边的小凤凰木的时候，只觉得心刹那间被剜去了一般，血淋淋的疼蔓延全身，我一个抽搐便从沈素怀里掉下来。

碧玉池里的池水如今也已经干涸大半。再不是往日丰盈充沛的样子。池中的睡莲也不若平常那般生气勃勃、见到陌生人打趣她会活泼地掀起池水泼在那人脸上，如今她像是被抽取了半数灵气，只在夜色中倦倦开着花朵，可是那花瓣边缘却枯萎褶皱了一圈。她身旁田田荷叶亦是如此，边缘枯萎卷曲。

而我的小凤凰木，它因为自幼不是在三十五天生长，是以看不出枯萎，但是——它原来碧绿莹嫩的叶子，如今全数沾上泥土灰尘，树枝怯生生地垂着，望着碧玉池中的睡莲妹妹，整个小树身、所有枝条、所有叶子都写满了难过。

我呜咽一声，它便愣愣地转头看我。如今我是凤凰元身，它果然认不出我。

我躲开沈素欲抱起我来的手，扇着翅膀跑过去，本想去抚一抚它的树叶，给它安慰。可是它见我奔过去时，竟是枝条尽数奓开、害怕得轰然倒退的模样。小凤凰木身后枯木横亘，将它绊倒，它便滚着往远处、许多树枝随着它滚的动作而折断，可就算这样，它依然奋力呼呼啦啦滚向远处，来不及顾及自己的树枝折断，只为了躲开我。

我呆在原地。

睡莲妹妹想替小凤凰木“报仇”，可她使出浑身力气却只是朝我身上扬了几个水滴。

怎么会这样啊……怎么会变成这样……

那个亲我黏我、爱吃我做的荷包蛋的小凤凰木为何会怕我怕成这样？纵然我现在是凤凰元身，可是它也不该害怕一只动物到如此地步啊。

沈素一把将我抱起来，沉声道：“其实我前几日来的时候，这里还不是如此凄凉的场景。不晓得为何短短几天会变成这样。那一株小凤凰木好像害怕你，你以前也认识它吗？”

小凤凰木看到我被沈素拉进怀里不再追它，才撑着身子站起来，整个小树身都怕得发抖，可是它却依然颤巍巍挪过来——不为别的，因为睡莲妹妹还在我身旁的碧玉池里，它害怕我伤害睡莲，所以纵然它怕我怕成这样，依然颤巍巍挪过来，微微张开树枝，拦在睡莲妹妹身旁想保护她。

小凤凰木……

是谁把你弄成这样的？你为什么害怕凤凰？你这些日子是如何过的？

我望着它，想问太多太多，我难过太多太多。可是我现在一句话也说不出来，我在沈素怀里，伸着翅膀想搂它入怀，想问它许多话，可现在——夜色肃穆，我说不出来一句话，只能身子抽搐之余发出一声一声悲哀的呜咽，可他们谁也听不懂，他们一个字也听不懂。

沈素抚了抚我的背，话音也染了哀意：“小凤凰，你怎么难过成这样……”

我怎么难过成这样。

不过月余，万物颓唐，沈素，你若知前因后果，便晓得我如今为何难过成这般模样。

沈素的身子蓦然一僵，指着小凤凰木同我道：“你看它的树皮上翻开的小口子，是不是被什么东西啄的？”

我震惊抬头，月光映衬之中，果然看到小凤凰木树干下方树皮翻开的许许多多小口子，露出的树芯原本是嫩白色，却被泥土染脏成了褐色，是以若不仔细看瞧不大出来……

若我没有认错，那翻开的口子的形状，圆边且中央锐利深陷——是凤凰口喙没有错。

我啄住沈素的衣襟，给他看我的喙，悲愤嘶鸣：是凤凰啄伤了它，是凤凰的口喙啄伤了小凤！

沈素瞪大了眼睛，眉头紧皱，肃穆问道：“你是说……那树干上的伤口，是凤凰啄的对不对？”

我猛然点头，泪水汹涌：是，是！

“所以它见到凤凰才会这样害怕……”沈素望着我喃喃道。

是，是啊……所以小凤凰木才会这样怕我。它不过两百余岁的年纪，它被凤凰伤成这样，它怕啊……可它也是一棵不会说话的树木，它痛的时候也不能言语、不能喊痛，它再次见到凤凰，只能连滚带爬地躲远。所以，它身上现在……才会被泥土灰尘弄得这般脏乱狼狈吧……

思及此处，我再也忍不住，望着小凤凰木，泪水汹涌之中发出一声一声低低哀鸣，于三十五天回响。

小凤，不要怕我，我是良玉啊，我不会啄你……若让我晓得是哪一只凤凰将你伤成这样，就算我拼了性命，也要扑上去狠狠啄它，为你报仇雪恨。

“小凤凰，若是你真的疼爱这株凤凰木，那我们还是先走吧……它还是怕你，我们离它远一些，它或许就不会害怕成这样了。”沈素低声同我讲。

我望着枝条都在怯怯发抖的小凤，点点头：嗯，好，我们先离它远一点儿。可我还是忍不住趴在他的肩头，我想多看小凤一眼。

沈素没有再停留，他抱着我离开的时候，在我耳边轻声道：“小凤凰，你现在这个样子，总让我不自意想到夫人。那时候，我带她出来，她也是将脸颊贴在我的肩头，只剩一双眼珠还有些神采，不住的往外看，”他停顿了会儿，再次开口时候，声音竟然无比苍凉，“……其实那时候，她已经消瘦得不成样子了。我用深色大氅将她裹在身旁，出门的时候，若不是她一双眼睛还在动，旁人或许连我身上带着一个人都看不出来。出门时，夜风吹过，她的头发便大把大把地掉落，其实不过才三天而已……最后那一次，我终究是去晚了，那时候，她已经连我也记不得了。其实若我再早一日，兴许就能带她回到那个地方了。那一世，我只经历过两次后悔，且悔得痛不欲生。第一次是我赶到皇宫，看到万箭穿身而死的琉璃，被夫人抱在怀里一动不动；再一次便是去接夫人去她挂念的地方，可她临死也没能回去。这两次，都是我迟了。”他说到最后，嗓音已哽咽得深重了。

沈素和琉璃的夫人，也曾这样悲苦。

这世上，总有脚步赶不上生命流逝的速度的时候，我风尘仆仆为你赶来，却无缘见上你最后一面，徒留生死两隔，说不出话。令人悲痛万分，此生怆然的是：我还在，你湮灭。

沈素抱着我渐渐走远，夜色浮沉之中，已然看不到小凤的身影了。

时至今日，我才发现，自己怀念每一次跟小凤分开再见面的时候，它张开枝条自很远处便吭哧吭哧蹦过来，不管不顾地伸出几根枝条环住我的脖颈，整个树身亲昵地挂在我身上，天尊大人拉它下来它也不松手。

可如今，它受尽欺负，恐惧万分，见到我避犹不及。

我生平第一次厌恶自己元身是一只凤凰。若我生来便是人形，小凤凰木便不会见到我害怕成这副样子。若我生来便是人形，修为散尽时，强撑着一口气总也能说我想说的话。

后半夜，沈素顺着我的指引，一路来到三十五天，沉钰为六师兄养萤火的泉边，泉水尚且盈沛，我沾着泉水将身上的毛羽一一清洗干净，翅膀上的伤，沈素也借着泉水给我细致清洗了一番又耐心包好。

次日黎明刚过，沈素简单乔装打扮一番，便抱着我来到清微宫门口。

彼时晨雾将将浮起，朝霞还未映出，清微宫的大门还未开。燃了一宿的宫灯，烛蜡见底，灯芯已是奄奄一息，只剩琉璃灯盏在浅浅烛光之中，依然有朦胧的五彩光晕。我想起来不久前跟天尊大人从北海吃了海鲜火锅回来，恰逢苏苒姑姑要点宫灯，我便说要替姑姑点。最后还是天尊大人拿起火折，将宫灯一一点亮的。

日色西沉，君子点灯。

时光浩瀚，一渺欢痛。

这场景再回想，果真恍如隔世，沧桑一程。

沈素站在门口，亦是抬头，静静看着那一排琉璃宫灯。我想，他应该是在想琉璃。

过了很久他才回过神来，又嘱咐我道："你若是见到他，要乖巧一些。"他停顿片刻，低头道，"我也不晓得自己和琉璃为何要对你这样上心，你想来见他，我心里比你还要紧张一些。我希望你能顺利见到他，潜意识里却想带你走。"

他这番话说得让我有些错愕。我呆呆望着他，想让他说得易懂一些，可他清朗一笑，抚了抚我的翅膀道："来都来了，我方才魔怔了，说的是胡话。"

我点点头，往他怀里靠了一靠。

卯时初刻，清微宫大门终于打开。开门的神仙，正是苏苒姑姑。

开门声令我自沈素怀里猛然惊起，抬头时正好对上姑姑的双目。如今苏苒姑姑也消瘦了许多，眼角淡淡皱纹，瞧着老了许多。想必是这些日子她照拂天尊大人，也过得十分辛苦。她看到我，也是吃了一惊，开口时话音里带了些怒气，不再是往日里慈眉善目的和蔼模样："你也是来往清微宫送凤凰的？！"

我待在沈素怀里，望着苏苒姑姑生气的模样，一动也不敢动。

沈素抱着我俯身朝苏苒姑姑拜了一拜，礼貌道："小仙听闻天尊大人爱凤凰，特意寻到这一只毛羽瞧着光鲜美丽的凤凰，希望能见天尊大人一面，亲自献上。"

苏苒姑姑皱眉拒绝道："尊上七日前便早已寻到一只比你怀里这一只还好看一些的凤凰了，你带它回去吧。"

说罢便要唤人来送客。

可是……我还没见天尊大人一面，我还不知道他身子到底怎么样，我还不清楚他是否真的如沈素所打听来的那样，马上要仙逝了，我怎么可以这样就被带回去。

我赶紧从沈素怀里跳出来，因为翅膀施展不开，身子直接砸在地上，我爬到姑姑脚下，张口衔住她的衣角，抬头楚楚可怜地哀求她——

姑姑，我是良玉啊，我是你疼爱的良玉啊，你别赶我走。

她却从我口中将衣角陡然扯出来，转头同沈素愤声道："抱着它赶紧走！"说罢头也不回地拂袖离开。

我大吃一惊，逃过沈素要抱我的手，追着苏苒姑姑便过去，再也顾不及其他。我奔到她面前想拦住她的去路，姑姑猝不及防，脚步没有收回来，一下踩在我身上。

其实那一脚并不多痛，姑姑却吓了一跳，赶忙将我抱起来，颤抖地抚着我的脊背问道："你……你没事吧？"

我摇摇头，泪眼模糊地望着她：姑姑，你不晓得我是良玉……但求你别赶我走。

姑姑怔怔地盯着我看了好一会儿，直到沈素欲将我从她怀里接过去，她才恍然收紧胳膊抱住我，惊呼一声道："天哪！你这个眼神……为何让我想到了良玉！"

这句话果真如一道明光照在我心上，我衔住她的衣襟，眼泪再也控制不住簌簌而落，窝在她怀里拼命点头，一声一声哀鸣从喉间涌出来：姑姑，我是良玉啊，我就是良玉啊……你是第一个将我认出来的神仙，你是第一个啊……

我能感到姑姑她抚摸我脊背时颤抖不已的指尖："你……你果真是良玉吗？"姑姑猛然抬头盯住沈素问道："她果真是良玉吗？！"

沈素不明所以，他根本不知道我到底是谁，我赶忙转头冲他点头，他一瞬懂我的意思，开口对苏苒姑姑说："它是。"

姑姑一霎忍不住，脸颊紧紧贴在我身上，泪水夺眶而出，落在我的毛羽之上："你还活着，良玉你还活着啊……"

我以翅膀蹭了蹭她的衣衫，纵然说不出话，却呜咽开口，想告诉她：姑姑，是我，我在，我还活着。

我衔住她的衣襟，往天尊大人厢房的方向拉了一拉，然后以翅膀指了指，姑姑明白了我的意思，泪流满面道："天尊大人，他……他现在很不好……你还是先不要见他了。"

很不好？

姑姑略提防地看了看沈素，沈素当即领悟，低头对我道："我回去看一看琉璃，你先在这里待几日……过几天我就来找你。”说罢又冲苏苒姑姑俯身一拜，从袖袋里掏出一枚晶润玉玦恭敬奉上，“劳烦上神照看它了。”

沈素这个举动令我感动不已。他同琉璃住在仙界穷乡僻壤的地方，衣着简朴，食物简单，住着的茅草屋还被我不自觉地啃出一个窟窿。可他如今却为了我这样一只凤凰风尘仆仆赶到三十五天，亲手掏出这样一枚精致玉玦奉上，只为了托姑姑给我多一些照拂。

姑姑自然拒绝，惆怅道：“你无须这般，它若真的是良玉，苏苒我倒要三拜九叩来感谢你才对。”

沈素赶忙道：“上神莫要这样讲，小凤凰还是要多谢您的照看。”说完低头看了我一眼，缓缓一笑，纵然面上有些挂念，但依然行过礼后告辞了。

不晓得此生……我还有没有机会，再见他跟琉璃这样的好人一面。

苏苒姑姑没有带我去见天尊大人，而是带我去了她自己的房间，给我检查方才有没有受伤。我有些心急，从她怀里跳出来，指了指天尊大人厢房的方向：姑姑，我想去见天尊大人。

姑姑皱眉望着我，目光中哀伤渐重：“我这样说可能会伤你的心意……但是，小凤凰，我真的不能确定你是不是良玉，我不能再让天尊大人接触旁的凤凰了……”

那时候，姑姑对我仍然有些怀疑。是啊，自我五百岁时化成仙形，鲜少有神仙见过我的凤凰元身。姑姑她凭着我的眼神觉得我像良玉，但她若是理智地一思索，难免会怀疑我到底是不是良玉。

我心中闷痛，化不成仙形，说不出话，我想证明自己的身份也好难。

所幸，我转头时看到了姑姑书案上的宣纸，宣纸旁边的砚台里还有墨汁。我迅速跳上书案，在苏苒姑姑的呆愣之中，以翅膀尖端沾了墨汁，歪歪扭扭写下三个字——“茴香苗。”

苏苒姑姑看到这三个字，已然颤抖不已，泣不成声——“良玉，果真……果真是你！先前我真的以为，你已经仙逝了……”姑姑哽咽道。

我想抬手给她擦一擦眼泪，抬起来的却是翅膀，无奈作罢。不晓得如何安慰她，我便低头轻轻衔住她的衣袖：姑姑，你擦一擦眼泪。

“可是……你为何一直以元身示人？你……”姑姑惊痛地问道。

我踌躇一会儿，再次以翅膀沾了墨汁，扭扭歪歪写下——“无力变回，无法言语”八个字。

姑姑抹了把眼泪，却有更多泪涌出来，可她开口依然是安慰我：“我先……我先去给你做些吃食。”说罢转身往屋外走去。我看着她脚步多少有些掩藏不住的慌乱，肩膀也在颤抖。我第一次见苏苒姑姑这样失常。她在我心中是比观音大士都要美貌端庄的仙女，她温和有礼，她毓秀而立。可姑姑她也有这样难过的时候……

我在苏苒姑姑厢房中转了一圈，实在挂念天尊大人，便推开房门走到外面。太阳已然升起来，六月的天气，少了诸多花木的荫蔽，三十五天干燥而炎热。我向天尊大人的厢房走去，路过一个小池，怕自己难看又脏乱，特意洗了洗方才沾了墨汁的翅膀，顺便将脸颊处的毛羽也洗了一遍。对着清澈池水照了照，觉得里面的凤凰干净好看，才放心地继续往前走。

这一段路如今看来也十分长。时隔这么多日子，我就要再次见到天尊大人了，不晓得他会不会也像苏苒姑姑那般认出我。不晓得他再次见到我会不会激动，又会不会因着我当初跳下云头而生我气不理我。

可我最担心的，却依然是沈素打听到的那一句——他身子越发不好了，好像不久便要仙逝了，他打算从四海八荒重新选一位神仙来继任他天尊的位子。

所以，生我气也好，责骂我也好，但求你身子不要不好。

可当我下定决心，以头顶开天尊大人厢房房门的时候，看到的场景，远不是……我想到的样子。

第二十七章

瑶草媚心，与君重逢

小玉，此刻也是梦吧，你从不在我身边对不对，

我面前的你都不过是幻象对不对……

可是纵然这样，你能不能多出现几次，我不碰你，你不消失。小玉，可不可以？

那时候，他右手握着书卷斜靠在窗边的梨花木椅上，那个地方原来是那面被我打碎的翡翠屏风的位置。他面色一派悠然安详，左右轻轻柔柔抚摸着怀里一只毛羽光鲜璀璨、煜煜辉辉的凤凰。

我不受控制地打了个哆嗦，爪子踉跄之中，不小心踩翻了厢房之中一盆微微泛着月色光华的花草，是以弄出不大不小的声响。

他便放了书卷，皱眉朝我看来——

四目相对那一眼，我残破的右心已经提到了嗓子眼儿，紧张得连下意识咽下口水的动作都感觉一阵疼。

天尊大人……你能不能认出我？

你怀里的凤凰……又是谁？

我惶然无措地站在那个地方，一时间看看他，又呆愣愣看看他怀里美貌无双的凤凰，再戚戚低头，看着自己虽然在顶开厢房门前一刻清洗过身上毛羽但依然有些狼狈凄惨的样子，自卑的感觉漫上来，真令人喘息都困难。

他眉头皱得更重，却终于开口，只是他讲的话让我始料未及——

“你是哪里来的野凤凰，竟然敢私闯本尊的房间。你这条命怕是不想要了吧？”

你是哪里来的野凤凰，竟然敢私闯本尊的房间。你这条命怕是不想要了吧？

那时候，我从没有料到，有朝一日，我站在天尊大人的面前，而他不但认不出我，反而——打算要了我的命。

我说不出话。可奇怪的是，我站在他面前，看着他怀里抱着另外一只凤凰，竟也不想说话，连呜咽一声都不愿意发出来。

若我没有听错，他怀里那只凤凰，听到天尊大人这样说的时候，发出了咯咯的畅快笑声。我便仰头看那只凤凰，恰好她也朝我看过来。

那只凤凰杏眸半睁半闭，面上笑意渐浓，抬起翅膀抚上天尊大人肩膀的时候，姿态妙曼而妖异——我只觉那妃色身影轰然出现在脑海之中，那得意的笑容在心中抹也抹不去。

她不是拂灵又是哪个？！

她怎么能在天尊大人身边！她手里还握着紫玉，她随时可能伤了天尊大人的情魄啊！

我张开翅膀扑腾几下飞过去，使出全身力气，以喙啄住她颈上的毛羽、爪子抓住她的翅膀，想把她从天尊大人拎出来。

那时候，我想的是：拂灵，有我在，你休想再以紫玉伤害天尊大人。

身下的拂灵凄惨地悲鸣一声，我还来不及反应，只觉翅膀被有力的大手扯住，爪子下意识松开想防卫一番，身子却在那一瞬间被大手拎起又被那只手愤然扔出去，身子飞出去后落下来，贴着地面滑出去，带碎了无数花盆之后，脑袋终于撞在墙上。

口中蓦然涌出血水，染脏了那面白玉墙壁。

我大抵沉沉呜咽了一声，血水顺着喙沾湿了颈上的毛羽。我竟不忍回头看他，我怕看到的不是他心疼我的模样，而是……将我碎尸万段的念想。

我以翅膀护住自己的身体。天尊大人……你不是说喜欢我吗？你可知你怀里那一只凤凰……不是良玉啊。

你可知你现在毫不留情扯起来、照着坚硬的墙面扔出去的，才是你曾经说的想娶之为妻的良玉啊。

可我万万没想到，令我万念俱灰的还在后头——

“你居然敢伤我的灵儿！”

我猛然抬头。

若我没有听错，他说的是——你居然敢伤我的灵儿。

灵儿……拂灵？

这样说，他并非是把怀里的凤凰当成是我，而是彻底喜欢上了别人？

他怀里的凤凰轻蔑地瞧了我一眼，然后又装作可怜的样子呜咽一声往他怀里蹭了蹭，他便抬手轻柔地抚摸她的脊背和额头，声音温和，充满疼爱："可是哪里受伤了？"

那只凤凰便又可怜楚楚地往他怀里蹭了蹭。

他认定了怀里的凤凰受伤了，是以抬头看我时是勃然大怒的模样，他指尖迅速捏起诀术朝我使来，我大惊之中躲避不及，身子一颤，那诀术便贴着我的脖颈打在白玉墙面之上，冲开一道狰狞的沟痕。脖颈一侧划破的口子虽然不深，却在我低头时，血水已经流出来，顺着毛羽滴落在地上。

他见我险险躲过，竟然再次在指尖捏起诀术，若不是推门而进的苏苒姑姑迅速拉过我将我护在身下，那个诀术怕是真的会要了我的命了。

苏苒姑姑跪伏在地上不住磕头："请尊上饶这小凤凰一命！"

他眼神凌厉若刀，出口的声音若寒冰三丈："带它赶紧滚。"

夜晚，我惊魂甫定地卧在苏苒姑姑怀里。白日的伤口苏苒姑姑已经尽数帮我处理好，但是心里的伤，没人能懂。我不晓得天尊大人为何会变成这样。即便……即便他认不出我，可他又为何会喜欢上拂灵。

"良玉，你吃点东西啊……"苏苒姑姑哽咽道。

我惶惶抬头，看了看她，又摇摇头：姑姑，我吃不下。

她温暖的掌心拂过我脊背上的毛羽，声音轻柔，带了许多无奈和感伤："良玉，你也觉得天尊大人不像他了是不是……你不要怪他，这其实都是拂灵做的。"

我眼睛眨了几下，迅速点头：是的姑姑，我看得出那只凤凰就是拂灵！

"前些时日，他们都说你仙逝了。天尊大人苦苦寻你，却始终找不到你的下落，他隐约算出，你行踪消失时修为散尽，归于凤凰元身，是以颁布尊令，命四海八荒诸位神仙见到好看的凤凰便往清微宫送过来。且是……无论生死，他都要亲眼见一看……”苏苒姑姑说到这里，竟泪落两行。

我想到他下尊令的时候的心情：无论生死，都要送来。那时候，他也曾十分难过吧。

“其实九州漂亮的凤凰本就所剩无几了。那些神仙送来的凤凰，其实毛羽都不太好看。天尊大人其实一眼便瞧出来那不是你。纵然他也没有见过你凤凰元身到底什么样子。但纵然这样，他还是悉数将那些凤凰留下，让清微宫的仙娥、仙侍悉心照料。但是，总有听话的神仙果真送来已经死了的凤凰。其实，那一天，有一只凤凰在送来清微宫的时候已经奄奄一息了。那只凤凰毛羽光鲜美丽，眼睛玲珑漂亮。可是在看到天尊大人前一刻便死了。彼时尊上他眼睛一瞬漫上水雾，指尖停在那只凤凰额心，一动不动站了两个时辰。他以为……那只凤凰是你。后来几天几夜不曾入睡，抱着那只过世的凤凰坐在清微宫大殿门口，喃喃开口讲话给那只凤凰听。他其实在讲给你听啊……”姑姑眼泪止不住往下淌，“我当时心疼不已，上前同他讲，让他注意身体。良玉，你可知天尊大人说的什么？”

我望着苏苒姑姑，也觉得眼眶湿意浓重：天尊大人……他说了什么？

“他云淡风轻地同我讲，苏苒，小玉死了，我可能也活不太久了。你替我传令，于四海八荒重新选一位神仙，让他继任天尊一职吧。”

天尊大人他……他怎么可以活不过太久……他是天尊啊，他当与天地同生共存的。我低头将眼泪蹭在毛羽上，这句话竟令我内心悲伤万分。

姑姑以绢帕擦了擦眼泪，抚了抚我的额头，又道：“我亦是忍痛替他下令，重新选一位神仙做天尊。可是，不过两天之后，一只更加美丽漂亮的凤凰出现在清微宫门前。怪我当初只觉得那只凤凰可能是你，只觉得天尊大人看到她会高兴，是以没有多想便抱着她去找天尊大人。她见到天尊大人时也是十分乖巧伶俐，以额头往尊上手心里蹭了蹭，尊上当即愣在那里。可我没料到，这只凤凰竟然是拂灵变成的。”

我控制不住有些着急，翅膀扑在苏苒姑姑肩上，我想问她：如果、如果天尊大人心心念念的都是我，就算他把拂灵变成的那只凤凰当作我的话，应该唤她“小玉”啊，可为什么……我在他厢房里，听到他唤怀里那只凤凰“灵儿”？

苏苒姑姑赶忙安慰我："你也疑惑是不是？起初我也觉得有些不对劲，因为天尊大人越来越离不开那只凤凰，也越来越宠她。开始，我也以为那是你，觉得尊上他终于不再难过，也替他高兴。直到那只凤凰开始兴风作浪。"

兴风作浪？！

"你看三十五天的花木，其实已经枯萎大半了……"苏苒姑姑说到这处，已经无比感伤悲痛，那些花木也是经由她亲手照料过，很多时候，姑姑也待那些花草若亲人一样的，"三十五天的花木本就是尊上他用仙力养的，现在他仙力散失太多，花木自然枯萎许多。可天尊大人仙力消散这样迅速，完全是因为瑶草的作用。良玉，你应当知道，妖界姑瑶之境，瑶草丛生，看之媚心，食之媚人。当年，拂灵正是食用过这瑶草去魅惑天尊大人，才犯了天律，这正是她被贬至妖界的原因之一。这一次，她趁尊上处在悲伤之中、毫无防备之时，再食瑶草来魅惑天尊大人。而且，天尊大人厢房里也被她养了许多瑶草。你看尊上厢房里，那些略微泛着月华光泽的花，都是瑶草。"

是的，我记得将将进入天尊大人厢房时，不小心踩到的一盆花草，微微泛着月色光华，看上去十分漂亮。我早就从师父那里听闻过，姑瑶之境的瑶草乃上古美艳的神女化身而成，服了这瑶草会媚人。可我万万没有想到，那就是"看之媚心，食之媚人"的瑶草啊。天尊大人厢房里日日有这种早就被列入禁物的瑶草，他身体怎么会安然无恙？

我内心酸涩，可偏偏什么话也说不出来，只能衔住苏苒姑姑的衣袖，想拉着她往门外走：姑姑，我们去把那些瑶草搬走，不要再让天尊大人看到了好不好？

苏苒姑姑又拦住我，面容悲苦地摇头，眼泪止不住往下淌："良玉，我何曾不想搬走那些瑶草。可是，尊上他现在谁的话也听不进去了，他独独听拂灵的话了。我去他厢房中想挪走那些瑶草，可是拂灵变成的那只凤凰以身子护在瑶草之上，尊上疼她，不再让我碰那些瑶草，更不允许我碰拂灵变成的那只凤凰。拂灵将之前诸位神仙从四海八荒搜罗来的那些凤凰欺负得不成样子，若不是我偷偷放走一些，恐怕那些无辜的凤凰都要死了。那日，她趁我未注意，将小凤凰木啄了个遍体鳞伤……而你师父，因邈佛祖也来三十五天想帮他一把，可是瑶草之毒已经媚惑他太深，尊上他……他已然听不得任何人劝了……"

小凤树干上的伤口，果然是她啄的。我将脑袋埋在翅膀之中，狠狠地抹了一把眼泪。

拂灵，你伤了我的小凤，你伤了我的天尊大人。本神君想将你千刀万剐，挫骨扬灰。

可恨我现在也是一只行将就木的凤凰，我说不出话，修为也散尽了，连只活的畜生都比不上了。我再也忍不住悲鸣出声，良玉啊良玉，你也有今天这样无助、这样无能的时候。你一点儿用也没有，你一点儿本事都没有。

“良玉，你别这样……”苏苒姑姑抱住我，心疼得眼泪一直掉，“你要记得，你才是天尊大人最喜欢的姑娘啊，现在也唯有你能把尊上从瑶草魅惑之毒中救出来了。”

可是姑姑，我真的能吗？我真的能救天尊大人吗？我现在连话都说不出来，天尊大人他根本认不出我是良玉啊，他根本不再看别的凤凰了啊……我泪眼婆娑地望着姑姑，这种在绝望深潭之中渐渐灭顶的心情，无人能懂，无人能替。

纵然苏苒姑姑已经泪雨滂沱，可她还是用绢帕先给我拭去眼泪，她声音第一次喑哑得这样严重：“良玉，你冷静一下……我会助你变回仙形，你就方便一些……”

变回仙形……我愣了片刻，赶忙衔住她的衣袖往外走，可她不知道我要干什么，我踉跄几步，翅膀扑腾几下飞到书桌上，顾不得许多，翅膀尖端沾上墨汁便在纸上写下“师父”两个字，等不及墨痕干涸，赶忙衔着那纸塞到姑姑怀里。

苏苒姑姑擦了擦眼泪，颤颤道：“你是让我带你去找因邈佛祖？”

我使劲点头，眼泪夺眶而出。那时候，我所有的希望都压在师父身上，我想，师父他老人家一定会帮我变回仙形的。

而我的师父，他没有让我失望。十二万年以来，他一直没有让我失望。

我们在暮霭沉沉时到了大梵音殿，师父在千盏佛灯之中，坐在我在大梵音殿修行时常坐的蒲团之上，看上去已经安然无恙的灼华静静坐在他身后，以菱纱擦着一串佛珠。我当即认出来，那串佛珠是我在崆峒幻域之中第一次见到师父时，师父给我、护我安然的那一串。

那时候，师父同灼华一起，于千盏彤彤佛灯之中回头，我的眼泪刹那间滚滚涌出。

到底是养我好几万年的师父，他看到我，手中的菩提念珠一瞬断开、散落地上——

“小九。”师父哑了声音喊出这句话的时候，眸子里已经有泪了。

灼华惊讶不已：“丫头！你还活着？！”

我于苏苒姑姑怀里不住点头：我还活着，师父，灼华，我是良玉，我还活着。

那一晚，晓得前因后果的师父，取了灼华的血为引，施诀术渡给我许多仙力。彼时，我担忧地摇头，想着灼华取那么多血身子会不好，师父安抚地望了眼灼华，低头对我道：“说到底，小九，是你用紫玉替灼华补回新鲜的血液，她身上现在流的血同你血元相同，唯有此法能暂时先救你了。”

我悲苦地望了一眼灼华，孰料灼华却挑眉一笑，唇角朱砂痣依然鲜红若血滴，神色是轻松悠闲的模样，打趣道：“你师父说得对，到底是你救了我。莫说是几碗血了，你就算要娶了我我也是不能拒绝的。”

师父便无奈看她一眼。

我在师父和灼华的帮助下，经历这么多日子，终于再次能变回仙形。

那时候，师父、灼华、苏苒姑姑都站在我旁边，问我身子可有何不适。我望着他们，激动得泪眼盈眶，明明腹中有千言万语，想把这些日子不能说的话都说出来，可是那些话涌到喉间，却在那一瞬间，看着他们，只是泪落两行，千言万语不知从何说起。

最后只在道别时，我扬起裙角，于恢宏大殿之前，跪在师父面前端端正正行了礼。我不知道此去生命能行到几时，不知道此生究竟还有没有可能再见到师父，于是我在苍茫夜色之中朝他郑重磕头，喑哑唤了一句从心窝里掏出来的——

“师父，若有来生，小九还想做您的弟子，您……可还愿意收留我？”

师父执了一盏佛灯送我到门口，那时候，他眉眼萧索，喉结微微动，亦是什么也说不出来。灼华狭长美艳的双目落下了两行泪，唇上却依然噙着笑替师父回答道：“你师父他若是不收留你，师娘我收留你啊！”

苏苒姑姑将我搀起来，我抬袖子擦了擦眼泪，终是笑了回道：“就这吗，说定了。”

一晚夜深，我同苏苒姑姑站在云头，行了很久，回头时依然看见巍峨的大梵音殿门口跳跃的一豆灯火。我晓得，师父站在殿门口，一直望着云上远行的我，不曾离去。

往事氤氲，浮上脑海。蔚蔚祥云之上，深蓝夜空为幕，我依稀想起来，初见师父的那一回。我仿佛是被一个神仙放在大梵音殿门口的，他嘱咐了我几句，便走了。我十分听话地蹲在大梵音殿门口，可是彼时我身量不过巴掌大小，又是一个被剃掉羽毛的小秃肉球，打开殿门的师兄们都没有发现我，我又不敢挪动，因为放下我的那位神仙跟我说不要乱动，直到有一个神仙把我捧起来时我才可以再动。我便听话，一直等一个把我捧起来的神仙。可是那些眼拙的师兄，甚至都发现不了我，怎么会捧我起来呢？我有些饿，有些累，也有些冷，却一直不敢动。

终于，夜色苍茫之中，点了佛灯的他，顺手执了一盏灯出门，灼灼灯火燃得温暖，他一眼便发现了我。愣怔半刻后，他将佛灯放在我身旁，纤长温滑若暖玉的手指伸出来，轻柔地将我捏起来，放到掌心之中。

踏实而又温暖的感觉从足底生出来，我从如昼灯火之中抬头看他——

佛祖素衣，不染纤尘。只消一眼，万物失色，天地沦为背景。

我的师父，他是这样好看、这样温暖的一个神仙。

当我再次以仙形出现在天尊大人面前的时候，他怀里仍然抱着拂灵变成的那只凤凰斜躺在床上，只是在看到我的那一刻恍惚起身，面容一瞬惨白若雪。而拂灵，她看到我的那一刹那，凤凰身子猛烈一颤，毛羽奓开，眼珠子都要瞪出来。

厢房之中，灯盏通明。泛着月色光华的瑶草，吞噬着仙人的神志与情欲，蓁蓁生长。我拔下玉渠发簪，化成玉渠剑，许久不曾握剑的手，竟控制不住地发抖。

天尊大人依然怔怔立在那里，目染悲苦，眸光稳稳落在我身上。烛火闪过，我其实也不能确定他中瑶草媚人之毒到何种地步，我也不能确定此时此刻，他到底有没有认出我，会不会记得我。

但他这一愣怔，却是给了我许多方便。我迅速扫了一眼厢房之中所有瑶草的方位，牢牢记在心上，极速扯出三寸宽的黑绸系于双目之上。论修为仙力，我已是处于末路穷途，完全不足以抵抗这厢房内的瑶草，看之媚心。为了护住自己一分清明，不得不黑绸遮目，不多看，则无妨。

我毫不犹豫执剑，完全凭着方才的记忆，迅速将厢房内所有瑶草悉数斩断。那时候，玉渠剑一直在抖，耳畔偏偏除了刀剑划过药草时的窸窣碎响再无旁的声音，安静之中，我也是害怕，若是天尊大人他真的宠爱拂灵到骨子里，见我如今疯狂毁了所有瑶草，不由分说地将我杀掉，我该如何办？若他永生蒙于瑶草媚毒之中，我又该如何办？

记忆中最后一盆瑶草被手中的玉渠剑削成残段，汩汩摄人香气一霎消散，整个厢房终于恢复清宁的香味儿，将那瑶草气息尽数冲没。

可就在此时——我还来不及扯下眼上覆的黑绸，飒飒凛冽的气息轰然靠近我身旁，我本能抬起玉渠剑隔开以自卫，刀剑没入血肉的声音传入右耳，方才那凛凛气息便定于剑尖，不再靠前。

我迅速扯下黑绸，入眼之处，剑刃已没入他左肩，血水顺着刀刃淅淅流淌。他呆呆地望着我，脸上依然惨白一片，修长的指尖抬起来，食指指腹便冲着我的脸颊。

他是想触一触我的脸颊对不对？可我却以为自己有危险而用剑伤了他……我望着这幅场景，已是唇齿发颤，说不出一句话来，剑刃停在他肩上，我不敢贸然拔出来。

隔了沧海桑田那么久，隔了千万轮回那么久，他终于低哑开口——

“小玉……”

丝毫不夸张地说，等了这样久的一声“小玉”，让我再也忍不住，眼泪奔出眼眶。

他身后的拂灵也是听到这一声“小玉”，自知天尊大人已然清醒，迅速化成仙形，恨恨留下一句：“别忘了你的最后一枚心脏捏在本君手里，你依然活不长久！”说罢妃色衣袖拂过，刹那间遁走。

我要追上去的时候被天尊大人拦下来，他覆上我握着剑柄的手将玉渠剑拔出来，丝毫不在意肩上不住往外淌的血水，神色开始愉悦起来，只是眼眶中水雾深沉弥漫。

“是不是你啊，小玉……我觉得自己又在做梦了……”他竟傻傻笑了笑，握着我的手一直不松开，口中喃喃道。

那么多思念的话再次哽在喉头，我突然像再次被凤凰元身附体了一样，只能低咽着发出一个沉沉哭音。眼泪就这样簌簌而落，止也止不住。

他指腹又要贴上我眼角，却又像害怕什么一样迅速缩回去，连同方才覆在我手上的手也一并收回去，就这样呆呆站在那里，泪眼蒙眬地看着我傻笑道：“我都不敢碰你太多了，我握上你的手，本想再触一触你的脸颊，可是指尖将将碰到你的脸，你就从云头上跳下去，一转眼便看不见了。彼时我恍然起身，才发现那不过是个梦。”

我竟不知道如何来回复这样一段话。往日那高杳而立，俯瞰芸芸诸生的天尊大人，曾经高华邈远，衣袂之间自带万古风仪的天尊大人，他如今这样痴痴望着我，一脸脆弱形容。

他面上终于流下两行清泪，双手有些无措地在袖口摩挲，开口时语气里却是卑微的乞求：“小玉，此刻也是梦吧，你从不在我身边对不对？我面前的你都不过是幻象对不对……可是纵然这样，你能不能多出现几次？我不碰你，你不消失。小玉，可不可以？”

我不碰你，你不消失。

小玉，可不可以？

手中的玉渠剑应声落地。我僵僵上前，双手颤抖地抱住他的脸颊，踮起脚尖，再也控制不住，双唇贴上他的唇畔，他的身子剧烈一震。我却没有收手，觉得万万年的情感喷薄而出，唇上柔软却不够，于是一遍一遍啃上他的唇，齿间撕咬越来越重，忽然又觉得唇上也远不够，于是一路或亲或啃，深重的爱慕狠狠落于他眉上、眼角，落于他鼻翼、下颌，辗转到他左肩。血水沾在我下巴上，我拂开他的衣襟，贴着他若白玉的锁骨，重重啃噬。

天尊大人，你不要害怕，我来碰你好了。

那时候，泪水混着血水于唇齿间碰撞扩散，我满脑子只剩一个想法——

这是我爱的男人，我要他。

于是跋山涉水的情缘迈过十二万年不得善终的坎坷，若大河泄洪，川流不息，浩荡而来。我并不知道为何会有十二万年这么长，我明明才认识他这么短的日子，可此时，早已计较不得多少万年，我爱眼前这个人哪！于是更疯狂的悸动落在唇齿上，他脖颈上胸膛上便落下掩不住的猩红痕伤。我的手指颤抖剧烈，却依然伸入他的衣襟，往他腰腹探去，紧紧相贴的他再次猛烈一震，他有力的大手迅速箍住我的脑袋，我微愣之中，唇齿轰然充满他的气息——

他比我方才还要猛烈，牙齿毫不留情撕咬我的嘴唇、我的脸颊、我的眉心。相思倾泻，唯有情欲化解。他便这样紧紧箍住我，似要将我按于他骨肉之间、两人融于一体才可罢休。他埋首在我胸前，呼吸顿促，重重啃咬，我再也控制不住，双手搂住他的腰背，指甲嵌进他的皮肉之中，喉间喑哑呼出一声——“长诀！”

他气息微收，唇齿停顿，却不过刹那静止，瞬忽之间重归癫狂。当他把我抱起来，说轻不轻、说重不重地压在床上的时候，我眼中的天尊大人，已然是眼眸猩红、热泪滚滚的模样。

他再次咬住我的唇，以嘶哑声喊出一句“小玉”，接着衣衫撕裂，那唇畔啃噬出的灼热一路向下，我的身子一阵一阵颤抖痉挛，他的手不敢松开。

“小玉……小玉……”他一声一声，不住唤我。

这每一声传入我耳中，我都觉得眼里泪水一汩一汩轰然漫上。我死死抓住他的手，一遍又一遍回他：“我在，我在这儿……”

那一晚，思念滚烫，以横冲直撞之姿在体内蓬勃生长，疼痛聚于一处，快意也聚于一处，那感觉若莽光穿破悲惘层雾，云雨初霁，日光热烈而鼎盛。

一夜浮沉，春宵苦短。

次日，我已是浑身虚软，连在床上挪腾一下都疼得忍不住倒吸一口凉气。

他依然紧紧搂着我，虽然一夜未眠，他脸色却瞧着十分好看，只是开口时，声音嘶哑低沉得不行："小玉，疼不疼……嗯？"

我有些恨恨地剜了他一眼，说话时才发现自己的声音也好听不到哪儿去，带着委屈和疲惫，也是沙哑模糊："你现在才想起来问，早干什么去了……"

他闻声低头，点点轻吻落在我额头、眉心，"嗯，怪我。都是我不好。"

我不知道他说的"都是我不好"是指哪些事，但这句话着实让我惊讶。我本来还想同他再开几句玩笑，没想到将将说出一句，便听到他这句主动认错的话。以往的天尊大人好像不是这样的。我消失这样久，本就做好了醒来之后，他重重责骂我一顿的准备，可他并未责骂我，反而将所有过错都揽在了自己身上。

这多少让我有些心酸。

我忍不住抬手戳了戳他的胸膛，佯怒道："既然是你不好，你打算如何补偿？"

他终于意识到我在开玩笑，于是唇角一勾，俯身将唇角贴在我耳侧，故意重重咬了咬我的耳垂，带了些许隐忍低哑道："我愿意以身相许，但怕你受不住。"

我的脸颊登时滚烫。他偏偏得了门道一样不肯放过我，趴在我耳边轻声一笑道："小玉，你脸红了。"

我实在忍不住，扯过云被就将脸蒙住不敢再看他："本神君是热得脸红了，跟你有什么关系！"

他便低低一笑，边将云被拉开边道："怎么还是这样笨，既然热得脸红了，盖上被子岂不是更热？"

我想都没想便起身想打他一下，可是将将撑起身子来，便觉得疼痛非常，忍不住又倒吸一口凉气。他便又轻轻将我按在怀里。晨光洒过，他脸上全是熹微光华。他稍用些力气拥住我，微微叹了口气道："小玉，别再走了。"

我抬眸看着他，想了想才认真道："我不会主动离开了，你把拂灵变成的那只凤凰抱在怀里细心呵护的样子，我再也不愿意看到了。"

他亲了亲我的眼角，温声道歉："我错了，那时候我糊涂了。"

我稍微躲了一躲，又盯住他看了会儿，终究是狠下心来沉声道："但是，你也晓得，我可能活不……"

可他没容我说完那句话，唇角便贴过来完完全全将那话堵了回去，我晓得他不愿意听到那句话，可那偏偏又是关乎生死离别而又不可改变的事实。

我扳起他的脑袋，故意以额头碰了他一下，本想再次一本正经同他说明白这件事，不料话却被他抢了去且彻底转了话锋："你是自己飞回来的吗？这些日子都去哪儿了？碰到什么稀罕事了吗？讲给我听一下。"

我便愣了愣，彻底忘了自己方才要说的话，开始兴致高涨地给他讲我落到山沟里，碰到两个从凡间飞升到仙界的神仙，他们一个叫琉璃，一个叫沈素，沈素和琉璃一直在找一位夫人的事。

可天尊大人听了这件事，脸色越来越不好看起来，最后他没容我讲完便又将我拉进怀里，打断我道："莫要讲了……凡人的事总是这样，没什么特殊的。昨夜一宿未眠，你累不累？陪我睡一会儿，嗯？"他说完这句话的时候，面上已是一片虚白。我觉得他真的累了，便没有再讲。

但我又觉得不妥，于是补了一席话："是沈素送我回到三十五天的。他跟琉璃都是好人，他们要找的夫人好像也是神仙，你那儿不是有神仙花名册吗？有空的时候翻一下，找一找有没有一位叫'薛轻'的神仙，我不知道如何报答他们，只能替他们找一找那薛轻的下落了。"

天尊大人身子微微一颤，似是平复良久之后，才沉声道："我知道了……先睡吧。"

第二天，六师兄听到我回来的消息，便奔到了三十五天。彼时，我正坐在碧玉池旁，拿着绢帕一片一片清洗着小凤的叶子，天尊大人在不远处侍弄花草。那时候，三十五天的花木随着天尊大人的清醒和欢愉，也随着他细心的照料，原本枯萎的那些又活过来许多。

六师兄于万花丛中出现时，仍然穿着一贯的烟青绸衫，袖口处错落的柳叶，清逸淡雅。

她是从师父那里听说我已经回来了的消息的，听说前些时日，她因为我，曾经气势汹汹执剑来讨伐长诀天尊。只是当时天尊大人受瑶草和拂灵魅惑，若不是沉钰及时赶到，她怕是要被天尊打成重伤了。

这件事让我心里也不大好受。六师兄一个掌司命盘的文弱书生，提剑来讨伐天尊大人，个中绝望愤慨和视死如归，与她同门十几万年也“欺负”了她十几万年的我，体会颇深。

今日瞧着，她板着脸，神色也不大好。我嬉皮笑脸迎上去，挑眉不正经道：“话说，你什么时候跟沉钰成亲生娃娃？我还等着拿你俩的崽子过来玩一玩呢。”

六师兄依然沉着一张面皮，以一个长辈的姿态看了我一眼，颇有耳提面命的意味道，“你回来就好。但我今日不是来找你的，”她抬袖指了指我身后的天尊大人，眉眼萧索，“我是来找他谈一桩事的。”

我因着她这一本正经的模样怔了片刻，反应过后涎笑道：“什么事不能跟我说？”

她剜了我一眼，冷飕飕道：“那我先把想跟你说的话说了吧。谁让你自作主张跳下云头的？谁又让你自作主张去救旁人的？你用你的心脏补了沉钰的魂魄，救活了他这桩事，你到底要瞒着我到几时？你以为，你拿自己的命救活了沉钰的命，我就会欢天喜地跟沉钰在一起是吗？”她说及此处眼泪飞出，咬牙切齿的形容让我浑身一颤，“良玉，你当你六师兄我是个什么样的神仙！我同你相伴十几万年，你以为我有了沉钰，就不再心疼你了是吗？你活了这么久，怎的依然这样傻？！”

我求救地望了天尊大人一眼，他却负手立在那儿，一点儿也没有想来劝一劝六师兄的意思，只是兀自理了理衣袖道：“你六师兄说得对，你先好生听着。”

六师兄便因着这句话的鼓励，继续劈头盖脸数落了我一顿。小凤站在我旁边，看着我被数落的样子，竟然欢愉地在我身后摇着枝条……

但是，六师兄今天来找天尊大人的真正用意，却是因为她算出了一桩事。

虽然她同天尊大人说那一件事的时候，特意将我关在大殿之外，恐吓我不要偷听，否则就打断我的狗腿，但这并不妨碍本神君依然去偷听了来。因为我晓得，我身上这两条腿，是凤凰腿而非狗腿。六师兄她说话算数的话，便不该打断它们。

可是，如今，我却有些后悔去听了那桩事了。

因为六师兄算出来的这一桩事，不是旁的，正是关乎我的寿限的事。身为司命星君的六师兄，她替我卜算了一记生死卦，而卦象精确显示，至八月初六，本神君便要寿终正寝了。

司命为神仙卜卦，应卦之概率为一半一半。也就是说，到了八月初六那一天，本神君要么真的灰飞烟灭，要么死不了，且能留存世上再活个千万年。

单纯从这一卦来看，本神君其实应该高兴的，本来以为自己必死无疑了，如今却发现自己还有一半的可能再活个千万年。

可是六师兄却不这样想，她哽咽出声，问天尊大人可有什么办法救我。于是我便听到了天尊大人漫不经心说的一句我一点儿也不愿意听到的话："拂灵那里还有一枚紫玉。过几日，我去取了来。"

于是，我发现，所有的事情兜兜转转都倒退到了三年前。我右心被孟泽伤了而不能用，天尊大人去找拂灵要紫玉，然后被伤了情魄。

经历了几场生死轮回，如今事情又返回原点，他还是要去讨那枚紫玉。那时候，我几乎推开殿门去质问他："难道你不晓得那枚紫玉可以被那妖女拿来修补你们俩的情缘不成？难道你又要再一次拒死不从然后伤了自己的情魄不成？"

是了，本神君十分在乎且十分嫉妒他再同那个拂灵有什么瓜葛。到如今，我再次想到那日他抚摸着怀里的凤凰喊"灵儿"的场景，都觉得恐惧且悲痛。

我的手停在殿门上许久，直至指尖都颤抖，终究是没有推开门。我不是怕六师兄因着我偷听而揍我，而是怕天尊大人知道我晓得了他的打算后，再做出其他什么事来瞒着我。

现在，已经是六月下旬了。

第二十八章

五行命盘，往事前尘

我恨自己，一句话也说不出。
我也恨自己，一动都不能动。
可是萧漫，我更恨你。

六师兄走后，隔了好多天，天尊大人都没有再提这件事，每日依然陪着我或者带我去侍弄一下三十五天的花木。他面上云淡风轻，偶尔还会说一些玩笑话逗我开心，可他越是这样轻松自在的模样，我越是有些担忧。终于有一日他瞧出来我的心思，当晚便把我抵在厢房门上，若沉钰那样不正经笑着，还学着凡间戏园子里才能听到的戏腔道：“娘子为何忧心忡忡？”

他一声娘子以戏腔念白那样叫出来，让我忍不住扑哧笑出声。他见我笑了，又以这个腔调继续道：“娘子可是觉得为夫打不过那妖女，夺不回宝物？”

这一句，我却如何也笑不出来了，望着他眸光璀璨的眼睛，严肃点头：“你若是再去抢，她保不齐又用紫玉伤了你的情魄。”

他趁我一本正经地担忧着，一下子亲了我一口，月水倾洒，他唇上仿佛也沾了些皎洁光华，直到他唇角颇得意地弯起一个弧度，我才意识到自己被占了便宜，一边拿捏力道踢了他一脚，一边顶着滚烫的面皮低声骂道：“流氓！浑蛋！”说罢就想要从他和厢房门之间逃出去。

他便一把将我捞回来，眼睛依旧亮亮的，笑容依旧十分灿烂：“为夫只对你一个人这样。但是你要对你的夫君大人有信心。我已经想出来一个好的办法，自己一个人便可以把那紫玉要回来，且保证她伤不了我的情魄。”

我猛然抬头，不小心撞上他的下巴，他便有些夸张地“哎哟”一声，我却也顾不得他是真疼还是装疼，抓住他的衣襟急切问道：“你说真的？你到底想出来什么办法？要不要我去给你当帮手？”

他却突然收了笑容，眸光一瞥，负手而立，明明是一副正儿八经的模样，却偏偏说出来一句极其耍赖的话来：“你真想知道？”

“嗯嗯！”本神君点头若捣蒜状。

“想知道就亲我一下。”

“……流氓！”

“哦，那你不想知道就算了。”他低头理了理袖子，面上一派悠然自得，准备离开。

我不晓得他这些日子到底学会了些什么，竟然无赖至如此地步，就快要赶上沉钰那厮了。但看着他就要走，顾不得许多，便拉住他的胳膊，踮脚，愤愤然在他脸上啃了一口，才咬牙切齿道：“这下，你该说了吧！”

没料到他竟然得寸进尺指了指唇角：“亲这儿。”

“……你浑蛋！”

“哦？不想亲就算了，为夫先去睡了。”

“……”我愤愤然又照着他唇上啃了一口。

“咝……是让你亲不是让你咬啊。”

那一晚，他耍无赖到极致，一路骗我到床上，云雨都经了一遭，他却依然没有说出那抢回紫玉的办法。我只记得昏昏沉沉入梦之时，他伏在我耳畔，抬手理了理我耳侧的鬓发，低声温言道：“安心等我回来，我回来便同你成亲。”

再后来，清宁香气在夏夜里飒飒而生，凉滑若霜的触感紧紧拥着我，我觉得异常踏实和心安，不自意睡得更沉。

这更沉的梦里，我仿佛又梦到了凡间的场景。恐是因为入梦之初听到了天尊大人说的“成亲”二字，于是那场梦里，竟梦到凡间成亲时的一处景象。

那是凡间一处不大的宅子。成亲的那个姑娘瞧着约莫十五六岁，烛光朦胧之中，眉眼瞧着竟有一些像我。其实这几个月以来，梦到这种凡间的场景已经让我有些见怪不怪了。就算那姑娘长得真像我，我也只是微微点了点头，在心里恭喜了她顺便赞美自己道：姑娘你长成同本神君差不多的一副貌美模样，应该也是嫁给一个显贵俊美的公子吧。

可事实好像不是这样。她墨发簪花，嫁衣简单。没有凤冠，没有霞帔。如此看来，她的未婚夫并非富有显赫之人。但她脸上却是格外欢愉，只是有些紧张似的不敢笑得太过，还不住对身旁服侍她的小姑娘道：“我就要嫁给他了，其实我有些慌张，听闻这帝城的人成亲时程式都是很烦琐的，待会儿若是我做错了什么，你可要提醒我。”

她身后的小姑娘一直低头忙碌，甚至来不及抬头看她，便应道：“小姐不要担忧，王爷不会在乎这些程式的，你嫁给他他便开心得不得了。”这个小姑娘很会安慰人，说话的声音也熟悉得不得了，可是在梦中，我却一时半会儿也想不起这到底是谁的声音了。

等等，这小姑娘方才可是说她家小姐嫁的是王爷？

若真的是王爷，那这位新娘子打扮成这样，确实有些寒酸了。

可是将要出嫁的姑娘，她并不在乎。十五六岁的年纪，稍显稚嫩的脸上都是藏不住的欢喜和祈盼。

最后，没有喜娘，没有花轿，没有姻亲的人马，她是从一个院子里自己走到另一个院子里，同她的未婚夫成亲的。

她的未婚夫，传说中的王爷，瞧着姿态高华，可我在梦里偏偏看不到他的脸，但仅仅是从脸庞的模糊的轮廓，便能瞧出来他的面容也不会差的。

她提裙灵俏地跑过去，在他面前站定，彼时太阳出来，朝霞鼎盛地铺在东上天，映得她粉嫩的小脸明媚万分，她一双玲珑眼珠欢喜地望着他，开口时语气冷然而轻巧，甜美而清脆：“萧漫，我今日要嫁给你了，你可好好待我。”

又是萧漫。又是这个名字。我甚至不知道自己在梦中梦到过多少次这个名字，可偏偏今日这一次，听到这两个字，我没由来地浑身剧烈一颤，右心陡然传来一股疼痛。身后那凉滑却又带着清宁香气的触感贴着脊背紧紧拥着我，适时给我以安然抚慰。我才稍稍舒缓一些。

梦中，大红嫁衣的姑娘对面，新郎官的他没有搭话，只是一把握上她的手，牵着她转身便走。我望着他的背影，突然觉得，那翩然高华的风姿，十分像天尊大人。

可是梦中不过转眼之间，那个原本是王爷的人，就做了皇上。当年那个连凤冠、花轿都没有就嫁给他的姑娘，此时正在角落里，静静看着远处高台之上的他郑重地迎娶旁人。

我隐隐看到她的苍白容颜，明明是风华正好的年纪，她素衣白裙、安安静静的样子，却让我陡然想到一个词——“命不久矣”。

那极力忍着、却掩不住肝肠寸断的声音又响起来——“夫人，您把血吐出来，把血吐出来就不会这么难受了，求求您，您听话啊夫人。”

这句话，我明明听了好多次了，可是如今再次听到，只觉眼眶依然湿润。

“我嫁给他的时候，没有穿这样好看的裙子，也没有戴这样华重的凤冠，但是他也握住了我的手……他的手比我的大，但是那双手今日要握住别的姑娘了。”

“夫人，皇上他怕是有苦衷的。”

“我知道他早就想娶赵以清了……”

如今这一句一句，落在心上，竟若剜心一般疼啊。

世情恶衰歇，万事随转烛。夫婿轻薄儿，新人美如玉。

合昏尚知时，鸳鸯不独宿。但见新人笑，哪闻旧人哭。

如今这几句诗，吟起来竟十分应景。我并非是一个容易沉浸于悲情之中拔不出来的神仙，如今这一场恩怨情仇于我本没有多少干系，我看不下去，便盼着赶紧清醒过来。可这时候，偏偏更多的话纷纷杂杂于我耳畔响起——

那是谁笑容无奈，话语苍白：“你若是不喜欢我了，能不能，放我走？”

又是谁剑眉倒竖，眸光沉霾：“你要去哪儿？”

是谁抬头，看天上云彩正好，于是清灵笑道：“哪里都好，找个肯待我好的人嫁了，我其实还正是年轻的好时候。”

又是谁声音冷彻，残忍剥掉她最后一层希望，于高台之上将她打入冰冷深渊：“你当初既是朕娶回来的，死也要死在这皇宫，你想再嫁给别人，简直痴心妄想。”

可偏偏不甘心哪：“你娶了别的姑娘，却不准我再嫁给别人？”你亲手摧毁了我的一切，还要将我永生永世困在这里，我倒想问你一句——你凭什么？

可那偏偏是九五之尊，万人之上，他要你生，你便能生，他要你死，你便要死。是他坐拥天下，是他执掌山河，你不过是他日后三千妃子里活不长久的那一个，你于他心中不过蝼蚁一只、尘土一抔，他要将你如何你便如何，哪里又凭什么？

所以，你不得不听着他的话——

“你若是肯好好待在朕身边，朕保你锦衣玉食，富贵荣华。”

好一个锦衣玉食，好一个富贵荣华。

生命垂死、行将就木的你，倒要如何再去享受这锦衣玉食？倒要如何去体会这富贵荣华？最珍贵的生命都要消失了，这些身外之物到底有何用处？

你不禁凄凉一笑，却依然是笑：“我怕是活不得太久，要你锦衣玉食有何用？要你富贵荣华又有何用？”

可坐拥美人的他早已看不惯你这副样子，早已听不惯你说自己活不长久的话，早已对你没有半分怜悯疼惜、没有丁点儿不舍同情，他冷笑着捏起你的下巴，语气如果能化成利箭，你怕是早因他的话万箭穿心而死——“你这是在威胁朕吧？朕不过让你为清清解个毒你便要这样记恨着，不过是你举手之劳，你却偏要同朕讨个要死不活的人情？”

你抬眸看了看他身旁今日要娶的那一位姑娘，凤冠霞帔，凤凰嫁衣。你知道，如今还能冷眼旁观的这个姑娘，她的命是用你的命换的。你可怜自己，以珍贵生命换回来这样一个蛇蝎女人。你也可怜她，空有一副好面皮，心肠却这样狠。

可罪魁祸首依然是他。

当你再次打量着这个曾经握上过你的手，同你成亲的人，如今却将你桎梏于深宫，囚困在身旁，让你求生不得求死不能的人，这天与地的落差和心酸，恐怕即使你灰飞烟灭、永生永世也难忘吧。

可，又能如何？

你终究是轻声一笑，叹出一口气，罢了。妾有情，郎无意，一厢情愿换来姻缘疮痍，这是你不得不走的劫。你转头对身旁的宫侍道：“拿把空扇子来，我要为皇上跟赵姑娘画一幅扇面。”“愿汝龙凤姻缘，白首至老。妾身福薄命浅，与君三日别。”

为何是三日？听闻，仙界一天，人间一年。那时候的你其实也早就把自己看作命已穷尽、驾鹤西去的仙人了吧。

高墙在，宫院深。故人在，相思尽。

黑暗冰冷的深窟里伸出利爪，拉着我不断往下沉，我渐渐喘息困难，悲凉灌顶，深沉绝望。我丝毫没有发觉自己在这一场凡间情事之中愈陷愈深，若不是身后那紧紧拥住我的凉滑触感缠住我的手臂将我从梦中拉出来，我的神志恐怕要被这梦魇彻彻底底吞噬干净了。

我从梦魇之中抽离出来，本能地喊了一声："天尊大人！"此时，已是大汗淋漓。

日光穿过，落在枕上，我转头时，并未发现天尊大人，却发现身后有一只奇怪的东西！

它看着是个人形，却是通体晶莹，细滑若上好宝玉，只是身上染了冰霜，在几丝璀璨日光之中，闪着银色辉光，若九天银河里的飒飒星辰。

它见我醒过来，又顺势往我身上靠过来，我一个惊恐，连滚带爬从床上落下去。

待我惊魂甫定地再次朝它看过去的时候，它已经拿起我的衣衫，我再也控制不住自己的情绪，从身下摸出一只绣鞋来指着它大声喝道："你到底是从哪里蹦出来的？！赶紧把衣服还给姑姑奶！否则……否则我不客气了！"

它怔怔看我一眼，听话地将衣衫递给我，又默默将我手中的绣鞋接过去板板正正放在我脚边，觉得还有什么不妥，于是又将我搀扶起来。如此乖巧的模样，让我着实又震惊了一把。我便突然想起来梦中，拥我入怀，从我身后传来的阵阵裹着清香的凉滑触感——原来是它。

待我站起来的时候，才发现它竟比我还要高一些。本神君此时才觉得害怕，这是一只什么东西我尚不清楚，它仙力高深与否我也不清楚，万一我打不过它可如何是好？

我试着喊了一声"天尊大人"以求救，可是天尊大人并未出现，反而那只晶莹剔透的家伙听到我喊人的时候，迅速低头看着我。

我有些害怕了，边喊着“你不要乱来啊，姑奶奶我很厉害的”边往后退，不料床沿一绊便坐在了床边，双手抚在床上，无意摸到了一封信——

我蹦到床上，一边提防着那只家伙，一边赶忙拆开信封，又抬头恐吓了它一句：“你站在那里不要动，否则我家天尊大人会来揍你的！”说罢赶紧低头看了一眼。那信上干净利落地写了一行字，笔迹洒脱飘逸，若流水行云不受拘泥。

上书道：“抽离本尊情魄，便是破拂灵情缘障之法。代我好生照看本尊的情魄。吾速归，勿思量。”

我捏着信纸的手一直在哆嗦，抬头往那只家伙看去的时候，脸颊上的肉都一阵一阵颤抖发麻，牙齿碰撞声响过后，我才听到自己惊恐万分的声音——

“你、你……你、你是天尊大人的情魄？！”

通体晶莹泛着微微霜冷的它脊背挺直看着我，过了很久才轻轻点头。

手心生出来一阵一阵汗，终于将那张信纸打湿了。

原来，这就是你说的好办法。

原来，你就是这么打算的。

把情魄抽离出来放在我身旁，所以那妖女就没法伤到你的情魄了是吗？！

这真是个“好”办法。

我忍不住恨恨撕了那封信，穿戴整齐就要奔出去将天尊大人拉回来，厉声质问他：你难道不晓得魂魄离开身体太久便回不去了吗？你难道忘了当初孟泽伤我，我元神出窍，是你去大梵音殿后山找到我的吗？你难道忘了你自己当初有多生气吗？！

如今为何偏偏要这样做？这算怎么一档子事，不许旁人点灯，只许自己放火？

可那只情魄却也是个不容小觑的角儿，直接打横将我抱起来，仍凭我如何挣扎也不松手。而我……而我偏偏揍不得它，要知道这是天尊大人的情魄啊！我万一不小心伤了它，关乎天尊大人的七情六欲便要毁了……

我赶紧从它怀里跳下来，抬手阻止它继续靠近，欲哭无泪道：“你别过来……你得宝贝着自己才行，你可是……你可是天尊大人的情魄啊，你不能受伤。”

它便瞧了我一眼，慢慢伸手，凑近我抬起来的那只手，轻轻握上。十指相连的瞬间，我真真切切感受到一阵悸动从空荡荡的左心窝里传来，宛若左心从未消失，在这情魄触上我的手指的时候突然跳了一跳。我吞了几次口水，依然压不住从那处传来的葳蕤生长的情意，带了熟悉的紧张和隐隐恐惧。

它觉出我的异样，便又朝我靠近了些，抬起另一只手，指腹贴了我的额头划过。

只是这一个简单动作，凉凉冰霜带了清雅香气渗入眉心，让我方才那股子复杂且冲动的心绪平缓下来。

我长舒了一口气，却说正是因为同它靠得这样近，我才发现它心口处，一道清楚的伤痕。这道伤痕又让我毫无防备地震惊了一回——因为，这伤痕的样子，三寸长，一指宽，同我左心上那一道一模一样。

我颤抖抬手，指尖本想贴着那道伤痕抚一抚，却不料手指贴着那道伤痕时，竟毫无阻碍地伸了进去！我猛然抬头，迅速将手指撤回来——

“这！这道口子没有愈合？！”我惊叫出声。

它便迅速用手捂住，似是不愿意让我看到的形容。

我浑身一凛，脚步挪动，上前执意拉开它捂住胸口的手，惊怔地打量那道尚未愈合的口子。此时，我再无意计较这伤痕的形状，突然想到一桩事，水雾就模糊了眼眶。

“是……三年前，拂灵用紫玉伤你成这样的是不是？”我抬头盯住它，哽咽道。

它怔了片刻，抬手给我拂去眼角渗出的泪水。

“你跟我说是不是那一回伤的？”

它见我依然执拗，无奈之下，缓缓点了点头。

“三年了，到现在依然没愈合？”我又问。

它躲不过这个问题，只得再次无奈点了点头。

一股子颓败之感从我心中漫漾出来，涌至口鼻之间，几乎要将我的呼吸都吞没。这颓败感不为旁的，而是因为天尊大人他的情魄被伤得这样重，以至于三年来还没有愈合；而我，对这件事却毫不知情。

这情魄觉出我的难过，不由分说地握住我的手，将我拉到书案旁，提笔写了一行字，笔迹同天尊大人毫无二致——

“你因为这件事难过？”

我看着它，沮丧地点点头。

“想不想补偿他？”它又提笔写道。

我点头：“想。”

“那就好好照看我。”它落笔。

不晓得为什么，看到这一句，我竟然觉得天尊大人的情魄也是这样霸气侧漏。

但是不得不说，便是因为它写下的这一句“那就好好照看我”，我才镇静下来，它不愧是天尊大人的情魄，它这句话说得很对。天尊大人将情魄抽出来放在这里，去找拂灵讨要紫玉。情魄易碎，现在最重要的事，便是要保护好这情魄，不让它受一点儿伤。

所幸，天尊大人的情魄十分听话懂事。除了我走到哪里它跟到哪里，以至偶尔沐浴换衣有些不大方便之外，其他都很好。

它喜欢立在我身后，默默看着我。偶尔累了，也会伏在我脊背上歇一歇。情魄其实并没有多少重量，它伏在我脊背上的时候，我除了凉凉滑滑的舒适清凉之感，并未觉得它多沉。当然，最多的情形，是它将我搂进怀里，让我靠着它的胸膛。这时候，我便开始担心自己太沉，会将它压碎……

这情魄格外聪明，通晓我的想法之后，捏着琱玉笔，在纸上行云流水落下一行字——

“纵然你不胖，但是你能吃。”

我捏着那张纸举起来看了良久。好像……好像哪里不对？

那情魄见我这副迷糊样子，唇角似有若无地勾了一勾。

我并不晓得天尊大人何时能回来，但是自己算了算，从三十五天到妖族姑瑶之境，约莫要一天行程，加上要回紫玉，进行顺利的话，天尊大人大约明天晚上或者后天清晨就能回来了。

当晚睡觉时，那情魄不动声色跟过来，从背后环住我，我将它的胳膊拉开几次它每每都再覆上来。我忍不住转身打量它，龇牙咧嘴吓唬它道："你再不离我远点儿，姑奶奶我要动手了！"

它覆在我腰间的手便蓦然一僵，听到我说的话后便乖乖把胳膊缩了回来，晶莹剔透的手指有些无措地放在了身后，它身上的霜雪从心口处渐渐增多，缓缓散至全身各处，恰逢几绺月华洒过，落在霜雪渐稠的身上，竟一瞬间让我想到胡天八月，月上中天，飞雪漫苍原的场景。孤冷香气若寒霜凛凛扑面，恍惚之间已冲至厢房各处。

疏疏月凉，飞雪踏霜。孤冷飒飒，玉秀神清。

我忍不住打了一个寒战——此时此刻才发现，天尊大人的情魄也是这样好看。

可它却因着我方才的话有些委屈了，颇难过地垂头思量了会儿，便要翻身下床。我觉得颇对不起它，于是客气地拦了一拦："你要不在这里休息，我去旁处睡？"

它还是一脸委屈地摇头。

"……那我们一同在这处睡？"

它便喜悦地点头。似是想到什么，颠颠儿跑到桌案旁，提笔写了一行字给我看。

我眨了眨眼，看那行字是这样写的——"他喜欢你皆是因为我喜欢你，你却同一具躯壳无拘无束，倒与我生分了。"

我盘坐在床上斟酌了一会儿，才开口道："你是情魄，你说了算……但是，你也晓得小神我睡觉时可能不大踏实，最近也常常做噩梦，万一不小心梦到放火杀人之类祭出玉渠剑刺伤了你可怎么办？再者说，就算我不提剑，但我比你沉哪，万一翻个身就把你压碎了又该怎么办？"

它居高临下望着我，面上欢愉渐生，它身上的香气也不似方才那般孤冷，反而细致柔和了一些，我见他又提笔写道："你确实比我沉，你若压过来时我便赶紧躲开。"

好一个"你确实比我沉"……本神君自谦一句说自己沉，它竟然还当真借着我的话来嘲笑我了。是可忍孰不可忍，我这厢正欲打算跟它理论几句，便见它又写了一句话——

"纵然你沉，但我依然喜欢你。"

噗，这还差不多。

那一晚只觉周身被清宁淡雅的香气温柔笼罩，夏夜残余的白日里的几丝闷热，都被身后凉凉滑滑的触感替代。本神君睡得十分踏实惬意。

第二日清早，几个月未曾见的简容出现在清微宫前。我听到他来，竟然有些欣喜，提着裙子便跑了出去，天尊大人的情魄也便跟着我跑了出去。

日光烂漫，花事鼎盛，他依然大红绸衫，手上不见折扇，笑得比花儿还美。

"长宁怎么没有跟你过来？"我笑问。

他眉目倜傥，于万花丛中风流一笑，旋即沉吟道："长宁她有孕在身，暂时不大方便出来。"

"呀！她都要给你生娃娃了！"我惊喜不已，忙上前拉住他的衣袖带着他往宫里边走边道，"先进去坐。话说，你可得好好待长宁，她要是想吃瓜果你便去司农仙君的百果园里去要，她若是想吃肉食你便去宰一些新鲜的，她若是想吃海鲜火锅，你可以直接来找我，哦，或者去找北海水君沉钰……"

简容笑着打断我，"长宁她并不若你这样爱吃……"他顿了一顿，抬袖指了指我身后，疑惑道，"你后面跟着的……是什么？"

我才恍然回头。便看见那只情魄盯着我拉着简容衣袖的那只手，已经冰冷了一张脸。我耸了耸肩，赶忙松开了简容的衣袖。

可它依然冰着脸。

"它……好像瞧着不大开心？"简容问我。

我干巴巴咽了咽口水，想起当初在丹穴山，简容掏出帕子替我擦口中溢出来的血的时候，我们俩举止有些亲密，被推门而进的天尊大人误会了的那一茬儿。看来这情魄是记得这一桩事，所以现在冰着一张脸是在——吃醋？

本神君着实不晓得如何去哄一只情魄，于是有些无措地望着它又抬头望了望简容，解释道："这是天尊大人的情魄，它……"

我这厢还没解释清楚，那情魄便攥紧我的手，头也不回地将我拉走了。我看着晴日之下，它身上霜雪渐渐稠密，香气也渐渐孤绝，好像是生气的模样，于是也不敢开口说话，只得由它拉着，连手也不敢缩回来。

但我没忘了回头招呼简容道："我让苏苒姑姑先招待你一下，我随后就……"

话还没说完，这只情魄便以手扳回我的脑袋，死活不让我往回看了。

这真是一只醋意深沉的情魄……

后来我是哄骗了那只情魄，将它关在书房之中，才得以出来见简容的。

而那一日，简容其实是晓得了我的事之后，打算来给我施以援手要回紫玉来着。

本神君挑眉一笑，灌了一口花茶道："简容公子果然有良心啊！"

他却难得一见地落下茶盏，正襟危坐道："在下是认真的，毕竟是关乎良玉神君性命的大事，你怎么还笑得出来？"

其实，简容他这样在乎我的性命，便就有可能要被拂灵手中的紫玉伤到了。我耐心给他解释了一番情况，怕他不相信那紫玉的能力，又将天尊大人不得不抽出情魄去讨要紫玉的事同他讲了讲，他才懂得这桩事有多麻烦。

他沉思一会儿，又固执道："但是，我始终欠你一桩情义，如今不还更待何时？"

我瞪了他一眼："你难道不为长宁和她肚子里的孩子考虑吗？再者说，你若是想还人情，本神君这手下有大把的事想要去做呢，只是如今被天尊大人的情魄缠着，有些抽不开身。"

他便笑问："何事？可以交给我。"

我灌了口花茶，道："你帮我去找一个叫薛轻的神仙吧。"

他将将端起的茶盏便晃出来几滴茶水，我错愕之际，他却抬眸轻声笑道：“薛轻夫人？怎么，你也在找她？”

“还有谁在找？”我惊讶道。

“上个月，一个叫沈素的小仙曾去我昆仑山找过。你记不记得曾经画过一幅长宁穿嫁衣的扇面？那天，他无意看到，竟然说那扇面可能是他家薛轻夫人画的。”

我愣了会儿，突然想起来琉璃曾经说过的，她家的夫人画的扇面比神仙还要好看，于是愣愣问简容道：“那你怎么说？”

“我并不觉得这四海八荒哪个神仙的扇面还能画得比你好。但便是在那期间听说你消失了的消息。”他替我斟满茶水，脸上几乎看不到笑意了，“长宁每每抚着你画的扇面，眼眶时有湿润。我心中也是不大好受，见到有个飞升不久的神仙来打听人，自然是随便编了个谎打发他走了。”

那时我隐隐觉得哪里不对，但一时也说不出。只是心中有些复杂感觉忽然冲上来，还不待我反应便又撤回去了，让我不能抓住分毫。我只记得自己浅浅回道：“兴许真有个神仙比我画得好的。但那沈素和他身边的琉璃确实救了我一命，我这厢要保护天尊大人的情魄不能出去，你替他们找到那位夫人，便算是帮我一个忙吧。”

彼时，简容拈着茶盏温润一笑道：“我自知你拿自己的一枚心脏补全长宁仙骨救活了她，这桩情义，我同长宁怕是此生此世还不得了。长宁日日祈盼你早日痊愈，身体无恙。我也是这样想。若还有其他事，尽管找我。”

我看着他说了这样正儿八经的话竟然扑哧一笑，又给他斟了一杯花茶，挑眉道：“你现在瞧着一点儿也不女气了，言语间竟然这样稳重。长宁是不是到现在还不晓得你在凡间白手起家，创立弄墨堂的事？”

他身形清晰一抖，齿间狠狠咬出几个字：“我哪里得罪你了……”

我赶忙摆出条件，笑道：“等你同长宁生了娃娃，记得拿来给我玩一玩。”哦，这句话，好像也对六师兄说过。到时候，一双娃娃在我身旁，兴许是个热闹的场面，若正好一男一女，本神君便可以早早给这双娃娃画个姻缘扇，定个娃娃亲。

简容不得已，又咬牙挤出一个字："好……"

待简容一走，我便奔去了书房。咳咳，天尊大人的情魄还被我锁在书房里。

当我打开房门的时候，那只情魄已经是浑身冰霜布满的样子了，整间书房里香气裹着刺骨冰凉，六月末酷热的天气，这房间大抵可以用来消暑纳凉了。

这一天一夜以来，我大致摸清楚了它的脾气：若是它高兴了呢，身上的香气便舒缓温柔一些，而身子便晶莹剔透，若细腻白玉一般不染纤尘；若是它不高兴呢，身上的香气便孤冷彻凉，身上会渐渐布满冰霜。

是的，天尊大人的情魄，是如此有特点。

现在这副模样，俨然是被我气到极致了。我轻轻咳了一声，想唤起它的注意，可它坐在书桌旁，压根儿不理我。我颠颠儿上前，点头哈腰、做小伏低道："情魄大人，小神错了。"

它便抱着胳膊凉飕飕地望我一眼，似是在说：说说看你哪里错了。

"小神不该把你锁在书房里，虽然是您先跟着我哪里也不让我去；小神也不该去见那位简容公子，虽然他又看不上我，只是你这厢一直喝飞醋；小神也不该……"

我还没说完，它便抬手堵上我的嘴，似是听不下去了。见我不再说话，提笔飞快写道："你若是这样认错，那还是别说话的好。"

我嬉皮笑脸讨好道："所以您老人家不生气咯？"

它瞥了我一眼，落笔道："你同那小子无缘，此生都不要往来了。"

我看着那行字，笑道："他跟长宁都快生出娃娃来了，我同他自然无缘了。"

它闻言，身上的冰霜才消散一些。

但我眼风无意又扫过那行字。

你同那小子无缘。

无缘……

不知为何，重新看到这两个字，我浑身竟猛烈一震，右手不受控制似的抓起那张纸，眼里全是"无缘"两个字。

这二字于我太过熟悉又太过恐惧。仿佛狠狠压了我几万年，让我不得喘息。

我脑海中，那妃色绡绸、步履妙曼的仙子递给我一把扇子，揶揄开口：“你当真以为他喜欢你不成？我今日便是受了他的托付来给你回个信儿，他也确实决绝得很，本郡主都有些不忍心了。喏，你自己打开看吧。”

我接过扇子，霍然展开，血色印章旁边，是清清楚楚的“无缘”二字，一撇一捺，若利刃，将我的心层层片剐。

“这把扇子当真是他要交给我的？”我并不死心，惶惶问道。

“这章印你认不得也就算了，可这上面的字迹，你当该晓得是谁吧。他的信物，怎么会错？”她又笑道，“听我一句劝，还是早早放手的好。你怕是不晓得，他拿你画给他的扇面给我看的时候，指着那一句‘之子于归，十里铺妆。君子常诀，只为我待’笑得前仰后合，说，这丫头也是大胆得很，竟然还盼着我有一天去娶她。所以，良玉，你看上的那个神仙，他对你没有半分情谊，他对旁人疏冷，对你也一样的。”

我被这记忆激得一阵后退，身旁的情魄伸出手想扶我一把，却不料我一下撞到身后的紫檀书架上，书架顶层放置的几本书掉落下来，砸在我头上、肩上之后，便落了地。

我才稍稍缓过神来，低头时，却发现地上一册金丝书卷，上面赫然盖着一记方印，上书云——

“四柱八字，五行命盘”。

天尊大人书房里怎么会有一本……命盘？

我捡起那本命盘，身旁的情魄蓦然一怔，本想将那命盘抢过来，被我慌忙躲过，又趁他不备赶忙将命盘打开。

……

后来，便是这本命盘，让我将那沉埋五万年之久的爱恨一下涌出来。

也便是这本命盘，将我良玉此生的路数彻底改变。

那一日，我一页一页将命盘翻过，身旁他的情魄被我以仙障隔开。它一只情魄本就没有多少修为，彼时惶然无措，却已阻止我不得。

红尘弥漫，熏得人痛不欲生。

我万万没有想到，那个一直在紫菀花谷里长大的姑娘会是我。

我更没有想到，那凡间唤作萧漫的帝王会是天尊大人，他新娶的叫作赵以清的妃子便是拂灵。

原来是我捏着将将为他画好的扇面同他清甜道："文漫听着真像女孩儿的名字。扇面画好了，喏，送给你。"

原来是他亲口说："你当初既是朕娶回来的，死也要死在这皇宫，你想再嫁给别人简直痴心妄想。"

原来我曾经在梦中，曾经在眼前看到的模糊景象都是真。

一页一页的命盘翻过，越来越多的回忆见诸纸面，见诸脑海。

"那你叫我萧漫好了。"

"姓名也可以随便改吗？"

"嗯，可以，这一桩事我可以自己做主，只让你这样叫。"

"萧漫，萧漫。"姑娘欣喜地喊了两声。

"你愿不愿意跟我出去，离开紫菀花谷？"

"去哪儿？"

"去我住的地方，那儿有很多房子，很多马车，也有很多人。你不是喜欢热闹吗？"

"……我确实想看看外面的人都是什么样子。但是……你带我出去后会一直在我身边吗？"

"嗯，会，只要你听话，我会娶你，让你做我的夫人。"

是的，你果真娶了我做夫人，没有凤冠霞帔，没有姻亲证词，我自己为自己戴上簪花，绾起长发，换上红装，仍然紧张地同身旁的琉璃道："我就要嫁给他了，其实我有些慌张，听闻这帝城的人成亲时程式都是很烦琐的，待会儿若是我做错了什么，你可要提醒我。”

可哪里有什么烦琐程式。我见到他一时欣喜，提裙跑过去看着他笑道：“萧漫，我今日要嫁给你了，你可好好待我。”

你握上我的手，那时候，我天真地以为你会一直握紧，此生都不会再松开。你说你娶我并未告知你的父皇，你说，现在你还不能做王妃，但是你是我的夫人，他们都唤你夫人。所以那时候，我喜欢听他们叫我夫人，我以为自己是你唯一的妻子。

可是，我错得彻彻底底。

我从紫菀花谷里出来的时候，便将今生今世都放在了你身上。

但是，萧漫，当你拎着明黄盒子，抱着一个美女回到府上，那一刻，我便不再是你心里那个人。后来我才知道，我一直不曾是你心里那个人。我错将今生托付于你，你随手丢弃毫不疼惜。

其实，那时候，我把她的毒逼到手指里，划了道小口子，把毒吸出来，你抱紧了我，嘴里说的“你终于有救了”，其实是为了赵以清说的吧？

所以，当我撑起最后一点儿卑微的勇气问你：“萧漫，如果我为了救她自己死了，你会难过吗？”

你却嘲笑我胆小怕事：“轻轻你不是百毒不侵吗？不过是为她解个毒，你怎么怕成这样呢？”

身为凡人的我，百毒不侵，却独独怕那七月雪。你不信我。那我除了搭上性命给她解毒外，还有什么办法？

你君临天下那一日，屹立高台，天下为聘，迎娶你最爱的姑娘为妻。

我缩在角落里，琉璃忍不住泪雨滂沱：“夫人，您把血吐出来，把血吐出来就不会这么难受了，求求您，您听话啊夫人。”

可我也有忍不住的时候。强撑着身子，一步一步踏上殿阶，护驾声此起彼伏，身后千万张弓箭一一将我瞄准。我不是不怕，可我更想听你亲口告诉我，这到底是为什么。

“你若是不喜欢我了，能不能，放我走？”

“你要去哪儿？”

“哪里都好，找个肯待我好的人嫁了，我其实还正是年轻的好时候。”

“你当初既是朕娶回来的，死也要死在这皇宫，你想再嫁给别人，简直痴心妄想。”

“你娶了别的姑娘，却不准我再嫁给别人？”

“你若是肯好好待在朕身边，朕保你锦衣玉食，富贵荣华。”

“我怕是活不得太久，要你的锦衣玉食有何用？要你的富贵荣华又有何用？”

“你这是在威胁朕吧？朕不过让你为清清解个毒，你便要这样记恨着，不过是你举手之劳，你却偏要同朕讨个要死不活的人情？”

若是举手之劳，我薛轻何苦这番模样？

可我何曾想到，这仅仅是我凡尘最后三年悲苦的开始？

那一日大殿之上，宫灯灼灼，群臣之宴，觥筹交错。

我不慎将茶水洒在了你袍子上，你攥住我的手，声目共怒：“大胆！”

我慌乱地掏出绢帕想给你擦干净，而那拂灵投生的赵以清却故意将事端挑起来：“哎呀！姐姐难道不知道陛下极爱干净吗？唉，你看陛下的袍子被你的茶水给染脏了，这可如何是好？”

于是，我还来不及反应，手臂便由你一扯，整个人直直从上首的座位上滚下来。

还是琉璃最先扑上来：“夫人你没事吧？”

你却依然怒气腾腾：“朕特意款待各位重臣的宫宴被你给搅和了，来人，将她押入水牢！”

依然是琉璃跪在大殿上，重重磕头，声音颤抖：“皇上！您饶过夫人吧，她身子弱啊，怎么受得住水牢那种地方！皇上，求您！求您啊！”

但偏偏又是你同赵以清，将我的琉璃杀死了。

她在我身边的最后一夜，赵以清的寝宫，外面灯火通明，透过窗纸看到无数火把燃得噼啪作响。她浑身是伤，刀口密密麻麻。

门外侍卫喊我们“杀手”，我浑身一惊。

明明那样爱哭的一个姑娘，此时此刻却是沉着淡定的模样，满脸笑容同我道：“幸好我在，夫人，琉璃第一次觉得自己还有用。幸好我还在这儿，我跟着您呢，您别急，过一会儿穴道会有人替您解开的。”

那时候，她是笑着跪在我身边的，敬上完完整整一个大礼：“夫人，得罪了。”

她脱下我身上的黑衣，穿在自己身上，黑色方巾裹着她的小脸，只露出一双弯弯的眼睛。

于是，本该是我死，最后变成了她被万箭穿身，一晃离世。

我恨自己，一句话也说不出。我也恨自己，一动都不能动。

可是萧漫，我更恨你。

大片大片的泪水打湿了地毯。我知道，琉璃不在了。

当你拥着赵以清走进来的时候，我突然想笑。萧漫，或者说天尊大人，你可知道那时候我在笑什么？

我笑被“行刺”的你们都好好活着。

我笑你们不知道我日薄西天，命不久矣。

我笑你们大费周折，拼了命将一个半死之人逼上绝路。

我逃走，被你以绳索捆回来，深夜宫灯未灭，我跪在你殿门口，笑得凄凉：“琉璃死了，你们其实都是罪人。我也是罪人。可是萧漫，普天之下，唯独这一桩仇，不可报。她还是个小姑娘，她还没有来得及同沈素在一起，你跟赵以清，就把她害死了，”我猛然摇头，闭眼时泪落两行，“我说错了，她是代我而死，你们原本想害死我的，对不对？这一桩仇，咱不说了。我晓得自己打不过你，权力更不如你。但是，你不喜欢我了，为什么不放我走？你把我困在这里，可是觉得折磨我还不够？你难道不怕我在你和赵以清之间横插一刀，断你们姻缘？”

其实那时候，我便知道，这深宫之中，再没有一个人会用心待我，为我心疼，为我哭。当我在最后的时日，小心翼翼收起所有的本性和脾气，只为了能在临终之时，还能回到我来的那个地方——紫菀花谷看一眼。

但是你却以为我要耍什么样的手段，于是将自己身边的医女放到我身旁，名为服侍我，实为监视我。

萧漫，你做事周备如此，最后却是百密一疏。

那个唤作知月的医女偏偏不认识毒药七月雪，是以她根本查不出我身上有什么，她更不知道我会死得这样迅速。

可我偏偏又敬佩你狠心如此，残忍过后，还不忘布一场“忘尘”，让那些悲苦封印。你是天生的帝王，冷血狠心。你不愧是站在最高天的这位天尊大人投生的。

沈素费尽心思将我带出去。

我却死在了回紫菀花谷的马车上。那时候，你追上来了吧。

可我再也不想看下去，扔起那本命盘，祭出玉渠剑，锋利剑刃将整本命盘一一削碎，残页纷纷扬扬落下来，我阴冷挑眉——仙障之外，那霜色情魄之上，映着我猩红妖异、水泽滚滚的一双眼。

“你还说喜欢我，你可真能装。”我对着他的情魄，笑得悲惘。

那情魄陡然一震，以拳头用力砸着我同他之间的仙障，示意我赶紧出来。

我踉跄起身，撤那仙障时，指尖诀术使得不大稳，反冲了自己，喉间登时涌上一口血，我冷笑着看那情魄上映着的本神君，唇角缓缓淌出来的绯红颜色。

良玉，你还真是不济。

它却大惊，赶忙伸手过来似是要扶我一把，却被我狠狠打掉。

我笑着一字一句吐出一句话：“你休想再碰我！”

命盘残页纷扬之间落在我身上，落在它身上。我知道，我笑得不怎么好看，我的声音也不怎么好听。

“告诉他，这场怨，我良玉今生若是报不了，来生我一定会……”来生，哈哈，来生。神仙哪里有来生？我莫不是傻了？那冰霜色的情魄上，我的眼睛越来越红，脑袋一个晕沉，差点儿栽到地上。它又要靠近，大约是又想扶我一把，被我抬起手狠狠掴了一掌。

它便一下怔在原地，身上冰霜凛凛，神色复杂地看着我。

我的指甲狠狠嵌入掌心，以刺痛之感保持头脑清醒，那时候，我依然大笑几声才同它道：“我方才说错了，应该是我良玉……今生，拼了命也要把这一场怨报回来。”

说罢头也不转，打算拂袖离去。那时候，我本想着，报仇之事，待我命断之前细细盘算，冲动不得。

可那只情魄不知死活，偏偏从背后抱住我不让我走。我狠狠掐着它的手：“给老娘滚！”

它听到我的怒吼浑身一颤，却依然没有松开。

我带着它重重撞上门框，它还是不松手，反而抱着我打算往书桌旁边走，我晓得它打算写些话来给我解释。可是它偏偏忘了，那时隔五万年的命盘之上，一切都是对的，一切都是最后的模样。所以，在凡间时他这样对我，一条一条都是千真万确，我不可能看错，不可能不知道是谁将凡间的我一步一步逼上绝路。

它死死攥住我的胳膊，我使劲掐着它的手指。谁都不退让一步的结果就是，它同我一路撞倒了书架，撞碎了花瓶，撞翻了桌椅，轰轰隆隆的声响冲荡着整个书房，带着天翻地覆的模样。可它依然不肯松开我。

所以，怪不得我了。

我祭出玉渠剑握在掌心，趁它猝不及防时，轰然挣开，瞬间转身，贴着它心上留下的那道伤疤一剑穿过它的胸口——那时候，它抬着胳膊，是想来重新抱住我不让我走的模样。

剑尖刺穿它的身子，冰玉碎响传至耳畔，裂纹从它心窝处迅速扩散至它全身。

那时候，我执剑的手，竟破天荒没有一丝颤抖。

是的，我恨不得杀了他的情魄，更恨不得杀了他。

于是，最后时刻，它冰色眸子里停着我阴森森一个满意的笑容。

我折手毫不留情拔出剑，它在一霎之间，成了遍地碎片。

冰霜碎响，孤香消弭，干净而利落。

哦，原来断情，是这样简单的一件事。

窗外黄昏寂静，我攥紧玉渠剑，若玉的千千万碎片上倒映着我千千万张脸庞，每一张都是阴森狠毒、双目猩红的模样。

我望了望剑尖沾染的几点冰霜色，抬袖子狠狠抹了去，剑锋锐利，削破我的衣袖，削破我的手臂。血水缕缕而出，我竟一点儿也不觉得疼。

师父说，一念成佛，一念成魔。

此时此刻，我突然觉得自己宛若一个嗜血的魔头，看到自己的血，内心竟也生出几丝快意。

晚风乍起，书房门砰然打开。

我想都没想便执剑抵上推门而进的那个尊神的脖颈，痛快且阴狠地道："你终于回来了。"

晚风扯乱我的头发，扯皱他的衣衫。

那空洞无神的眼睛盯住我，我依然凛凛而立，没有一丝慌乱。

他看着自己的情魄化成满地碎片，竟然只是愣了一愣，然后，右手握上我抵在他脖颈上的剑，然后缓缓拿开，血水从他掌心渗出来，那刺目的鲜红让我欢愉且兴奋，心中霍然生出来报仇雪恨的快感。

可是他偏偏伸出左手——递给我一枚晶润紫玉。

疯魔沾血，瞬忽癫狂。

可偏偏是他递给我紫玉的动作，若万丈流雪滚滚而下，将我从炽热癫狂的状态拎出来，冰了我个体无完肤，让我瞬忽清醒。

我掠过他掌心里的紫玉，指甲划破了他的掌心。他望着我，眼神空洞，血水顺着他的手指滴在他的情魄上，他双唇颤动道："小玉。"

好一个小玉。

你如今还要装作若无其事地唤我小玉吗？

你忘了在凡间时你怎么对待你如今唤作小玉的这个人了吗？

你以为重新回到天上，口口声声说喜欢我对我好，那凡间的所有事都可以抹平了吗？

“小玉。”他又道。

我从他掌心里抽出剑，声音狠厉：“你若是再唤这个名字，本神君现在便杀了你！”

他面无表情，只是听到这句话，喉结清晰一动。

你听得明白，就好。

那时候，玉渠剑尖沾了他的血。本神君，望着这样一具傀儡一样的躯壳，再没了半分同他纠缠下去的心情。

他同那只不知死活的情魄一样，在我同他擦肩而过时，也伸出手来想拉住我。可是如今情魄都成碎片的他哪里还能阻挡得住本神君？我甚至不用剑，只是转身像对那只情魄一样，狠狠扇了他一巴掌，他便不再动了。

我踏过满地冰霜碎片走出书房时，明明是夏日夜晚，竟然觉得晚风飒飒吹来，若挟了流矢残刀一般，刮得脸上、心上都是冰凉彻骨的疼。

清微宫门前的琉璃灯盏将将点燃。我凄惶一笑，玉渠剑脱手而出，穿碎了那灯芯，稳稳扎在宫墙之上。

良玉。

凭剑在此，你之于他，情断当下，缘绝于此，银河枯涸，不复往来。

当我推开山沟沟里那个茅草屋的房门时，琉璃和沈素皆是大惊失色，立在门口怔怔望着我，竟是一句话也说不出来。

我扶住门框，抹了一把唇角溢出来的血水，盯着他俩凄凉一笑道：“你们俩不认识我了吗，前些天不还在找我吗？”

琉璃闻声，眼泪瞬忽落下，她抱住我，大悲大痛道：“夫人，你回来了！”

是的，琉璃，我回来了。

我终于又见到一个活着的，可以哭给我听的你了。

可是，你不要再喊我夫人了。

如今夫人这个词于我来说，已是莫大的嘲讽。我心心念念挂在心上的那个人，他何曾有一天当我是他的夫人？

沈素倒是迅速镇定下来，赶忙带我进屋，皱眉道："夫人，你身上的伤是怎么回事？"

我费力一笑："无妨。我只是来看看你们俩……你们原来是在找我，我竟然不知道……我竟然不知道。"

那一晚，琉璃细心替我包扎好伤口，边笑边哭，眼泪都把衣襟打湿了。

我对沈素说，改日替他们俩画一幅姻缘扇，让他们在仙界成亲，此生共赴圆满。沈素望着我，话涌到嘴边却又咽下去。我知道他想说什么。

我知道他在看我推门而进的时候，盯着我的眼睛，唇角微微动，那口型是"凤凰"二字。

他想问我到底是不是那只凤凰。他想问我同那个人现在是什么关系。他想知道我现在到底是谁。可他没有问。恐是他早已看出来我如今的凄惨模样，所以他才一句也没有问。

到底是凡间陪我最后一程的人，沈素，他一眼便看出来太多太多。

可是他若是问我，我又该说什么呢？

说那个凡间令我痛不欲生，狠心禁锢我的人，如今在神界，又说喜欢我？

说我在凡间绝望至斯、再无眷恋的那个人，如今在神界，我又死心塌地喜欢到骨子里了？

说因缘轮回，我同那个人，在神界，恩爱缱绻三年，得了天帝亲笔所书诏旨，定下了这一桩亲事？

这可真是一个笑话。我抬手给琉璃擦掉眼泪，自己眼里却泪水滚滚。

哦，对了，天帝写的诏旨，还在三十五天他厢房的枕下。我出来时，竟忘了将那诏旨也撕碎了。

那一夜，琉璃没有留住我，因为我还有太多事要想，太多事要做。只是临走时，沈素送出我几里地，才低声对我道："夫人……你如今是不是过得不太好？"

深夜月水凉，搅得人心也凉。

我回头看他。那一眼，竟然觉得很像在凡间时，我端端正正坐在床上，等他来接我，终于等到他的时候的样子。那种绝处逢生的喜悦，那种希望乍现的欢愉，都是这个曾经在萧漫身旁做侍卫的年轻人带给我的。

如今，他在蔚蔚夜色中低声对我说："夫人，你如今是不是过得不太好？"我竟然一瞬之间，泪水盈眶。

"你要个什么样的扇面，可尽管告诉我。我在神界位职姻缘神君，专门为仙人画扇面、证姻亲，且必须是六界之尊长或者有权势的神仙，才可得我一幅姻缘扇面、一枚金线红绳玉扣。所以说，我过得……很不错。"我说。

"夫人，你忘了在凡间时也曾给他画过扇子吗？沈素不曾迷信，可如今飞升做了仙人，却想问你一句——你画的扇子，到底是姻缘扇还是姻缘散？"

第二十九章

姻缘为扇，姻缘为散

画扇为缘，画心补缘。

那一幅幅昭示姻缘散的姻缘扇，

都是本神君这个倒霉的混账欠下的、不得不补的情缘。

那一晚，沈素问我，你画的扇子，到底是姻缘扇还是姻缘散？于是，后半夜回到丹穴山时，看到已初开的九里香花树，我于云头之上纵身跳进那硕大树冠，折断的树枝划破我的衣衫、划伤我的脸颊。痛得亦梦亦醒之际，我将五万年前那命盘之始的事情，甚至将我这十二万年以来的事情，统统回忆了一个大概——尤其是，我画的扇子。

月光被交错的树枝剪碎，散落在花芽和树叶之间，细小而疏冷。葳蕤花树若囚笼般将我严严实实包裹住，上一次无限感伤地躺在此处，还是因了孟泽说不娶我了，我难过不已，日日夜夜藏在这里，给自己画扇面。

沈素这一说，我倒是觉得他说得极对了——我画的扇子，给关系不大亲的神仙画的，确实美满居多，然而，给自己最珍重的神仙画的扇子，一幅一幅，皆是天命难违、在劫难逃一般——幅幅应了姻缘散。

当初，予祁捏着自己打磨的长安玉扇骨，来丹穴山求一幅扇面。那时，我落墨画下的九里香，花枝亭亭，沿着扇骨，温润而生。可你看，九重天上的予祁太子，却终究没有握住他最爱的这一把扇子。这一桩姻缘，隐忍许久，却收场凄然。

当初，千颜和长宁成亲，昆仑大雪，本是我算的一个宜嫁娶、宜安床的好日子。我带着自己画的姻缘扇去证亲，扇面上着了大红嫁衣的长宁，顾盼冰清，玉洁无瑕。可我最终却是目睹了千颜被十万天兵围困堵杀，长宁为了护他的仙体，抽了自己六根玉骨为玉棺。瑟瑟寒风扯雪过，这一桩姻缘，散得如此凄惨。

当初，沉钰被六师兄逼迫服下绝情丹，二人各自悲苦，沉钰终于下定决心要去找六师兄和好，来大梵音殿找我，让我画一幅扇面，我将他二人俊美登对的模样落在扇面上，孰料不日之后，崆峒移位大劫，沉钰使出蛮力推崆峒印归位，自己血染三十五天，留下玉石面上两道狰狞掺血的沟壑。这一桩姻缘，留下五万年生死不复相见。

当初，我的第一幅扇面，其实是送给师父他老人家的，那是在我才几千岁，还没有做姻缘神君之前。我晓得师父爱桃花，我特意画了一幅桃花扇，六师兄说我画得很好，那花瓣透过扇面，像是要翩然而出落在执扇之人的指尖上一样。我曾以为，师父同灼华之间的劫难本该与我没有多大关系，但我却忘了恰恰是上一任姻缘神君留下的祸端。是不是，若没有我当初送给师父那把扇子，灼华就早已经活过来了？而不是经过十几万年，二人生死历尽，不得姻缘。

思及此处，我也终于了悟，为什么要拿自己左心化成的与我性命攸关的紫玉去补他们的情缘——说到底，是我早就欠下的吧。

画扇为缘，画心补缘。

那一幅幅昭示姻缘散的姻缘扇，都是本神君这个倒霉的混账欠下的、不得不补的情缘。

自诩为善良安分的姻缘神君，我又该怨谁？

天道不公，命定里给我设下如此曲折而又反复的劫难，躲不及，跳不出，求生不得。

再回到我自己身上。这一生，我曾爱过两个男人。

于孟泽，我给他和他的二十几房姨太太画过姻缘扇，可玄魄宫的小姑娘曾告诉我，他从不曾真正喜爱那些娶回家的姨太太，他的心还在我身上。于是，孟泽会为了我的安康，去找拂灵讨要紫玉而伤了眼睛。我画的寓意祥福的姻缘扇——换回了这样一个结果。

于长诀，我终于想起来，我曾经亲自画了一幅扇面，扇面之中，大梵音殿以南紫菀花聚成海，红衣少女和霜衣公子立在花丛之中，距离适宜，背影端庄，那一幅郎才女貌的般配模样是我以为的自己和他的模样。我欣喜地在扇子背面以淡墨落下浅浅一行行书——之子于归，十里铺妆。君子常诀，只为我待。我向他这样表白求婚，等他来娶我，最后，等来的却是拂灵她送过来的——落了他的笔迹、落了他的印章的一幅“无缘”扇。

呵呵，我同他的无缘，且不止如此。我忽然又想起来凡间一桩一桩，悲从肺腑间涌上来，咸腥沿着唇角滑过脖颈，消弭在衣襟上。我心中的快慰却被这血腥味儿突然唤醒，只觉眼珠滚烫，我按捺不住自己，腾然而起，祭出玉渠剑将身旁的树枝砍了个尽。如不是听到声响突然钻进来的六师兄死死攥住我握剑的那只手，手上捏着清明诀直直打入我的眉心，我恐怕今晚要把这棵生了十几万年的花树给伤得稀碎了。

那晚，六师兄一直坐在我身旁。

六师兄说：“小九，你被树枝划得遍体鳞伤，我给你清理一下伤口可好？”

我摇摇头。

六师兄说：“小九，你的眼睛怎么猩红成这副这样，我要不要去把师父找来？”

我摇摇头。

六师兄说：“小九，你衣襟上很多血，你方才可是吐血了，现在感觉还好不好？”

我又摇摇头。

六师兄终于哭了，用力攥住我控制不住颤抖的手，给我以安慰道：“小九，你是不是冷，怎么抖得这样厉害？”

我抬眸看她，道：“六师兄，小九我……怕是活不过去了。”

纵然那个时候，从长诀手中扯过来的紫玉就贴在我左心口处。长久活下去的希望明明离我那么近，近到穿过那层皮肉，我就能活着了。

可我仍然强烈地感觉到，自己活不过去了。

再抬眸时，六师兄已经满脸都是泪。她哭得这样厉害，都快赶上琉璃了。

可她却是哭着说：“小九，你不会活不下去的。”

我笑着抬了被花枝扯破的衣袖给她擦了擦眼泪，说：“六师兄，如果你真的觉得我能活得下去，那应当高兴的，可如今……哭成这样哀痛的模样是为什么？”

这句话一出，六师兄果然哭得更厉害了。

她再次开口时，牙齿都在打战，我甚至以为她一不小心能把自己的舌头咬下来。她便是这样颤抖着开口，纵然是试问，其实却早已笃定了——

“小九，天尊大人的情魄……当真是你刺碎的？”

“自然是我，否则六师兄以为是谁？”

六师兄的眼眸里，映着我的眼睛，一片妖异的红，我扯了扯唇角，心中大快的感觉再次生出，我笑的声音竟有些刺耳。

这句话，惹来六师兄又一记清明诀打在我眉心上。

我再也撑不住，重重跌进她怀里。

也好，昏死了也好。再不要想这些事了，命途曲折的本神君，真的盼着老天看在我最后这一段日子的分上，能给我一个痛快的死法，让我挫骨扬灰也好，让我灰飞烟灭也好，让我魂断魄散也好，只求我再不要见到或者想到那个最恨的人。

可我到底恨他什么呢？

我是恨他凡间如此对我吗？说到底，我怎么会不懂得，那些凡间的事，皆是按着命盘来走？如此，我应该最恨六师兄才对。

但已经在神界吃了十二万年神仙饭的本神君怎么会不晓得——痴情的神仙，以半颗心为祭，算是违逆天命，在凡间时怎么样，其实可以反过来影响到命盘怎么样。

违逆天命的结果，便是原本应该被命盘控制的凡间一切，反过来却变成——凡间的一切会影响命盘。

就算当初写好了，投入凡间时，依然会变样，命盘会跟着凡间的事情改变。这是我用半颗心换回来的权利，也是我用半颗心换回来的劫难。

而时隔五万年，我看到的那一本，便是最后的样子。

可就算是这样，我剜了半颗心为祭，也总能换来一场顺着自己心意的凡间情缘，就算他对你没有半分感觉，落在凡间，他也会多少喜欢你一些，除非你喜欢的那个神仙打骨子里真的瞧不上你，甚至恨你。

所以，我拿着半颗心，违逆天命，执意换了一场凡间情缘来安慰自己。那时候，六师兄也曾劝我道："小九，凡间一场不过幻梦，但你这半颗心却是实实在在的，剜掉便回不来了。"

我却固执地以为，在凡间能同他在一处，有过这样美满的一个幻梦，半颗心，也是值得的。

可我却没有料到，他竟然在凡间如此对我。就算他在神界不曾喜欢我，按理说，因着那半颗心的祭奠，到了凡间也应该多少喜欢我一点儿；就算他一点儿也瞧不上我，总不至于让我求生不得、折磨我至死吧。

所以，一切该是源于他从骨子里就讨厌我吧。

可恨五万年过去，他却当作什么事也没发生过，时隔五万年，再次见面，他竟然笑意依然，不痛不痒地跟我说："小玉，我来找你了。"

他竟然一次一次同我讲"小玉，有我在，你不会只活三年"这种话。他竟然说"小玉，等我回来就娶你"这种话。

他怎么可以把凡间这一切当作什么都没有发生过？

他怎么可以？！

而事实上，哪里有什么可以不可以？你不能左右旁人的想法，你不过是万千神仙中的一位，而他是芸芸众生抬头仰视的天尊。你们俩在一处，本就是不对的。

他在凡间狠狠折磨了我一场，我刺碎了他的情魄做补偿。

谁也不欠谁了。

谁也……不欠谁了。

这样想来，夏日七月，我表面上过得算是平静且安详。

只是，整整一个月，我待在丹穴山，哪里也不想去了。

曾经随着他的笛音，开在丹穴山的那些紫菀花，我让大师兄和六师兄都给我拔掉了。

如今，紫菀花竟是我最讨厌的一种花。甚至因为这个原因，我都有些不太愿意去大梵音殿了，因为大梵音殿以南，玄魄宫以北，紫菀花浩浩荡荡铺了十里。

紫菀花谷，那曾是我在凡间心心念念，临死时最想回去的地方。如今，我却对它有些避犹不及。

苏苒姑姑将小凤凰木送回到我身边。那天，她立于云端，高高在上、盛气凌人地同我道："良玉神君，忘恩负义如你，欠了债，总要还的。"

我知道她是说我刺碎了她家尊上情魄这一桩事。可我并不觉得自己欠了他的。

忘恩负义是指什么？若是以德报怨，谁来报我凡间那一场？

我微微笑望着她怒不可遏的样子，可右心还是一抽一抽，空荡荡的左心，竟也有些疼。是的，我到现在还没有用那枚紫玉来补全自己的心脏，于是，左心里依然空空荡荡。我想等一等。可我又不知道自己为何还要等。明明六师兄已经为我卜卦，到八月初六，我非生即死了。而如今，到八月初六，已经不过半月了。

我牵着小凤的枝条，手其实有些抖。这曾爱我、护我的苏苒姑姑，其实她最在意的不过也是长诀天尊罢了。对我的好，不过是因着她家尊上当初还说喜欢我罢了。

可她看到我这笑着的模样，却一霎之间再也忍不住，踉跄落下云头，狠狠扇了我一巴掌。这一巴掌，把小凤吓得浑身一哆嗦，枝条纷纷奓开。我发丝凌乱，抬眸笑着看着她，却发现她自己先泪水汹涌、夺眶而出了。

本神君头一回，看到揍旁人，自己先哭的。我挺新奇。

可更新奇的是，她揍完我便"扑通"一声给我跪了，泪雨滂沱地求我道："你去看看尊上吧，求你去看看他，他很不好……"

我赶忙把她扶起来，"我受不起姑姑这个礼的。您别这样。"我说得客气。

她便领悟了我的话，于是眼泪簌簌而落，道："良玉，他救你这样多回，可你如今，真的不打算救他一回了吗？"

救他一回。

那一夜，我辗转反侧，脑子里反复便只有这四个字：救他一回。

我的玉渠剑刺破清微宫的宫灯插在墙上，明明恩怨皆斩，我同他互不相欠了。可如今，我攥紧那枚紫玉，竟然脑子发抽，真的有些想救他一回。我打了个哆嗦——自己竟然还有这种想法。

小凤怯生生伸出枝条触了触我的手臂，我翻身问道："怎么了，小凤？"

它指了指自己的脑袋，又指了指窗外山顶上，已经花事繁盛的九里香，模样有些黯然。

它是想问自己为何还没有开花吧。

我捏了捏它的小嫩叶子，笑道："无妨，兴许过几日你便开出花儿来了。凤凰木的花更好看，赤红颜色，流云火霞，团然锦簇，非其他花儿可比。"

它便开心地扭了扭小树身。忽然想起什么来，又有些担忧地指了指我的嘴巴，绞着小枝条，有些委屈。

我想了会儿，疑惑道："你是想知道自己为什么说不出话？"

它听到我懂了它的意思，使劲晃着脑袋点头，枝叶飒飒而响，扬起一阵清木香味儿，让人身心愉悦。

"说不出话，可能是因为你还没有长大……或者身上有什么东西，暂时卡着你了，嗯，所以你说不出话。"其实到最后，我便开始胡扯了，但是小凤依然信我，一副受教的模样，不住点头，于是我放开胆子继续睁着眼睛胡扯，"兴许你长到一定岁数，把那卡着你的东西吐出来，你便能讲话了。"

它又飒飒点头，小树身一扭一扭，蹦跶了几步，看上去开心了不少。

小孩子，总是容易哄骗的。

那一晚的梦混着树木独有的清香，做得十分清晰明了。

那一天杏花开满枝头，透过蛋壳，沁到我鼻间的杏花木香味儿都有些甜甜的，甚至还混着格外清宁的一阵冷香。我被这香味儿引得浑身舒畅，自己在蛋壳里不自觉地伸了伸胳膊，伸了伸腿儿——是的，自打我有些记忆以来，便在这杏花树的枝丫上卡着了。那时候，我还在蛋壳里，只能透过蛋壳依稀看到外面团团粗粗的杏花。我不大敢动，因为一动的话，鸟蛋便跟着一晃。我若是把自己弄掉下去了，便粉身碎骨了吧。

但是那一日偏偏十分邪行。我头一回觉得那香味儿如此好闻，于是就这样邪行地不自意伸了胳膊腿儿，于是——

不出所料地听到身下的蛋壳沿着枝丫翻滚的声音，我缩在蛋壳里，心骤然一提！紧接着蛋壳下的枝丫不见，视野突然开阔，蛋壳外面突然明亮起来，而蛋壳也终于脱离了枝丫，在空中直直下落。失去支撑的感觉着实痛苦，我吓得呜呜地叫着，可那时候我也知道，我马上就要落到坚硬的地面上，这回是铁定要摔死了。

可我没料到自己落下去时，并不是碰到坚硬的地面，而是落到一汪乌黑的水里。于是，蛋壳暂得以缓冲，触到水底的时候只是裂开了一道细小的缝。我忽悠悠飘出来，将将伸出爪子，恐是自己长得太丑，竟然吓哭了一个姑娘。我便赶紧把爪子缩了回去。

后来过了很久很久，外面平静无波，只剩微风拂过窸窣的杏花香味儿，当然还有那令人身心舒畅的微凉清宁香气。我再次下定决心出来，不料蛋壳破碎，我几乎要被那乌黑的脏水淹死，如果不是那根紫色的玉笛伸过来救我一回，这世上怕也是没有良玉这只凤凰了。

纵然他挖苦我，可我依然觉得那时候他的声音分外好听——

“你是哪里落下的家雀？连累我脏了玉笛。”

梦里，我抬眸时，第一次看清楚眼前这个神仙——霜衣墨发，高华之风姿，注定是最高天上俯瞰芸芸众生的尊神。

梦中的场景清晰得不能再清晰，他是天尊大人，没有错。

原来，我同他的缘分开始得这样早。

原来，他也曾细致入微照顾我很久。

原来，我也曾满心欢喜地亲他一口。

只是，他瞧出了我对他的喜欢之后，却狠心剃掉了我好不容易才长出来的毛羽，将我放在大梵音殿门口，头也不回，转身就走。

两万岁时，北海万里冰消，日初华光，云霞始盛。他端着一把扇子，腰间绸缎上系着一支紫色玉笛，出现在蔚蔚海雾之中。

一曲相思引，情不自禁，我对他的欢喜，再一次覆水难收。那些少女时光，在两万岁时又迤逦了五万年。我为他做的那些事，其实也不少。

比如给沉钰端茶倒水，捶腿捏肩，供他差遣半年，只为了能从他口中打探几则他师父的故事。

比如给三师兄收藏的千余架琴细细擦拭干净，求他教我一首曲子，我勤勤恳恳弹了三个月，才装扮成三师兄的模样，只为了能在诸神之宴上弹给坐在上首的他听。

比如得知他爱花木，我曾特意变成一株凤凰木，板板正正在三十五天一众花木里坐了两个月，盼着他能有一日看我一眼。当初，亦是少女模样的拂灵是个顽皮的姑娘，她路过我身旁，看到我的花开得好，便要摘下来。天尊大人他永远不知道，那些花其实都是我的毛羽变成的，拂灵每摘一朵，便是把我的毛羽拔下来一根。

我何曾没有想去三十五天清微宫大胆表白过？彼时，拂灵将我死死拦住，清微宫的宫娥们将我拦住，我甚至连他在哪里都看不到，何谈去找他？我被拂灵扇了一巴掌，被冠上“不要脸”的名声，也曾窝在六师兄的酒窖里，喝得胆汁都吐出来。

如果这些都不算喜欢，那算什么？

他给我那把无缘扇的时候，我站在十里的紫菀花丛中，一直到天明，又算什么？

我忘了五万年前那些事，不代表我没有为他付出过真心哪。

当装着我同他的情缘的左心被剜掉，我卑微地乞求一场同他的凡间情意的时候，也曾痛不欲生。

你们有没有喜欢一个人，自打从蛋壳里出来便喜欢？从两万岁时再次相逢又看上他，拼了命也要喜欢他讨好他？你怎么知道我良玉两万岁之前不是飞扬跋扈，连沉钰见了我都要胆寒，连三师兄都要让我几分呢？可是为了他，我也曾这样卑躬屈膝努力过，只为了更靠近他一些啊！

所以，这凡间一场是灭顶悲凉的痛。

叫我如何能再——当作什么都没有发生过，坦坦然然同他在一起？

若我还是同小凤一样的年纪，一样好哄骗的年纪，兴许，就没有这么多事了。可我如今活了十二万岁，这个时候，再来哄我，可能并不好用了。

可纵然是这样——昨日苏苒姑姑跪着求我，今日，我仍然打算去——救他一回。

我为自己搽了粉，穿上大红色的裙子。这身打扮，很精神，有些像我少年时的模样。看着铜镜，一个恍惚，觉得自己穿过五万年的时光，又回去了一样。

手心里紧紧攥着那枚紫玉。我出门时，甚至觉得那枚玉硌得手心生疼。

最后一枚紫玉，我其实很宝贝它。

但就如同前些时日，六师兄将我从九里香花树树冠中抱出来时，我的想法一样。

我觉得自己活不下去了。

纵然那紫玉离我这样近。

彼时，我不知道是为什么留着。

今日，我有些了悟了。

我抬步迈出去，熹微的日光有些刺目。我眯眼抬手遮了一遮，却发现不远处，师父一个人站在大殿门口，静静地望着我这一边，开口喊了一声："小九。"

只是这一眼，迎着日光，我只觉泪水滚滚而落，直接哭花了方才用心化好的妆容。

师父拿着绢帕给我擦眼泪，轻柔道："小九，你想好了吗？"

我紧紧攥着那枚紫玉，我晓得他知道我要去干什么了。我其实有些怕他会阻止我，可我更怕他没有阻止我。我死了，他伤心。然而，当他什么也不问，轻柔地说出这句话的时候，我才发现，如今师父说什么，我都很怕。

说到底，真真正正养了我十几万年的神仙，是师父啊。幸好他跟灼华最后能在一处，否则命尽于此的我该如何报答他老人家？

师父没有阻止得了我。我说想清楚了之后，他便悲凉一笑，揩掉我的眼泪，说："想清楚了就好……想清楚了就好啊……"

说到底，是在我年幼时，那位尊神曾以玉笛挑起我，救我一命，否则我便蹦跶不了十二万年这样久。我不认为自己刺碎他的情魄有什么错。如今我想去救他，完完全全因为最初的时候，他救我一命。

可师父偏偏又要提醒我一句："小九，你真的对他断情了吗？"

我狠狠掐着自己的手心："只当报恩，无关情仇。"

可是，良玉，你真的——只当报恩，无关情仇吗？

个中恩怨，此间情意，当数你自己最清楚。

我攥紧紫玉，轻车熟路到了三十五天。本以为自己已经做好充分的准备，不悲不喜地救他一回，即使看到他此时的境况很惨，也不会掉泪同情。

可是，我看到曾经霜衣不染纤尘、墨发振振而飞的他，如今没了情魄、若痴傻一般蹲坐在一棵杏树底下，原本霜色的袍子上全是泥土，墨发散乱沾了许多枯叶。苏苒姑姑想伸手拉他起来换一身干净衣裳，被他拍手打掉了。他嘴里嘟囔了一句："你快走，你吓坏了小玉，她不肯落下来了。"

此句话，令我的右心蓦然一抽。

从高华不可一世的天尊，到脏乱落魄至此的乞丐，竟是这副模样。

可他竟然还记得，当初我以一枚鸟蛋的模样从杏树上落下来。

没有情魄支撑，他竟然还想着这一桩事。倒是难为他了。

苏苒姑姑看到我的时候，眼眶登时通红，一路踉跄跑过来，有几次甚至被低矮的木植绊倒。她一把握住我的手，再一次跪在我面前，通红的眼眶水泽滚滚而出，她声音哽咽得不成样子："良玉，良玉，你终于肯来救尊上了是不是？"

我想安抚她笑一笑，可看到不远处的他坐在地上，痴痴望着杏花树的模样，竟如何也笑不出来了。我只是木木地拉她起来，轻声道："您别这样，我会尽力而为。劳烦姑姑往厢房里准备温水，我先……给他沐浴。"

后来，我握着他的手，一路带他到厢房时，他很乖巧地看着我，并没有耍性子拒绝。我解开他脏得不成样子的衣衫的时候，他脸上甚至有些红云飘过，瞧着略有些害羞。可纵然这样，他还是很乖巧地看着我。

水雾温和，氤氲而生，他清洗过后的皮肤瓷白凉滑。我生平第一次给男神仙沐浴擦洗。其实我也有些害羞。可当我想到这是我生平第一次、也是最后一次的时候，便坦然了。

我为他清洗胸膛的时候，他的手怯生生附上我的。那时候，我玩心大起，反抽出手拍在他的手背上。"打手背"这个游戏，我少时常常跟六师兄做，我反应灵敏，动作迅速，六师兄从来没有赢过我。他见我打他的手，立马一哆嗦就吓得缩回去了。

我将为他擦身子的绢帕裹在他的头上，就像是凡间煮饭的炊妇那样，忍不住笑出了声。他不明所以，但见我笑话他，便伸手想扯下头上的绢帕，又被我打掉了手。他包着一汪眼泪瞧着我，我有些于心不忍，便拉过他的手放在我掌心之下，又拉着他的手从底下抽出来拍上我的手背，边示范边道："这是打手背，你若是能迅速从我手掌下把手抽出来打在我的手背上，喏，就是像这样，就算你赢了。"

他想了一会儿，点了点头。

可我没料到他这样厉害，或者说他于这个游戏上造诣如此高，以至于我同他玩到沐浴的水都凉透了，我自己的手背肿得老高，他清洗出来后的手背却依然白嫩无恙。

我剜了他一眼，开始拎他出浴桶，打算给他擦干净，穿衣服。那时候，他拉过我的手，嘴唇贴近我的手背，轻轻吹了吹。

那呼吸低伏于手背，温柔可触。那眉眼贴近我手背，恍然间一抬眸，细密而长的睫毛拂过我微抬的手指。他乖巧起来，也像女人那么美。

我拉着他坐在床上，窗外亦是傍晚时候，晚风曾多少次吹皱窗纱，翻窗而进；曾多少次拂过相思，融透情意；又曾多少次扯过离殇，碾碎温良。月华若水，曾多少次轻柔铺在他的脸颊之上，我记得自己曾经伸出手指，与他的肌肤相隔浅浅的距离，划过他的眉心、鼻梁。

清风依旧在此，月华不减当时。

他板板正正坐在床上看我。我笑了笑，将手伸进枕头下面。那天帝所书曾经赐婚的诏旨果然还在。我拿出来，悄悄装进了袖袋里。然后掏出那枚被我保存完好的紫玉，贴在他的心口之处，念着生魄诀，堇色微光从他心窝处生出来，他有些害怕，我抚了抚他的脸颊以示安慰，他便不再害怕了，笑看着我。

情魄的雏形在微光之中渐渐生出，不再是霜白色，却依然沾了些淡紫色的细雪。晶莹剔透的样子，跟之前一样好看。

真好。

情魄最终化出来，可它身上冰雪却渐渐稠密，孤冷香气越来越刺骨。那情魄望着我，模样很不开心。

我指尖的诀却没有松开半分，指引着它往天尊的身上贴近，那情魄却不肯配合我，于是我笑着威胁道："你不打算进去，想让他一直这样？"

它依然冷峻地望着我，才生出来化成形的手指迅速攥上我的手臂，似是打算阻止我。

"松手吧，早就晚了，"我盯着它道，"紫玉不可逆转，既然化成了你，便不可能再回来。你若是想要自灭或者想要阻止我，便是白白浪费了本神君一枚紫玉了。"

那时候，我看到冰雪于它眼角中生出来，化成水，淅淅地往下淌。

原来情魄也会哭啊，这也是一件挺新鲜的事。

恐是真的怕浪费了我这一枚紫玉，它终于放弃了反抗，乖乖顺着我的诀术的指引，心口重叠，堇光弥漫之际，归入天尊体内。

左心彻底没有了。疼也麻木，其实早就感觉不太到了。

我迅速给他补上一记昏睡诀，他情魄将将生出来，抵不住多大的术法。袖袋里安安稳稳放着那卷诏旨，一刻也不停留，转身便要走。

可就在此时，一只冰润凉滑的大手却紧紧攥住了我的手腕。

我以为他醒了，惊讶转身，却发现他眼眸在诀术作用之下控制不住闭合。滚滚泪水从他眼角流下来，滑过白皙的脖颈，高高在上、严肃而立的他竟然哭得这样厉害。他想开口说什么，却发现已经说不出话了。我看他的唇形，像是——别走。

小玉，别走。

可我为什么不走？我笑了笑，低头将手腕上他的手指一根一根掰开。他骨节突出、青筋暴起，即便是要沉睡了也还是不肯松开。

我又给他补了一记昏睡诀。

他终于再也受不住，松了手。

第三十章

玉引情魄，悲欢相诀

天尊大人，若再有一生。

你肯把我放在掌心，温柔对待……再也不放开吗？

乘云回丹穴山的路上，我忍了许久终究没忍住从袖袋里掏出那份诏旨想着打开来看一眼，却不料迎头撞上了一只青鸟。手上不稳，差点儿将诏旨扔下云头。

那青鸟瞧着眼熟，待在我的祥云上愣了片刻，他赶忙化成仙形，抱住我的腿，哭得梨花带雨、肝肠寸断求我救他一命。我见他这倒霉模样，便认出了，这是那曾经给我送诏旨，曾经落入司命府沉钰设下的埋伏里的天帝座下的信使。我将那诏旨收到袖袋里，才扶他起来，问了一句怎么了。

他痛哭流涕指了指急速朝我这边奔来的婧宸公主："公主大人要杀了我啊！神君救我一命啊！"

可他没料到本神君同婧宸情意深厚。当我皮笑肉不笑地拉着他的衣袖放入婧宸手中的时候，他两个眼珠子都瞪直了。

婧宸吧嗒亲了我一口，我这厢还愣着，她便转头对那倒霉信使笑道："你若是再不承认同我睡过，我便要我父君灭了你全族，你信不信？"

倒霉信使哭得不能自已，最后直接哭抽抽道："求公主……公主，放……放小的一条生路啊！"

婧宸心满意足拉着他的衣袖便乘云远去了。

本神君立在云头，目瞪口呆之际，脑子里全是"睡过"两个字。

我触了触袖袋里的诏旨。其实，今日我没有帮这青鸟信使，便源于此了。算他倒霉，当初给我送这诏旨过来。最后，我却再不愿喜欢诏旨上这个写着要同我"良缘永结、心意同称"的尊神。

那一晚，我的手放在这卷诏旨之上，始终没有勇气打开。身边灯火灼灼，我恍惚了片刻，摘下琉璃灯罩，把诏旨就着烛火——燃了。小凤不知道我在烧什么，可毕竟是木植，它看到火光，还是有些惧怕。我捋了捋它的枝条，安慰道："莫怕。一会儿……一会儿就烧光了。"

小凤还是怯怯地躲远了。

一夜无梦，十分安宁。

第二日上午，简容匆忙来到丹穴山，气喘吁吁道："兜兜转转，你可知道你就是薛轻？！"

我说我知道了。

下午，六师兄来到丹穴山，亦是气喘吁吁道："你晓得天尊大人的情魄是哪里来的吗？"

我说我不知道。

凌晨时分，婧宸探窗而进，掀起我的凉被便兴高采烈道："你晓得拂灵那个妖女遭报应了吧！她的情魄被我英武神勇的叔爷爷给强行揪出来，刺碎了散在无欲海。情魄遇无欲海之水便溶解干净，永生永世都捞不回来了！"

我颤巍巍说："嗯……我晓得了。"

次日，厢房门口，出现了他的身影。

我眯眼望了望他，看来新的情魄很妥帖，他看上去没什么异样。小凤站在门外，枝条触了触他的手，他便温柔地握着小凤的枝条，依然看着厢房中的本神君。

那时候，我并不想见他。

我还了小时候的恩情，同他没什么关系了。

"小玉，我能不能进去？"他低哑道。

我没有理他，他便立在门口，不再说话，也没有打算要走的意思。

过了好一会儿，他又开口道："怪我之前，因为她是我的表妹的缘故，不忍教训，放纵太多。如今，我替你报仇了。"

这话倒是新鲜。

什么叫作替我报仇了？

于我还有什么关系？

本神君简单收拾了一下，带了几件衣服便出去了。路过他身边的时候，他再次握上我的手腕，这一次，他攥得紧紧的，似有若无的光铺在他眉心，我看得出来，那是打算阻挡我给他一记昏睡诀。

我并不打算同他讲话，此时此刻却不得不开口：“你若是不松手，我只好将自己的手砍下来留给你了。”

这句话很管用，他登时慌张地松了手。

小凤不明所以，看看他又看看我。

“别跟来。”我留下一句话，转身飞上云头。

我无处可去，最后想了想，便在六师兄府上落了脚。不因为别的，而是因为，她府上有个酒窖。我一头扎在酒缸里，醉生梦死过了几日，六师兄看不下去，将我拎出来，提到了屋顶上，指着司命府前霜衣墨发那个尊神，愤慨汹涌而至，破口斥责我道：“你看不出他的心意不成？！你便真要这样折磨他不成？！”

她泪珠子飞出来，打在我脸上，其实有些疼。

我转头醺醺一笑：“你那个南烛酒，酿得很不错。”

六师兄扇了我一巴掌，纵身跃下屋顶，一怒之下，填平了整个酒窖。

于是那夜，我从司命府后门飞出去，连夜投奔了大师兄。他家的娃崽子白白嫩嫩，眼珠子骨碌骨碌转。我知道自己此生生不出这样漂亮的一个娃娃了，于是不再眷恋，又一头扎进了大师兄家的酒缸里。孰料六师兄这个丧尽天良的，又找到我，提着我的衣襟将我从酒缸里拎出来，拖了回去。

她不大仗义。

反反复复折腾了几日。六师兄攥住我的前襟，又狠狠扇了我一巴掌。她自小到大从不曾这样打我。这些天，算是将我以前欺负她的尽数还回来了。

可她自己也是眼睛红肿，手指颤抖好几次才稳稳抓住、撕下皇历上的那一页塞进我手里，咬牙切齿、一字一句同我道：“今日，八月初一了。”她说完这句话，眼泪直往下掉。我醉得迷迷糊糊，觉得她眼珠子都要被眼泪冲出来似的。

我攥着那一页皇历，定睛瞧了好几遭，才瞧出来那是八月初六的一页。

八月初六，是个什么日子来着？

我脑子转了三转，也想不出来这是个什么东西。忍不住打了个酒嗝，呼出来一团酒气，含含糊糊问她道：“八月初六……莫不是你要跟沉钰爷爷成亲的日子吧。哦……容我去给你们画个姻缘扇，”我踉跄转身，手背蹭了蹭她打在我脸上的那一个巴掌处，又一个酒嗝冒出来，我醉得厉害，也站不大稳了，却突然想起来一桩事，于是转头又道，“我不能给你俩画扇子。我画的扇子，不是姻缘扇……是姻缘散，散……”

她终于忍不住抱住我，大悲大痛喊道：“八月初六，你可能就要死了啊！小九，你可能就要死了啊！”

哦……

原来是这样。

“小九！你莫要再说姻缘扇了，你莫要再折磨自己了！”

我吐出一口酒气，眯眼笑道：“好的，六师兄。”

身子一个瘫软，我正要放心倒在她怀里时，疏冷到极致的香气却紧紧裹住了我。迷蒙之中，我那残破的右心突突一跳。我挣扎逃开，可是有双手却又按住我，将我紧紧拥入怀。我再也忍不住，醉过去。

六师兄说，小九，你莫要再说姻缘扇了，莫要再折磨自己了。她一定是想起当初孟泽甩我时的那一场，我窝在九里香花树中，为自己画了千万幅扇面那桩事。彼时，她也是这般悲苦地问我，小九，你何苦这番折磨自己？

说到底，这一场姻缘散——应得最凶、最惨的当数本神君自己。

于扇子，我为旁人画了不过一把。可我为自己画过千万把。

以至于到后来，所有劫难若大流奔腾一般滚滚而至，让我躲无可躲，直至哀流灭顶。

那扇面之上，有不同的公子。威猛高大的有，恭敬温润的有，负书而立的有，拔剑起舞的也有。我甚至一度以为，自己画了这千万把扇子，就如同自己有了千万个夫君一样，我一个一个给它们系上金线红绳玉扣，一一拴在九里香花树上。清风吹走大把大把的叶子，吹落一捧一捧的花瓣，吹着千万把檀香扇骨，敲打金线拴着的烟翡色玉扣，响声泠然悦耳。

所以，应劫最深，应是本神君。

因为我给自己画了这样多，我自找的。

就像我打少年时，还是一只毛都没长出来的小凤凰时就看上他，喜欢上他，以至于后来受的这些苦，都是我自找的。

给自己画扇铺劫，本神君真的是很拼命。

好在，八月初六，我便要死了。这一场崎岖仙路，我终于快要走到头了。

第二日，我果然是在他的厢房中醒来的。不知他何时重新补上了一块翡翠屏风，上面依然刻着一团肉球。我现在才知道，这是本神君幼儿时。

他莫不是以为，用这面屏风，就可以打动本神君让我原谅他吧？

“小九。”

我闻声抬头，师父、六师兄竟然都在。我眯眼瞧了瞧窗外，他站在门口，一步也不敢迈进来。

六师兄先颤颤巍巍开口：“小九，你现在是不是很多事都想起来了，却独独忘了一段记忆？”

我挑眉笑道：“哪一段？”

“你从凡间回来，到落入忘川海那一段。”

我一个心悸毫无预兆地涌出来。

六师兄泪眼模糊：“所以，你不肯原谅他是不是因为……你忘了，那桩场景里，我曾经明明白白告诉过你，当时的命盘投入凡间时，经了拂灵的手。”

我登时慌乱，揪住六师兄的衣襟大怒道：“你休想骗我，以心为祭，违逆天命，应当是凡尘的事反过来影响命盘的！经了拂灵的手又怎样……”我越说越觉得眼中水雾层层弥漫，直至溢出来，“你说经了拂灵的手……你方才说经了拂灵的手？到底哪一桩是对，哪一桩是错？你告诉我……”

“你知道如何改命盘最容易且能将你陷入这样悲惨的境地？”六师兄满目悲凉。

我怔怔摇头：“如何改……”

“将你同拂灵二人的凡尘名字……替换……所以，你可知道，你本来应该是享尽福寿的赵以清，而她本该是命薄苦长的薛轻……”

六师兄这句话从我脑海里过了一遭，我没有稳住身形，从床上滚下来。

原来如此……

我狠狠闭眼，原来如此。

六师兄抹了一把眼泪，搀我起来，哽咽深重道："你可知道在凡间时，你过世之后，萧漫……也就是天尊大人他如何了吗？"

我摇摇头。

凡间的命盘，我过世之后的那几页，连同前面所有的事，都被我用玉渠剑削碎了。

师父终于开口道："小九，他在凡间堂堂一个帝王，因为你死了，他便撇下江山，随你去了。"

多少的悔恨，一霎之间涌上心头。

怎么会是这副模样？

怎么会变成这副模样啊？

"原本，命盘上我清清楚楚写的是，最后，赵以清同萧漫恩爱长久。可是最后，天尊大人他不再受命盘控制，凡间的事反而开始倒逆命盘，最后变成了萧漫为薛轻殉葬，赵以清深陷宫中成了废后。这一桩……你也不晓得吧……"六师兄又道。

我再也忍不住扯住她的衣襟，痛哭流涕，声嘶力竭道："你们何曾告诉过我！师父、师兄你们何曾告诉过我！你们何曾告诉过我啊？！"

师父手中的佛珠尽断，他望着我，悲痛道："小九，你难不成忘了崆峒幻域中，你看到他被压九黎山下，自己毫不犹豫便投入海中了吗？而真实的情况便是，那一日，为师迟了半刻，亲眼看到天尊大人被九黎壶压住，他以扇子将你隔开，本想护你周全，孰料你看到他被压住的场景，未曾顾虑半分便投入海中。我亲眼看你被忘川海海浪吞没。最后，为师跟你的师兄们费了三个月时间将你捞上来，若是告诉了你事情原委，以你的性子，便会直接将自己溺死在忘川海里给他陪葬，怎么还会有之后这五万年的仙寿？"

此时，我终于再次真真切切体会到，肝肠寸断，痛不欲生，到底是个什么滋味。

所以，我同师父说了这样的话——

"倒不如让我溺死在忘川海，省得后来这些悲苦了……"

六师兄抱住我，大哭道："若是你就这样死了，沉钰该如何回来？若是你就这样死了，长宁又该如何回来？若是你这样死了，灼华她又该如何回来……

小九，你莫要这样说话！”

今日。

八月初二了。

那一晚，他颤抖着拥我入怀。我觉得对他不起。

师父临走的时候说，崆峒幻域里，很多很多都是真实发生过的，除了将将落入幻域时，天尊大人想到命盘、想到凡间那一茬儿，即刻便奔入六师兄府上，不顾幻域之中不能违逆现实的禁忌，执意抢了六师兄手中的命盘过来。自己用仙力变出凡间的薛轻，自己拉着拂灵去凡间历了那一场真真切切存在的劫难。当初之所以闭门不见我，便是为了让我安安稳稳在神界待着，不让我再一次经历凡间那场苦痛悲凉。

彼时，我方记起来，崆峒幻域里师父曾经嘱咐我的话：“可你忘了，小九，你五万年前的劫远比现在要重几分。其实长诀天尊初来这幻域时，便早早替你改了许多。他其实对你用情至深，你要记在心上。”

可我偏偏没有把这些话放在心上过。

到底是怨自己。

晚风吹得烛火摇曳。

我颤巍巍抬眸，觉得肺腑都是疲惫。

“天尊大人，我最后问你一句，那把无缘扇……可是你写的？”

他点点头，水雾漫上双目，他攥紧我的手指放在自己的唇上：“可是小玉，那把扇子，是我当初写给拂灵的，她却伪造成是我给你的信物。”

“所以，当初你说她犯了三桩罪，其中之一便是伪造你的信物……可是这个信物？”我凄凉笑道，眼泪却淌下来。

天尊大人说：“是。”

我点点头。

想起来今日，自己偷偷往六师兄手中塞了一封带给大师兄的密信。

我没忘了，我的大师兄阮饮风，他是赫赫有名的东荒战神。

我信他，自己托他的这件事，他能替我做得干净利落。

天尊大人将她的情魄刺碎散进无欲海，是报了他的那一份怨。

而我的那一份，还没动手。

“小玉，我不曾负你。”他说。

我回过神来，破涕为笑：“你负过我。你忘了，我很小很小的时候，我亲了你一口，你便将我的毛羽都剃掉，然后毫不留恋地送人了。”

他箍住我的脖颈，将我的脸颊贴在他的胸膛上，掌心一遍一遍抚过我的头发，那时候，他声音哽咽道：“小玉，我此生再不负你了。”

于是，十二万年的情缘终于了然。个中悲苦曲折，恩怨情仇，统统在今晚，尘埃落定。

这一夜，太珍贵。

珍贵到，我竟不舍得再拿出分秒来提醒他——

天尊大人，这是八月初二的夜晚，你说的此生，是一直到哪里的此生呢？

八月初三晌午。送给大师兄的那封密信乘风回到我手上。我展开信纸，是大师兄遒劲有力的笔迹——“事成，勿念。”

我笑了笑随手捏了个火苗，将那信纸一溜烟烧了个精光。

八月初四清晨，大火燃了整个姑瑶之境，将媚人的瑶草烧了个精光。妖君拂灵因为情魄不在，逃行不便，被小妖救出来时，已经烧毁了半面脸。恐是受到了惊吓，她说不出一句话了。

说不出一句话也好。

这样就不会有个妖女，拿着无缘扇，来告诉我：这是他送你的扇子，他从未瞧上过你了。

那一天，天尊大人打算避开我，再次偷偷散血元、取仙寿炼丹药，可被我发现了。我搂着他的脖颈，轻声道：“我有预感，自己不会就这样死掉的。若是最后我活过来，你却活不久了，可教我如何是好。”

他在原地僵了好一会儿，任我搂住他的脖颈，一动也没敢动。

八月初五子夜，风声静止，花香凝滞，被苏苒姑姑接到三十五天的小凤去睡莲妹妹那儿瞧了一瞧之后又回来，在我面前蹦跶。像是在一起守岁的那一晚一样，我们坐在清微宫大殿门口，他用大氅裹住我，我靠在他怀里。琉璃宫灯璀璨，灯芯笔直，一直燃到天亮。

八月初六，终于来了。

我其实并未觉得多害怕。纵然日光升起来时，我感觉身上的暖意一点儿一点儿从心窝消失。可他在我身旁，我觉得很安心。

我抬头亲了亲他。就像最初，我还是一只小凤凰时那样，轻轻啄了他的嘴唇一口。他看着我，抚着我的头发，加重了那个亲吻几分。

“天尊大人，我想吃海鲜火锅了。”我笑道。

他便将大氅给我认真裹了几层，要抱起我往外走。我以打手背那个游戏的样子拍掉他的手，笑道：“我有些累了，你去取回来做给我吃。”

他便将我的身子细心扶正，准备跨门而出。我又重新拉过他的手，兴高采烈指给他：“你看！小凤它开花了！可是，它为什么开了紫色的花啊……”

天尊大人捏着玉笛愣了一愣，我便扑哧笑道：“但是开花了总归是好事，呀，你赶紧去捞一麻袋海虾回来，我们好好庆祝一下。”

他俯身亲了亲我的额头，轻声道：“小玉，等我。”

说完便又奔出去。

我攒起身上最后一丝仙力，凝在指尖化成一个术，落在殿门上。殿门应术，吱呀声响后，缓缓关上。最后的最后，日光只剩一缕，落在我眼前，可我依然看到反应过来的天尊大人往这边奔过来，拼了命地奔过来。

可殿门终究关上了。

我没来得及告诉他，细小的门缝里，我看到了小凤繁盛的紫色花瓣闪着如玉的光泽，他在这熠熠光华之中，眼泪都飞出来了。不要再这样用力捶殿门了。你看你的手上都是血，该多疼。

“小玉！你开门！”那声声悲吼，其实唤得我肺腑疼痛。

可我怎么忍心让他看着我魂飞魄散的样子！

身旁的琉璃宫灯毫无预兆地便这样熄灭了。

我望着门缝中映出来的那个霜衣墨发的神仙，突然想问，却也来不及了。

天尊大人，若再有一生，你肯把我放在掌心，温柔对待……再也不放开吗？

番外篇

结局

我的肉球，再丑也是我的。

至明日你一早嫁给我，我便把你放在手心，一直珍重着。

时隔一万年，神界的史官临退休之前，终于又鼓起勇气来到了三十五天清微宫。他捋了捋花白的胡子，又拂了拂宽大的衣袖，在宫门口踱了会儿，才战战兢兢迈开右腿，忽然又哆嗦了一下，赶忙退回来，迈着小碎步跑到不远处的碧玉池旁，照着清澈而鲜活的池水梳了梳鬓发，理了理衣襟，又深深吸了几口气，才攥了攥拳，一鼓作气、一溜小跑冲进了清微宫。若是天帝大人瞧见他手下的史官还有这样的身板儿和精神头儿，指定要给他延迟退休，再让他在史官一职上鞠躬尽瘁个百八十年的。

却说，史官上一回来三十五天，还是一万年前。那一日他是清晨时晓得执掌诸神姻缘的良玉神君仙逝了，于是直接从榻上滚了下来，连衣衫也没穿戴整齐，抄上纸笔便奔三十五天去了。他作为一名史官，负责记录神仙生死，尤其是死的时候，他要详细写明仙逝的因由以及后事的安排。

可良玉神君过世的那一日，他虽然着急忙慌地去了，最终却是连个面也没见着。听说那良玉神君殁在了大殿之中，听说那日大殿门只开了一次，还是天尊大人破门而入的。他卷着纸笔去的时候，殿门早已关了。

清微宫大大小小的仙官侍娥都跪在门外，纵使谁都看得出来那殿门只是掩着，并没有反锁，可是一众神仙谁都没敢碰那殿门一下，谁也不敢往前迈一步。

作为神界史官，他自觉责任重大，于是广袖一扬，将纸笔揣在还没扣好的袍子里，便噌噌噌跑上殿阶，在殿阶下跪着的一众神仙惊慌失色的神情中——

推开了殿门……

于是，后来，他便以“衣衫不整、冲犯先神”的罪名，被天尊大人手下的苏苒女官送往天牢，待了两百年。

他觉得自己这个罪名安得挺冤枉，在将将被关入天牢的时候，他便跟苏苒说了自己的委屈，一向温和端庄的苏苒女官头一次眸色冰冷道：“史官大人您且知足，今日你推开殿门，尊上他没有将你抽筋剥骨打入畜生界轮回个永生永世，已是出乎预料。你近万年还是莫要再去三十五天了。”苏苒委身客气行了个礼，转身走了几步，忽然回头，又绵里藏针道，“今日推开殿门，看到了什么，没看到什么，该不该往史书里写，该怎么写，史官大人，看在您子孙后代的分上，当有个盘算。”

他当即吓出一身冷汗，再不敢喊冤屈之事，为了子孙后代，乖乖在大牢里蹲了两百年，出牢之后又极其听话，一万年没敢去三十五天。

可整整一万年，他梦到的，都是那日推开殿门时那一桩场景。他每每从梦中惊醒，直接从榻上滚落，甚至好几次为了不在梦中喊出来，醒来时候舌头都咬出了血水。

他实在不能忘，殿门应声而开，晨光莽然闯进，刺破殿中迷蒙的漆黑。那个看上去高高在上、万古风华的天尊大人，席地而坐，毫无血色的手指轻轻拂过怀里一件红色裙装，口中喃喃道：

“回来好不好？”

是了，他绝对没有看错，也绝对没有听错。那个天尊大人，他就是抚摸着一件衣裳、一件空空荡荡的衣裳，开口说“回来好不好”！

纵然他是个神仙，却也觉得这个场景无端骇人。又因着那苏苒女官以他的子孙后代要挟了一句，是以，他每每入梦，脑海中轰然映上的便是那幅画面——漆黑的大殿，虚白的指尖掠过大红的衣衫，还有那句痴癫的话——回来好不好。

这一次，他重来三十五天，打听好了所有关于那位天尊的往事秘辛、性格癖好，穿戴得整齐妥帖，只为了能不出差错，给那位良玉神君在史书上补得一个笔墨上的完全，让他这史官能稳稳妥妥、不留遗憾地退休养老。打这里说来，担着史官一职的他，骨子里便有着史官独有的执拗和求真。

他听说，良玉神君年纪不大，是死于非命。

他听说，天尊曾为她散了十万仙寿，眉头都未皱一下。

他听说，很久以前，良玉神君曾为了他剜了半颗心，换了一场情缘。

他也听说，曾经，天尊大人正是为了她，被压在忘川海五万年不得脱身。

是以，纵然在笔墨上驰骋万年的他，将这些事暂时落在草稿上以待考究的时候，手也会不自意抖得厉害。

他顿住脚步，深吸了一口气，此时已经置身清微宫了。他抬头便看到一株笔挺高挑的凤凰木顶着一树冠熠熠生辉的紫花从他眼前蹦过去。他打了个趔趄，却是也没有多惊奇。因为这株凤凰木，他早就听说过了——三十五天有一株凤凰木十分有灵性，爱蹦爱跳、爱睡莲、爱荷包蛋，不像寻常的凤凰木那样开红花，而是十分奇怪地开着满头的紫花。这树已经一万零两百多岁的年纪了，按理说打小便如此有灵性的树木、且是在天尊大人身旁待了一万年的树木，应该早早化成神仙了，可是它到现在连话都不会讲。

他提了提衣袍，又往前走，不住给自己打气：今日见到天尊，一定要把关于良玉神君的那些传闻一一考证清楚。

日光弥漫，温和地铺在三十五天繁盛的花木上。他寻着方才那凤凰木蹦跶的方向，果真发现了霜衣墨发的天尊大人。他立在一株枯死的杏花树下，手捏竹管笔，于一方扇面上徐徐作画，偶尔提笔思索片刻，在扇面旁的青玉笔洗中洗洗墨。紫色的玉笛，悬系在天尊大人腰际，莹润剔透。

史官大人好奇，整个三十五天，花木葳蕤而生，为何偏偏这株杏花树，枯瘦成这般模样？为何天尊大人偏偏选了在这株枯木下作画？

那株凤凰木一直吭哧吭哧绕着天尊大人身边蹦跶，模样看上去十分焦灼。

天尊大人没有抬头，只是伸手捋了捋那凤凰木的枝条以示安抚，可那凤凰木却砰的一声树冠奓开，着急更甚了。

天尊终于觉察出异样，抬眸时，眉心微皱：“我在画小玉，你莫要打扰……”

天尊大人这句话没有说完，却见那笔挺的凤凰木树枝上的紫色花盏瞬忽之间开始褪成红色，恍惚之间，树冠之上，紫色从花瓣中退聚成流束，裹着熠熠辉光，从枝丫往树顶收缩攒聚，待那紫色流光聚于一点、于烂漫日光之中化成一个鸟蛋模样，只听窸窸窣窣几声响——

那鸟蛋拂过凤凰木郁郁葱葱的树枝、拂过嫣若红霞的花盏——

“扑通”一声，落入盛着乌黑墨水的青玉笔洗之中，溅起不大不小的水花，许多溅在他霜色的衣衫上，落下污墨。

史官还来不及考虑那些关于天尊大人有洁癖，衣衫永远是纤尘不染的霜色的传闻，便清清楚楚看到，天尊大人若玉的手指颤抖却毫不犹豫地伸入满是乌墨的笔洗之中。

史官揉了揉眼睛，便见从笔洗中收回来的天尊大人的手掌之上，多了一团……要多丑有多丑的肉球。

有裂碎的蛋壳缓缓悠悠从笔洗里浮上来，在日光之中，隐隐约约泛着紫色辉光。

那凤凰木所有的枝条统统爹开，天真而烂漫的嗓音带着丝丝清甜响起来——

“良玉！你终于舍得出来了！”

那团肉球终于睁开眼睛，好在那双眼睛在史官瞧来生得十分玲珑。他见天尊大人捧着那个肉球，举到面前打量的时候，那俊美双眸已然收紧。

小肉球扭了扭身子，撑着肉秃秃的翅膀站起来，仰着脑袋，那粉嫩的喙朝着天尊大人的唇角凑过去，玲珑眼珠灵俏一转，那小家伙便再没有迟疑，吧嗒啄了天尊一口。

史官三生有幸，看到天尊大人对着一团肉球，泪落两行止不住的模样。

于是，良玉神君在那一天重新出现了。多年之后，一些神仙也都了解到了这桩事的始末：原来，当初天尊大人被压在九黎山下，良玉神君一枚散落的心脏化成紫玉稳稳落在了九黎山顶的封印处，稳稳当当压了天尊五万年。后来一粒凤凰木种子也落在封印处，最终同那紫玉长成一体，变成一株小凤凰木。知情的神仙都晓得，长在小凤凰木身上的这枚紫玉，应当是良玉神君的第五枚紫玉了。

紫玉长在小凤凰木身上，让它说不出话，开不出花儿。良玉元身殁后，这第五枚紫玉便如生灵一样长大，凤凰木才开得出花儿来。

这枚紫玉，装着长诀天尊和良玉神君的仙凡情缘，在小凤凰木身上生长，历经万年，终于又化成一枚凤凰鸟蛋，从小凤的枝头上落了下来，掉进笔洗里。与其说重生而出的良玉，拥有前世所有的记忆；倒不如说，她以一枚紫玉的样子，惦记着同长诀所有的往日情意，历经万年，终于化成原本模样，再次来到他的面前。

后来，史官退休之前写完的《关于良玉神君前十三万年事迹记录》，被良玉找来认认真真看了一遍。

彼时，瞧着只有四千余岁、尚是少女容貌的良玉捏着那卷书，一边灌着花茶、嗑着瓜子，一边同身旁的天尊大人笑得花枝乱颤道：“史官大人写得不错啊！你看看这一段，他写你重新见到我，泪流两行的深情模样，简直叫人动容。”

长诀天尊默默地帮她把衣襟上的瓜子壳捏下来，点头道：“确实写得不错，尤其是写你刚从笔洗里被我捞出来的时候，‘光秃秃一团肉球，要多丑有多丑’，本尊觉得颇为传神。”

良玉落了茶盏，扶额悲愤：“……我就不该从小凤身上出来，省得你如今这么费尽心思挖苦我……”

微风拂过，相思清凉。

他附上她纤细白嫩的手指，声音浮起，语调里像是融了清宁花香，令听者愉悦欢喜——

“我的肉球，再丑也是我的。至明日你一早嫁给我，我便把你放在手心，一直珍重着。”

她捏着书卷，讶然抬头，忽然想起前一生，自己没来得及问他的话：

天尊大人，若再有一生，你肯把我放在掌心，温柔对待……再也不放开吗？

【全文完】

番外篇

长诀

你少吃一点儿。本来就丑，若吃成一个胖球岂不更丑？

来，转一圈，丑给我看看。

那年，他十二万岁，辞了天帝一职，专心在三十五天侍弄花木，却日日收到弟子北海水君的请帖，他大儿子的婚宴，二儿子的婚宴……直到看到那北海的徒儿呈上第三十二儿子婚宴的请帖，他摸过一杯茶，拧眉问身边女官苏苒：“他怎么连第三十二儿子都生出来了？”

苏苒亦是愣了愣，思索道：“没听过沉钰水君成亲呢，怎的儿子都结婚了呢？”

他放下大红的请柬，眯眼笑道：“等他呈上第一百个儿子的婚宴帖，我就去赴宴。”

到底是自己的徒儿，这北海水君果真没让他失望，帖子连呈三月，终于凑足了一百个。他也给足了这个徒儿面子，捏着一把凌峰扇出了清微宫，太阳将将从云霞里露出脑袋，他便已经赶到北海。

万里冰河一瞬消融，只见碧蓝幽静、广阔无垠的海水之上，蹲着的一个红色身影，在云蒸霞蔚之间，扬起的红色衣裙连同飘起的长发，潇洒灵动，忽而又一派朦胧，若隐若现。明明看不清面容，他却生平第一次想到一个词——美不胜收。

他走过去，饶有兴趣地打量这红衣少女。见她身边蹲着两个精致的昆仑玉酒坛，红衣少女拔开酒盖，往海里倒了一半酒，霎时香气四溢，晨风微醺皆染醉，确确实实是好酒。又见她一捧一捧地掬起海水，打算将那半空的酒坛子装满，他终于忍不住问道：“你在干什么？”

彼时，她抬头冲他狡黠一笑，一双玲珑眼珠光彩万千，东天万里云霞刹那间盛开，茫茫海雾之中一派光明鼎盛，却比不过眼前这灿烂欢愉的场景。

她把另一坛酒递给他，“你只管启开，倒了半坛再掺上海水填满，”她掬水的动作没有停下来，只是仰面笑道，“就像我这样。”

其实，他本可以使个术，甚至酒盖不用开，便能置换半坛海水进来。但是他却蹲下来，学着她的模样，双手一捧一捧掬起海水，将那酒坛填满。他其实很享受跟她在一起的时光。

“你也是去赴宴吗？”

“嗯，姑娘也是？”

“那水君是个男风之流，可是正喜欢俊俏公子呢，你这么个模样的，当心他留下你当压寨夫人。”

他兴趣大增：“哦？”

“我是说真的，不过他花心得很，我一个朋友此前正是被他伤了心，所以才遣我过来替他赴宴的。”她撅了撅嘴，不满全写在了那张明媚的脸上。

他扬起衣袖瞬间遮住脸，待衣袖落下，一张平淡无奇的脸便露出来，他笑道：“你觉得我这面皮怎么样？”

那红衣少女水滴滴的眼珠子一转，灵动非常，笑道：“刚才看到你，只是觉得模样挺俊朗，现下与这张面皮一比，才发现你原来的样貌算得上十里八村一枝花，赶得上我六师兄了。”

两坛酒装完，那位少女扶着他的肩膀站起来，讪讪道：“腿麻了，嘿嘿……”不待他反应过来，她摇身一变，化成一个身着烟青绸衫、俊雅倜傥的翩翩公子。

他觉得眼前这个样子，很像因邈佛祖膝下弟子、近日才任职司命府的青月星君。听闻沉钰近些年常常往大梵音殿因邈佛祖那处跑，心里当即悟得七八分，敢情她口中的朋友便是她口中的六师兄青月。他忽然想起曾经扔给因邈养的一只毛都未曾长全的小凤凰，忽然觉得那只小凤凰就是眼前这位了。如今已经长成少女，时间一晃还真是快，不知道因邈给这只小凤凰取了个什么名字。

他便与这风姿卓然的“公子”提着两坛掺了海水的酒，悠悠然一道进了北海水君的宫邸。

倒是沉钰在宫门外亲自迎接。几万年不见，竟是没瞥他这个尊师分毫，一双丹凤眼直勾勾地贴在身旁的俊美公子身上，颠颠儿地黏过去，他觉得往日那个狡猾多端、大胆顽劣的徒儿，如今乖巧得只差身后长个尾巴摇啊摇的了。

沉钰的嘴角一直咧到耳根：“月月，你来啦。”

他摇了摇扇子，眼风扫了扫身旁，青衣公子被这声“月月”激得抖了不止一下，却立马递上两坛酒，稳了稳身形回道：“我从大师兄那儿专门为你讨来的，晓得这个季节你易上火，所以这酒味道略有些苦涩，”他眼珠一转，笑容狡黠，“不过对你上火的症状有好处的。”

他心里好笑，掺了半坛子海水，可不是有些苦涩吗？

那厢沉钰却喜滋滋的，像是升了天，他接过两坛酒，顺势又往身旁那青衣少年身上蹭了蹭，道：“我就知道月月心疼我，”然后他面色谨慎，四下搜寻一番，警觉地问，“良玉那丫头没跟来吧？”

少年呵呵一笑，明眸皓齿：“没有没有。”

沉钰长舒一口气。

他心里却是对沉钰那揩油的动作冒出自己都察觉不出来的些许醋意，扇子“啪”地一收，成功把沉钰的眼神引过来，他故意端了扇子，衣袖处本来隐了的紫金龙纹绕花图饰闪了两下遁了。

沉钰却被这个图案惊得眼泪都要流出来：“师……”

他笑着把扇子呈上：“师父昨日染了风寒，所以特遣我来赴宴，这是师父送你第一百个儿子的礼物——凌峰扇。”见沉钰惊得说不出一句话，他又补了一句，“师兄可是不认得小二了？”

沉钰心里悲号：师父可莫要折磨徒儿了，您老人家到如今只收了我一个徒弟，您自己排在老二，那让徒儿如何自处？面上却颤颤巍巍地接过扇子：“师……师弟别……来无恙啊……”

青衣少年却缥缈地看了他一眼，随后显出了悟的模样：原来你这模样是变成了他的师弟啊。

他那徒儿遣了个随从领少年先走一步，见他走远，才扑通一声趴在地上悲号：“师父！徒儿知错了！徒儿竟然没有认出您来！”

他轻轻抚了抚沉钰的脑袋，明明一套慈爱温和的动作，却生生让手下的人抖出一身冷汗。

“师父——”

“你三个月连催一百道帖子请我来，就是为了他吗？”

沉钰抬头，拱手道：“师父英明！”

后来他才晓得，自己那宝贝弟子不光真的是好男风，还是眼光极高、吹得极猛的男风，竟瞧上了风姿卓绝、俊美无双的司命星君青月，苦于追了多年却追不得，好容易培养了一些好感，却又因他做了些错事，将两人关系打回原形。如今青月能来，亦是自己接连不断呈帖子催来的。于是特地请他这个师父来吹一首相思引，改化青月的情欲，进而爱上自己。

他触了触放在袖袋里的紫玉笛，风轻云淡地问沉钰：“你给他呈了多少帖子？”

沉钰羞愧：“师父……徒儿错了……徒儿给月月呈了一千道帖子……”

他点头“嗯”了一声，转身边走边道：“下次若是帖子凑不到两千，为师可是请不来的。”

沉钰悲号：“师父……”

此刻，他端坐在沉钰身旁抿了一口茶，望了望那玉手托腮的青衣少年公子，但笑不语。沉钰拿起那昆仑玉坛子，满满当当给他斟了杯酒，低声赔笑道：“师……师弟，这是月月带来的酒，你不晓得他那大师兄的酒多好喝，我给你斟一杯，嘿嘿。”说完给自己也倒了一杯，又满脸宠爱看了眼“青月”道，“月月你酒量浅，且喝茶吧，不然又要醉了。”

那“青月”笑得花枝乱颤：“好说好说。”

他并未拆穿，反而越发觉得有趣，抬起酒杯慢慢啄了一口。青衣少年看着他，眼睛瞪得很圆，似是没料到他知道其中真相还能淡定喝下去。旁边的沉钰仔细尝了一口，放下杯子苦着一张脸道：“月月，这个酒怎的有点儿腥苦啊……”

“青月”脸上一派无辜：“很难喝吗？怎么会这样……”

“不、不、不，我觉得这样的酒断然是消火的，功效更好呢，哈哈。”他那宝贝徒儿一脸痴迷。

后来，他果真拿出紫玉笛吹了一首相思引，那少年濒临昏睡之前，躲过沉钰的怀抱，颤颤巍巍走过来，双眸半眯、脸颊微红地将他望着，突然扑在他怀里，挣着瘫软的身子在他嘴唇上啃了一口，嗓音糯糯，竟听不出是男是女。

“姑奶奶我……姑奶奶瞧上你了……”说罢化作一摊春水，柔柔地流进他怀里。

他念了个诀将怀里的人儿恢复了原来的红衣少女模样，沉钰的眼珠子就要掉出了，似是不敢相信：“良玉？！”

他勾了勾唇角，良玉这名字他很喜欢。

洪荒大劫之后，诸神感念他辛苦，许多事都不好意思再麻烦他出面，于是，他这个天帝，做得比以往时候更清闲自在。彼时，他还没有对花木有太大兴趣，找不到什么好的法子打发时间。

那时候的姻缘神君还是个长得“珠圆玉润”的老头，年纪大了却还十分恪尽职守，想着退休之前再干一桩对得起自个儿职位的大事。老头的目光落在神界这许多单身汉身上，寻寻觅觅，终于有一天寻到了长诀天帝这四海八荒最有名、最金贵的单身汉。姻缘老头准备干一桩“大票”。

于是，不知道从哪日起，他居住的翰霄宫门便十分有规律地、每隔三日出现一个美女。这个美女在这三日内或羞羞答答或大大方方给他表演一项或几项才艺。有的跳舞，有的唱戏，有的做饭，有的绣花。他最初几个月还觉得新奇，偶尔也会拉个藤椅，躺在日光下慵懒地看一看。后来美女三日一个换得他有些疲惫，他便鲜少去看了。

有一天，风和日丽，微风拂暖，他看到外面有个白衣飘飘的姑娘在杏树底下画画，那姑娘时不时抬眸往他这边望一眼。他有些好奇她在画什么，便出去了。

姑娘十分欣喜，往青玉笔洗里涮了毛笔，蘸墨又开始作画。他瞧了瞧，画面上的仿佛是他自己。一幅画作完，笔洗里的清水已经变成了墨汁。姑娘娇羞地端起画，正想问一句“奴家画得可好？”

结果“奴家”二字将将唤出口，一枚晶莹的鸟蛋从天而降，“啪”的一声掉进笔洗里，溅出来的墨水一半洒在画上，一半洒在姑娘的脸上。

姑娘大惊失色，抹了把脸，抹下一把墨汁，登时眼含热泪，留也不是，走也不是。

那鸟蛋忽悠悠从笔洗底部升上来，蛋壳缓缓裂开一道缝，细小的嫩爪怯生生伸出来，听到那姑娘几声啜泣后又吓得“嗖”一声缩了回去。他对姑娘做了个噤声的手势，姑娘终究憋不住，“哇”的一声哭着跑开了。

日上中天，阳光有些烈了，他却守在笔洗旁未曾挪动一寸地方。终于，蛋壳里的小细爪子又偷偷摸摸扒开裂缝伸出来，左一撑，右一撑，“咔嚓”一声，蛋壳裂开了，里面那只毛还没长几根的小肉球登时落入乌黑的墨水中，这原本就丑的模样，在墨水中一泡，更丑了。

它在笔洗中扑腾了一阵，却是如何也飞不出来，反而越染越脏。它终于在扑腾中发现了一根紫色的“浮木”，赶忙用爪子抓住，“浮木”往上一挑，它终于被带出墨水之中，凄惨惨呜咽了一声，便听到一个好听的声音——

“你是哪里落下的家雀？连累我脏了玉笛。”

这还不及他一半巴掌大的家伙长得实在是太丑，光秃秃的肉身子连毛都没有几根。且这小家伙十分眷恋他的掌心，但他总不能日日握着这么一只肉球。他想把它丢在鸟窝里，又怕鸟窝粗糙划伤它，扔在笼子里保不齐它这小身量就从笼子缝隙间直勾勾掉下来。他特意用细软丝绸包了一只玉碗，将它丢在碗里，它两只小细爪子搭在一起轻轻绞了一圈，抬起肉嘟嘟的眼睑，玲珑眼珠子混着水滴溜溜一转，模样委屈且伤心。

他无奈，又将它捏出来，放在手心里养着。

打那以后，每隔三日来翰霄宫报到的美女便看到这样一幅场景：

霜衣墨发的天帝大人手中握着一团肉球，从大殿走到花园，从花园走到凉亭，时不时用紫玉笛挑一挑掌心的家伙，时不时跟这肉球说几句话。但是，目光再未放到这些美女身上。

姻缘老头戚戚焉，他这最后“一票”始终没有干成，他这退休的日子也便遥遥无期了。

他悉心照料了这肉球几日，肉球总算在额头上长出了一撮稀疏的毛。他捏着它到日光处打量，这撮毛竟是五颜六色。

他一怔，用玉笛挑了挑肉球笑道："你一只凤凰长成这个样子，着实丑得丢人了。"

掌心的肉球听了这句话，呜咽咽抬起头，额上五彩绒毛颤了颤，含着一包泪委屈地望着他。

他突然觉得肉球这副模样让他心情愉悦，便时不时说几句话来刺激它一回。

比如，"你少吃一点儿。本来就丑，若吃成一个胖球岂不更丑？"

比如，"若是你爹娘知道你丑成这个模样，不晓得要如何伤心"。

又比如，"来，转一圈，丑给我看看"。

小家伙最初听到这样的话总是含泪委屈地望着他，后来听得多了也就习惯了，便半抬眸子，在他掌心懒散地转一圈，低头继续吃东西。

后来，小肉球脑袋上、背上、翅膀上、腿上都长了五彩绒毛，那玲珑眼珠骨碌碌一转，十分好看。但他仍然用玉笛挑一挑它，笑道："来，转一圈丑给我看看。"它也仍然听话地恹恹转一圈。微风吹来，日光洒在它五彩的身上，光彩熠熠，漂亮得很。

小家伙身量大了几圈，不爱待在他掌心了，却偏爱上了他脖颈处的位置，日日站在他肩上，用细软身子蹭一蹭他的脖颈，迎着日光，缱绻而舒畅。

他睡觉时候便把它丢在玉盆里，可每每早晨醒来，他总能从脖颈上捏下一团毛茸茸的家伙，绞着小翅膀泪眼盈盈望着他。有一日清晨，他醒来照例从脖颈上把它捏出来，那小家伙竟然羞答答望了他一眼，小身子扭了一扭，犹豫了片刻，竟吧嗒啄了他嘴唇一口。

他愣怔了许久。

反应过来的他觉得这只小凤凰不该再留在他身边了。

他拿出神仙花名册寻了一天，终于将目光锁定在大梵音殿的因邈佛祖身上。一来她可以随因邈修行斩一斩情欲，二来她跟着因邈日后便能让诸神高看一眼。他怕因邈不收它，想了许久便狠心把它的毛都剃掉了，只剩额头孤零零一撮。

是日，他迎着日光满意地一瞧：如此凄惨的小肉球，因邈一定会大发慈悲收下的。

后来过了很久，他想，是不是那时候看着这一个肉球的时候就喜欢上了她？是不是应该把她一直养在身边，到她长大便娶了她？省去后来种种悲苦曲折。

苏苒终于寻着他的时候，他正伏腰在一棵将要枯死的杏树下，他略一思索，随手刺破了手腕，血水从手腕处流出，沿着手掌蜿蜒的纹路，滴在杏树根处。

苏苒大惊，慌忙上前拦住他："尊上万万不可这样糟蹋身子啊！"

他微微错愕抬头，语气却平和温润，抬头瞧了瞧那杏花树干巴巴的叶子，仿佛漫不经心，可就是这漫不经心的语调，却让身旁的人听出了无尽的悲凉和无能为力的遗憾。

"苏苒，你说她会不会还从这棵树上……落下来？"

苏苒僵在那里，手指捏着衣袖搓了良久，一向的端庄和冷静，令她终究什么话也没说出来。

那株杏花树，早在十年前就……活到头了。

只是，他一直固执地不肯让它死，以血水将其养着罢了。

他看了看不远处夕阳映红的云霞，微微道："苏苒，我好像活得太久了。"

这句话，让看上去端庄冷静的苏苒女官再也忍不住，顿时泪流满面："尊上，您风华绝代，不过还是个青年模样，这天底下仍数您……"

"我可比她年长十万岁。"他说。

是了。

他将她从笔洗里捞出来时，他十万岁。

北海万里冰消，朝霞蔚为壮观，她蹲在海面往昆仑玉酒坛里装海水，一霎抬眸，玲珑眼珠令万物陡然失色。

那时候，她两万岁，他十二万岁。

那一天，他做错了一件事。他没承想，这一件事，最后会令他痛不欲生至如今的地步。

这一桩错事，便是他故意捉弄自己的弟子沉钰，而对少女初成的她，吹了一曲改化情欲的相思引。

更错的是，他没有看清自己当初对眼前这位少女的喜爱，徒留她后来苦苦追寻五万年，他却不痛不痒甚至浑然未觉。

北海水宫，相思引毕，她身子绵软若一潭春水流进他怀里，“姑奶奶我……姑奶奶瞧上你了……”她说。

他将她变回女儿身，看着怀里脸颊微红、双眸幽闭的人儿，心中不自意抽出几丝欢喜。他不敢挪动地方，怕吵醒她。可当她眼睑微微颤，真的快要醒来的时候，他却将她放在北海水宫的冰绡榻上，揶揄了沉钰和青月星君一顿，拂了拂衣袖便走了。

除了沉钰，谁也不知道那时候他见她醒过来，脸上闪过的不知所措的慌乱。

他一路祥云飞驰赶回三十五天。那时候的他，到底有多介意自己对那个娃娃有几丝欢喜，也许只有他自己知道。

苏苒递给他一杯茶水。他恍惚接过，低头拂了拂茶芽，道：“苏苒，我好像有些老了。她才两万岁，我十二万岁了。”

他看上了一个这样小的娃娃，且这娃娃还是当初自己养过的一只“肉球”。这件事，太荒唐。他将茶盏重重落在案几上，吩咐苏苒道——

“我今日得罪了因邈佛祖膝下的那个女徒弟，她若是来找我，多数是为了报仇算账而来，你且不要把她放进清微宫。”他错了错唇角，如今撒起谎来，他或许不比沉钰差多少。

杏花安好，万物长生。

他捏着紫玉笛于指尖打了个旋转，转念一想，又继续对苏苒撒谎道：“但本尊这厢得罪了她，应当赔个礼的。听说那姻缘神君的职位还一直空着，你同天帝大人说一声，让他寻个方便给她去当一当，不要提及本尊。”他粲然一笑，眉目间风华正盛，“对了，她唤作良玉。”

苏苒当即点头应下来。可她也瞧出来，今日的尊上有些奇怪——她头一次听说自家的尊上得罪了个神仙，还是个名不见经传的小神仙，且还要想着给这个小神仙谋个差职当作赔礼。

那之后，他依然待在三十五天，闲暇时候依然种花植草。就这样平平淡淡过了两三万年。

或许就连他自己也忘了曾经嘱托过苏苒的那一句——“我今日得罪了因邈佛祖膝下的那个女徒弟，她若是来找我，多数是为了报仇算账而来，你且不要把她放进清微宫。”

可是苏苒是这样谨慎尊礼的神仙，是以，她对整个三十五天的仙娥仙侍都吩咐了个稳妥——若是那个将任职姻缘神的良玉神君来三十五天，当提防谨严，莫让她进清微宫。

拂灵便是在清微宫外，见到了那打算来三十五天跟他表白的良玉。别人或许不晓得，甚至天尊大人自己也不晓得，拂灵知道了良玉的想法之后，如何兵不血刃，将良玉伤了个体无完肤。

比如，拂灵看得出她变成的凤凰木，每每路过，便要狠狠将那花摘下一朵。她在三十五天待了两个月，最终却是给拂灵弄了一身伤，却连他的面都没见到。

这一桩，他不知道。

又比如，她打算拼了命也要闯进清微宫，大胆同他表白的时候，却无奈又碰到拂灵，当着清微宫诸位仙娥仙侍的面，她挨了真真切切的一巴掌，被拂灵大骂“不要脸”，最终难过悲痛，窝在青月星君的酒窖里，苦闷喝酒，最后胆汁都吐出来。

这一桩，他也不知道。

情意疏幽，此去经年。千离万别，相思一引，恍惚间便是五万年。

她一身男子装扮，化成她三师兄的模样，于群神之宴席地抚琴。他捏着青玉酒盏，只消一眼，便瞧出来那普普通通的容貌之下，红衣少女衣袂翩跹，琴音时而跌宕时而柔缓，她的模样时而灵俏时而妙曼。

觥筹交错，躬身辞别。他一身高华立于群臣之间，眼眸却有意无意寻着那个人儿。终于见她左手抱着瑶琴，右手攥紧衣袖，贝齿咬了咬下唇，才坚定一点头，趁旁的神仙不注意，一下子跑过来撞上他的胳膊。他正欲扶她一把，却觉袖口一沉，有东西稳稳当当落在了他的袖袋里。

那日晚，他捏着那把“故意”落在他袖袋里的折扇，于琉璃宫灯旁徐徐展开——

红衣少女和霜衣男子立于浩荡的紫菀花丛中，相距正好。

他翻过折扇，一行小字行云流水——之子于归，十里铺妆。君子常诀，只为我待。

他养过的小肉球，如今是要来跟他求亲了吗？

苏苒看到他立在宫灯之下，眉梢都带着喜悦欢愉的模样，觉得很奇怪。

他抬头望了望苏苒：“八月初六，正是个好日子。我打算娶她回来。”

苏苒大惊：“尊上打算娶谁回来？”

“那个肉球……不，那个良玉。”

可他不知道，第二日，良玉便收到了拂灵亲自递给她的无缘扇。

他不知道，八月初四日晚，玉盘高悬，司命府上，青月星君写的一场凡间命盘终于停笔，那命盘要赶在天亮之前，在他八月初六要娶了她之前，就投入凡间了。

他更不知道，那个姑娘，后来会穷其一生——

予他半心，予他情缘。予他痴缠，予他狂癫。

第一次，他没有娶到她。第二次，她仙逝。

八月初六，成了他漫漫仙途之中触不可及的一个日子。